Friedrich Kalpenstein

Prost, auf die Jugend

EDITION M

Das Buch

»Was hat dieser junge Kerl in seinem Leben nicht noch alles vor sich gehabt? Noch interessanter ist jedoch, was er hinter sich gelassen hat.«

Tom Wiesinger, Stiefsohn eines angesehenen Rechtsanwalts, wird abseits eines Forstweges in den Chiemgauer Alpen tot aufgefunden. Wie sich schnell herausstellt, hatte er mit seinen Mitschülern das bestandene Abitur auf einer Almhütte gefeiert. Doch wer hat den Neunzehnjährigen auf seinem Nachhauseweg umgebracht?

Hauptkommissar Tischler steht vor einem Rätsel. Denn die ersten Ermittlungen deuten darauf hin, dass Tom allseits beliebt war. War schlussendlich genau das der Grund, warum der sportliche Womanizer sterben musste?

Der Autor

Friedrich Kalpenstein ist ein waschechter Bayer und wurde 1971 in Freising bei München geboren. Heute lebt er unweit seiner Heimatstadt im Ampertal. Die Leidenschaft fürs Erzählen entwickelte er durch die Gutenachtgeschichten für seinen Sohn. So schrieb er zunächst Kinderbücher, ehe er seinen Schwerpunkt auf humorvolle Romane verlagerte.

Dazu gehört auch sein Debütroman »Ich bin Single, Kalimera«. Das Buch ist der Auftakt zur beliebten Herbert-Reihe, die mittlerweile sieben Bände umfasst. Außerhalb der Reihe erschienen weitere Bücher des Autors, die in erster Linie vom ganz normalen Alltagswahnsinn erzählen – und das stets mit einem Blick für besondere Charaktere.

»Prost, auf die Jugend« ist der dritte Teil seiner Provinzkrimi-Reihe um Hauptkommissar Constantin Tischler, in der Kalpenstein seinen humoristischen Stil jedoch beibehält.

Mehr Informationen über Neuerscheinungen und Buchinhalte erhalten Sie unter www.kalpenstein.de.

Friedrich Kalpenstein

Prost, auf die Jugend

Kommissar Tischler ermittelt

Provinzkrimi

EDITION M

Deutsche Erstveröffentlichung bei
Edition M, Amazon Media EU S.à r.l.
38, avenue John F. Kennedy, L-1855 Luxembourg
August 2021

Umschlaggestaltung: bürosüd° München, www.buerosued.de
Umschlagmotiv: © Mega Pixel/Shutterstock; © Anucha Tiemsom/Shutterstock; © Liliya Kulianionak/Shutterstock; © Stanishevskaya Svetlana/Shutterstock; © boonchob chuaynum/Shutterstock; © Csanad Kiss/Shutterstock; © Pixeljoy/Shutterstock; © Javier Brosch/Shutterstock; © movit/Shutterstock
Lektorat und Korrektorat: Media-Agentur Gaby Hoffmann, www.profi-lektorat.com
Gedruckt durch:
Amazon Distribution GmbH, Amazonstraße 1, 04347 Leipzig /
Canon Deutschland Business Services GmbH, Ferdinand-Jühlke-Str. 7, 99095 Erfurt /
CPI books GmbH, Birkstraße 10, 25917 Leck

ISBN 978-2-49670-778-6

www.edition-m-verlag.de

Besuch am frühen Morgen

»… aber schade ist es, dass du nicht mitkommen kannst. Bei dem Traumwetter …« Kommissar Tischler konnte seine Enttäuschung nur schwer verbergen.

»Ja, ich habe mir meinen Samstag auch anders vorgestellt. Aber Dienst ist nun mal Dienst. Wir sehen uns ja heute Abend. Hast du dir schon eine Route ausgesucht?«

Die Kaffeemaschine entließ noch ein paar Tropfen von der mittelamerikanischen Mischung in die Abtropfschale. Tischler klemmte sein Handy unters Kinn und schlenderte mit seiner Tasse zurück zum Esstisch. Er warf einen Blick auf die Wanderkarte, die er dort ausgebreitet hatte.

»Ich dachte, dass ich mir vielleicht die Hörndlwand anschaue. Knapp tausend Höhenmeter im Auf- und Abstieg. Das sollte ich gerade so schaffen.«

Britta lachte. »Ja, ein Mann in deinem Alter schafft das gerade so.«

Machte sie sich über ihn lustig? Immerhin stand in der Wegbeschreibung im Internet, dass eine gewisse Absturzgefahr nicht auszuschließen sei. Bedeutete also so viel wie: extrem gefährlich!

»Wann kommst du denn?«

»So gegen acht könnte ich bei dir sein. Ist das okay?«

»Freilich, Britta.«

»Soll ich was mitbringen?«

»Nur dich und ein bisserl Hunger.« Sein Blick glitt über die Karte. Vielleicht doch aufs Wetterkreuz? Das wären nur vierhundert Höhenmeter?

»Ich freu mich, Herr Hauptkommissar!«

»Ich mich auch!« Er beendete das Gespräch und legte das Handy zur Seite. »Nix da! Die Hörndlwand wird's«, sagte er entschlossen. »Mann in deinem Alter! Pff!« Tischler schlürfte an seinem Kaffee und ging zur offenen Terrassentür, von wo aus er die Straße gut im Blick hatte. Die strahlende Sonne erwärmte die frische, bayerische Luft, die ihm an diesem Samstagmorgen um die Nase strich. Lässig lehnte er mit der Tasse im Türrahmen und atmete tief durch. Ein perfekter Tag, um die Seele baumeln zu lassen. Wo konnte man dies besser tun als in den Chiemgauer Alpen? Natürlich wäre sein Vorhaben an diesem Tag in Begleitung von Britta schöner gewesen. Außerdem war sie Ärztin am Klinikum Traunstein, was angesichts seines gefährlichen Vorhabens, einen Berg über einen gekiesten Forstweg zu erklimmen, einen gewissen Mehrwert darstellte. Die hübsche Orthopädin hatte es ihm angetan, und es war langsam an der Zeit, einen Schritt weiterzugehen. Denn das Stadium, das aus gemeinsamen Restaurantbesuchen und einer anschließenden Knutscherei bestand, war aus seiner Sicht längst überschritten. Das Wetterkreuz kam ihm erneut in den Sinn. Nicht, dass er sich vor dem bevorstehenden Abend zu sehr verausgabte. Nein! Die Hörndlwand und basta!

Gerade, als Tischler einen weiteren Schluck aus seiner Tasse nehmen wollte, stach ihm in der Ferne der Jäger Ferstel ins

Auge, der in gemütlichem Tempo genau auf sein Haus zuhielt. Zu seiner Linken tippelte die kleine Resi neben ihm her. Die Dackeldame blickte in regelmäßigen Abständen zu ihrem Herrchen hinauf. Vermutlich, weil sie gerne ein wenig schneller durch den Ort geflitzt wäre. An seinem rechten Arm hing eine große Tasche, die bei jedem Schritt an Ferstels Knie schrubbte.

Um nicht vom Jäger gesehen zu werden, verzog sich Tischler schnell zurück in seine Wohnung und verschloss die Tür. Denn wenn Ferstel ihn erst einmal erspäht hätte, dann würde ihn der Dampfplauderer sicherlich nicht so schnell aus seinen Fängen lassen und die geplante Wanderung wäre in Gefahr.

Tischler entfernte sich ein paar Schritte von seinem Fenster und beobachtete Ferstel weiter. Der beleibte Jäger kam immer näher und blieb auf der gegenüberliegenden Straßenseite stehen. Er blickte nach links und rechts und überquerte die Straße, nachdem ein Mopedfahrer seinen Weg gekreuzt hatte. Tischler traute seinen Augen nicht, als Ferstel samt Resi und Tasche allem Anschein nach seine Haustür ansteuerte, die von seinem Wohnzimmerfenster aus nicht einsehbar war.

»Der wird doch nicht …« Es klingelte an der Tür.

Tischler stellte den Kaffee auf seiner Wanderkarte ab. Exakt auf der Winkelmoosalm. Er hoffte, dass sein Besucher vielleicht draußen vor dem Eingang blieb und gar nicht erst ins Haus …

»Hallo? Herr Kommissar?«, hörte Tischler den Jäger im Hausflur rufen. Es klingelte erneut, gefolgt von einem Klopfen.

»Vielleicht ist er nicht daheim, Resi. Was meinst? Sollen wir noch mal probieren?« Resi bellte. Es klingelte wieder.

Der Kommissar schlich auf Zehenspitzen zu seiner Wohnungstür und lugte durch den Spion. Ferstel schwitzte, als er zu Resi hinabblickte. Die Tasche hatte er neben sich abgestellt. Unaufhörlich läutete er, doch Tischler verhielt sich ruhig. Just, als Ferstel den Rückzug antreten wollte, öffnete sich die Tür von Frau Kneidinger, die gegenüber wohnte.

»Herr Ferstel! Was machen S' denn für einen Radau in aller Herrgottsfrühe! Sie schreien uns ja das ganze Haus zusammen. Zu wem wollen S' denn? Zum Herrn Kommissar?«

»Ja«, bestätigte Ferstel. »Der ist aber nicht da, wie es aussieht. Ob er vielleicht auf der Wache ist?«

»Ach, woher!«, wusste Frau Kneidinger. »Ich hab ihn doch heute Morgen gesehen, wie er mit einer Tüte vom Bäcker gekommen ist. Das ist keine halbe Stunde her. Gehen S' mal zur Seite.«

Frau Kneidinger drückte sich in ihrem Morgenmantel am Jäger vorbei und klingelte Sturm.

»Hallo! Herr Hauptkommissar! Hallo! Sie haben Besuch!« Sie drehte sich zu Ferstel um. »Ich weiß auch nicht, warum er nicht hört. Vielleicht ist ja was passiert. Ob ich die Feuerwehr …«

Tischler riss die Tür auf. »Frau Kneidinger. Welch Freude am frühen Morgen!«

»Ja, wo sind Sie denn nur? Wir klingeln schon stundenlang.«

»Ich war im Bad. Grüß Gott, Herr Ferstel! Servus, Resi!« Resi bellte.

»Mei, Herr Kommissar, es ist mir wirklich unangenehm. Aber ich hätte eine Bitte.«

»Um was geht es denn, Herr Ferstel?«

Ferstel wollte gerade ansetzen, als sein Blick auf Frau Kneidinger traf.

Die kam sofort einen Schritt näher, um besser hören zu können.

»Herr Kommissar, vielleicht könnte ich Ihnen drinnen schnell …«

»Freilich«, folgte Tischler dem Wunsch des Jägers, machte einen Schritt zur Seite, um ihm Eintritt in seine Wohnung zu gewähren, und schenkte seiner Nachbarin ein Lächeln. »Danke für Ihre Hilfe, Frau Kneidinger. Einen schönen Tag wünsch ich.« Energisch schloss er die Tür vor ihrer Nase.

Tischler bückte sich nach Resi und streichelte ihren kleinen Kopf. Sie quittierte diese Geste mit einem kurzen Wuff und uneingeschränkter körperlicher Nähe.

»Also, Herr Ferstel. Was kann ich für Sie tun?«

»Mei, Herr Kommissar, die Tante meiner Frau aus Passau ist verstorben. Gott hab sie selig.« Er kniff die Augen zusammen. »Wobei ich eher glaube, dass die nach unten kommt, wenn S' verstehen, was ich meine. Das war vielleicht ein Mistviech, sag ich Ihnen.« Ferstel bekreuzigte sich nach dieser Aussage.

»Und was habe ich mit dieser Tante zu tun?«

Ferstel warf einen Blick auf Resi. Die hatte allerdings ausschließlich Augen für den feschen Kommissar.

»Wissen S', Herr Kommissar, die lange Fahrt nach Passau, dann die Beerdigung … Wir sind einfach ratlos, wohin mit dem Reserl. Nicht, dass die auf dem Friedhof zu graben anfängt. Knochen gibt es da genug!« Er lachte verschmitzt.

Tischler lachte ebenfalls. Plötzlich verstummte er schlagartig. »Wie? Sie meinen, ich sollte die Resi …«

»Es wär ja nur bis Montagabend. Wir würden dann noch zwei Nächte dranhängen, weil wir uns alle so lange nicht mehr gesehen haben. Da passt der Anlass wunderbar, um sich wieder einmal auszutauschen. Die Beerdigung selbst ist schon heute. Drum pressiert es mir ja so. Spätestens um zwei dürfte die Tante unter der Erde sein, dann der Leichenschmaus und ein wenig später gehen wir zum gemütlichen Teil über.« Er spähte wieder zu der Dackeldame. »Schauen S', wie sie Sie ansieht! Sie hat sich so gefreut, als ich ihr heut Morgen gesagt hab, dass wir Sie besuchen. Wenn sie sich freut, dann bellt sie ganz anders. Die Resi ist auch ganz brav. Meine Frau hat alles eingepackt, was sie braucht. Sie müssen nix kaufen. Und ihre Decke hab ich ebenfalls dabei, damit sie Ihnen das Sofa nicht so voller Haare macht.«

Tischler sah nach unten in die großen Augen der Hündin, die es ihm unmöglich machten, dem Jäger diese Bitte abzuschlagen.

»Na, wenn es nicht anders geht, dann ...«

»Pfundig, Herr Kommissar. Meine Frau hat gleich zu mir gesagt: ›Josef‹, hat sie gesagt, ›wirst sehen, der Herr Kommissar ist ein Tierfreund!‹« Er drückte Tischler die mitgebrachte Tasche in die Hand. »Hier drin ist ein Spezialfutter für die Resi, damit ihr Fell schön glänzt. Das bestellt meine Frau im Internetz. Die spinnt da ein bisserl herum, seit sie in ihren Zeitschriften immer liest, was die Reichen und Berühmten mit ihren Hunderln so alles anstellen. Und da meint sie, dass es der Resi genauso gehen soll.« Er bückte sich und tätschelte ihren Kopf. »Gell, Resi!«

»Na dann ... wir werden das schon hinbekommen, wir zwei«, versicherte Tischler dem Jäger. »Und was, wenn irgendwas ist? Wie kann ich Sie ...«

»Ist alles in der Tasche. Meine Frau hat an alles gedacht: Handynummer, die Nummer vom Friedhof und von der Tante. Vorausgesetzt, die haben das Telefon nicht bereits stilllegen lassen. Wissen S', das sind ja solche Geizkrägen da in der Familie. Bin gespannt, ob es überhaupt was Anständiges beim Leichenschmaus gibt. Nicht, dass die am Ende nur eine kalte Platte mit Kanapees und diesem Mixed-Pickles-Scheißdreck servieren. Dafür fahr ich nämlich nicht hundertfünfzig Kilometer, um in einen Bierschinken zu beißen.« Er öffnete Tischlers Wohnungstür. »Jetzt muss ich aber los. Pfiat di, Reserl. Und schön brav sein. Und noch mal, Herr Kommissar: Vergelts Gott.« Schwups war er aus der Tür und trat mit zufriedenem Gesichtsausdruck seinen Heimweg an.

Tischler nahm die Resi auf den Arm und ging mit ihr zu seinem großen Wohnzimmerfenster.

»Schau, Resi, magst deinem Herrchen noch mal winken?« Sie bellte. Als er sie absetzte, dackelte sie neugierig durch die Wohnung und stand wenig später wieder vor ihm.

»Resi? Warst du schon mal auf der Hörndlwand? Noch nicht? Na, dann wird es aber Zeit. Aber ich sag es gleich: Das wird kein Spaziergang. Absturzgefahr kann dort nicht ausgeschlossen werden. Das heißt, dass wir immer zusammenbleiben müssen. Quasi als Seilschaft. Host mi?«

Resi gab keinen Mucks von sich und die Vermutung lag nahe, dass Resi sehr wohl bewusst war, dass Gassi gehen mit dem jungen Hauptkommissar etwas völlig anderes bedeutete als mit dem behäbigen Jäger Ferstel.

Auf dem Land erlebt man was

»Und, Resi? Gefällt es dir hier? Ist gar nicht so steil, wie ich dachte.«

Resi trippelte bereits seit über einer halben Stunde brav neben Tischler den Weg entlang. Sie hatten seit dem Wanderparkplatz Seehaus, von dem aus sie gestartet waren, nur eine Handvoll Biker oder Wanderer getroffen. Natürlich hätte Tischler auch die andere Route wählen können. Bachläufe, über Stock und Stein, ein schattiger Bergwald … Doch der Versorgungsweg erschien ihm vernünftig in Anbetracht dessen, dass Resi sehr kurze Beine hatte und er sich nicht sicher war, in welchem Zustand sich der andere Weg befand. Kurzum: Die Gefahr, die Dackeldame auf die Hörndlwand tragen zu müssen, war ihm einfach zu groß.

Der Weg führte die beiden an ein paar Wasserläufen vorbei, aus denen sich Resi bei jeder Gelegenheit bediente, bevor sie wieder etwas an Geschwindigkeit zulegte, um den Kommissar einzuholen. Es schien ihr zu gefallen, zur Abwechslung etwas anderes zu sehen als Ferstels Jagdrevier oder Gudrun Ferstels Fellbürste, mit der sie die Dackeldame wahrscheinlich täglich malträtierte. Tischler ließ sie verbotenerweise frei laufen. Um diese Entscheidung vor sich selbst und den anderen Wanderern zu rechtfertigen, beförderte er Resi kurzerhand zum Polizeihund im Praktikum. Weshalb sie alleine aus autoritären Gründen nicht an einer Leine gegängelt werden konnte. Schließlich lief Polizeiobermeister Fink ebenfalls frei neben Tischler her.

»Resi? Reeesi! Wo bist denn? Das haben wir so nicht ausgemacht. Hörst du?«

Sie bellte. Doch es schien nicht so, als hätte sie auf ihn gehört. Er ging langsam weiter, in der Hoffnung, dass sie ihm aus Angst, sie könnte ihn verlieren, schnell hinterherwetzen würde. So funktionierte es zumindest in den zahlreichen Fernsehsendungen über Hundeerziehung, an denen er hin und wieder vorbeizappte.

»Resi! Sacklzement, jetzt komm! Der Gipfel erreicht sich nicht von alleine. Außerdem gibt es oben auf der Hütte bestimmt eine feine Wurst für dich!«

Tischler blieb stehen. Ihr Bellen kam von den Holzstämmen, die etwa zehn Meter hinter ihm neben dem Weg zur Abholung aufgestapelt waren. Wieder pfiff er nach ihr. Doch sie quittierte sein Pfeifen mit rastlosem Bellen. Vielleicht hätte er ihr bereits auf dem Parkplatz schon die Leine umlegen sollen? Er verließ den Weg und marschierte um die Baumstämme herum an das Ende, von dem er Resi bellen hörte.

»Resi! Herrschaftszeiten! Was machst du denn da hinten? Ich hab dir doch gesagt, dass … Hoppala!«

Tischler staunte nicht schlecht, als er wahrnahm, was Resi entdeckt hatte. Jäger Ferstel schien bei der Erziehung seines Jagdhundes ganze Arbeit geleistet zu haben. Zumindest hatte seine Hündin eine feine Nase für Dinge, die im Wald oder neben dem Weg herumlagen und dort nicht hingehörten.

Resi hörte auf zu bellen, als sie ihr Wochenendherrchen erblickte. Sie ließ von ihrem Fund ab, stellte sich hinter ihn und verharrte gespannt. Tischler starrte auf einen regungslosen Körper herab, der dort hinter den Baumstämmen lag. Er ging neben ihm in die Hocke. Designerjeans, Markensneakers, Designerblouson, Barber-Shop-Haarschnitt.

»Hallo? Können Sie mich hören?«, rief Tischler in der Hoffnung, dass sich die Person daraufhin bewegen würde. Er fühlte an der Halsschlagader den Puls. Nichts. Seine Hoffnung verflog schnell, als er den Körper ein wenig zur Seite neigte. »Nein, Sie können mich nicht hören«, fügte er hinzu, als er wieder in den Stand kam. Das weiße Hemd wies am Bauch einen Riss oder Schnitt auf und war mit Blut benetzt. Nicht viel, doch Tischler wusste aus Erfahrung, dass es bei Verletzungen in dieser Region des Körpers innerlich ganz anders aussehen konnte.

Resi wedelte mit dem Schwanz und blinzelte erwartungsvoll zu Tischler auf. Der bückte sich nach ihr und klopfte ihr gegen die schlanke Hüfte.

»Sehr gut hast du das gemacht, Resi. Dafür gibt es heute Abend etwas ganz was Feines für dich!« Sie bellte.

Tischler ging zurück auf den Weg und kramte in seinem Rucksack nach dem Handy. Er wählte die Nummer seines Kollegen. Als kein Freizeichen kam, sah er auf das Display.

»Verdammt!«, fluchte er. Kein Netz. Weit und breit war kein Wanderer oder Biker zu sehen. Es blieb ihm also nichts anderes übrig, als die Leiche für einen Moment zurückzulassen, um Fink und die Kollegen von der Spurensicherung zu verständigen. Er erinnerte sich, dass eine Almhütte auf halber Strecke eingezeichnet war. Schnell zog er die Karte aus seinem Rucksack, um zu eruieren, wie weit er noch von ihr entfernt war. Nach einem kurzen Blick packte er sie wieder zurück.

»Resi, komm. Wir müssen Hilfe holen.«

Zügig setzte Tischler seinen Marsch fort. Resi hatte alle Mühe, mit ihm Schritt zu halten. Er ging den Forstweg weiter, bis er an eine Weggabelung gelangte. Auf einem der gelben Schilder entzifferte er das Ziel, das von seinem Standort aus am nächsten war.

»Flachklamm-Alm«, las Tischler. »Da müssen wir hin.« Er folgte dem Wegweiser nach links und beschleunigte seine Schritte, Resi immer neben ihm.

Keine zehn Minuten später sah Tischler aus der Ferne sein Ziel. Mit Blick auf sein Handydisplay steuerte er geradewegs über die Wiese auf die Holzhütte zu.

»Komm schon, komm schon«, fieberte Tischler dem ersten Balken entgegen, der ihm einen schnellen Notruf ermöglichen würde.

Schnell näherte er sich immer mehr der Hütte, bis er schlagartig stehen blieb. Er hatte Netz und wählte Finks Nummer.

»Constantin?«

»Servus, Felix! Lass alles stehen und liegen und komm nach Seehaus zum Wanderparkplatz bei dem Gasthaus!«

»Constantin, ein anderes Mal gerne. Aber die Mama hat so schöne …«

»Nicht zum Essen. Dienstlich! Wir haben eine Leiche!«

»Im Gasthaus?«

»Nein! Auf dem Forstweg zur Hörndlwand rauf.«

»Soll ich dann unten parken und hinaufgehen?«

Tischler bemerkte, dass er seine Art und Weise, einen informativen Notruf abzusetzen, noch einmal überdenken musste. Er holte tief Luft.

»Noch mal von vorn. Du fährst sofort nach Seehaus zum Wanderparkplatz und dann weiter den Forstweg hinauf Richtung Hörndlwand. Etwa auf halber Strecke siehst du mich. Und bring das große Besteck mit.«

Stille am anderen Ende. »Was meinst jetzt damit?«

»Na, Spurensicherung, Rechtsmedizin, Bestatter, ein paar Schaulustige … Was wir eben so brauchen, wenn wir es mit einer Leiche zu tun haben.«

»Okay«, bestätigte Fink die Anweisung. »Habe verstanden. Hat sich da einer beim Wandern überanstrengt?«

Tischler blinzelte Resi zu, die es sich in der Wiese gemütlich gemacht hatte. »Entweder das, oder es liegt an der Wunde, die nach einer Stichverletzung aussieht.«

»Ui! Also Mord?«

»Vielleicht. Oder ein bisserl unglücklich hingefallen. Jetzt mach dich auf den Weg, du siehst mich dann schon. Und beeilt euch. Bei dem schönen Wetter ist es gut möglich, dass es am Nachmittag die Langschläfer aus München in die Berge zieht.« Tischler steckte das Handy zurück in die Tasche. Er blickte zu Resi, die sich mittlerweile im Gras liegend für ein paar Kühe interessierte, die etwa hundert Meter weiter grasten.

»Das hättest du dir heute Morgen nicht gedacht, oder, Resi? Wanderung mit dem Herrn Kommissar, Natur, Kühe, eine Leiche … Ja, auf dem Land, da erlebt man noch was.« Er ging in die Knie und kraulte seine Begleiterin am Bauch.

Nebenbei schaute er zur Berghütte, die inmitten der Alm thronte und einen Anblick bot, den man als Nichtwanderer nur von Postkarten kennt. Tischler fragte sich, ob sich viele Gäste an einem Samstagmittag hierher verirrten. Er richtete seinen Blick etwas weiter nach links auf die Wiese vor der Hütte, wo jemand im Schneidersitz im Gras saß und zum Himmel stierte. Mit gefalteten Händen verharrte der Mann eine Weile regungslos. Während Tischler überlegte, ob er nach dem Rechten sehen sollte, erhob sich die nur mit einer Unterhose bekleidete Person. Bedächtig breitete die Gestalt ihre Arme aus, blickte wieder zum Himmel und verharrte erneut in dieser Position.

»Komm, Resi, wir müssen wieder zurück. Auf geht's.«

Tischler drehte sich nochmals zu dem Typen um, der dort auf der Wiese vor der Hütte seltsame Dinge tat. Vielleicht hatte er etwas gesehen?

Als er zu den Baumstämmen zurückkam, war es immer noch ruhig. Wie zu erwarten war, befand sich auch die Leiche des jungen Mannes dort, wo Resi sie zuvor entdeckt hatte. Tischler blieb diesmal etwas entfernt vom Fundort stehen, um der Spusi nicht noch mehr Spuren zu vernichten. Er guckte sich um. Hinter ihm stand ein Hochsitz etwa fünf Meter von den Baumstämmen entfernt. Tischler legte seinen Rucksack ab und stieg die Trittleiter nach oben, um sich einen besseren Überblick zu verschaffen. Außer der Verpackung eines Kondoms und zwei Zigarettenstummeln fand er auf dem Hochsitz nichts weiter vor. Dennoch blieb er auf der letzten Stiege stehen. Vielleicht hatte der Täter seinem Opfer von hier oben aus aufgelauert. Tischler drehte sich zu beiden Seiten. Von dort oben konnte man den Forstweg in beide Richtungen gut einsehen. Er starrte auf die Leiche hinunter und überlegte, wie lange sie wohl dort schon lag. Es hatte seit Tagen nicht geregnet. Vielleicht seit gestern? Oder einen Tag länger?

Noch bevor Tischler Antworten auf seine Fragen bekommen sollte, wusste er eines ganz genau. Diese Person gehörte genauso wenig in die Berge wie Resi in die Großstadt. Fragte sich nur, was ein junger Mann in dieser Bekleidung alleine auf diesem Forstweg zu suchen hatte. Was es auch war, es hatte sein Leben viel zu früh beendet.

Immer am Wochenende

»Constantin, ich hab die Bereitschaftspolizei informiert. Die schicken einen Trupp aus München, der die Gegend absucht«, informierte Fink den Hauptkommissar, der den soeben eingetroffenen Rechtsmediziner begrüßte.

»Dank dir, Felix. Du kennst ja Doktor Forster.«

»Freilich. Servus, Herr Doktor.«

Dr. Forster grüßte den Polizeiobermeister zurück, der in seinem Janker wie kein Zweiter zur Umgebung passte. Alles, was ihm zum perfekten Look noch fehlte, waren Rucksack und Wanderstiefel. Luis Trenker hätte seine wahre Freude an ihm gehabt.

Tischler hob für Forster das Absperrband an, das die Kollegen weiträumig um den Fundort gespannt hatten. Dabei warf er einen flüchtigen Blick zu Resi, die er am Hochsitz festgemacht hatte. Aufmerksam beobachtete sie das Treiben ihres Teilzeitherrchens und seiner Kollegen, stets bereit, ihm unterstützend zur Seite zu stehen.

»Was haben wir denn?«, fragte Forster, als er hinter die Baumstämme trat und auf den leblosen Körper herabblickte, während er sich Handschuhe über die Finger streifte.

Tischler und Fink taten es ihm gleich.

»Junger Kerl, vielleicht achtzehn oder neunzehn Jahre alt. Ich habe ihn vor etwa anderthalb Stunden entdeckt. Besser gesagt, die Resi.«

»Und wer ist Resi?«

»Der Dackel dort hinten. Er gehört unserem Jäger von Brunngries.« Resi bellte zweimal, als die drei Männer sie gleichzeitig betrachteten.

»Verstehe!« Forster öffnete seinen Alukoffer. »Haben wir sonst noch etwas?«

»Am Rand des Forstweges habe ich Blut entdeckt, die Kollegen von der Spusi nehmen eine Probe. Außerdem haben wir vom Weg bis hierher Schleifspuren. Vermutlich kam es dort zur Verletzung und der Körper wurde danach hier abgelegt.«

Forster nickte und kniete sich neben den jungen Mann. Akribisch begann er, das Opfer gründlich zu untersuchen, soweit ihm dies an Ort und Stelle möglich war.

»Am Bauch ist sein Hemd beschädigt und weist Spuren von Blut auf«, informierte Tischler den Mediziner, der zuerst die Rückseite des jungen Mannes inspizierte, bevor er ihn vorsichtig umdrehte.

»Ah ja. Ich sehe schon«, bestätigte er. »Dem Anschein nach haben wir es hier mit einer Stichverletzung zu tun.«

»Müsste dann hier nicht viel mehr Blut sein?«, erkundigte sich Fink interessiert und zückte seinen Block.

»Mitnichten. Bei Stichwunden im Bauchbereich treten an der Oberfläche meist nur kleine Wunden auf, die jedoch oft sehr tief reichen. Die Blutung findet mehr in der Bauchhöhle statt. Je nachdem, welche Organe oder Gefäße die Stichwaffe getroffen hat. Wenn dann nicht schnell eine ärztliche Versorgung folgt …« Er blinzelte zu Fink nach oben. »Das Ergebnis sehen Sie hier.«

»Können Sie bereits etwas über die Stichwaffe sagen?« Tischler ging neben Forster in die Knie.

»Näheres natürlich nach einer gründlichen Untersuchung in der Gerichtsmedizin. Aufgrund der Größe der Wunde vermute ich ein Taschenmesser oder Ähnliches.« Forster warf einen genaueren Blick auf die Wunde. »Sehen Sie hier die etwas breitere Stelle an dieser Seite der Wunde?« Tischler nickte. »Das ist ein Schwalbenschwanz. Der tritt auf, wenn ...«

»Wenn sich das Opfer während des Stichvorgangs bewegt«, beendete Tischler den Satz des Mediziners. »Ich hatte in München hin und wieder mit Messerstechereien zu tun.«

»Da ich keine wellenartigen Riffelungen der Wundränder erkennen kann, gehe ich von einem typischen Taschenmesser mit einer glatten Klinge aus.«

»Abwehrverletzungen?«

Forster warf einen Blick auf die Hände und Handgelenke des jungen Mannes, während Fink aufmerksam dem Treiben folgte und jedes Wort wissbegierig in sich hineinsaugte.

»Negativ. Vielleicht wurde das Opfer überrascht, wovon ich jedoch eher bei einem Stich in den Rücken ausgehen würde. Aber wie gesagt, nähere Untersuchungen kann ich erst in Traunstein durchführen.«

»Vielleicht hat er den Täter gekannt?«, warf Fink engagiert ein.

»Kann sein«, stimmte ihm Forster zu, ohne seinen Blick von dem leblosen Körper zu nehmen.

»Was ist das da direkt neben dem Schnitt?« Tischler deutete auf die Stelle, die eine etwas bläuliche Färbung aufwies.

Forster beugte sich erneut über die Wunde. »Vermutlich ein Hämatom. Wahrscheinlich durch das Heft des Messers passiert.«

»Heft?«

»Der Griff«, erklärte Tischler seinem eifrigen Kollegen, der diese Information mit großen Augen abnickte und sofort notierte.

»Gut möglich, dass das Messer bis zum Anschlag in den Körper gestochen wurde, wodurch sicherlich das eine oder andere Organ verletzt wurde.«

»Todeszeitpunkt?«

»So unberührt, wie der Körper bislang wirkt, würde ich nach Mitternacht vermuten, aber wie gesagt …«

»Ich verstehe. Hat er irgendwas bei sich? Geldbörse, Uhr, Schlüssel …«

»Nichts. Nur das, was er auf dem Leib trägt.«

Tischler ging zurück auf den Forstweg und blickte in alle Richtungen.

»Suchst du dir jetzt schon deine Fälle selbst, indem du im Chiemgau herumspazierst?«, feixte Jens Gebhard von der Spurensicherung.

Tischler lächelte ein wenig. »Sagen wir es so. Jede Tat, die hier passiert, verhindert die Schließung der Brunngrieser Dienststelle. Ich mach das nur für meine Kollegen.«

»Ist das immer noch nicht vom Tisch?«, wunderte sich Gebhard, während er ein paar Umgebungsaufnahmen schoss.

»Du weißt doch. Gespart wird an jeder Ecke. Und? Habt ihr mittlerweile was für mich?«

»Nicht viel. Die Spuren vom Forstweg sind gesichert. Es ist davon auszugehen, dass die Tat direkt hier vorne passiert ist. Anschließend wurde der Körper vom Weg hinter das Holz geschleift. Das Ganze ging in einem Zug, ohne den Körper abzusetzen.«

»Irgendwas gefunden? Waffe oder Sonstiges?«

»Bisher noch nicht, aber wir sind ja erst gekommen. Im Übrigen wär's schön, wenn du deine Leichen unter der Woche aufstöbern würdest. Mein Schwager ist bei uns daheim und wir wollten grillen.«

»Sorry«, entschuldigte sich Tischler höflich. »Mein Fehler.«

»Jens?«, rief Fink den Mann von der Spusi. »Schau dir das mal an.«

»Hast einen Borkenkäfer entdeckt?«, antwortete Jens und stupste Tischler mit dem Ellbogen an. Der sah es allerdings inzwischen nicht mehr so gerne, wenn Fink mit derartigen Äußerungen vorgeführt wurde. Er schmunzelte lieber innerlich.

»Schmarrn, Borkenkäfer. Schau doch!« Er deutete vor sich auf den Boden.

Jens ging auf die Knie. »Reifenspuren. Bei dem Stollenprofil vermute ich ein Zweirad. Könnte ziemlich frisch sein«, mutmaßte Gebhard und folgte mit Tischler den Spuren, die kurz vor dem Opfer endeten und sich von dort aus wieder entfernten.

»Also, entweder ist es purer Zufall, dass die Spuren hier vor dem Kerl enden, oder jemand hat ihn bereits vor Resi und mir entdeckt. Gutes Auge, Felix!«, lobte Tischler seinen Kollegen, der umgehend zwei Zentimeter größer wurde.

»Oder der Täter hat seine Maschine hinter dem Holz geparkt und dem Opfer aufgelauert«, überlegte Gebhard.

»Auch möglich. Apropos Auflauern. Schaut euch noch den Hochsitz genauer an. Da oben sind ein paar Fundstücke. Vielleicht ist da ja was dabei.«

»Da schick ich den Schwaiger hoch. Ich bin nicht schwindelfrei. Außerdem muss ich die Reifenspuren sichern und noch ein paar Übersichtsaufnahmen schießen.« Gebhard machte sich auf den Weg zurück zu seinem Fahrzeug, um die nötigen Utensilien aus dem Kofferraum zu holen.

Fink stellte sich neben Tischler. »Und? Was glaubst du?«

»Was meinst du?«

»Unfall, Zufallsmord, Raubmord …«

»Schwer zu sagen.« Tischler spähte zu Resi, die aufmerksam dem Treiben um sich herum folgte. »Sagt dir eigentlich diese Flachklamm-Alm etwas?«

Fink zuckte mit den Schultern. »Ich weiß nur, dass es sie hier in der Nähe gibt. Das war's auch schon. Ich bin eigentlich nicht so der große Wanderer.«

Gebhard kam zurück und wedelte mit einem Handy vor Tischlers Gesicht herum.

»Das habe ich neben dem Holz gefunden. Ist vielleicht dem Opfer aus der Tasche gerutscht, als er abgelegt wurde.«

»Oder es gehört dem Täter.« Tischler nahm ihm das Handy ab und drückte die Home-Taste, woraufhin auf dem Display das Zahlenfeld für die PIN-Eingabe erschien. Er gab es an Gebhard zurück, der es in einen Asservatenbeutel packte. »Könnt ihr das knacken?«

Gebhard sah Tischler herablassend an. »Ist jetzt nicht dein Ernst, oder?«

»Ich frag ja bloß. Der Akku ist fast leer. Kannst du da irgendwas daraus schließen?«

»Nicht wirklich. Jeder Akku ist anders. Außerdem wissen wir nicht, wann er geladen wurde. Und hier in den Bergen … Je beschissener das Mobilfunksignal ist, desto mehr rackert sich ein Handy ab, um die Verbindung nicht zu verlieren. Ich sag dir Bescheid, wenn wir was haben.« Gebhard wollte gerade zu seinem Wagen zurück, als er hinter Tischler seinen Kollegen entdeckte, wie der sich mit seinem Koffer den Hochsitz hinaufkämpfte.

»Hans! Geht's?«

»Ein Scheiß ist das hier!«, fluchte Hans Schwaiger auf der dritten Sprosse, wohl wissend, dass er noch zehn weitere vor sich hatte. Er wetterte weiter, was Resi, die immer noch am Hochsitz angeleint war, gar nicht gefiel. Sie knurrte.

»Samstagmittag! Habt ihr euch eigentlich mal gefragt, warum die meisten Taten am Wochenende passieren?«

Gebhard und Tischler zuckten mit den Schultern und linsten erwartungsvoll zu Schwaiger hinauf, der mittlerweile vier weitere Sprossen hinter sich gebracht hatte.

»Weil sie uns damit auf den Sack gehen wollen! Mit ein bisserl Anstand begeht man einen Mord zwischen Montag und Donnerstag. Was soll ich da oben überhaupt?«

»Ich habe da vorhin ein paar Zigarettenstummel gefunden und eine leere Packung Kondome«, unterrichtete Tischler den Mann von der Spurensicherung, der daraufhin abrupt in der Aufwärtsbewegung einfror.

»Ja mei! Da hat halt ein junges Pärchen miteinander geschnaxelt und dann haben sie noch eine gedampft. Polizei! Polizei!«

Schwaiger war kurz darauf am Ziel und klappte seinen Koffer auf. Seine Kollegen schätzten ihn nicht nur wegen seiner gewissenhaften Arbeitsweise, sondern für den Unterhaltungswert, für den er sie regelmäßig mit Monologen dieser Art beglückte.

Tischler begutachtete nochmals die Blutspuren am Wegrand. Es waren etwa acht bis zehn Meter zum Holzstapel.

»Was überlegst du?«, wollte Fink wissen.

»Der Weg verläuft an dieser Stelle sehr lange in beide Richtungen gerade. Das Opfer hätte also den Täter frühzeitig erkennen müssen. War gestern Vollmond?«

»Drei Viertel, wenn ich nicht irre. Ich glaub, dass ihm der Täter hinter dem Holz aufgelauert hat. Und nach der Tat ist er oder sie dann mit dem Motorrad geflüchtet.«

»Wohl eher ein Er. Eine Frau schleppt einen Kerl sicher nicht knapp zehn Meter hinter einen Holzstapel. Außerdem wurde er erstochen. Das passt irgendwie nicht zu einer Frau.«

»Ich habe aber auch noch nicht gehört, dass eine Frau jemanden zu Tode gekratzt hat«, grinste Fink und kratzte sich selbst am Hinterkopf.

»Schmarrn. Zu Tode gekratzt … Manchmal haust du so Dinger raus … Nein! Frauen vergiften, vielleicht erschießen sie noch …«

»Oder sie geben einen Mord in Auftrag. Möglicherweise waren die Täter zu zweit?«

»Schau, Felix – wenn du so denkst, gefällt mir das. Und jetzt lass uns ein bisserl Gassi gehen. Ich möchte mir diese Flachklamm-Alm etwas genauer anschauen.«

»Glaubst du, dass der Kerl von dort gekommen ist?«

Tischler löste Resis Leine vom Hochsitz. »Wir werden es herausfinden.«

»Warum hast du eigentlich den Hund vom Ferstel?« Fink bückte sich nach der Resi, um sie ein wenig hinter dem Ohr zu kraulen, was die sich gerne gefallen ließ.

»Weil sich der Ferstel in Passau einen Leichenschmaus gönnt.«

»Beerdigung?«

»Ganz genau. Und deswegen hat er die Resi gefragt, wo sie denn unterdessen hinmöchte. Und da hat sich die Resi für mich entschieden.«

»Und du warst heute Morgen wandern und da habt ihr die Leiche entdeckt?«

»Nein. Nicht wir. Das war ganz alleine die fesche Resi. Gell, Resi?«

Fink beäugte die Dackeldame kritisch. »Wir sollten uns langsam, aber sicher fragen, ob der Ferstel den Hund anstelle auf Rehe und Hasen auf tote Menschen abgerichtet hat. Die Resi hat damals doch auch die Wirtin gefunden?«

»Ja, hat sie. Vielleicht lassen wir sie künftig einmal wöchentlich durch die Wälder streifen. Wer weiß, wer hier sonst noch herumliegt. In dem Fall brauchen wir uns keine Gedanken mehr zu machen, ob die Dienststelle dichtgemacht wird, und unser Polizeioberrat Schwenk baut höchstpersönlich an. Vielleicht bekommst du ein neues Büro und eine eigene Kaffeemaschine? Dann musst du nicht ständig bei mir herumlungern.«

»Meinst echt?«

Tischler zuckte mit den Schultern. Was gab es Schöneres, als einem geschätzten Kollegen Hoffnung zu machen?

Marihuana ist pflanzlich

Tischler hielt die kleine Schüssel, die er in seinem Rucksack hatte, unter den Wasserstrahl, der aus einer Leitung vor der Flachklamm-Alm in einen ausgehöhlten Baumstamm plätscherte.

»Da, schau, Resi, hast ein feines Wassi.« Kaum hatte er die Schüssel in den Kies gestellt, schaufelte sie das kühle Nass mit ihrer Zunge in sich hinein und wedelte freudig mit dem Schwanz.

»Und du denkst, es ist jemand da?« Fink genehmigte sich ebenfalls eine Handvoll Wasser.

»Vorhin war es zumindest so. Lass uns mal in die Hütte schauen. Vielleicht ist sie ja offen.«

Wer auch immer diese Hütte irgendwann erbaut hatte, hatte sich eine perfekte Lage dafür ausgesucht. Umgeben von kleinen Almen und Hügeln lag sie geschützt in einer winzigen Senke und bewahrte Wanderer und andere Besucher bei ihren Jausen vor windigen Böen, wie sie gerne im Herbst auftraten. An diesem Sommertag wehte kein Lüftchen. Die Sonne stand hoch um die Mittagszeit und schickte ihre Strahlen kräftig auf die Erde hinunter, sodass es sich anbot, einen der zahlreichen Sonnenschirme auf der großzügigen Terrasse aufzuspannen.

Da jedoch kein Gast weit und breit zu sehen war, standen die Schirme eingeklappt der Reihe nach Spalier und warteten auf ihren Einsatz. In der Ecke der Terrasse lehnten Liegestühle mit Aufdruck einer hiesigen Brauerei. Dass die Hütte in Betrieb war, verrieten die üppig bepflanzten Blumenkästen, die Tischler auf dem Balkon über dem Eingang auffielen.

Die Hütte sah sehr gepflegt aus, weswegen es den Kommissar umso mehr erstaunte, dass sie an einem Samstag um diese Uhrzeit nicht frequentiert war. Er leerte den Rest aus Resis Schüssel ins Gras und packte sie zurück in den Rucksack, während Resi die Gunst der Stunde nutzte und mit einem kleinen Spritzer den Brunnen markierte. Nur für den Fall, dass sich ein anderer Vierbeiner hierher verirrte.

»Wusste nicht, dass auch die Dackelmädels markieren«, stellte Felix erstaunt fest, zog seinen Janker aus und legte ihn über den Arm.

»Mei, Hund ist Hund. Obwohl die Resi sowieso kein Hund ist. Gell, Resi! Du bist ein Dackel!«

»Du sprichst schon wie der Ferstel mit ihr. Muss ich mir Sorgen machen?«

Tischler grinste seinen Kollegen süffisant an. »Fragt der, der mit einem Janker ins Bett geht.«

»Das stimmt doch überhaupt nicht. Ich …«

»Kann ich was für euch tun?«, unterbrach eine kräftige Stimme den kleinen Schlagabtausch der beiden Beamten.

Aus der Hütte tauchte ein gut gebauter Mann mit einem hellbraunen Traveller-Trachtenhut auf, an dessen Kordel eine Falkenfeder thronte. Seine etwas längeren Haare lagen auf den Schultern und verliehen ihm einen Look, wie man ihn aus den späten Achtzigern kannte. Das leinene Trachtenhemd im Landhausstil steckte in seiner kurzen, abgewetzten Lederhose und war bis zur Brust geöffnet. Wahrscheinlich, damit man den Indianerschmuck, den er um den Hals trug, besser sehen konnte. Barfuß näherte er sich den beiden Beamten mit einer Kaffeetasse in der Hand.

Der Kommissar wunderte sich, hier inmitten der Chiemgauer Alpen auf Landhausmode zu stoßen. Auf dem Münchner Oktoberfest entlarvten sich Besucher in dieser Mode stets als Preußen oder, wie man so schön sagte, als *Zuagroaste.*

»Sind Sie hier der Hüttenwirt?«, wandte sich Tischler an den Behüteten und zog Resi etwas näher an sich heran.

»Ich hab am Samstag eigentlich nicht offen. Das ist aber unten an der Tafel am Wanderparkplatz angeschrieben.« Er blieb vor den Männern stehen und prostete ihnen mit seiner Kaffeetasse zu. »Ich könnt euch eine kalte Jause machen. Mit ein bisserl was vom Geräucherten und einem Käs. Jetzt, wo ihr schon mal hier seid.«

»Wir sind nicht auf einer Wanderung, Herr …«

»Pfleger, Rudi. Sag Rudi«, duzte ihn der Hüttenwirt, was jedoch für bayerische Verhältnisse ab einer Höhe von tausend Metern eh für gewöhnlich ein ungeschriebenes Gesetz war.

»Tischler. Hauptkommissar. Das ist mein Kollege, Polizeiobermeister Fink. Wir hätten ein paar Fragen an Sie.«

Der Wirt rückte seinen Hut gerade. »Wären wir unten im Tal, würde ich euch fragen, ob die Musik gestern Abend zu laut war. Aber hier oben … Kommt. Setzen wir uns da vorne in den Schatten. Wie schaut's aus mit einer Mittagshalben?«

»Für mich nur ein Wasser, bitte«, entschied sich Tischler. Fink schloss sich an.

»So, dann erzählts mir doch mal, was euch in diese Gegend hier oben verschlägt?« Der Wirt stellte die Nullfünfer-Glaskrüge auf den Tisch und setzte sich mit seinem Kaffee gegenüber.

Resi hatte es sich auf der Bierbank gemütlich gemacht und folgte mit ihren Augen einer Biene, die über ihrem Kopf surrte.

Tischler blickte am Wirt vorbei auf den Tisch hinter ihm, wo sich unzählige Schnaps- und Weinflaschen angesiedelt hatten.

»Ging feuchtfröhlich her gestern, oder?«

Der Wirt drehte sich um und warf ebenfalls einen Blick auf das Leergut.

»Ach!«, winkte er lachend ab. »Das war noch gar nichts. Dieses Jahr waren sie wirklich human. Wisst ihr ... die jungen Leute heutzutage achten sehr auf ihre Figur. Aber an so einem Abend, da lassen sie dann doch die Sau raus.«

»An welchem Abend genau?«

»Na, die Abifeier gestern«, erklärte der Wirt und nahm einen Schluck aus seiner Tasse. »Nirgendwo wird so wild gefeiert wie auf der Flachklamm-Alm«, fügte er stolz hinzu. »Da könnt ihr hier in der Gegend jeden fragen. Ist aber auch kein Wunder. Es gibt bei mir nämlich eine Regel, die nicht gebrochen werden darf.«

Tischler stellte seinen Glaskrug nach einem großen Schluck auf dem Tisch ab. »Und die wäre?«

»Alles erlaubt, außer Eltern und Lehrer!«, verkündete er laut und klatschte mit seiner flachen Hand kräftig auf den Biertisch. »So was spricht sich herum. Ich habe jetzt bereits schon wieder eine Buchung für nächstes Jahr.«

Tischler nickte. »Verstehe. Und ... kam es gestern zu einem Streit unter den Gästen? Schlägerei? Irgendwas?«

Der Wirt lachte. »Mei, die Jugend, gell. Die sind halt manchmal ein bisserl verspannt. Besonders, wenn sie was getrunken haben. Da kommt es durchaus mal vor, dass sich zwei Burschen ein wenig in die Haare kriegen. Ich war doch früher genauso. Was ich alles getrieben habe ...« Er lachte wieder schallend. »Wenn mich heute was aufregt, setze ich mich ins Gras und mache Yoga oder blas in mein Didgeridoo.«

Tischler deutete auf den Indianerschmuck, den der Wirt um den Hals trug. »Hab schon gesehen. Sie haben ein Faible für solche Sachen, oder?«

Der Wirt senkte sein Kinn und griff nach der Kette. »Die hat mir ein Häuptling geschenkt, als ich mit dem Rucksack durch Nordamerika gewandert bin.« Er lachte erneut. »Fast hätte der mich mit seiner Tochter verheiratet! Aber ich sag euch eins: Wenn man so zu Fuß über den Erdball unterwegs ist, da kommen sie, die Fragen.«

Tischler konnte nicht umhin, diesen Mann äußerst interessant zu finden. Sicherlich hatte er die eine oder andere abendfüllende Story auf Lager. »Und welche Fragen wären das?«

»O mei, da sitzen wir morgen Abend noch da.« Der Wirt zog die Hutkrempe ein wenig mehr ins Gesicht. »Aber das Wichtigste fürs Leben, das wird einem klar, wenn man für ein paar Tage ganz alleine mit sich ist. Nämlich, wer man ist. Und das ist es, was mich letztendlich wieder hierher in meine Heimat geführt hat. Einen Baum verpflanzt man nicht so einfach. Ich bin jetzt dreiundfünfzig und hab so viel von der Welt gesehen. Aber hier …« Er deutete auf die Alpenkette, die sich um seine Hütte erstreckte. »Hier geht mir das Herz auf.«

»Ja«, bestätigte ihm Fink. »Das kann ich nachvollziehen. Ich möchte hier auch nicht weg.«

Tischler schmunzelte innerlich. Fink bekam sicherlich bereits Heimweh, wenn er sich der österreichischen Grenze näherte.

»Herr Pfleger, der Grund, warum mein Kollege und ich Sie aufsuchen, ist, dass wir heute Vormittag hier in der Nähe eine Leiche entdeckt haben.«

Der Wirt sah Tischler erschrocken an und griff nach seiner Kette. Wahrscheinlich das indianische Pendant zum ortsüblichen Bekreuzigen, wenn man eine solche Nachricht hörte.

»Eine Leiche? Wo? Von wem?«

»Unten auf dem Forstweg. Keine zehn Minuten entfernt. Sie sagten, gestern gab es hier auf Ihrer Hütte eine Abifeier?«

Rudi Pfleger schluckte. Seine Augen wanderten zwischen dem Kommissar und Fink hin und her. »Äh, ja. Eine Abifeier. Von dem Gymnasium in Traunstein. Fragt mich aber nicht nach der Klasse. So um die dreißig oder ein paar mehr waren da. Sind alle gut gelaunt von hier weggegangen. Ehrlich! Die Letzten vielleicht gegen drei oder vier. So genau weiß ich das auch nicht mehr. Die Kids organisieren immer einen Kleinbus, der ab Mitternacht alle Stunde hin- und herfährt. Wollen ja nicht alle bis zum Schluss bleiben oder gehen noch woanders hin. Einer hat mir noch ins Klo gekotzt. Also … er hat sich übergeben.«

Fink zog aus der Innentasche seines Jankers, den er neben sich auf der Bank abgelegt hatte, seinen kleinen Block. »Ist Ihnen irgendwas aufgefallen? Gab es einen Streit? Irgendetwas, das auf eine spätere Tat hindeuten könnte?«

Der Wirt riss die Augen auf. »Wie – Tat!? Ich dachte, ihr habt einfach nur eine Leiche aufgelesen? Heißt das, dass jemand hier in unseren Alpen …«

»Ja, Herr Pfleger. Der junge Mann, den wir gefunden haben, ist ermordet worden, wie es derzeit aussieht.« Tischlers Stimmlage wirkte, als hätte er mit dieser Information lieber noch hinter dem Berg gehalten.

»Beim heiligen Manitu! Das ist überhaupt nicht gut. Das entweiht ja diesen spirituellen Ort.«

Fink trat Tischler unter dem Tisch und presste seine Faust vor den Mund. Auch Tischler räusperte sich bei *Manitu* kurz.

»Ja, von einem Mord gehen allgemein schlechte Schwingungen aus.« Tischler trank von seinem Wasser.

»Und wer hat … ich meine … glaubt ihr, dass einer von hier …«

»Wir glauben überhaupt nichts«, beruhigte Tischler den Wirt. »Wir ermitteln in erster Linie und versuchen derzeit herauszufinden, wer dieser junge Mann überhaupt ist. Gut möglich, dass wir Sie später brauchen, um die Leiche zu identifizieren.«

Pfleger wurde kreidebleich. »Ich? Einen Toten anschauen? Ja mi leckst! Ich brech ja schon in Tränen aus, wenn mir eine Amsel an die Fensterscheibe donnert! Außerdem sehen die jungen Burschen mit ihren akkuraten Scheiteln für mich eh alle wie geklont aus.«

»Dennoch, Herr Pfleger, es wäre sehr wichtig, dass …«

»Jaja! Selbstverständlich. Wenn es nicht anders geht.«

Fink wedelte mit seinem Kuli zwischen den Fingern. »Wie sieht es denn mit Drogen aus?«

Der Mann auf der gegenüberliegenden Seite des Tisches wurde erneut nervös. Er blinzelte die beiden Besucher ungläubig an. »Wie – was – Drogen?«

»Na, junge Menschen, Feierlaune, Abitur geschafft, keine Eltern weit und breit – da lässt man doch schnell mal die Kuh fliegen?«

»Kuh fliegen?«

»Die Sau rauslassen«, übersetzte Fink dem Wirt. »Pillen, Koks …«

»Das würde ich mitbekommen. So etwas gibt es bei mir in meiner Hütte nicht.«

Tischler sah den Wirt skeptisch an. »Wirklich? Nicht mal ein Joint?«

»Ach so! Ein Tüterl … Na ja, Ihr Kollege hat von Drogen gesprochen.«

»Marihuana sind Drogen«, klärte Tischler auf.

Der Wirt lachte schallend und korrigierte seine Sitzposition, bevor er seine Fäuste in die Hüften stemmte und den Kommissar frech angrinste. »Also, wenn es danach ginge, dann wären ein Edelweiß und Alpenrosen auch Drogen. Das ist ja alles pflanzlich!«

Tischler sparte sich die Mühe, den Teilzeitindianer über die momentane Gesetzeslage auf über eintausend Metern Höhe aufzuklären, da er befürchtete, dass der am Ende noch mit einer Friedenspfeife um die Ecke kam. Die er dann selbstverständlich konfiszieren müsste.

»Also ist Ihnen nichts sonderlich aufgefallen?«

»Mei, die Madln und Burschen kommen immer so gegen acht Uhr, trinken, tanzen. Ich stehe hinterm Tresen und sorge für Nachschub. Ich wüsste jetzt ad hoc nicht, wie ich Ihnen da weiterhelfen könnte.«

Tischler und Fink waren sich wortlos einig, dass hier zur Stunde nichts zu holen war. Sehr wahrscheinlich, dass Pfleger bereits vor dem Eintreffen der ersten Gäste am Vorabend auf Betriebstemperatur war. Von welchen Rauschmitteln auch immer. Und obwohl sich der Kommissar sicher war, dass eine Identifizierung der Leiche seitens des Wirts keinen Sinn ergeben hätte, wies er ihn nochmals darauf hin, dass man in dieser Sache eventuell auf ihn zurückkommen würde.

»Freilich. Ihr sagt mir Bescheid, dann sattle ich auf und reite ins Tal.«

»Ach, Pferde haben Sie auch?«, wunderte sich Fink und verstaute seinen Block samt Kuli.

»Nein, natürlich nicht. Ich hab einen Jeep.«

»Auf Wiederschauen, Herr Pfleger. Und noch frohes Aufräumen.«

»Ich habe keine Zeit zum Aufräumen. Ich schnapp mir jetzt mein Didgeridoo und muss die Götter milde stimmen.«

»Ah, das Alphorn der Aborigines.«

Der Wirt ging nicht weiter auf Finks Klugscheißerei ein. Er wirkte, als wüsste er nicht, mit was er zuerst beginnen sollte. Hektisch zuckte sein Kopf in alle Richtungen. Unentschlossen ging er einen Schritt Richtung Hütte, blieb wieder stehen und redete mit sich selbst.

»Herr Pfleger? Alles in Ordnung?« Tischler überlegte plötzlich, ob sie den Wirt sich selbst überlassen konnten.

Resi, die von der Bank hüpfte, war das alles egal. Sie ging solange auf Fährtensuche und schnüffelte sich quer durch die Wiese.

»Ja, sicher. Geht nur. Ein Mord! Fürchterlich! Das schreit nach einem Büffeltanz. Nein … ein Adlertanz wäre angebracht. Damit die Seele …«

»Können wir jetzt bitte verschwinden?«, raunte Fink Tischler zu. »Der Typ ist mir irgendwie unheimlich.«

»Hast Angst, dass er dich in der Nacht in deinen Träumen heimsucht? Da hängst du dir besser einen Traumfänger ins Fenster. Dann kann nix passieren.«

Fink ließ den Wirt nicht aus den Augen, bis der in seiner Hütte verschwunden war. »Der hat doch einen Schuss, oder?«

»Felix, Finger weg von den Drogen. Ehe du schaust, sitzt du mit deinem Didgeridoo in den Alpen auf einer Wiese und bläst mit irgendwelchen Schamanen zum Halali um die Wette. Und die ahnungslosen Eltern im Tal ziehen ihre Schratzen groß, bringen sie durchs Gymnasium und schicken sie später zur Feier des Tages zu dem Typen hier hoch. Hoffentlich lässt der sein Didgeridoo stecken, wenn der ein Tüterl geraucht hat …«

»Dann, glaube ich, trifft der keinen Ton mehr«, mutmaßte Fink und griff nach der Leine, die Resi durchs Gras hinter sich herzog.

»Felix – du weißt wirklich nicht, was ich gerade mit Didgeridoo gemeint habe, oder?«

»Natürlich. Das ist so ein Rohr aus Bambus, das …« Er verstummte. Plötzlich grinste er den Kommissar an. »Ach so! Du meinst, dass … also, den … quasi ein anderes Wort für …« Er wurde ernst und spähte wieder zur Hütte. »Meinst echt, dass das so einer ist? Einer, der den jungen Dingern hier oben etwas von Schamanen und guten Geistern erzählt und anschließend so Zeremonien durchführt, wo er dann …«

»Ich mein damit bloß, dass wir ihn ein bisserl im Auge behalten sollten. Und jetzt komm! Auf uns wartet Arbeit. Ich bin mir ziemlich sicher, dass unser Opfer da unten auf der Abifeier war. Vom Alter her würde es passen.«

»Ja, das denke ich auch«, pflichtete Fink dem Kommissar bei. »Gleich, wenn wir auf der Wache zurück sind, setze ich mich an eine Namensliste der Abiturienten von diesem Jahr. Ich versuche, jemanden vom Direktorat privat zu erreichen.«

»Ja, mach das. Lass uns aber erst den Bericht der Gerichtsmedizin abwarten. Wir wollen die Pferde nicht scheu machen. Nicht, dass er am Ende gar nichts mit der Feier zu tun hatte. Die Jungs von der KTU sollen sich mit dem Handy sputen. Ich denke, damit kommen wir weiter.«

Wiener sticht Leinsamen

»Resi, heute kommt die Frau Doktor zu mir. Also benimm dich. Das ist nämlich ganz eine Nette. Und wenn alles gut läuft, dann bleibt sie vielleicht auch das erste Mal über Nacht beim Herrn Kommissar. Es wäre also schön, wenn du dich ein bisserl rarmachst. Klappt das, gibt es morgen auch etwas ganz was Feines für dich. Hörst du?«

Resi stand mit weit aufgerissenen Augen vor dem Kommissar in dessen Wohnzimmer und wirkte, als wäre sie enttäuscht, weil sie sich auf einen netten Abend zu zweit gefreut hatte. Interessiert beobachtete sie ihn dabei, wie er eine Platte auflegte.

»Das ist Annie Lennox. Die ist perfekt für einen Abend wie diesen.« Er drehte am Lautstärkeregler. »Solltest du einmal einen feschen Dackel einladen, lass die Finger von den Kuschelrock-Scheiben. Sonst meint dein Besuch, dass du Sex willst. Und du solltest dich nicht unter Wert verkaufen. Gleiches gilt übrigens für Marvin Gaye. Wie alt bist du eigentlich? Darf ich mit dir überhaupt schon über solche Sachen reden?«

Resi sah zu ihm auf und wedelte mit dem Schwanz. Fast hatte es den Anschein, als würde sie sich freuen, dass jemand mit ihr über Erwachsenendinge sprach. Tischler selbst kam die Ablenkung in Form eines kleinen Dackels gerade recht. Er hatte am Nachmittag noch die restliche Zeit am Tatort verbracht, bis die Kollegen alle Spuren gesichert hatten und der Leichnam von der Fundstelle abtransportiert worden war. Im Laufe seiner Dienstzeit hatte er gelernt, ab einem gewissen Punkt abzuschalten, um nicht die Erlebnisse, die dieser Beruf mit sich brachte, mit in sein Privatleben zu nehmen. Das gelang ihm in den meisten Fällen. Doch bei einem jungen Menschen wie an diesem Vormittag ging das selbst einem erfahrenen Kommissar immer noch nahe.

Resi folgte ihm auf die Couch und beobachtete eifrig, wie er die Tasche öffnete, die ihm Ferstel am Morgen in die Hand gedrückt hatte, und eine der Futterdosen herausnahm.

»Was hat dir denn dein Frauchen da Feines eingepackt? Lass mich mal sehen … *SUPERVEGGIE! Das natürliche Tierfutter für Ihren Liebling.*« Er zwinkerte Resi zu. »Damit meinen sie dich. Was ist denn da alles drin … Karotte, getrocknete Algen, Leinsamen, Linsen … ja, sag einmal …«

Tischler stellte die Dose auf den Couchtisch und griff erneut in die Tasche. Mit einem ermutigenden Blick sah er wieder zu Resi. Doch die starrte ihn mitleidig an, mit einem Gesichtsausdruck, der zu sagen schien: *Das wird nicht besser.*

»Amaranth, Kamillenblüten, Spitzwegerich … Geht's noch? Drehen die jetzt alle durch?« Resi stimmte ihm bellend zu. »Und das, wo du dich nicht wehren kannst? Salbei, Thymian … da ist ja überhaupt kein Fleisch drin.« Er tätschelte ihren Kopf. »Deshalb bist du manchmal so schwach, gell? Na komm. Wir schauen mal, was der Kommissar für dich hat. So weit kommt's noch. Das kann dein Frauli selber fressen.«

Resi dackelte Tischler gespannt hinterher. Gemeinsam musterten sie den Inhalt des Kühlschranks, der dank des bevorstehenden Damenbesuchs reichlich gefüllt war. Ungewöhnlich für Tischler, der normalerweise in einen leeren Kühlschrank starrte.

»Magst eine feine Wiener? Oder zwei? Hast du überhaupt schon einmal eine Wiener gegessen?« Ohne die Antwort abzuwarten, zerkleinerte Tischler die Würste und legte sie in den kleinen Napf, der ebenfalls in der Tasche war und auf dem FEINSCHMECKER stand. Er war sich sicher, dass diese Schüssel außer Körnern und Grünzeug noch nichts anderes gesehen hatte. Der Kommissar befand, dass FEINSCHMECKER erst in diesem Moment zum Inhalt passte, nachdem die Wiener die Schüssel kontaminiert hatten.

Resi pirschte sich heran und schnupperte. Vorsichtig schnappte sie sich ein kleines Stück, grunzte zufrieden und hatte in Windeseile die beiden Wiener verdrückt.

»Jaaa! Das schmeckt dir. Jetzt stell dir die noch mit süßem Senf vor. Magst noch eine?« Resi bellte erwartungsvoll mit wedelndem Schwanz und ließ den Kommissar nicht aus den Augen, bis endlich Nachschub im Napf war.

»Das sagen wir aber nicht dem Frauli, gell? Das bleibt schön unter uns. Mir ist auch so, als würde plötzlich dein Fell ein bisserl mehr glänzen.«

Es läutete.

»Das ist sie. Also, abgemacht. Sei brav«, ermahnte er den Vierbeiner, während er zur Tür ging und sie öffnete.

Resi sprintete an ihm vorbei, rannte ins Treppenhaus und empfing den Besuch mit lautem Gebell.

Britta verharrte eine Weile an der Haustür und blickte zu Tischler, der in seiner Wohnungstür stand und sie ermutigte, doch gerne näher zu kommen.

»Die tut nix. Sie freut sich nur so, dich endlich kennenzulernen.«

Britta wirkte skeptisch. Vielleicht deshalb, weil sie alle Zähne von Resi samt Zahnfleisch sehen konnte, während sie knurrte. Todesmutig betrat sie das Treppenhaus.

Tischler ging ihr entgegen und griff nach Resis Halsband, um sie davon abzuhalten, nochmals an Britta hochzuspringen.

»Seit wann bist du denn auf den Hund gekommen?« Britta trat in Tischlers Wohnung.

»Ich hab die Resi nur für ein paar Tage. Sie ist der Hund von unserem Jäger. Der musste auf eine Beerdigung.«

»Resi heißt du? Du bist aber eine Hübsche!« Britta bückte sich nach ihr, damit sie der Vierbeiner etwas beschnuppern konnte. Doch anscheinend war Resi wählerisch, was Damenbesuch anging. Sie ließ Britta abblitzen, flitzte ins Wohnzimmer und hüpfte aufs Sofa. Dort vergrub sie ihren Kopf zwischen den Kissen und schmollte.

»Lass nur. Sie beruhigt sich schon wieder. Darf ich dir die Jacke abnehmen? Toll siehst du aus.«

»Danke.«

Britta trug ein sommerliches, ärmelloses Kleid, dessen taillierter Schnitt ihre sportliche Figur betonte. Ihre schwarzen Pumps setzten ihre Beine perfekt in Szene, da die etwas höheren Absätze ihre Waden zur Geltung brachten. Die durchgehende Knopfleiste war nur bis zum Brustansatz geschlossen, wodurch man ihre Perlenkette sehen konnte, zu der sie passende Ohrringe trug. Ihre dunkelblonden Haare lagen auf ihren Schultern. Es war ihr anzusehen, dass auch sie sich auf diesen Abend gefreut hatte. Denn ihr Outfit ließ darauf schließen, dass sie sich nicht einfach nur schnell etwas übergeworfen hatte.

»Blau steht dir einfach«, schmeichelte ihr Tischler, als er sie für einen Moment etwas länger beäugte.

»Danke schön.«

»Darf ich dir ein Glas Wein anbieten?«

»Gerne.« Sie folgte ihm in den Küchenbereich und warf Resi nochmals einen prüfenden Blick zu, die sich fürs Erste abgemeldet hatte.

»Wie war dein Tag?«

»Es ging. Ein Mountainbiker, der sich beim Downhill ein wenig überschätzt hatte, und ein Treppensturz, der eine neue Kniescheibe einfordern wird. Ziemlich ruhig für einen Samstag bei dem Kaiserwetter. Und bei dir? Hast du deine Wanderung gut überstanden?« Sie nahm ihr Weinglas entgegen und stieß mit ihm an.

Tischler nahm einen Schluck und stellte sein Glas auf der Anrichte ab. »Die Wanderung war toll. Bis Resi eine Leiche entdeckt hat.«

Britta stutzte. Es war ihr anzusehen, dass sie mit derlei Informationen noch nicht so vertraut war. Zumindest nicht während eines Dates mit einem Glas Wein in der Hand.

»Leiche? Habe ich Leiche gehört?«

»Ja. Auf dem Forstweg. Ein junger Kerl. In dem Augenblick war es natürlich vorbei mit der Wanderung. Also … nicht, dass das schlimm gewesen wäre … Ich meine, mir wäre es lieber gewesen, wir hätten ihn nicht gefunden. Aber nicht, weil dann die Wanderung vorbei war, sondern vielmehr, weil er ja demnach noch leben würde.«

Tischler wirkte nervös und wollte keinesfalls den Anschein erwecken, dass er es der Leiche übel genommen hatte, einfach so in seine Wanderung hinein zu sterben. Britta kam ihm näher, stellte ihr Glas ebenfalls ab und legte ihre Arme um seinen Hals. Für einen Moment sah sie zu ihm auf, dann küsste sie ihn. Tischler erwiderte ihren Kuss, vernahm jedoch ein Knurren.

Die beiden lösten sich voneinander und blickten zur Couch. Resi stand auf der Lehne und sah zufrieden aus. Wahrscheinlich, weil sie ihr Ziel erreicht und die Schmuserei durch sie ein Ende gefunden hatte.

»Vielleicht ist sie ja traumatisiert?«, warf Britta ein und unternahm einen zweiten Versuch, Resis Herz für sich zu gewinnen. Doch schnell machte die Dackeldame erneut allen Anwesenden klar, wer hier in diesen vier Wänden die Chefin war.

»Komm, setz dich doch. Ich hab schon alles vorbereitet.« Tischler wies seinem Gast den Weg zum Esstisch, den er zuvor eingedeckt hatte.

»Du hast dir ja richtig Mühe gegeben. Mit Servietten!«, lobte Britta sein Engagement und setzte sich.

»Natürlich Servietten. Wir sind ja nicht bei den Wilden.« Er lachte und holte aus dem Kühlschrank die Platten heraus, die er zuvor unter kritischen Hundeaugen vorbereitet hatte. »Mir kommt gerade, dass ich das Essen vielleicht vorab hätte aus dem Kühlschrank nehmen sollen, damit sich der Geschmack des Schinkens besser entfaltet.«

»Wir können uns Zeit lassen. Ich habe heute nichts mehr vor.«

Diese Aussage deutete Tischler als Wink, dass sie ebenfalls mit einer Übernachtung liebäugelte. Er vermutete, dass sie eine Tasche im Kofferraum ihres Wagens gelassen hatte, der vor dem Haus parkte.

»Mhmm! Das sieht ja alles sehr lecker aus.«

»Ja, Traunstein hat einen guten Feinkostladen. Ich hoffe, ich habe mit dieser Auswahl deinen Geschmack getroffen.« Tischler ging zurück zu seiner Anrichte, um die Tiroler Vinschgerl und das Vollkorngebäck in einen Brotkorb zu drapieren. Das französische Baguette schnitt er in kleine Scheiben. Schließlich gab es unter anderem verschiedene Frischkäseaufstriche, für die ein Vinschgerl vielleicht ein wenig zu dominant war.

Britta ließ den Kommissar nicht aus den Augen und zog bei allem, was er auf den Tisch stellte, bewundernd ihre Augenbrauen nach oben, bevor sie am Wein nippte. Vermutlich hatte sie nicht damit gerechnet, dass ein Singlemann über kleine Schälchen verfügte, in denen er Meerrettich, Butter und kleine Cornichons servierte. Doch da kannte sie Tischler schlecht. Obwohl der sehr wohl im Stehen aus der Verpackung essen konnte, wusste er auch, wann er den Ästheten herauskehren sollte. Ihm war klar, dass Frauen, auch wenn sie es ungern zugaben, einen kultivierten Mann einem Macho am Ende des Tages vorzogen. Erst recht, wenn es sich um eine Frau wie Britta handelte.

Schwarzwälder Schinken, Emmentaler, geräucherte Forelle, Oliven und kleine Fleischpflanzerl verströmten einen Duft in Tischlers Wohnung, der nur noch von den Mini-Quiches mit herzhafter Lauch-Speck-Füllung übertroffen werden konnte, die er im Ofen erwärmt hatte und zu guter Letzt auf die Platzteller verteilte. Er setzte sich, goss Britta etwas Wein nach und legte die Serviette in seinen Schoß.

»Lass es dir schmecken.«

Brittas Augen leuchteten. »Wann hast du denn das alles vorbereitet?«

»Zugegeben«, schmunzelte Tischler, »ich habe das alles gestern bereits besorgt. Auch die Quiche. Ich möchte mich nicht mit fremden Federn schmücken. Bitte fang an, bevor sie kalt wird.«

Erwartungsvoll beobachtete er Britta, wie sie ein kleines Stück der Quiche probierte. Ihr Gesichtsausdruck bestätigte ihn darin, dass er mit seinem Feinkost-Dealer die richtige Wahl getroffen hatte.

Tischler legte eine neue Scheibe auf und setzte sich auf die Couch neben Britta, die es sich zwischenzeitlich gemütlich gemacht hatte. Ihre Pumps lagen unter dem Couchtisch, auf dem die zwei Kerzenleuchter standen, die Tischler zuvor vom Esstisch mitgenommen hatte.

»Ich habe eindeutig zu viel gegessen«, klagte er, als er sich neben sie setzte.

»Ist das eigentlich die Norm bei dir? Wenn ja, dann komme ich öfter zum Essen«, hauchte sie und lächelte ihn verschmitzt an.

Tischler schob sein Gesicht näher an das ihre. Seine Augen wanderten zwischen ihren und ihrem Mund hin und her. »Hätte nichts dagegen einzuwenden.«

Ihre Lippen berührten sich und ein langer Kuss folgte, der weitere zwischenmenschliche Aktivitäten versprach. Diese Schwingungen erreichten auch Resi, die sich plötzlich dazu genötigt fühlte, dem Spiel beizuwohnen. Mit einem Satz sprang sie auf Tischlers Schoß und knurrte Britta an. Da Resi bei den Ferstels wohnte, wusste sie anscheinend mit dieser Form der körperlichen Zuwendung nichts anzufangen. Diese beschränkte sich dort sicherlich auf das Nötigste, wie etwa, sich gegenseitig die müden Haxen mit Franzbranntwein einzureiben oder nachzusehen, was denn da am Rücken so sehr juckte.

»Resi, Platz!«, schimpfte Tischler entschieden mit ihr und verwies sie auf die Decke, die er ihr bereits am Morgen neben die Couch auf den Boden gelegt hatte.

Resi tat, wie ihr befohlen, ließ sich jedoch ein bisschen Zeit dabei. Als sie ihr Ziel erreicht hatte, machte sich Tischler daran, seines weiterzuverfolgen.

»Wo waren wir stehen geblieben?«

»Ich glaube, genau hier«, raunte ihm Britta zu und schlang ihre Arme um Tischlers Hals. Sie zog ihn näher zu sich und küsste ihn erneut.

Doch dieser zweite Versuch dauerte nicht lange an. Resi hatte sich zurückgemeldet und versuchte eine andere Strategie. Ohne zu bellen, hüpfte sie erneut auf die Couch und drückte sich aufdringlich zwischen Tischler und Britta.

Ohne den Mund von Brittas Lippen zu nehmen, griff Tischler unter Resis Bauch und verfrachtete sie kurzerhand wieder auf den Boden.

Resi schien Gefallen an diesem Spiel zu finden. Mit einem Satz sprang sie erneut auf die Couch und pirschte sich über die Lehne an die beiden heran. Als sie über dem Pärchen angekommen war, bellte sie und erreichte damit, dass Britta erschrak und den Kommissar in die Unterlippe biss.

»Verdammt, Resi! AUS! Jetzt gehst du aber sofort auf die Decke! Sonst kommst ins Bad!«

»Ich glaube, sie ist eifersüchtig auf mich«, beruhigte Britta Tischler. »Vielleicht ist es besser, wenn wir das hier zu einem anderen Zeitpunkt ungestört fortsetzen.«

»Ach was«, versuchte der Kommissar, sie davon zu überzeugen, dass er die Lage in den Griff bekommen würde. »Sie spaziert jetzt in ein anderes Zimmer und dann …«

»Schau doch, wie sie guckt. Das bringe ich nicht übers Herz. Ist nicht schlimm. Sie war ja zuerst hier.«

Britta schlüpfte in ihre Pumps und stand auf.

»Ja, vielleicht hast du recht«, lenkte Tischler mutlos ein. Alles andere hätte weinerlich geklungen, als ob er sie mit allen Kräften von ihrem Entschluss abhalten wollte. »Das nächste Mal ohne Hund. Versprochen!«

Britta ging zu Resi und streichelte ihr über den Kopf. Die ließ es sich gefallen und tat, als ob sie die Ärztin von Anfang an ganz innig in ihr Herz geschlossen hätte.

Tischler küsste Britta zum Abschied an der Wohnungstür und sah ihr noch wehleidig nach, wie sie durchs Treppenhaus in die Nacht verschwand. Frustriert schloss er die Tür und schlurfte zurück zu Resi, die brav auf ihrer Decke saß, so, wie es ihr Tischler befohlen hatte.

»So, Madame. Und jetzt zu uns zwei! Hab ich dir nicht gesagt, dass …« Er verstummte.

Resi hatte ihre Geheimwaffe aktiviert. Mit ihrem Dackelblick schmachtete sie ihn unschuldig an, ohne sich zu bewegen.

Er setzte sich neben sie und kraulte sie hinterm Ohr. »Und da wunderst du dich, warum sie dir daheim Leinsamen und Spitzwegerich zum Fressen geben.«

Jede Hilfe zu spät

Eigentlich hatte sich Tischler diesen Morgen ganz anders vorgestellt gehabt. Gemeinsames Frühstück mit Britta, vorher vielleicht noch ein kleines Schäferstündchen, eine gemeinsame Dusche … Doch leider kam es ganz anders, als es sich der Herr Kommissar ausgemalt hatte. Der Grund dafür lief vor ihm am anderen Ende der ledernen Leine und erkundete eifrig jede Hausecke nach Gerüchen, die andere Vierbeiner zuvor hinterlassen hatten. Alle paar Meter markierte sie alles, was sie als wichtig erachtete, um der restlichen Hundewelt mitzuteilen: Hier war Resi!

»Respekt!«, lobte Tischler mit Blick auf ihr Häufchen, das sie mit verzerrtem Gesichtsausdruck auf dem Asphalt hinterlassen hatte. »Das hätte ich dir nicht zugetraut. Da siehst du mal, wie gut dein Stoffwechsel funktioniert, wenn du etwas Anständiges zu fressen kriegst!«

Für einen Moment überlegte Tischler, ob er nicht einfach den Haufen ignorieren und weitergehen sollte. Abgesehen vom zeitlichen Aufwand war dies ein weiterer Grund, warum er es sich zweimal überlegen würde, sich selbst einen Vierbeiner zuzulegen. Wenn die Haufen bei Resi schon amtlich waren, wie groß waren sie denn erst bei einem Hund jener Rasse, mit der Tischler hin und wieder geliebäugelt hatte? Etwa bei einem Labrador oder einem Golden Retriever? Vielleicht kamen die Hundehalter, die ihm frühmorgens auf dem Weg zur Wache mit ihren Tüten begegneten, nicht vom morgendlichen Einkauf vom Kramer. Vermutlich trugen sie darin die Haufen ihrer Lieblinge durch den Ort. Dann doch lieber ein Hund wie Resi. Er griff in seine Jackentasche und angelte einen Beutel hervor.

Resi verfolgte aufmerksam, wie er sich um ihr Geschäft kümmerte. Ungünstig, dass just in diesem Moment sein Handy klingelte.

»Zefix! Des is jetzt äußerst … Tischler?«

»Servus, Constantin.«

»Ah, Felix. Was gibt's? Es ist gerade schlecht, weil …«

»Es gibt Neues in unserem Mordfall.«

Tischler drehte die kleine Tüte samt Inhalt auf links und verschloss sie. »Ach ja? Was denn?«

»Heute Morgen hat eine Frau ihren Sohn als vermisst gemeldet. Ich habe mich mit ihr vor einer halben Stunde telefonisch in Verbindung gesetzt und mir ein Foto von ihm zumailen lassen. Und jetzt rate mal?«

»Ihr Sohn liegt in Traunstein in der Gerichtsmedizin.«

»Sehr gut«, lobte Fink seinen Vorgesetzten. »Wie bist du da so schnell …«

»Berufserfahrung«, unterbrach ihn Tischler. »Außerdem … hättest du mich sonst heute am Sonntag deswegen angerufen?«

»Auch wieder wahr. Ich habe sie jedenfalls in einer Stunde in die Gerichtsmedizin bestellt.«

»Du hast ihr aber hoffentlich nicht gleich am Telefon gesagt, dass ihr Sohn tot ist?« Tischler hoffte das Beste, befürchtete jedoch das Schlimmste.

»Nein, natürlich nicht. Ich habe das selbstverständlich ein bisserl umschrieben. Von wegen, dass wir jemanden gefunden haben, auf den die Beschreibung passt, wir uns jedoch nicht sicher sind …«

»Sehr gut gemacht«, kürzte Tischler Finks Ausführungen ab. »Ich komm selber hin. Wir treffen uns dann vor Ort.« Er legte auf und steckte sein Handy ein.

Tischler sah auf die Uhr. Es war noch Zeit, um die kleine Runde zu Ende zu bringen. Innerlich bereitete er sich darauf vor, gleich einem besorgten Elternpaar eine schlimme Nachricht übermitteln zu müssen.

»Resi? Weil du so einen schönen Haufen gemacht hast, darfst jetzt auch mit mir Jaguar fahren. Aber vorher müssen wir noch mal bei mir vorbei. Denn mit deinen schmutzigen Pfoten kommst du mir nicht aufs Leder.«

***

Simone Wiesinger sah blass aus. Sie zitterte. Wäre ihr Tischler an einem anderen Ort und zu einem anderen Zeitpunkt begegnet, hätte er sie anders wahrgenommen. Simone Wiesinger war eine äußerst attraktive Frau Mitte vierzig. Die rötlich-brünetten Haare hatte sie zu einem Pferdeschwanz zusammengebunden. Sie war ungeschminkt, da sie an diesem Morgen sicherlich andere Gedanken gehabt hatte. Der Mann neben ihr, etwa im gleichen Alter, hielt ihre Hand. Ein Mann der Sorte, wie man sie aus Werbefilmen für Lebensversicherungen oder Baumärkte kannte. Blaue, stechende Augen, graue Haare, kein Gramm zu viel auf den Hüften. Beide blickten wortlos auf das weiße Tuch, das über einem leblosen Körper auf dem Tisch aus Edelstahl lag. Sie atmete tief durch, während er ihre Hand etwas fester drückte, um ihr ein wenig Sicherheit zu geben, nur für den Fall, dass im nächsten Moment die Kraft aus ihren Beinen wich. Resi lag neben Tischler auf dem Boden und putzte sich die Pfoten.

»Sind Sie bereit?«, fragte Dr. Forster, der Gerichtsmediziner, vorsichtig nach.

Frau Wiesinger nickte, ohne den Blick vom Tisch zu nehmen.

Dr. Forster schlug das Tuch zur Seite und offenbarte dem Paar das Gesicht des Toten.

Frau Wiesinger presste sich die Hand vor den Mund. »O Gott!«, flüsterte sie, bevor ihr die ersten Tränen die Wangen herunterliefen. »Tom …«

»Ist das Ihr Sohn?«, fragte Tischler, obwohl er die Antwort bereits kannte. Doch er musste sichergehen.

Sie nickte.

Tischler gab dem Gerichtsmediziner ein Zeichen, dass er den Jungen wieder bedecken konnte.

Simone Wiesinger drückte ihr Gesicht an die Brust ihres Mannes, der sie in die Arme nahm.

»Lassen Sie uns doch nach nebenan gehen«, schlug Tischler dem Paar vor. Er selbst wollte sich nicht länger als unbedingt nötig in diesem Raum aufhalten. Wie sollte es dann erst den Angehörigen ergehen?

Fink wies ihnen den Weg in einen Nebenraum, der den Mitarbeitern der Gerichtsmedizin als Aufenthaltsraum diente. Tischler drückte Dr. Forster Resis Leine in die Hand und schloss sich seinem Kollegen an.

Forster rief dem Kommissar noch etwas hinterher, doch der reagierte nicht. Resi hingegen schon. Sie nutzte die Gunst der Stunde und lief los, wodurch dem Gerichtsmediziner die Leine aus der Hand glitt, zu Boden fiel und sich samt Dackel rasch unter den Edelstahltischen hindurch entfernte.

»Hallo! Hund!«, rief Forster Resi nach und nahm die Verfolgung auf, was sich schnell als schwieriger erwies als gedacht. Denn er war keine zwanzig mehr, und Resi hatte Witterung aufgenommen. Sie folgte den interessanten Gerüchen, die sie bisher noch nicht kannte.

»Geht es wieder?«, erkundigte sich Tischler, nachdem er die beiden mit Wasser versorgt hatte. Er bekam jedoch keine Antwort darauf. »Herr und Frau Wiesinger, wann haben Sie Ihren Sohn denn das letzte Mal gesehen?«

»Ich heiße Kastner. Jan Kastner. Tom ist ... Er stammt aus Simones erster Ehe. Sie hat den Namen seinetwegen behalten, als wir geheiratet haben.«

Fink setzte sich dem Paar gegenüber und tat das, was er in solchen Situationen immer machte: Er notierte alle Informationen in seinem kleinen Block.

»Wir, also Simone und ich, haben Tom das letzte Mal am Freitag gesehen, kurz bevor er sich auf den Weg zu seiner Abifeier gemacht hat.«

»Abifeier auf der Flachklamm-Alm?«

»Ja, genau. Ich wollte ihn noch fahren, aber ... er hat sich entschieden, alleine ...«

»Gestritten habt ihr zwei. Wie so oft!«, unterbrach Frau Wiesinger ihren Mann. »Dann ist er wortlos gegangen.«

Jan Kastner gab seiner Frau per Blickkontakt zu verstehen, dass dies nun wirklich nicht hierhergehöre. Doch das sahen die Ermittler ganz anders.

»Um was ging es denn bei diesem Streit?«, bohrte Tischler und setzte sich ebenfalls mit an den Tisch.

Kastner spielte den Zwist zwischen ihm und seinem Stiefsohn herunter. »Kleinigkeiten. Nichts Bestimmtes. Was es eben so zwischen Jungs in diesem Alter und den Eltern ...«

»Es drehte sich darum, dass Tom ein freiwilliges soziales Jahr im Ausland machen wollte und du dagegen warst.«

»Simone, das ist jetzt wirklich unwichtig«, versuchte Kastner, seine Frau in einem schroffen Ton in die Schranken zu weisen. Tischler hielt sich zurück. In solchen Situationen kamen oftmals Informationen ans Tageslicht, die man sonst mühsam erfragen musste. »Ich bin einfach der Meinung, dass die jungen Leute an Fahrt verlieren, wenn sie ein Jahr lang irgendetwas tun, nur um keiner richtigen Arbeit nachzugehen oder mit einem Studium beginnen zu müssen. Denkst du echt, Tom ging es um etwas Gemeinnütziges? Spätestens nach zwei Monaten hätte er irgendwo im Ausland alles abgebrochen und sich auf unsere Kosten für die restliche Zeit die Welt angesehen!«

»Er ist nicht dein Sohn!«, fiel sie ihm ins Wort. »Ein Streit! Das Letzte, was er von zu Hause mitgenommen hat. Und jetzt kommt er nie wieder zurück …« Sie verstummte. Ihr Gesichtsausdruck verriet, dass ihr diese Tatsache in diesem Moment bewusst wurde.

»War Tom Ihr einziges Kind?«

Simone Wiesinger nickte. »Was … was ist denn eigentlich mit Tom passiert?«

»Frau Wiesinger, ich muss Ihnen leider mitteilen, dass Ihr Sohn ermordet wurde.«

Erschrocken sah sie Tischler für einen Moment an, als würde sie darauf hoffen, dass sie sich verhört hatte.

»Wer … ich meine … warum?«

»Das versuchen wir gerade herauszufinden. Wir stehen noch am Anfang unserer Ermittlungen, Frau Wiesinger.«

»Wie … wie ist er denn …«

»Erstochen«, preschte Fink vor.

Tischler schloss seine Augen. Wie oft hatte er ihn in der Vergangenheit darauf aufmerksam gemacht, dass in solchen Situationen Feingefühl gefragt war. Eine Mutter über die Todesursache ihres Sohnes zu unterrichten, war für Fink emotionstechnisch in etwa so, wie wenn ein Automechaniker seinem Kunden unterbreitet, dass sein Auto Öl verliert.

»Haben Sie denn eine Tatwaffe gefunden?«

Tischler blickte Jan Kastner überrascht an. Mit dieser Frage hatte er zu diesem Zeitpunkt nicht gerechnet.

»Nein, die Tatwaffe wurde noch nicht gefunden.«

»Bitte entschuldigen Sie diese direkte Frage«, erklärte sich Kastner. »Ich bin Rechtsanwalt.«

»Welches Fachgebiet?«

»Familienrecht. Meine Kanzlei vertritt aber auch andere Fälle.«

Familienrecht, schmunzelte Tischler trotz der traurigen Umstände in sich hinein. Klar, dass er dann natürlich gleich nach der Mordwaffe fragte. Das erklärte alles. Jan Kastner war ihm suspekt. Dieser Mann an Frau Wiesingers Seite hatte vieles. Empathie zählte nicht dazu.

»Frau Wiesinger«, brachte sich Fink ein, »hatte Ihr Sohn Feinde?«

Frau Wiesinger wischte mit einem Taschentuch quer über ihr Gesicht. »Tom war überall beliebt. Bei den Mädchen wie bei den Jungs. Er war auch ein guter Schüler. Hat sein Abitur mit eins Komma sieben geschafft.«

»Vielleicht hat es ja dem einen oder anderen nicht gefallen, dass Tom so beliebt war«, fügte Tischler an.

»Was meinen Sie?«

»Frau Wiesinger, es ist in diesem Alter nicht unüblich, dass Neid eine große Rolle spielt. Da gibt es die einen, denen alles zufällt, und auf der anderen Seite sind da diejenigen, die sich viel Mühe geben und dennoch …«

»Tom ist überhaupt nichts zugefallen«, wies Frau Wiesinger Tischlers Vermutung entschieden zurück. »Er hat hart für seinen Erfolg gearbeitet. Sowohl in der Schule als auch beim Sport!«

»Beim Sport?«

»Tom war Mannschaftskapitän beim EHC Brunngries«, klärte Kastner den Kommissar auf.

»Eishockey?«

»Ja. Sie stehen kurz vor dem Aufstieg«, ergänzte der Anwalt und spähte zu seiner Frau, die jedoch emotionslos auf ihr Wasserglas starrte, bevor sie plötzlich aufsprang.

»Wo … wo ist …«, sie hielt sich die Hand vor den Mund.

»Raus und die zweite Tür rechts«, erklärte Tischler und sprang ebenfalls auf, um ihr die Tür zu öffnen.

Kastner machte keine Anstalten, seiner Frau zu folgen. Er wirkte gefasst.

Tischler nutzte Frau Wiesingers Abwesenheit. »Herr Kastner, wie war denn Ihr Zusammenleben mit Tom?«

Kastner sah Tischler für einen Moment an. Dann linste er zur Tür, durch die seine Frau eben verschwand. »Schwierig«, kam es knapp aus seinem Mund.

»Wie soll ich das verstehen?«

»Toms Vater ist verstorben, als er neun Jahre alt war. Sie können sich vorstellen, welchen Stellenwert ein Vater bei einem Sohn in diesem Alter hat. Es war ein Verkehrsunfall. Er war wohl auf der Stelle tot. Drei Jahre später lernte ich Simone kennen.« Er drehte das Glas, das vor ihm auf dem Tisch stand, zwischen seinen Fingern. »Tom fand immer, dass ich zu früh in das Leben seiner Mutter getreten bin.«

Tischler tat verständnisvoll. Doch er spürte, dass in dessen Worten noch viel mehr mitschwang. Verstärkt wurde sein Gefühl dadurch, dass Kastner ständig auf die Uhr sah.

Frau Wiesinger kehrte zurück. Sie war kreidebleich.

»Geht es wieder?«, fragte Tischler besorgt, ging ihr entgegen und geleitete sie zurück zu ihrem Stuhl.

Kastner strich ihr flüchtig über den Rücken.

Frau Wiesinger reagierte darauf, indem sie seiner Hand auswich. Sie trank vom Wasser.

»Frau Wiesinger, das war es erst mal. Wir kommen zu einem späteren Zeitpunkt wieder auf Sie zu, wenn wir etwas mehr wissen.«

Sie quälte sich ein flüchtiges Lächeln auf die Lippen und griff nach der Handtasche.

»Ach, Frau Wiesinger, haben Sie vielleicht noch ein paar Namen einiger Mitschüler für uns, die ebenfalls von Freitag auf Samstag auf der Flachklamm-Alm waren?«, wollte Fink wissen und sah sie erwartungsvoll an.

»Im Grunde war die ganze Klasse bei der Abifeier …«

»Ich verstehe. Ich meine, seine engsten Freunde, Clique, vielleicht eine Freundin?«

»Tom hatte zurzeit keine Freundin, soweit ich weiß. Aber wenn Sie nach engsten Freunden fragen …« Ihr Blick flog durch den Raum, als würde sie an den Wänden nach den Namen von Toms Mitschülern suchen.

Kastner schaute seine Frau einfach nur an. Es war davon auszugehen, dass er sich wenig um Toms Privatleben gekümmert hatte. Weshalb also sollte er seine Freunde namentlich kennen?

»Elena … Elena Moreno«, diktierte sie Fink in seinen Block. »Eine Hübsche ist das. Dann noch die Carolin von Burgwarth, sie ist auch aus Brunngries. Lukas … Lukas Thaler und Achmet oder Ahmet Kayid. Seine Eltern haben einen Gemüseladen in Traunstein.«

»Den neben dem Schuhladen?«, hakte Fink nach.

Frau Wiesinger nickte.

»Die Mama kauft da ein. Sie sagt immer, dass die deutschen Supermärkte bei Weitem nicht so gute Ware haben wie die Türken.«

Frau Wiesinger bekam im Gegensatz zu Tischler, der tief durchatmete, diese Äußerung nicht mit.

»Anna Eichinger und dieser Bosch. Jonas Bosch.« Sie drehte sich zu ihrem Mann um. »Wie heißt denn dieser Puffi in Wirklichkeit, der immer mit Tom Computerspiele gespielt hat?«

Er zuckte nur mit den Schultern.

»Das reicht uns fürs Erste«, erlöste Tischler Frau Wiesinger. »Ruhen Sie sich aus.« Er geleitete das Paar auf den Flur.

Frau Wiesinger drehte sich nochmals um. »Florian Puffinger«, fiel es ihr ein. Dann schulterte sie ihre Handtasche und ging mit hängenden Schultern den Flur entlang zum Ausgang.

Kastner folgte ihr, ohne sich von den Beamten zu verabschieden.

»Was für ein Arschloch!«, entwich es Tischler leise.

»Aber wirklich«, pflichtete ihm Fink bei, der seinen Block zurück in die Tasche steckte. »Hast du gesehen? Der hat die ganze Zeit auf die Uhr geschaut. Wen in Gottes Namen interessiert die Uhrzeit, wenn der Sohn gestorben ist?«

»Stiefsohn«, verbesserte Tischler. »Und ja, das ist mir auch aufgefallen. Genau wie deine unsensible Art, ihr zu sagen, wie ihr Sohn gestorben ist.«

Fink blickte Tischler mit finsterer Miene an. »Warum? Er ist doch erstochen worden.«

»Schon. Aber wie du das sagst. ›ERSTOCHEN!‹«

»Warum? Wenn es doch so ist. Es macht wohl keinen Sinn, wenn ich sage, dass ihn ein Messer unglücklich erwischt hat.« Er hielt für einen Moment inne, dann sah er Tischler aufmerksam an. »Wie hättest du das der Frau mitgeteilt?«

»Da sagt man: ›Frau Wiesinger, wir gehen davon aus, dass Ihr Sohn erstochen wurde.‹«

»Wo ist der Unterschied?«

»Im ganzen Satz.«

Fink kratzte sich am Hinterkopf. »Du meinst also, dass ich es …«

»Kann mir jetzt endlich mal jemand diesen Köter abnehmen?«, ertönte es zornig aus dem Untersuchungsraum.

Tischler und Fink folgten Forsters Ruf und erlösten den Mann von Resi, die sich artig auf ihren Hintern setzte, als sie Tischlers ansichtig wurde.

»Wo sind wir denn hier, wenn jeder sein Haustier mitbringt! Ein Hund hat in einer Gerichtsmedizin nichts zu suchen«, wetterte Dr. Forster und drückte Tischler die Leine in die Hand.

»Das ist kein gewöhnlicher Hund«, verteidigte Tischler Resi, während er sich in die Hocke begab, um sie zu streicheln.

»Was denn dann? Eine Katz? Das wüsste ich aber.«

»Nein. Die Resi ist ein Polizeihund im Praktikum. Und Kronzeugin in diesem Fall. Schließlich hat sie den jungen Kerl gefunden, der da auf dem Tisch liegt. Wer weiß, vielleicht würde er ohne sie immer noch da draußen im Wald liegen.«

»Das ist mir wurscht«, ließ sich Forster nicht vom Kommissar und seiner Resi einwickeln. »Ein Hund ist ein Hund, und der hat hier nichts zu suchen.«

Tischler nahm Resi vorsichtshalber auf den Arm. Nicht auszudenken, wenn sie den Seziertisch markiert hätte.

»Was haben Sie denn eigentlich noch herausgefunden?«, lenkte Tischler die Aufmerksamkeit des Gerichtsmediziners wieder auf das Wesentliche.

»Wie bereits auf dem Forstweg klar war, ist er erstochen worden«, erklärte Dr. Forster. »Die meisten seiner inneren Organe waren von der Stichwaffe unberührt. Der Stich ging durch das Zwerchfell in den Magen, was unbehandelt zu einer Entzündung des Bauchraums geführt hätte, jedoch nicht zum Tod. Vorausgesetzt natürlich, dass er kurz nach der Tat ärztlich versorgt worden wäre.«

»Und was war es dann, was ihn umgebracht hat?« Tischler wandte sich zum Seziertisch, auf dem Tom lag, und deckte erneut sein Gesicht auf. Er sah friedlich aus. Wie jeder, den Tischler bisher in dieser Lage gesehen hatte. Forster und Fink folgten ihm.

»Umgebracht hat ihn letztendlich die Durchtrennung größerer Blutgefäße. Dadurch ist er quasi innerlich verblutet. Das geht ganz schnell. Vermutlich hatte er sofort einen hypovolämischen Schock.«

Fink blickte interessiert zu Dr. Forster. »Und was heißt das?«

»Das heißt, dass durch die Perforation der Gefäße zu wenig Blut ins Herz gelangt, woraufhin zu wenig in den Körper und somit auch in die Zellen gepumpt wird. Da oben auf dem Forstweg kommt bei so einer Verletzung jede Hilfe zu spät.«

»Demnach hatte er also keine Chance?«

»Wie gesagt: Da kommt jede Hilfe zu spät«, wiederholte Dr. Forster und betrachtete ebenfalls das Gesicht des jungen Abiturienten.

»So ein junger Mensch! Hätte noch alles vor sich gehabt«, bedauerte Fink, der neben ihnen stand.

»Ja, da zieht man seine Kinder groß, bringt sie durch die Schule, und wenn sie das Gröbste hinter sich haben … tragisch!« Dr. Forster deckte den jungen Mann wieder zu. »Ich lass euch den vollständigen Bericht zukommen.«

»Ja, machen Sie das. Gute Arbeit!«, bedankte sich Tischler beim Gerichtsmediziner. Dann verließen die beiden Beamten samt Resi das Gebäude.

Resi interessierte sich für einen der Buchsbäume, die vor dem Eingang der Gerichtsmedizin angepflanzt waren. Tischler schenkte ihr die Zeit.

»Insofern würde ich mal sagen, dass ich gleich morgen zum Gymnasium fahre und mir eine Klassenliste geben lasse«, schlug Fink vor.

»Wie, *morgen*? Nix da. Wir fahren die Mitschüler heute ab.«

»Heut? Am Sonntag?«

»Freilich heut am Sonntag. Wir haben einen Mord aufzuklären. Wer hat heute Dienst?«

Fink überlegte. »Der Scholl.«

»Wunderbar. Dann rufst ihn jetzt an und gibst ihm die Namen durch. Er soll uns die Adressen aufs Handy schicken und los geht's.«

»Das kann aber ein bisserl dauern. Wo er doch nur mit zwei Fingern tippt.«

Tischler massierte seine Stirn und kniff die Augen zusammen. »Also, eins sag ich dir: In München hätten die euch alle längst hochkant rausgeschmissen. Ich würd ja nix sagen, wenn der Robert kurz vor der Rente wär. Der Kerl ist noch keine dreißig, verdammt!«

Fink protestierte. »Ich mach immer ordentlich meine Arbeit.«

»Dich meine ich ja auch nicht«, ruderte Tischler zurück. »Das hab ich doch bloß so dahingesagt. Jetzt wird's mal Zeit, dass ich den Robert zur VHS schicke, dass der lernt, mit allen Fingern zu schreiben. Der hat doch ständig sein Handy in der Hand und tippt da wie blöd eine Whatsapp nach der anderen.«

»Das macht er mit den Daumen.«

»Ihr macht mich fertig!« Tischler zog seufzend an der Leine und Resi setzte ihre vier Pfoten in Bewegung. »Komm, ich lad dich zum Mittagessen ein.«

»Ui. Im KRAUSE war ich schon lange nicht mehr.«

»Von mir aus. Und damit sich der Robert nicht so abhetzen muss, kriegst hinterher noch ein Eis.«

Das ließ sich der Polizeiobermeister nicht zweimal sagen. Unglücklicherweise war Fink mit dem Dienstwagen zur Gerichtsmedizin nach Traunstein gefahren, weshalb sich die beiden Ermittler getrennt voneinander auf den Weg nach Brunngries machten. Nur zu gerne wäre er standesgemäß mit dem Jaguar beim KRAUSE vorgefahren. Dieses Privileg genoss nun Resi. Die sicherlich zu keiner Zeit daran gezweifelt hatte, den Beifahrersitz ganz für sich alleine zu haben.

Stracciatella mit Koriander

»Sorry, hat ein bisserl länger gedauert, bis ich dem Robert alle Namen durchgegeben hatte. Außerdem musste ich mich noch bei der Mama vom Mittagessen abmelden«, erklärte Fink, als er endlich im KRAUSE auftauchte.

Flüchtig grüßte er zu den Männern am Stammtisch nebenan und setzte sich zu Tischler an den Tisch.

»Kein Thema«, beruhigte Tischler seinen Kollegen und nahm lächelnd von Nori, der Frau des Wirts, die Speisekarten entgegen.

Die hübsche Thailänderin wusste, wie sie sich in Szene setzte. Ihrem Mann schien es zu gefallen. Denn es war ohne Zweifel sie, wegen der die Gaststube an fast jedem Tag der Woche gut gefüllt war. Zwar war die Mehrheit der Gäste männlich, doch die ließen tüchtig Trinkgeld auf den Tischen liegen. Besonders dann, wenn Nori ihnen das Gefühl gab, dass sie sich ganz besonders über den Besuch eines jeden von ihnen freute. Und weil sie es zuließ, dass die Männer sie hin und wieder am Arm oder an der Hüfte berührten. Natürlich rein zufällig.

»Was magst denn trinken?«, fragte er seinen Schützling.

»Was trinkst denn du?«

»Helles. Alkoholfrei.«

»Nein, da muss ich immer so aufstoßen. Ich nehm ein Spezi.«

Tischler überhörte diese Information und klappte die Speisekarte auf. »Da weiß man wieder überhaupt nicht, was man nehmen soll. Ich kann ja nicht jedes Mal dieses *Giaw Thod* essen.«

»Ich nehm die vorneweg. In *Wan Tans* könnte ich mich reinsetzen.« Fink blinzelte über die Speisekarte hinweg zu Tischler. »Ist eine Vorspeise überhaupt drin? Ich mein, wo du doch zahlst?«

»Freilich. Tob dich aus. Heut ist Sonntag.«

»Dann nehme ich zum Hauptgang wieder die Garnelen. Vielleicht geht das diesmal ohne Koriander ...«

»*Bamee Ped Krob Bavaria*«, las Tischler vor. »Gebratene Eiernudeln mit knuspriger Ente und Gemüse an Serviettenknödeln ... Wahnsinn! Also dieses Konzept ›Bayern trifft Thailand mit einem Gruß aus Berlin‹ ist hier wirklich Programm. Ich frag mich nur, wo in dem Gericht Berlin versteckt ist.«

»Das kommt mit Nori, wenn sie das Essen bringt und ›Jut'n Hunga‹ sagt.«

Die beiden grinsten verschmitzt in ihre Karten hinein, wurden allerdings umgehend ernst, als Nori plötzlich neben ihnen stand, um die Bestellung entgegenzunehmen.

»Meinst du, die hat das gehört?«, flüsterte Fink, als sie wieder zurück zur Theke ging.

»Klar!« Tischler lachte. »Mit der hast du es dir jetzt verscherzt. Höchstpersönlich wird sie dir deinen Koriander ganz klein häckseln und unterjubeln.«

»Das wäre ja Körperverletzung. Dann zeig ich sie an und ...«

»So, einmal ein Helles alkoholfrei und ein Spezi«, sagte Nori freundlich lächelnd und servierte die Getränke.

»Ach, Nori, hat Ihr Mann vielleicht in der Küche etwas für die Resi? Nicht, dass die uns noch verhungert.«

»Ich frage Horst-Erich, einen Moment …« Ihr thailändischer Akzent gepaart mit einem Hauch Berlinerisch war einfach göttlich.

»Die kommt immer wie aus dem Nichts«, murmelte Fink aufgeregt.

»Ja, Felix, dein Timing ist perfekt.«

»Hallöchen, die Herren. Ein Sonderwunsch für die kleine Prinzessin?«

Horst-Erich Krause beugte sich zu Resi hinab und kraulte sie stürmisch.

»Ja, aber bitte keinen großen Aufwand. Vielleicht ein bisserl …«

»Ich weiß doch, was ein echter bayerischer Hund liebt«, unterbrach Horst-Erich den Kommissar und zwinkerte Resi zu. »Du bekommst zwei leckere Weißwürste von mir, gell? Aber mit Haut!«

Resi wedelte wie verrückt mit dem Schwanz.

»Mit Haut?«, fragte Tischler vorsichtshalber nach.

»Natürlich! Die Haut putzt unsere Prinzessin mal so richtig von innen durch und entfernt alles, was keine Miete zahlt!« Der Wirt erhob sich und schnappte vom Stammtisch nebenan zwei leere Gläser.

»Lasst das aber nicht dem Ferstel seine Frau erfahren«, erscholl es vom Nachbartisch. »Das ist doch die Resi, oder?«

Tischler nickte dem Beleibten zu. Er kannte ihn von seinem letzten Besuch im KRAUSE und erinnerte sich, dass er Anderl hieß. Der Leitwolf der drei Grauhaarigen, die anscheinend zum Inventar des Gasthofs gehörten.

»Wenn ihr es ihr nicht erzählt …«

»Keine Sorge. Wir halten dicht. Frisst sich der Ferstel schon wieder bei der Verwandtschaft durch?« Anderl stieß seinen Kollegen neben sich mit dem Ellbogen an.

»Beerdigung«, antwortete Tischler knapp und prostete den Männern zu.

»Ja, hab's gehört. Bei dem geht das gerade Schlag auf Schlag. Und die Resi hat nicht mitdürfen? Da wird die sich aber freuen. Dem Ferstel seine Alte hat da nämlich einen Schlag, dass es ganz aus ist. Was hat uns der Josef da schon für Geschichten erzählt!« Er schlug mit der Faust auf den Tisch und erntete dafür mahnende Blicke der anderen Gäste, die sich ihr Sonntagsmahl in Ruhe schmecken lassen wollten. »Die liest in diesen Zeitungen … Hans, wie heißen die gleich wieder, der Josef hat uns das doch erzählt …«

»›Frau in der Post‹ oder so«, wusste der und blickte zu dem Dritten im Bunde, der unwissend mit den Schultern zuckte.

»Ja, genau. Und da drin liest sie von den Reichen und Schönen, wie die ihre Vierbeiner verhätscheln.«

»Vielleicht bringt sie die Resi irgendwann zu unserer Nagelstudiofee, der …«

»Tereza«, half Anderl seinem Spezi. »Ja, das fehlt noch, dass die dem Hund die Krallen rot anstreicht.«

Tischler rückte mit seinem Stuhl etwas näher an den Stammtisch heran. »Sagt mal, da oben, die Flachklamm-Alm … kennt ihr die?«

»Freilich«, bestätigte Anderl. »Warum? Hat er was ausgefressen, der Pfleger Rudi?«

»Nein«, winkte Tischler ab. »Ich frag bloß so.«

»Ein komischer Kauz ist der Rudi schon. Läuft gern nackt da oben rum und erzählt jedem, der es hören will, von seinen Göttern. Und denen, die es nicht hören wollen, auch.«

Tischler nickte interessiert. Nichts war wichtiger als Dorftratsch, wenn es sich um die professionelle Aufklärung eines Mordes handelte.

»Hat er was mit dem jungen Kerl zu tun, den ihr gestern da oben gefunden habt?« Anderl nahm einen großen Schluck und wurde ernst.

»Nein«, versicherte Tischler nachdrücklich. »Mich interessiert es nur, weil ich da gestern vorbeigekommen bin. Ist schön dort oben.«

»Na, wundern würde es hier niemanden, wenn der sich nicht doch mal an so einem Madl oder einem Kerl vergreift.« Anderl senkte seine Stimme. »Ein Typ mit über fünfzig, der auf cool macht und ständig mit den jungen Leuten herumhängt, da ist doch was faul.«

»Ach, die feiern da oben nur ein bisserl. Vielleicht mögen die ihn, weil er sie einfach machen lässt.«

»Mag ja sein. Trotzdem …«, beharrte Anderl auf seinem Misstrauen und wirkte, als wolle er den Kommissar gegen den Almwirt aufbringen. »Irgendwann passiert was und dann soll keiner behaupten, dass ich nichts gesagt habe.«

Tischler nickte ihm verständnisvoll zu und ließ sich Zeit. Er linste zu Fink, der in sein Handy sah, trank einen Schluck und wandte sich wieder zum Stammtisch.

»Apropos, junge Leute … wie sieht es denn mit der Dorfjugend hier im Ort aus?«

»Was soll damit sein?« Anderl griff sich eine Brezn aus dem Korb, der mitten auf dem Stammtisch stand, und brach sich ein Stück ab.

»Gibt es zum Beispiel ein Jugendzentrum? Oder wo treffen sich die jungen Leute sonst so?«

»Ein Jugendzentrum gab es früher mal. Aber da ging keiner rein. Wir wollten doch auch unter uns sein und brauchten niemanden, der uns beobachtet, oder?« Er erhob sein Glas. »Prost! Auf die Jugend!« Die Männer stießen gemeinsam an.

Tischler prostete ihnen ebenfalls zu und feixte innerlich, da Anderl anscheinend sich und ihn altersmäßig auf einer Wellenlänge sah.

»Aber die werden ja nicht jeder bei sich daheim herumhocken?«

»Gewiss doch«, stimmte Anderl zu. »Seh ich bei meiner Enkelin. Den ganzen Tag mit dem Handy auf dem Zimmer. Und wenn sie das richtige Alter erreicht haben, fahren sie nach Traunstein rein. Oder nach Rosenheim.«

»Oder Minga«, fügte einer seiner beiden Spezis hinzu.

»Stimmt, oder nach München«, übersetzte Anderl vorsichtshalber, für den Fall, dass der Herr Kommissar damit nichts anfangen konnte. »Schauen Sie sich doch um. Hier ist nix los für die Jugend. Vielleicht noch der Schützenverein oder die Feuerwehr. Aber dafür lassen sich die jungen Leut' ja heutzutage überhaupt nicht mehr begeistern.«

Tischler nickte verständnisvoll und ließ es dabei bewenden. Schon alleine deshalb, weil Nori das Essen brachte.

»So, die Herren. Zweimal *Giaw Thod.* Jut'n Hunga!«, wünschte die thailändische Berlinerin.

Fink biss sich auf die Lippen, damit ihm kein Lacher entwischte. Tischler vermied es, ihn anzusehen.

Beide starrten für eine Weile auf ihre Teller, bis sie sich beruhigt hatten.

»Jut…«

»Wag es nicht«, bremste Tischler seinen Kollegen.

»Dann einen guten Appetit.«

»Danke, Felix. Den wünsche ich dir auch.«

Tischler blickte zu Resi auf den Boden, die von Nori zeitgleich die Weißwürste bekommen hatte. Nach anfänglicher Skepsis schien es ihr zu schmecken. Sollte es in Ferstels

Verwandtschaft weitere Todesfälle geben, hatte Resi gute Chancen, sich quer durch alle bayerischen Köstlichkeiten zu fressen, die das Leben für sie bereithielt.

»Scholl hat die ersten Adressen geschickt«, erwähnte Fink beiläufig. »Bis auf einen wohnen alle hier in Brunngries.«

»Sehr gut. Da bin ich mal gespannt, was die uns zu erzählen haben.«

»Wenn wir sie antreffen«, warf Fink in den Raum.

»Gewiss treffen wir die an. Hast ja gerade gehört. Die sitzen alle daheim und schauen in ihr Handy.«

Fink leckte sich die Lippen. »Aber es bleibt doch beim Eis, oder?«

»Versprochen ist versprochen.«

»Wir könnten dem Scholl ja auch eins mitbringen, oder?«

»Felix, der Robert bekommt ein Eis, wenn er wenigstens mit vier Fingern tippen kann.«

***

»Der verdammte Koriander! Schade um das gute Eis!«, schimpfte Fink am Steuer des Passats und hielt sich wiederholt die Hand vor den Mund.

»Ja, wenn das von der lieben Nori nicht doch Absicht war«, grinste Tischler und warf einen Blick auf die Adressenliste, die ihnen Robert Scholl erstellt hatte.

»Weißt du, wie das ist, wenn du Stracciatella isst und ständig dieses Seifige hochkommt? Ich vertrage Koriander einfach nicht.«

»Und die Nori verträgt es wahrscheinlich nicht, wenn du sie nachäffst, wie sie ›Jut'n Hunga‹ sagt. Da trinkst heute Abend einfach einen Schnaps, der brennt dir alles weg.«

Fink schaltete einen Gang herunter und bog in eine Nebenstraße ein. »Aber gefreut hat sich der Robert, dass wir ihm ein Eis mitgebracht haben.«

»Na, wo er uns doch so eine schöne Liste erstellt hat. Außerdem passt er auf die Resi auf.«

Fink nickte und fuhr langsamer, um die Hausnummern besser ablesen zu können. »Wir hätten auch mit deinem Jaguar fahren können.«

»Mit einem Jaguar fährt man nicht, mit einem Jaguar cruist man. Mach langsam, das da vorne muss es sein.«

Fink parkte neben dem Gehweg und stellte den Motor ab. Die beiden stiegen aus. Typisch für einen Sonntag in Brunngries war es ruhig auf den Straßen. Wie in einem Wohngebiet üblich waren vereinzelt Kinder aus den Vorgärten zu hören, die sich auf den Trampolinen austobten, die man quasi auf jedem zweiten Grundstück vorfand. Nachdem Tischler an der Haustür geklingelt hatte, öffnete kurz darauf ein junger Kerl.

»Ja bitte?«

»Florian Puffinger?«

Er starrte die beiden Ermittler erstaunt an. »Ja, das bin ich. Und wer will das wissen?«

»Tischler, Hauptkommissar. Das ist mein Kollege Polizeiobermeister Fink. Wir hätten Sie gerne gesprochen. Sind Ihre Eltern auch zu Hause?«

»Nein, die sind heute Morgen mit dem Wohnmobil zum Gardasee.« Er ließ die beiden eintreten und schloss hinter ihnen die Tür.

»Florian, wir müssen Ihnen mitteilen, dass Ihr Schulkamerad Tom Wiesinger gestern tot im Wald gefunden wurde.«

Florian stand eine Weile regungslos im Flur, drehte sich wortlos um und ging weiter ins Wohnzimmer des Hauses. Tischler und Fink folgten ihm. Dort setzte er sich auf einen

Stuhl an den Esstisch. Nach einer Weile blickte er zu Tischler auf.

»Tom?«

»Ja, leider. Da gibt es keinen Zweifel.«

»Wie ist er denn …?«

»Das dürfen wir Ihnen beim jetzigen Ermittlungsstand nicht sagen.«

Florian schluckte ein paarmal und stierte stumpf vor sich auf den Boden.

»Wir wissen, dass das jetzt bestimmt ein Schock für Sie ist, Florian. Aber wir müssen verstehen, was Tom für ein Mensch war. Mit wem er zusammen war oder ob er Feinde hatte.«

»Tom? Feinde?« Florian sah die Polizisten verwundert an. »Tom hatte keine Feinde. Er war bei allen beliebt. Die Mädels mochten ihn, und die Jungs wollten so sein wie er.«

»Sie auch?«, erkundigte sich Fink.

Florian zuckte mit den Schultern.

»Wie war er denn?«, hakte Tischler nach.

»Groß, sportlich, gut aussehend … gut in der Schule … Er hat sein Abi mit eins Komma irgendwas gemacht.«

Tischler zog den Stuhl neben Florian unter dem Tisch hervor und setzte sich ebenfalls. »Und Sie? Haben Sie auch Ihres in der Tasche?«

»Ja, gerade so. Aber ich weiß eh noch nicht, was ich machen will.«

Fink zückte seinen kleinen Block. »Dann hatte Tom also keine Feinde?« Er drückte die Mine aus seinem Kuli.

»Wie ich schon sagte. Ich wüsste jetzt niemanden, der etwas gegen ihn hatte.«

Tischler stand auf. »Wann ist er denn von eurer Abifeier weg?«

»Puh …« Florian kratzte sich am Hinterkopf.

»Nur so ungefähr.«

»Vielleicht um eins oder zwei. Vielleicht aber auch kurz nach Mitternacht. Ich muss zugeben, dass ich an dem Abend ziemlich breit war.« Er lächelte verschämt, wurde jedoch gleich wieder ernst.

»Und wann sind Sie gegangen?«, legte Fink nach.

»Mit den meisten anderen. So um drei oder halb vier. Da kam der Shuttlebus, den wir von unserer Klassenkasse gemietet hatten. Der hat uns nach unten gebracht.«

»Also ist Tom früher gegangen und nicht in den Bus eingestiegen?«

»Ich bin mir ziemlich sicher.«

»Gut, das war's fürs Erste. Vielleicht brauchen wir Sie noch mal.«

Florian geleitete die beiden Beamten noch zur Tür. Als er sie schloss, wirkte er bedrückt. Kein Wunder, wenn man erfährt, dass der Klassenkamerad einen Tag zuvor getötet wurde.

»Was denkst du? Sollten wir den Fahrer dieses Busses ausfindig machen?«

Tischler öffnete die Beifahrertür. »Das können wir uns sparen. Tom war nicht im Bus. Was soll der uns erzählen?«

Fink stimmte ihm zu und stieg in den Wagen. Plötzlich fluchte er.

»Koriander?«

Fink verzog das Gesicht. »Nächstes Mal esse ich ganz bestimmt was anderes.«

***

»Tot? Tom?«

»Ja, es tut uns sehr leid, dass wir Ihnen diese Mitteilung machen müssen.«

Lukas Thaler sah seine Eltern an, die ebenfalls sehr bestürzt auf diese Nachricht reagierten. Der schlaksige Kerl saß auf der Lehne der elterlichen Couch und wippte aufgeregt hin und her.

»Wann haben Sie denn die Party verlassen?«

»Ich war bei den Letzten dabei. Bin gemeinsam mit Ahmet und dem Zuhälter aus der Hütte raus und in den Bus.«

»Lukas!«, ermahnte ihn sein Vater und blickte peinlich berührt zu den Beamten. »Sie müssen entschuldigen. Die jungen Leute und die Namen, die sie sich gegenseitig geben …«

»Ich meinte den Puffinger Florian. Wir nennen ihn Puffi oder eben … Zuhälter wegen … na, Sie wissen schon.«

»Wegen Puff oder Bordell, ich verstehe«, brachte Fink unnötigerweise Licht ins Dunkel.

Tischler kniff für einen Moment die Augen zusammen.

»Welches Verhältnis hatten Sie zu Tom?«

»Wir haben nichts privat unternommen, wenn Sie das meinen. Ich hatte aber auch nichts gegen ihn. Bin ich jetzt verdächtig?«

»Das sind reine Routinefragen, keine Angst«, beruhigte ihn Tischler.

Lukas knetete seine Finger. Er wirkte unsicher, was jedoch sicherlich nicht nur dem Umstand geschuldet war, dass die Polizei an einem Sonntag im Haus war. Er war offenbar kein Draufgänger oder Partyhengst, was ihn jedoch nicht aus Tischlers Fokus rückte. Er wusste nur zu gut, dass meist die leisen Typen zu einer solchen Tat fähig waren. Eifersucht auf das Leben eines anderen war seit jeher ein wunderbares Motiv, um einen Mord zu begehen.

»Darf man Ihnen zum Abitur gratulieren?«, fragte Tischler, um das Gespräch mit positiven Schwingungen zu beenden.

»Er war der Beste seiner Jahrgangsstufe«, kam ihm seine Mutter stolz zuvor und strich ihrem Sohn über die Haare, was dem mit seinen achtzehn Jahren überhaupt nicht gefiel.

»Und was haben Sie vor? Studieren?«

»Unser Sohn weiß es noch nicht«, antwortete Lukas' Vater. »Er würde gerne ein Jahr im Ausland verbringen, bevor er sich entscheidet.« Seinem Gesichtsausdruck nach zu urteilen war er über diese Entscheidung nicht glücklich. Tischler ließ sich dadurch jedoch nicht beeinflussen und gratulierte dem Schulabgänger zu seinem Entschluss.

»Von mir auch«, schloss sich Fink dem Kommissar an. Dann verabschiedeten sie sich.

Fink schloss die Gartentür und winkte Lukas' Mutter, die am Küchenfenster stand und die beiden beobachtete, wie sie zu ihrem Wagen gingen.

»Zuhälter!«, wiederholte Fink, als er in den Passat stieg. »Auf Namen kommen die heutzutage.«

»Ja, so ein Name kann einem die Schulzeit bestimmt erschweren.«

»Das brauchst du einem, der Fink heißt, nicht zu sagen.«

Tischler schmunzelte und legte den Sicherheitsgurt an. »Mich nannten sie Schreiner!«

Fink steckte den Schlüssel ins Zündschloss und hielt inne. »Schreiner? Warum?«

Es gab Tage in Tischlers Leben, an denen er sich nicht sicher war, ob sein Kollege manchmal wirklich eine lange Leitung hatte oder sich einfach nur über ihn lustig machte.

***

»Geht es wieder?« Tischler griff in seine Jackentasche, holte ein Papiertaschentuch hervor und streckte es der jungen Dame entgegen. »Moreno … woher stammt der Name?«

»Meine Eltern kommen aus Spanien. Ich bin hier geboren.« Sie schnäuzte sich ihre Nase. Vorsichtig wischte sie sich die Tränen aus den Augen. »Wer macht denn so etwas?«

Tischler zuckte lediglich mit den Schultern. Er war sich sicher, dass die Jungs auf diese hübsche junge Frau nur so flogen.

»Wie war er denn so?«, fragte Fink vorsichtig.

»Wie meinen Sie das?«

»War er nett, beliebt …«

»Neidisch waren sie auf ihn. Ganz besonders Jonas.« Sie schnäuzte sich erneut.

Fink studierte die Liste, die ihm Scholl erstellt hatte. »Jonas Bosch?«

Sie nickte. »Bei den beiden ging es immer nur um die Schwanzlänge.« Sie sah etwas pikiert zu Tischler. »'tschuldigung.«

»Schon okay. Die beiden haben sich also nicht vertragen?«

»Was heißt *vertragen* … Zwei Alphatiere sind eben immer im Wettstreit. Egal wegen was. Als sich Tom für mich interessierte, hat auch Jonas Gas gegeben und umgekehrt.«

»Sie waren also mit beiden zusammen?«, folgerte Fink.

»Nur mit Tom. Das ging aber nicht lange.« Verschämt blinzelte sie den Polizisten an. »Ich bin ein bisschen eifersüchtig. So einen Typen wie Tom hat man nicht alleine.«

»Er war also ein Mädchenschwarm?« Tischler bot ihr ein weiteres Taschentuch an, das sie jedoch ablehnte.

»Sie standen alle auf ihn.«

»Und mit Jonas waren Sie auch …«

»*Dios mio!* Für den wäre ich nichts weiter als eine Trophäe … Bitte sagen Sie meinen Eltern nicht, dass ich mit Tom …« Elena wirkte plötzlich panisch. »Sonst schickt mein Vater mich nach Spanien.«

Genau, dachte Tischler. *Weil es da ja keine Jungs gibt, die nach hübschen Mädels Ausschau halten.*

»Keine Angst. Alles, was wir hier besprechen, bleibt vertraulich. Wo sind Ihre Eltern überhaupt?«

»Sie sind bei Freunden.«

»Und? Was haben Sie jetzt vor? Wir könnten engagierte Menschen bei der Polizei gebrauchen.«

Sie lachte. »Dann müsste ich ja sonntags arbeiten. Das kommt nicht infrage. Ich suche mir einen Nine-to-five-Job. Oder ich studiere. So genau weiß ich das noch nicht.«

Tischler hatte genug gehört. Sie verließen das Haus der Morenos und gingen zum Wagen.

»Fällt dir was auf?«

»Ja. Die war hübsch, gell?«

»Das auch. Ich meine eher, dass keiner von denen weiß, was er jetzt machen will.«

Fink lächelte. »Ich wusste schon immer, dass ich Polizist werden will.«

»Das glaub ich dir aufs Wort. Wahrscheinlich wolltest du das deiner Mama seinerzeit mitteilen, als du noch überhaupt nicht sprechen konntest.«

»Wie war das bei dir? Wolltest du auch immer schon Polizist werden?«

»Ich? *Dios mio!*«, äffte er die schöne Elena nach. »Ich wollte Schlagzeuger einer Rockband sein und das ganze Jahr in einem Tourbus um die Welt reisen.«

»Woran ist es gescheitert?«

»Ich kann kein Schlagzeug spielen«, gestand Tischler seinem Kollegen mit wehleidigem Blick und stieg in den Wagen.

Carolin von Burgwarth, ebenfalls Toms Mitschülerin, war die Nächste auf Tischlers Liste. Da sie jedoch zu Hause nicht anzutreffen war, fuhren die beiden kurzerhand nach Traunstein, um Ahmet Kayid einen Besuch abzustatten.

Wie zu erwarten war, hörten die beiden Beamten auch von ihm nichts Neues über Tom. Bis auf die Tatsache, dass Ahmet wusste, was er machen wollte. Der quirlige Kerl wollte unbedingt den elterlichen Obst- und Gemüseladen übernehmen, wie es die Familientradition von ihm verlangte. Dass Ahmet sich mit Tom verstanden hatte, lag auf der Hand. Er war sportlich, sah gut aus und war ein Typ, den jeder mochte und der mit allen gut auskam. Er verlor kein schlechtes Wort über Tom. Als ihn Tischler jedoch auf Jonas ansprach, zögerte er kurz. Doch etwas Verwertbares kam nicht aus ihm heraus. Zeit also, um Jonas Bosch, dem Letzten auf der Liste, einen Besuch abzustatten.

Zurück in Brunngries fuhren die beiden Beamten zu seinem Elternhaus. Wobei *Haus* stark untertrieben war. Die Villa konnte sich sehen lassen und deutete darauf hin, dass darin erfolgsorientierte Menschen wohnten. Elena Moreno hatte also mit ihrer Analyse bezüglich Jonas nicht übertrieben. Vorausgesetzt, er war ebenso strebsam, wie seine Eltern es nach außen hin spiegelten.

Ein gut gekleideter Mann öffnete den beiden die Tür. Er schien genervt darüber zu sein, dass es jemand wagte, ihn an einem Sonntag zu stören.

»Herr Bosch?«, begrüßte ihn Tischler freundlich.

»Steht an der Klingel. Und Sie sind?«

»Tischler. Hauptkommissar. Mein Kollege, Polizeiobermeister Fink, hatte uns telefonisch vor etwa einer Stunde angemeldet.«

»Ich hatte mit Ihrer Frau gesprochen«, ergänzte Fink.

»Ach, Sie sind das! Was wollen Sie denn von Jonas?«

»Es geht um einen tragischen Fall bezüglich eines Mitschülers Ihres Sohnes. Können wir Jonas kurz sprechen?«

»Da kommen Sie zu spät. Er sagte, dass er bei diesem Wetter sicher nicht zu Hause sitzt und auf Sie wartet. Tja, so ist er.«

Tischler spitzte die Lippen. »Und … wo können wir Jonas antreffen? Es wäre wirklich wichtig.«

»Dort, wo er jedes Wochenende ist. Auf dem Golfplatz in Prien. Er trainiert für ein wichtiges Turnier.«

»Ah, Ihr Sohn spielt Golf«, meinte Fink interessiert.

»Klar. Warum wäre er sonst auf dem Golfplatz? Einstelliges Handicap. Aber mich schlägt er nicht.« Er grinste dreckig.

»Dann wollen wir Sie nicht länger stören.«

Ohne ein weiteres Wort schloss Bosch die Tür. Es waren Momente wie dieser, in denen Tischler seinen Job überhaupt nicht mochte.

Auf der Suche nach der Jugend

»So weit ist es schon gekommen, dass wir sonntags den verwöhnten Schnöseln hinterherfahren«, schimpfte Tischler, als er auf dem Parkplatz des Golfplatzes aus dem Wagen stieg und umgehend auf den Eingang des Klubhauses zusteuerte.

»Dem Fuhrpark nach zu urteilen ist es wohl immer noch so, wie man sagt.« Fink verschloss den Wagen mit dem Funkschlüssel und beschleunigte, um mit dem Kommissar Schritt zu halten.

»Wieso? Was sagt man denn?«

»Dass dieser Sport den Reichen und Schönen vorbehalten ist.«

Tischler amüsierte sich. »Na ja, schön ist immer relativ. Außerdem sind die Zeiten vorbei. Lass dich von den Protzkarren hier nicht täuschen. Die sind entweder geleast oder gehören der Bank.«

Fink folgte Tischler ins Klubhaus, das bei diesem Traumwetter stark frequentiert war. Natürlich hatte Fink nicht unrecht mit seiner Aussage. Einen Klub wie diesen konnte sich sicherlich nicht jeder leisten. Tischler blieb vor einer großen

Tafel stehen, auf der die Flights mit den Namen der Spieler aufgeführt waren, die sich für diesen Tag eingetragen hatten. Er überflog die Listen.

»Was ist das hier?« Fink blickte ebenfalls auf die Tafel.

»Wenn du spielen willst, musst du dich vorher anmelden und wirst einer Spielergruppe zugewiesen. Das passiert meist nach Handicap. Dann werden Startzeiten vergeben.«

Fink nickte verständnisvoll mit dem Kopf, ohne seine Augen von den Listen zu nehmen. »Spielergruppe, Handicap, Startzeit«, wiederholte er. Ratlos blickte er zu Tischler. »Ich habe kein Wort verstanden.«

»Ist nicht so wichtig. Sag mir lieber, ob du unter diesen Namen hier Jonas Bosch findest.«

Fink ging etwas näher an die Tafel heran und kniff die Augen zusammen. Nach einer Weile war er sich sicher. »Kein Bosch.«

»Ich sehe ihn auch nicht. Das kann nur eines bedeuten. Er ist auf der Driving Range.«

»Ach, geritten wird hier auch?«

»Felix, nicht Ranch, sondern Range! Da übst du den Abschlag!« Um Fink nicht zu überfordern, unterließ es Tischler zu erwähnen, dass sich Bosch auch auf dem Übungsfeld bei den Bunkern aufhalten könnte. Nicht, dass sein Kollege nach Panzern Ausschau hielt.

Die beiden marschierten quer durch das Klubhaus hindurch über das Restaurant nach draußen auf die Terrasse, um sich einen Überblick zu verschaffen. Linker Hand, etwa hundert Meter entfernt, entdeckte Tischler das, wonach er gesucht hatte. Menschen, die in einer Reihe standen und eifrig danach strebten, ein kleines Bällchen mit einem Schläger ins Nirwana zu klopfen. Die Driving Range.

»Das ist unser Ziel«, bedeutete Tischler seinem Kollegen. »Also machen wir uns mal auf die Suche nach dem Mann mit dem einstelligen Handicap.«

»Könnte mich auch reizen. Ich habe als Kind gerne Minigolf gespielt. Warum kennst du dich eigentlich damit so gut aus?«

Tischler versenkte seine Hände in den Hosentaschen, während er auf die Driving Range zuhielt. »Ich war sechs Jahre alt, als ich meinen ersten Ball geschlagen habe. Mein Vater bestand damals darauf, dass ich Golf lerne. Er meinte, dass es wichtig sei, es zu können.«

»Warum das?«

»Er hatte die meisten seiner Geschäfte auf dem Golfplatz eingefädelt. Damals dachte er wohl, dass ich später einen anderen Beruf ergreife.«

»Und, hast du dann auch so ein Handicap?«, interessierte sich Fink, während er zwei Damen auswich, die ihre Trolleys mit ihren Golfbags hinter sich herzogen.

»Klar. Das hat jeder.«

»Und wie hoch ist deins?«

»Darüber spricht man nicht. So etwas klärt man auf dem Platz. Jetzt hilf mir lieber, unseren Abiturienten zu suchen.«

Etwas entfernt von den Abschlagplätzen blieben die beiden stehen und betrachteten die Spieler. Mann mittleren Alters, Schiebermütze und karierte Hose – negativ. Daneben eine Frau, auf Platz drei eine weitere, die sich mit der neben ihr angeregt unterhielt. Zwei Abschläge weiter erneut ein Herr, jedoch bereits im Rentenalter … Plötzlich blieb Tischlers Blick an Abschlag zwölf hängen. Ein gut aussehender Kerl griff nach dem Korb, der mit Golfbällen gefüllt war, und leerte ihn neben sich aus. Anschließend schnappte er sich den Schläger und brachte sich in Position. Breitbeinig stand er parallel zum Ball, blickte aufs Gelände und korrigierte erneut seinen Stand. Für einen Moment hielt er inne, holte aus und schlug den Ball aufs leere Feld hinaus. Er schien unzufrieden, da er den Kopf schüttelte und einen weiteren Ball auf dem Tee platzierte. Er trug seine brünetten Haare seitlich sehr kurz, während sein längeres Deckhaar zur Seite gestylt war. Seine eng anliegenden Klamotten verrieten, dass er auf seinen Körper achtete. Allgemein wirkte er, als wäre ihm sein Äußeres sehr wichtig. Kein anderer Spieler auf der Driving Range war im Alter dieses Spielers.

Tischler steuerte mit Fink an seiner Seite auf ihn zu und sprach ihn aus sicherer Entfernung an.

»Jonas Bosch?«

Der Kerl sah für einen kurzen Moment nach hinten und schenkte danach seine ganze Aufmerksamkeit wieder dem kleinen weißen Ball, der vor ihm auf dem kleinen Holzstift thronte. »Wer fragt?« Er zog voll durch und schlug den Ball in hohem Bogen von sich. »Verdammt«, schimpfte er leise.

»Tischler. Hauptkommissar. Mein Kollege Fink ... Der Kopf geht zu früh hoch. Lass ihn einfach unten, bis du ganz durchgeschwungen hast.«

Kein Zweifel, dass ein Spieler mit einem einstelligen Handicap gut auf diesen Tipp, der sich für einen blutigen Anfänger besser eignete, verzichten konnte. Für einen wie ihn war diese Belehrung wohl eher eine Beleidigung als ein gut gemeinter Rat. Tischler blieb nicht verborgen, dass Jonas Bosch mit sich kämpfte, um weiterhin cool zu wirken.

»Ist Golf mittlerweile Betriebssport bei der Polizei?«

Tischler schüttelte den Kopf. »Nein, nein. Ich habe auf YouTube mal ein Tutorial gesehen.«

»Was wollen Sie von mir?« Er zog den ledernen Handschuh aus, nahm die Sonnenbrille ab und steckte sie in seine Haare.

»Dein Mitschüler Tom ist tot.«

Jonas bedachte Tischler mit einem kalten Blick. »Seit wann sind wir per Du?« Er zog sich seinen Handschuh wieder an und bestückte das Tee mit einem neuen Ball.

Tischler musste sich schwer zusammenreißen, um dem Schnösel nicht an Ort und Stelle Manieren beizubringen.

»Wie Sie wollen, Herr Bosch. Ich nehme an, Sie wussten das bereits?«

Jonas schlug ab. »Natürlich. Es gibt Handys.« Erneut zog er mit dem Schläger einen weiteren Ball zu sich heran.

»Jetzt pass mal auf, du …«, kam es von Fink in scharfem Ton. Er wurde jedoch umgehend von Tischler ausgebremst.

»Wo waren Sie denn von Freitag auf Samstag, sagen wir … so zwischen zwölf Uhr dreißig und drei Uhr?«

»Das wissen Sie doch.« Er zog seine Hosenbeine ein wenig nach oben und brachte sich erneut in Position.

»Was ich weiß, ist, dass ein junger Mann vor mir steht und mir gerade tausend Gründe dafür gibt, ein wunderbarer Tatverdächtiger zu sein.«

Jonas holte aus, schlug den Ball und fluchte erneut. Es lag auf der Hand, dass ihm die beiden Beamten unwahrscheinlich auf den Zeiger gingen.

»Der Kopf«, wiederholte sich Tischler und hatte alle Mühe, dass ihm kein süffisantes Grinsen entwich. »Ich glaube, der Kopf war schon wieder oben.«

»Was wollen Sie von mir?« Jonas' Ton wurde genervter.

»Dass Sie mir einfach meine Frage beantworten.«

Jonas atmete tief durch und ging wieder näher an die beiden Beamten heran. »Ich war auf der Party, habe getanzt, getrunken und gefeiert. Wie alle anderen auch.«

»Wann haben Sie die Party verlassen?«

»Als sie aus war.«

Tischler war kurz davor, den jungen Mann mit dem Kopf voran in sein Golfbag zu stopfen. »Wann war das?«

»Mann … vielleicht um vier.«

»Sind Sie ebenfalls mit dem Bus nach Hause gefahren?«

Jonas blickte zu Fink, der eifrig seine Aussage notierte. »Jawohl.« Jonas grinste Fink an, als würde er es lächerlich finden, dass der ganz analog mit Faustkeil und Block vor ihm stand.

»Welches Verhältnis hatten Sie zu Tom?«

»Keines, weil ich nicht schwul bin.«

Tischler verdrehte die Augen. »Sie wissen, wie ich das meine.«

»Er hat mir immer leidgetan. Weil er sich so bemüht hat, zu den oberen Zehntausend zu gehören.«

»Und wer sind diese oberen Zehntausend Ihrer Meinung nach?«, erkundigte sich Fink, obwohl er sich bereits ausmalen konnte, was nun kam.

Jonas trat einen Schritt zurück, um sich in voller Größe vor dem Polizeiobermeister zu präsentieren. Fink notierte diese wortlose Aussage.

»Sie fühlten sich also nicht bedroht von Tom?«

Jonas lachte schallend und erntete dafür genervte Blicke von den Spielern in seiner Nähe, die konzentriert an ihrem Abschlag feilten. »Sorry, aber der spielte nicht einmal in meiner Liga.«

»Ach ja? Wer …«

»Bitte entschuldigen Sie«, unterbrach ihn Jonas. »Ich kann Ihnen beim besten Willen nicht weiterhelfen. Wir haben in einer Woche Klubmeisterschaft. Wenn Sie mich also bitte entschuldigen würden?«

»Wir können uns auch gerne in Brunngries …«, setzte Fink an, dem Burschen Manieren beizubringen. Erneut besänftigte ihn Tischler per Handzeichen.

»Sie sind doch ein Spieler, oder?«, forderte er Jonas heraus. »Wie wäre es damit: Wir spielen um die nächste Frage. Wer weiter abschlägt.« Tischler griff in Jonas' Golfbag und zog einen Schläger heraus, den er ihm zuwarf. »Mit dem Siebener.«

Jonas linste zu Tischler, dann zu dem Eisen in seiner Hand. Wieder lachte er arrogant. »Dass sich manche Menschen immer selbst überschätzen«, sagte er lässig und deponierte einen Ball auf dem Tee. Er konzentrierte sich, korrigierte seinen Stand, spähte nochmals aufs Feld, dann wieder zum Ball. Kontrolliert holte er aus und schlug den Ball ab.

Zufrieden schaute er noch eine Weile aufs Feld hinaus, bevor er sich umdrehte und Tischler den Schläger in die Hand drückte. »Hundertdreißig Meter. Bitte schön, Herr Hauptkommissar.«

Tischler nahm ihm den Schläger ab und legte einen Ball aufs Tee. Wie lange war es wohl her, dass er einen Ball geschlagen hatte? Wie oft war er auf dem Grün beim Einlochen gescheitert? Wie oft hatte er bei dem Versuch geflucht, den Ball aus dem Bunker zu bekommen? Aber bei einer Sache hatte ihm damals niemand etwas vorgemacht. Tischler stellte sich breitbeinig auf, drückte sein Becken nach hinten, holte aus, ohne lange zu überlegen, und schlug den Ball. Er verweilte noch kurz in seiner Endposition, bevor er sein Kinn anhob, um dem Ball hinterherzusehen.

Fink grinste bereits.

Tischler drehte sich zu Jonas um. »Hundertsechzig Meter. Oder waren es hundertzweiundsechzig?«

Jonas' Nasenflügel bewegten sich zeitgleich mit seiner Kiefermuskulatur.

Fink blickte zufrieden drein. Zufrieden und auch ein bisschen stolz auf seinen Chef.

»Glück muss man haben«, presste Jonas zwischen den Zähnen hindurch. »Also, was wollen Sie wissen?«

Tischler sah zum Himmel und kniff die Augen zusammen, dann lächelte er Jonas an. »Das war es eigentlich schon. Ich weiß jetzt alles.« Er ging einen Schritt auf ihn zu und drückte ihm den Schläger an die Brust. »Könnte allerdings sein, dass wir zu einem späteren Zeitpunkt noch ein paar Fragen haben. Wir wissen ja, wo wir Sie finden.«

Jonas griff nach dem Schläger. Lautlos knirschte er mit den Zähnen.

Fink steckte seinen Block ein. Er wirkte sehr befriedigt. Fast so, als hätte er den Ball geschlagen.

Bevor die beiden Ermittler den Rückweg antraten, wandte sich Tischler nochmals an Jonas. »Kleiner Tipp: Diesen Satz Eisen gibt es in einer überarbeiteten Version. Bessere Ballgeschwindigkeiten selbst bei nicht mittig getroffenen Bällen.« Nach dieser Klugscheißerei verschwanden die beiden vom Gelände und spazierten zurück zum Parkplatz.

»Dem hast du es aber gezeigt!«, freute sich Fink einen Ast in den Bauch.

»Ich lass mir doch von so einem spätpubertären Windei nicht sagen, wo es langgeht.«

»Ich hätte ihm am liebsten seinen verdammten Schläger in seinen Hintern geschoben. Aber sicher nicht mit dem Griff zuerst!«, wetterte Fink und kramte in seiner Hosentasche nach dem Autoschlüssel.

»Wir hätten ihn auf der Driving Range an eine Entfernungsmarkierung binden sollen. Am besten gleich bei fünfzig Metern, damit ihn die Anfänger auch treffen können. So ein Depp! Noch nix erreicht in seinem Leben, aber sich siezen lassen. Weißt du, was ich dem wünsche? Jeden Tag einen dicken fetten Pickel genau auf der Stirn.«

Fink öffnete den Wagen. »Meinst du, er hat was mit der Sache zu tun?«

»Weiß nicht. Schwer zu sagen. Den Hitzkopf hätte er, um aus dem Affekt heraus eine Dummheit zu begehen. Andererseits ist er auch sehr berechnend. Keine Ahnung, was in so einem Hirn vorgeht. Vielleicht dringt das ganze Gel aber auch in seinen Schädel ein und verklebt die Synapsen.«

Fink blickte über das Wagendach zu Tischler. »Gell, du magst den nicht.«

»Ich? Wie kommst du denn da drauf? Ich wünsch dem für sein Leben nur das Beste. Und viele Kinder. Genau von der Sorte, wie er es ist.«

***

»Resi, du musst unbedingt an deiner Persönlichkeit arbeiten. Was hast denn mit dem Robert angestellt? Weißt, wenn das mit uns funktionieren soll, dann musst du dich ein bisserl zusammenreißen.« Resi schielte mit ihrem Dackelblick zu Tischler hinüber, der im selben Augenblick vom Parkplatz der Brunngrieser Dienststelle fuhr. Der Jaguar schnurrte, als er den dritten Gang einlegte und aufs Gaspedal trat. Seine Hand wanderte zum Beifahrersitz und kraulte Resis Kopf.

»Wir waren auf einem Golfplatz. Da gibt es achtzehn Möglichkeiten, wohin du dein Geschäft verrichten könntest. Im Grunde sogar siebenundzwanzig Möglichkeiten. Die haben da nämlich auch einen Kurzplatz.« Resi bellte, als hätte sie verstanden, was der Kommissar zu ihr sagte.

Tischler selbst hatte sehr wohl kapiert, was Robert Scholl gemeint hatte, als sie zurück auf der Dienststelle waren. *Lass mich bloß nicht mehr mit dem verzogenen Köter allein*, hatte er geknurrt, während er den Inhalt des Papierkorbs, der auf dem Boden der Dienststelle verteilt war, wieder aufsammelte. Ja, Resi wusste, wie sie sich in Szene setzen konnte, um größtmögliche Aufmerksamkeit zu erheischen. Diese Erfahrung hatte ja auch Tischler einen Tag zuvor machen müssen. Schnell steckte er sich die Kopfhörer seines Handys in die Ohren und wählte Brittas Nummer.

»Servus, ich bin es. Na, was machst du?«, fragte er und blickte erwartungsvoll zu Resi, die sich jedoch mehr für einen Mops interessierte, an dem sie vorbeifuhren.

Britta war kurz angebunden, da ein Motorradfahrer, der auf der Autobahn verunglückt war, mit dem Hubschrauber auf dem Weg in die Klinik war. Sie machte es ihm leicht und tat, als wäre ihr frühzeitiger Aufbruch am Abend zuvor nicht so schlimm gewesen. Das wiederum passte dem Herrn Hauptkommissar überhaupt nicht und er fragte sich, ob dem wirklich so war. Vielleicht wollte sie aber auch ihm gegenüber nicht zugeben, dass sie sehr gerne bei ihm übernachtet hätte. Um das herauszufinden, war ein Ersatzdate unabdingbar, und die beiden verabredeten sich für die kommende Woche.

»Hast gehört, Resi? Das schöne Frauli trifft sich wieder mit mir. Und da bist du sicher nicht dabei. Ich würde nämlich gerne mal wieder …« Er hielt inne, als ihm ein Paar auffiel, das auf dem Gehsteig spazierte. Die beiden wirkten sehr vertraut miteinander. Das machte ihn neugierig. Denn der männliche Teil der beiden Herrschaften war ihm wohlbekannt.

»Resi – wie wäre es mit einem kleinen Spaziergang?«

Tischler fuhr ein paar Hundert Meter weiter und parkte in einer Seitenstraße. Mit Resi an der Leine ging er zurück zur Hauptstraße und bog in die Richtung ab, aus der er kam. Kurze Zeit später hatte Tischler mit seinem Vierbeiner sein Ziel erreicht.

»Herr Kastner. So sieht man sich wieder!«, begrüßte er den Rechtsanwalt übertrieben freundlich, der sich daraufhin schlagartig einen Schritt von seiner Begleitung entfernte.

»Herr Kommissar, was für ein Zufall! Ich bin hier gerade … Ach, darf ich vorstellen, Carolin von Burgwarth. Wir haben uns zufällig getroffen.«

Carolin machte auf Tischler einen eher unsympathischen Eindruck und wirkte, als wollte sie sich dieser spontanen

Unterhaltung am liebsten entziehen. Doch diese Rechnung hatte sie ohne Tischler gemacht.

»Frau von Burgwarth. Schön, Sie zu sehen. Wir haben Ihnen heute einen Besuch abgestattet, Sie jedoch zu Hause leider nicht angetroffen.« Tischler genügte der eine Blick, den sie ihm zuwarf, um zu wissen, dass er mit ihr keine Diskussion über ein Sie oder Du eingehen wollte.

Sie sah zu Kastner, der rührend besorgt seine Hand auf ihre Schulter legte. »Mir ist die Decke auf den Kopf gefallen, als ich hörte, was mit Tom passiert ist.«

»Carolin macht in meiner Kanzlei ein Praktikum. Von daher ist hier natürlich ein doppelter Bezug zu Tom, Sie verstehen?«

»Natürlich, natürlich!«, tat Tischler verständnisvoll, glaubte Carolin jedoch kein Wort von ihrer aufgesetzten Betroffenheit.

Es war kaum zu übersehen, dass sie mit Toms Stiefvater ein Verhältnis hatte. Im Gegensatz zu Kastner hätte sie ihm gegenüber auch keinen Hehl daraus gemacht. Tischler war sich nicht sicher, ob sie ein Faible für ältere Männer hatte oder er einfach nur Mittel zum Zweck für sie war. Sei es für ihre Karriereleiter oder bloß, um sich das Leben mit Annehmlichkeiten zu versüßen, die ein Kerl in ihrem Alter für gewöhnlich außerstande war, ihr zu geben. Kastner schien es egal zu sein, aus welchen Beweggründen ein Mädchen von neunzehn Jahren ihre Zeit mit ihm verbrachte. Ihm genügte sicherlich die Tatsache, dass ihn seine Anwaltskollegen vielleicht als tollen Kerl oder als Hengst feierten und eventuell sogar beneideten. Obwohl es auf der Hand lag, dass Techtelmechtel dieser Art nur Momentaufnahmen waren.

Tischler musste an Simone Wiesinger denken, wie sie in dieser Minute um ihren toten Sohn alleine zu Hause trauerte. Während ihr Mann sich Trost bei seiner Gespielin holte, sofern er diesen überhaupt nötig hatte. Denn wie Jan Kastner wirklich zu seinem Stiefsohn stand, war ihm zu diesem Zeitpunkt noch unklar.

»Ich muss dann auch wieder. Meine Frau, Sie verstehen …« Kastner wirkte tölpelhaft bei seinem kläglichen Versuch, sich geschwind aus der Affäre zu ziehen.

»Ja, Ihre Frau. Es muss schwer für sie sein. Für Sie beide …«, appellierte Tischler an sein Gewissen, wo auch immer er es versteckt hatte.

Er strich zum Abschied sanft über Carolins Arm. »Wir sehen uns morgen in der Kanzlei. Wir müssen noch die Sache überarbeiten von der Dings…, du weißt schon.« Er ließ von ihr ab. »Herr Kommissar, sollten Sie noch etwas brauchen …«

»… melde ich mich bei Ihnen. Und grüßen Sie mir Ihre Frau! Nochmals mein Beileid«, rief er ihm hinterher.

Alles, was Carolin dem Rechtsanwalt hinterherschickte, waren verachtende Blicke, weil er sie mit dem Kommissar alleine gelassen hatte. Tischler verspürte ebenfalls Verachtung für Kastner. Wie konnte er so ungeniert in dem Ort, in dem er wohnte, mit dieser Carolin umherflanieren?

»Da haben Sie ja Glück, Frau von Burgwarth. Ein Rechtsanwalt in dem Alter mit der Berufserfahrung … da kann man sicher noch allerhand lernen.«

»Sparen Sie sich die Seitenhiebe! Mir ist klar, dass Sie wissen, dass da mehr läuft als ein Praktikum. Und wissen Sie was? Es ist mir egal.«

»Was für ein Klischee!«, konnte sich Tischler nicht verkneifen. Er zog Resi, die an Carolins Pumps schnupperte, wieder etwas näher zu sich heran.

Sie grinste ihn süffisant an, so, als ob es ihr gleichgültig wäre, welche Meinung er von ihr hatte. »Kann ich dann …«

»Ein paar Fragen hätte ich noch, die Tom betreffen.«

»Ich wüsste nicht, wie ich Ihnen da weiterhelfen könnte. Tom und ich hatten nicht allzu viel miteinander zu tun.«

»Das würde ich so nicht behaupten. Immerhin teilen Sie sich mit seiner Mutter ein- und denselben Mann.«

Sie musterte ihn von oben bis unten. »Neidisch?«

»Nein«, antwortete Tischler cool. »Mein Interesse an Herrn Kastner hält sich in Grenzen.«

Carolin musste sich zusammenreißen, dass ihr aufgrund Tischlers Kommentar kein Grinsen über die Lippen kam. Ihr Blick, mit dem sie ihn bedachte, änderte sich schlagartig. Es hatte den Anschein, als hätte sich Tischler qualifiziert, sich auf Augenhöhe mit ihr zu unterhalten. Vielleicht zog sie jedoch ebenso die Möglichkeit in Betracht, sich auf eine Liaison mit einem Hauptkommissar einzulassen.

»Hören Sie, Tom war ein Hitzkopf. Er empfand sich immer als Mittelpunkt.«

»Mittelpunkt von was?«

»Universum? Er war sich sicher, dass ihn alle beneiden und dass er jede haben kann.«

»Auch Sie?« Er mahnte Resi nebenbei mit einem strengen Blick, nun endlich ihre Nase von Carolin zu lassen.

»Klar, er hat es versucht.«

»Hatte er Erfolg?«

Sie spitzte ihre Lippen und stellte ihre Augen auf Schlafzimmerblick. »Sie wissen doch mittlerweile, dass ich eine Vorliebe für Sugardaddys habe.«

»Sie wären die Erste, die es offen zugibt.«

»Ich lebe nur das aus, von dem viele in meinem Alter träumen.«

»Mit einem Mann liiert zu sein, der Ihr Vater sein könnte?«

Sie verzog den Mund. »Das ist bloß eine Nebenwirkung auf dem Beipackzettel. Ich rede von den Annehmlichkeiten. Ein Wochenende hier, ein Schal von Louis Vuitton da, schicke Restaurants …«

Tischler überlegte kurz, ob sie damit das KRAUSE meinte, und verwarf den Gedanken schnell wieder.

»Wusste Tom von Ihnen und Herrn Kastner?«

Sie zuckte mit den Schultern. »Weiß nicht. Vielleicht. Er konnte Jan nicht ausstehen. Da hat er keinen Hehl daraus gemacht. Dachte immer, er müsse seine Mutter vor der Welt beschützen … Außerdem, was gibt es da groß zu wissen. Es ist ein Tauschgeschäft. Er kauft mir schöne Sachen.«

Tischler blickte sie fragend an. »Und was geben Sie ihm?«

»Meine Jugend.« Sie lächelte ihn etwas anzüglich an, warf ihre langen, rötlichen Haare zurück und stolzierte von dannen.

Tischler verkniff sich jedes weitere Wort. Er sah ihr einfach nur nach, bis sie in eine Nebenstraße einbog. Dann blickte er nach unten ans andere Ende der Leine.

»Resi, die ist kein Vorbild für dich, hörst du? Nicht, dass du dich irgendwann an einen alten Labrador unter Wert verkaufst.«

Die Meinungen über Tom Wiesinger klafften auseinander. Wie es schien, hatte er polarisiert, was auf den ersten Blick nichts Besonderes war. Tischler wusste aus seiner eigenen Jugend, dass man nicht bei allen beliebt sein konnte. Die Frage war vielmehr, bei wem die Abneigung gegenüber Tom so groß war, dass es für einen Mord reichte.

»Jetzt komm rein, Resi.«

Kaum hatte Tischler seine Wohnungstür aufgeschlossen, spurtete die Dackeldame ins Wohnzimmer und machte es sich auf ihrer Decke gemütlich. In Anbetracht dessen, was dieses Wochenende schon an Überraschungen für sie bereitgehalten hatte, war die spontane Runde durch den Ort für beide gut gewesen. Mehr und mehr gewöhnte sich der Kommissar daran, einen Vierbeiner an seiner Seite zu haben. Auch oder vielleicht gerade, weil ein Hund keinen Schimmer davon hatte, was ihn als Mensch bewegte. Für Resi gab es nur zwei Dinge im Leben:

Woher bekomme ich etwas zu fressen und *wo kann ich mein Geschäft verrichten*? Eigentlich beneidenswert, wenn man bedachte, was die Menschen tagtäglich beschäftigte. Warum passte das neue Handy nicht in die alte Hülle oder weshalb war die Alufolie im Supermarkt plötzlich bei den Gewürzen zwei Gänge weiter zu finden, wo sie doch seit Beginn der Zeitrechnung neben den Gefrierbeuteln und Putzmitteln stand.

Tischler beobachtete Resi einen kleinen Augenblick. Der Kopf lag entspannt auf ihren Vorderpfoten. Einzig ihr Schwanz bewegte sich und klopfte unregelmäßig auf die Decke, die inzwischen zu einem Großteil aus ihrem Fell bestand.

»Resi? Wie schaut's aus? Wiener?«

Mit einem Satz stand sie auf und spurtete zu ihm in die Küche. Als Tischler den Kühlschrank öffnen wollte, klingelte es an der Tür.

»Wer kann das denn sein? Erwartest du noch jemanden?«

Resi blickte fordernd zum Kühlschrank und bewegte sich nicht vom Fleck.

Tischler ging zur Tür.

»Herr Ferstel! Grüß Gott! Sind Sie schon wieder da? Ich dachte, Sie wollten erst morgen Abend kommen?« Tischler ließ den Jäger eintreten.

»Ja, was soll ich sagen. Meine Frau hat's ein bisserl erwischt. Magen-Darm, wenn S' verstehen. Sehr unangenehm. Für uns beide!«, fügte er hinzu. »Ich habe mich gleich heute nach dem Mittagessen auf den Weg gemacht. Meine Frau ist ja noch bei ihrer Schwester geblieben.«

Tischler nickte mit wehleidigem Blick. »Verstehe. Das ist wirklich unangenehm.«

Ferstel klatschte in die Hände. »Tja, da kann man nichts machen. Wer weiß, was sie gegessen hat. Schauen Sie mich an. Mir geht's gut!«

»Wie war die Beerdigung?«

»Schön! Es gab Rindergulasch mit Serviettenknödeln, vorneweg eine Suppe … die war ein bisserl fad, aber wenn man Hunger hat … Was allerdings für Aufruhr gesorgt hat, das war zum Kaffee der Sahnekuchen.«

»Warum? War er nicht gut?«

»Er war nicht schlecht, aber, Herr Kommissar …! Eine Schwarzwälder Kirsch auf einer Beerdigung? Das geht doch nicht. Da gibt's für gewöhnlich einen Streuselkuchen oder irgendetwas anderes Trockenes. Aber einen Sahnekuchen … Meine Frau meinte ja, dass die Sahne einen Stich gehabt hat. Es war immerhin ganz schön warm am Samstag. Vielleicht hat sie sich da den Magen verrenkt. Aus dem Grund trinke ich nach dem Essen stets einen Schnaps, der verjagt alle Parasiten!«

»Ja, Herr Ferstel, da ist was dran.«

»Jedenfalls waren alle Vereine da. Die Tante meiner Frau war im Ort bekannt wie ein bunter Hund. Sie, da waren so viele Leute, dass die gar nicht alle in die Aussegnungshalle gepasst haben. Danach sind alle am Grab zum Kondolieren angestanden … Ich bin dann gleich zum Leichenschmaus abgebogen. Da ist mir ein guter Platz im Wirtshaus wichtiger. Nicht, dass ich am Ende neben der Tür zum Klo sitz, wie damals beim Schweiger Toni seiner Beerdigung.«

Ja, Tischler beneidete Resi um ihren kleinen, aber überschaubaren Kosmos. Obwohl diese die Stimme ihres Herrchens auf jeden Fall hörte, wich sie jedoch keinen Meter vom Kühlschrank.

»Wo ist denn die Resi?« Ferstel begab sich auf die Suche nach ihr.

»Wir waren gerade spazieren und ich wollte ihr gleich eine der Dosen von Ihrer Frau zu fressen geben. Die liebt sie ja so.«

»Wirklich?«, tat der Jäger verwundert. »Also, ich hab den Anschein, als ob es der Resi überhaupt nicht schmeckt.« Er kam dem Kommissar ein bisschen näher. »Wissen S', hin und wieder geb ich der Resi eine Wiener oder ein bisserl Gelbwurst. Aber nicht die mit Petersilie, die mag sie nämlich nicht.«

Tischler wedelte mit dem Zeigefinger. »Sie trauen sich was. Lassen Sie das bloß nicht Ihre Frau erfahren.«

Ferstel grinste. »Wenn die das wüsst, die würde mich auf den Hochsitz jagen und da oben schmoren lassen. Die Resi ist ihr heilig. Resi!«, rief er nach ihr und klatschte in die Hände.

Als er sie in der Küche gefunden hatte, ging alles ganz fix. Die Decke wurde zusammengelegt, das Spielzeug wanderte mit dem Futter zurück in die Tasche und Ferstel war mit seinem Vierbeiner schneller aus der Tür, als Tischler *Weißwurst* sagen konnte. Selbstverständlich hatte sich Ferstel für die prompte Hilfe aufs Herzlichste beim Kommissar bedankt, bevor er ging. Resi warf ihm noch einen sehnsüchtigen Blick zu.

Tischler schaute den beiden durch das Wohnzimmerfenster nach, bis er sie nicht mehr sehen konnte. Jetzt war es wieder ruhig in seinen vier Wänden. Sehr ruhig.

Streicheleinheiten am Morgen

Am nächsten Morgen legte Tischler auf dem Weg zur Dienststelle einen Zwischenstopp bei der hiesigen Bäckerei ein, um den Teamgeist mit ein paar Butterbrezn zu stärken. Außerdem hatte er selbst noch nicht gefrühstückt. Als er etwas verschlafen mit seinen Tüten die Bäckerei verließ, sah er auf der gegenüberliegenden Straßenseite Tereza Horák.

Er erinnerte sich, dass sich ihre Wege bei den bisherigen Ermittlungsarbeiten immer wieder gekreuzt hatten und sie mit allen Opfern, die es während seiner Amtszeit in Brunngries zu beklagen gegeben hatte, irgendwie in einer Beziehung stand. Zugegeben, das war für einen kleinen Ort wie Brunngries nicht ungewöhnlich, wo so ziemlich jeder jeden kannte. Doch Tereza schien ein Händchen dafür zu haben, Arbeitgeber mit kurzer Lebensdauer zu finden. Vielleicht war dies der Grund gewesen, sich selbstständig zu machen?

Tischler wartete einen Lastwagen ab, überquerte die Straße und folgte ihr. Er beobachtete, wie sie ihre Ladentür aufschloss und in ihrem Nagelstudio verschwand. Als er kurz darauf den Laden betrat, stiegen ihm wohlige Gerüche in die Nase, die er sonst nur aus Wellnessbereichen kannte, in denen er sich viel zu selten aufhielt, wie er in diesem Moment feststellte.

»Ist noch geschlossen!«, schallte es ihm entgegen. Die Stimme kam aus einem der hinteren Räume, die von der kleinen Ladentheke aus durch einen Vorhang abgetrennt waren.

»Ich wollte nur Guten Tag sagen!«, rief Tischler zurück und bewirkte damit, dass die Eigentümerin ihren Kopf in den Laden streckte.

»Ah, Herr Kommissar. Besuchen Sie mich?«

»Ich habe Sie gerade gesehen … da habe ich mir gedacht …«

»… dass Sie mir etwas zu essen bringen wollen?« Sie warf einen Blick auf die Bäckereitüten.

»Ach so! Nein, die sind … also, da sind Butterbrezn drinnen. Mögen Sie eine?«

»Gott bewahre. Wissen Sie, wie viel Kalorien so eine Brezn hat?«

Tischler antwortete darauf nicht und schaute sich interessiert um. »Schön haben Sie es hier! Gratulation zur Selbstständigkeit!«

»Danke.« Sie ging auf ihn zu und ließ ebenfalls ihre Augen durch den Laden wandern. »Ja, da steckt viel Arbeit drin.«

»Ist schnell gegangen jetzt. Ich meine, mit dem Geschäft.« Tischler erinnerte sich, wie er Tereza nach Ludwig Holzingers Tod befragt hatte.

Sie hatte den Brunngrieser Baulöwen damals in der Badewanne tot aufgefunden. Zu der Zeit hatte sie nur davon geträumt, ein eigenes Nagelstudio zu besitzen. Das warf natürlich die Frage auf, wie sich ihr Traum so schnell hatte realisieren lassen, wenn Wunsch und Wirklichkeit doch bis vor Kurzem weit voneinander entfernt gewesen waren.

»Ja, wenn sich eine Möglichkeit auftut, muss man schnell zugreifen.« Sie rückte ein Bild an der Wand gerade, das in Schieflage geraten war.

Sie sah wie immer wie aus dem Ei gepellt aus. Bei ihrer Kleidung überließ sie nichts dem Zufall. Schuhe, Nägel, Make-up, alles schien aufeinander abgestimmt zu sein. Wie es Tischler von ihr seit jeher kannte, geizte sie nicht mit ihren Reizen und trug ihre Röcke etwas kürzer im Gegensatz zu den anderen Frauen im Ort, was ihr Blicke einbrachte, die nicht durchweg wohlwollend waren. Zumindest von der weiblichen Fraktion.

»Wie haben Sie es denn so schnell geschafft? Ich meine, finanziell?«

»Oh!«, stieß Tereza lachend hervor und riss ihre Augen dabei weit auf, »ständig auf der Suche nach einer Straftat, der Herr Kommissar!«

»Ach was!«, spielte Tischler seine Neugierde herunter. »Sie müssen meine Direktheit entschuldigen. Ich dachte nur daran, wie Sie damals in Ludwig Holzingers Küche davon träumten, irgendwann einmal so einen Laden ihr Eigen zu nennen.«

»Sparen, sparen, sparen«, verriet sie ihr Erfolgsgeheimnis, das ihr der Kommissar natürlich nicht abnahm. Dies war Tereza sicherlich bewusst. Doch eine Frau wie sie hielt es bestimmt nicht für nötig, dem Kommissar gegenüber Rechenschaft abzulegen.

Dies erkannte auch Tischler, der sie schnell wieder von der Leine ließ.

»Dann darf man wohl gratulieren und Ihnen viel Erfolg wünschen.«

»Das dürfen Sie gerne, Herr Kommissar. Sie können jederzeit bei mir vorbeikommen. Ich bediene auch Herren.«

Tischler streckte seine Hand von sich und betrachtete seine Nägel. »Ich bin ja ein Knipser, was meine Nägel betrifft.«

Tereza nahm seine Hand und warf einen Blick darauf. »Finger weg vom Knipser. Damit tun Sie sich nichts Gutes. Da riskieren Sie schnell eine Entzündung, wenn der Nagel einreißt.« Sanft rieb sie mit ihren Daumen über seine Finger hinauf zur Handwurzel und wieder zurück. Tischler schluckte.

»Das werde ich mir merken«, versicherte der Kommissar, der sich die morgendliche Streicheleinheit gern einen Moment länger gefallen ließ. »Ich muss dann wieder, Frau Horák. Meine Kollegen warten schon aufs Frühstück.«

Tereza griff am Kommissar vorbei und öffnete ihm die Tür.

Gedankenversunken verließ er ihr Nagelstudio.

Sie sah noch mal nach links und rechts, bevor sie mit einem zufriedenen Gesichtsausdruck im Laden verschwand.

Tischler legte die Bäckereitüten auf den Beifahrersitz und zog die Fahrertür seines Jaguars ins Schloss. Nachdenklich betrachtete er seine Hände.

»Hat mich die eben gerade angemacht?«, murmelte er und zog seine Stirn in Falten. Automatisch startete er seinen Motor und setzte seine Fahrt fort.

Angemacht oder nicht. Sie hatte Wirkung bei ihm hinterlassen. Denn nun war er hellwach.

»Mei, schlimm mit dem Wiesinger Tom«, begrüßte Luise Brand, die Sekretärin der Dienststelle, den Kommissar. »Ich hab's schon gehört.«

»Dir auch einen schönen guten Morgen, Luise.« Tischler legte die Bäckereitüten auf dem Schreibtisch ab. »Ich habe Butterbrezn mitgebracht.«

»Butterbrezn? Weißt du, wie viele Kalorien die haben?« Beherzt schnappte sie sich die erste Brezn und biss genüsslich hinein. »Habt ihr denn eine Spur? Mei, ich möchte mir gar nicht ausmalen, wie es der Simone Wiesinger jetzt geht.«

»Kennst du die?« Tischler biss ebenfalls in eine Brezn.

»Flüchtig. War tragisch damals, als ihr Mann ums Leben kam. Da war der Bub noch keine zehn Jahre alt.«

»Morgen!« Robert Scholl und Miriam Kuhn, die beiden Streifenpolizisten, betraten die Wache.

»Servus, ihr zwei! Ich hab Butterbrezn mitgebracht.« Tischler hielt den beiden die Tüte vors Gesicht. Robert griff beherzt zu.

»Und ich habe mir Müsli mitgebracht«, erwiderte Miriam und verweigerte die Brezn.

»Ach du lieber Herrgott«, klagte Scholl. »Wird das wieder so eine Woche, in der du schlecht drauf bist, weil du hungerst, ich auch nix essen darf und das Ganze spätestens am Freitag in einem Drive-in-Desaster endet – und du mich danach schimpfst, weil ich dich nicht gebremst hab?«

»Ich achte nur auf meine Figur.«

Scholl stellte sich neben Tischler. »Chef, wir müssen Betriebssport einführen, damit die Miriam auf ihre Figur achten kann.«

Miriam boxte ihren Kollegen gegen den Oberarm.

»Ich kann für euch zwei Räder anfordern, dann kann der Streifenwagen im Hof bleiben. Wir haben Eins-a-Radwege hier in der Gegend. Ist gut für die Umwelt und gut für die Hüfte. So haben alle was davon. Auch die Gangster auf der Flucht, in deren Rückspiegeln ihr auf euren Drahteseln immer kleiner werdet.«

»Apropos Gangster, ist gestern etwas bei den Befragungen herausgekommen?«

Tischler zuckte mit den Schultern. »Natürlich hat keiner was gesehen. Was wollen wir auch erwarten. Dem Mord ist eine Abifeier vorausgegangen. Wenn ich an meine zurückdenke … Ich glaube, dass ich noch vor dem Buffet stramm war.«

»Morgen!«, rief Fink in die Dienststelle, als er durch die Tür kam. »Ui! Butterbrezn!«, freute er sich und schnappte sich eine.

»Du kommst auch immer später«, mahnte Tischler mit Blick auf die Uhr.

»Ich hab noch die Mama zur Arbeit gefahren, weil ihr Auto nicht angesprungen ist.«

Tischler schnappte sich eine weitere Brezn und verzog sich mit Fink in sein Büro. Wie stets, wenn er morgens in die Dienststelle kam, lief nichts ohne eine Tasse Kaffee, die er sich andächtig in seiner edlen Siebträgermaschine zubereitete.

»Magst auch einen?«

»Freilich.« Fink legte seinen Janker über die Stuhllehne gegenüber Tischlers Schreibtisch und setzte sich. »Die Mama war ganz schön bestürzt, als sie erfahren hat, dass der Bub von der Wiesinger Simone ermordet wurde.«

»Felix, hast du sofort wieder mit deiner Mama über den Fall ge…?«

»Die hat das bereits gewusst von der Kühnert Margot.«

Tischler stellte den befüllten Siebträger auf die Tampermatte und verdichtete das Kaffeemehl mit dem Tamper. »Und wer bitte schön ist diese Margot?«

»Die beste Freundin von der Bruckberger Ilse. Und die wiederum putzt bei der Simone Wiesinger und braucht heute nicht zu kommen, weil die Wiesinger sie gestern angerufen hat.«

»Die Welt ist ein Dorf.«

»Schon, gell. Jedenfalls findet die Mama das auch unmöglich, wie sich der Kastner gestern in der Gerichtsmedizin verhalten hat.«

Tischler unterbrach sein Vorhaben, Kaffee aufzubrühen, für einen Moment und sah Fink eindringlich an.

»Jaaa … ich gebe es ja zu. Das weiß die Mama von mir. Sorry. Aber dafür wusste sie, dass die Leute sagen, dass der ein alter Stelzbock ist und den jungen Dingern hinterherläuft.«

Tischler setzte den Siebträger unter dem Auslass ein und stellte die Maschine an. »Da verrätst du mir nichts Neues. Ich hab ihn nämlich gestern noch gesehen. Und rate mal, wen er dabeihatte?«

»Keine Ahnung. Die Wiesinger?«

»Falsch. Die Carolin von Burgwarth.«

Fink wiederholte den Namen ein paarmal, dann schnippte er mit den Fingern. »Die, die gestern nicht daheim war. Die Klassenkameradin vom Wiesinger Tom.«

»Ganz genau.« Tischler reichte ihm seinen Espresso. »Das Madl macht ein Praktikum bei unserem Brunngrieser Staranwalt.«

»Ist doch im Grunde nix Schlechtes, wenn er den Nachwuchs fördert.«

Tischler schmunzelte. »Ich glaube vielmehr, dass sie ihm noch was beibringt, wenn du verstehst, was ich meine.«

Fink schlürfte an seinem Kaffee. Nach einer kleinen Ewigkeit fiel der Groschen. »Ach so! Ja, insofern hat ja die Mama gar nicht so unrecht.«

»Richtig. Wäre trotzdem schön, wenn du dein Mitteilungsbedürfnis gegenüber Familienmitgliedern wieder ein wenig zügelst. Besonders, wenn es um Mord geht.«

Fink verkniff sich jeden weiteren Kommentar, da er genau wusste, dass er Tischler dies nicht versprechen konnte. »Wie wollen wir denn nun weiter vorgehen? Im Grunde könnte es auch ein Zufallsmord sein. In dem Fall wird's schwer.«

Tischler setzte sich mit seinem Espresso auf den Schreibtisch.

»Das glaube ich nicht. Wenn es ein Wanderer gewesen wäre, am helllichten Tag … dann könnten wir vielleicht davon ausgehen. Aber ein junger Kerl mitten in der Nacht auf einem Forstweg … Da musst du schon gezielt hingehen. Da spazierst du nicht in der Dunkelheit zufällig vorbei.«

»Aber er war beliebt. Haben wir ja gestern gehört.«

»Nicht bei allen«, widersprach Tischler. »Dieser Jonas Bosch zum Beispiel mochte ihn nicht. Und die Burgwarth auch nicht, wie ich gestern noch herausgehört habe. Und diese Elena war mit ihm zusammen … Da könnte es durchaus ein paar Verkettungen geben.«

»Vielleicht war es Eifersucht.«

»Wer weiß.« Tischler stand auf und stellte seine Tasse ins Waschbecken, als das Telefon klingelte. Er ging zu seinem Schreibtisch und nahm den Hörer ab.

»Tischler?«

»Guten Morgen. Schwenk hier.«

»Herr Polizeioberrat. Was verschafft mir die Ehre?« Tischler kniff die Augen zusammen. Ein Anruf an einem Montagmorgen vom Martin Schwenk verhieß nichts Gutes.

»Herr Tischler, ich habe gehört, der Sohn von Rechtsanwalt Kastner ist tot?«

»Stiefsohn, Herr Polizeioberrat. Es war der Stiefsohn.«

»Sohn oder Stiefsohn … Der Bub lag dem Jan sehr am Herzen. Ich kenn ihn doch. Er war für ihn wie sein eigener.«

Nicht gut, schoss es Tischler durch den Kopf. Wenn Schwenk jemanden kannte, der in einen seiner Fälle verwickelt war, bedeutete das Stress. Noch dazu, wenn Schwenk diese Person auch noch duzte.

»Wir sind schon dran und haben die ersten Zeugen befragt.«

»Halten Sie mich mal auf dem Laufenden. Schließlich ist Jan ein renommierter Mann in unserem Ort. Dass mir da keine Fehler passieren.«

Tischler atmete tief durch. »Sie können sich voll und ganz auf uns verlassen. Wir ermitteln in alle Richtungen.«

»Gut. Und sagen Sie dem Felix, er soll seiner Mama ausrichten, dass ich die leeren Marmeladengläser spätestens morgen vorbeibringe. Ich fahre die mittlerweile ewig in meinem Kofferraum spazieren und vergesse sie jedes Mal wieder.«

»Wird gemacht, Herr Polizeioberrat. Ich richte es ihm aus.« Tischler legte auf.

»Was sollst du mir ausrichten?«

»Dass du nicht immer allen Menschen vom Stand unserer Ermittlungen erzählen sollst.«

Fink stellte seine Tasse ebenfalls ins Waschbecken. »Ach geh, das hat er nicht gesagt.«

»Stimmt, hat er nicht. Aber er würde es, wenn er es wüsste. Und jetzt schnapp dir deinen Janker. Wir besuchen noch mal den Pfleger Rudi auf seiner Alm. Immerhin war Tom dort zuletzt, bevor er umgebracht wurde. Ich denke, dass wir da nochmals ansetzen sollten. Wissen wir denn inzwischen etwas von der Rechtsmedizin oder der Spusi?«

»Ich bin doch auch gerade erst gekommen«, verteidigte sich Fink und schlüpfte in den Janker.

»Dann hak da mal nach.«

»Und was solltest du mir jetzt ausrichten?«

»Irgendwas von wegen Marmelade.« Tischler öffnete seine Bürotür und ließ Fink vorangehen.

»Ach, bestimmt wegen der Gläser. Die sollte er schon vor einer Woche vorbeibringen, weil meine Mama keine mehr hat.«

Tischler sah seinem Kollegen hinterher. Das waren also die Probleme, mit denen seine Mitmenschen zu kämpfen hatten. Marmeladengläser, die nicht an ihren Bestimmungsort gebracht wurden. Da konnte er noch froh sein, dass er sich nur um einen Mord kümmern musste.

Kaffeefahrt nach Las Vegas

Das Wetter war traumhaft an diesem Tag. Die Sonne stand hoch, keine Wolke am Himmel, fast zu schade, um in einem Mordfall zu ermitteln. Dennoch wusste Tischler seinen Beruf durchaus zu schätzen. Nicht auszudenken, wenn er an einem solchen Tag in einem Büro an den Schreibtisch gefesselt wäre.

Da es seit Tagen nicht geregnet hatte, zogen die beiden Ermittler auf dem Forstweg zur Flachklamm-Alm eine dicke Staubwolke hinter sich her, die sich widerspenstig knapp über dem Boden hielt, bis sie sich langsam auflöste. Tischler war froh, dass er Finks Wunsch, mit dem Jaguar zu fahren, nicht gefolgt war.

»Fast zu schade zum Arbeiten«, meinte Fink und schaltete einen Gang herunter, da der Weg anstieg.

»Lieber so, als bei Regen. Mich wundert, dass keine Wanderer weit und breit zu sehen sind.«

»Die werden lieber den Wanderweg wählen. Ist zwar etwas länger, dafür schöner.«

»Oder es traut sich keiner hier rauf, weil jemand ermordet wurde«, mutmaßte Tischler. »Wie beim weißen Hai. Da ist auch lange Zeit keiner mehr ins Wasser gegangen.«

Fink pflichtete ihm bei und parkte den Wagen neben einem kleinen Jeep auf dem Parkplatz, der ausschließlich für den Forstbetrieb und den Wirt der Alm reserviert war. Rudi Pfleger hätte sich keinen schöneren Ort aussuchen können, um hungrige Wanderer mit einer deftigen Jause zu beglücken. Ein paar Schirme spendeten bereits kühlenden Schatten, den jedoch an diesem Vormittag kein Gast in Anspruch nahm. Stattdessen saß der Wirt selbst auf einem Klappstuhl und streckte seine Haxen weit von sich. Vielmehr lag er förmlich darauf und hatte seinen hellbraunen Trachtenhut tief ins Gesicht gezogen, um seine Augen vor dem grellen Licht zu schützen, den der helle Kies vor der Holzterrasse reflektierte. In seiner linken Hand klemmte ihm ein Glimmstängel zwischen den Fingern, an dem er regelmäßig zog, und kurz darauf entließ er den Qualm in die Bergluft. Aus der Hütte ertönte Musik aus einem Radio, das dem Wirt zwischen zwei Songs mitteilte, dass die A 9 nach einer Vollsperrung nun wieder in beide Richtungen befahrbar war.

Da er sich kaum bewegte, konnten die beiden Ermittler davon ausgehen, dass Rudi Pfleger sie nicht bemerkt hatte. Es schien, als wäre er in seine eigene Welt abgetaucht. Tischlers Menschenkenntnis ließ die Vermutung zu, dass er sich nach hier oben geflüchtet hatte, weil er mit den Menschen unten im Tal nicht zurechtkam. Zwar blieb es selbstverständlich nicht aus, dass er sich durch den Almbetrieb mit ihnen auseinandersetzen musste. Doch er konnte sich sicher sein, dass sie irgendwann am späten Nachmittag verschwanden und ihre Sorgen, Nöte und Hektik wieder mit nach unten nahmen. Und ihre Handys ebenfalls.

Als sie Rudi Pfleger näher kamen, roch Tischler, dass der Hüttenwirt nicht nur in seine eigene Welt abgetaucht war, sondern sich diese scheinbar auch noch ein wenig bunter malte. Mithilfe fragwürdiger Substanzen.

»Was lassen wir uns denn da schmecken? White Widow oder Super Skunk?«

Kaum hatte Tischler diese Frage gestellt, riss es den Wirt derart aus seiner Traumwelt, dass er fast von seinem Klappstuhl gefallen wäre. Wie eine Schildkröte, die auf dem Rückenpanzer gelandet war, fuchtelte er mit allen vieren, dass es eine wahre Freude war, ihm dabei zuzusehen. Schnell schob er seinen Hut an seinen ursprünglichen Platz und blinzelte den beiden Polizisten entgegen, bis sich seine Augen an die Helligkeit gewöhnt hatten. Tischler, Fink und auch der Wirt blickten gleichzeitig auf sein selbst gedrehtes Tütchen, das er immer noch zwischen seinen Fingern hielt.

»Mach ma einen Ausflug nach Woodstock?«

»Das … das ist rein medizinisch. Wegen dem grünen Star«, stotterte Pfleger und schnippte das Tüterl weit von sich ins Gras, was genau genommen die nächste Straftat war.

»Ach ja?«, hakte Tischler nach. »Haben Sie einen grünen Star?«

»Eben nicht«, versicherte der Wirt. »Das ist alles präventiv.«

Obwohl Tischler spürte, dass es Fink unwahrscheinlich juckte, ihm einen Vortrag über berauschende Substanzen zu halten, ließ er Pfleger fürs Erste zufrieden. Schließlich hatten sie ihn wegen einer anderen Sache aufgesucht, die zu diesem Zeitpunkt dringlicher war als sein Drogenkonsum.

»Herr Pfleger, wir hätten noch ein paar Fragen zur Abifeier letzten Freitag.«

Pfleger sah Tischler für einen Moment an, dann schnappte er sich ein paar Aschenbecher, die er auf den Tischen verteilte. »Ich hab doch schon alles gesagt.«

Fink sah sich um. »Ist es immer so ruhig am Anfang der Woche? Ich dachte, dass es bei diesem Wetter mehr Wanderer in die Berge zieht.«

»Für gewöhnlich ist das auch so. Wenn allerdings tote Leut' in den Bergen herumliegen und Mörder frei rumlaufen ... da werden die Leut' ein bisserl nervös.«

Tischler zog einen Klappstuhl zur Seite und setzte sich. »Sehen Sie, Herr Pfleger, dann sind wir doch alle an einer schnellen Aufklärung interessiert.«

Er gestikulierte Pfleger, dass er sich an seinen Tisch setzen solle. Pfleger verharrte für einen Moment. Abrupt stellte er die restlichen Aschenbecher zur Seite und folgte Tischlers Bitte. Fink setzte sich Pfleger gegenüber neben Tischler.

Der Wirt blickte zwischen den beiden Ermittlern hin und her. »Und jetzt? Fragen Sie mich was?«

»Wie war denn die Stimmung an dem Abend im Allgemeinen?«, preschte Fink vor und schlug wie immer seinen Block auf.

Der Wirt lachte. »Wie soll sie wohl gewesen sein? Die Schule zu Ende, Abi in der Tasche ... wie soll da die Stimmung schon sein! Bombig natürlich. Und wer noch ein bisserl Anlaufschwierigkeiten hatte, der war spätestens nach dem zweiten Drink in Partylaune. Aus meiner Hütte ist noch keiner gekommen, der nicht vorher die Sau rausgelassen hat.«

Tischler nickte. »Verstehe. Und Streitigkeiten? Ist Ihnen da irgendetwas aufgefallen?«

Wieder lachte der Wirt. »Ihr wart lange nicht mehr feiern, oder? Freilich gibt es da die eine oder andere Reiberei. Mei! Der eine ist nach ein paar Bier gut drauf, der andere wird streitsüchtig. Ist doch ganz normal und unten im Tal in keiner Disco anders.«

Tischler kniff die Augen zusammen. »Na, ein bisserl anders scheint es doch zu sein. Sonst hätten wir ja jedes Wochenende vor den Diskotheken tote junge Leute zu beklagen.«

Fink schaltete sich dazwischen. »Ich wollt nur anmerken, dass man heutzutage nicht mehr ›Diskothek‹ sagt, sondern ›Klub‹.«

Ohne darauf einzugehen, wandte sich Tischler wieder etwas bestimmter dem Wirt zu. »Hören Sie, wenn so etwas wie in der Nacht zum Samstag passiert, da muss doch mehr vorangegangen sein als ein kleiner Streit.«

Der Wirt haderte mit sich. »Ihr bringt mich da in eine ganz dumme Situation. Die jungen Leut' kommen seit Jahren zu mir, weil alles, was hier oben passiert, auch hier oben bleibt. Die Flachklamm-Alm ist wie Las Vegas!«

Tischler drehte sich zu Fink. »Du, Felix?«

»Ja, Constantin?«

»Glaubst du, dass die in Las Vegas regelmäßig die Hotels und Spielbanken nach Drogen untersuchen?«

»Constantin, was für Drogen meinst du jetzt genau?«

»Ich weiß nicht. Cannabis vielleicht …«

Fink tat, als würde er überlegen. »Das medizinische auch?«

Tischler zuckte mit den Schultern. »Dann müsste es ja ein Rezept geben. Weißt schon, Felix … ein Rezept von einem Arzt.«

»Herrschaftszeiten, vor der Tür hatten sich zwei in der Wolle!«, kam es energisch von Pfleger.

»Und was waren das für zwei?« Tischler kramte sein Handy aus der Tasche.

»Was weiß denn ich? Ich merk mir doch keine Namen.«

Tischler streckte Pfleger das Handy entgegen, auf dessen Display Tom Wiesinger zu sehen war. »Sah einer von beiden vielleicht so aus?«

Der Wirt schluckte, als er auf das Foto blickte. Er wurde still. »Ist das der …«

»Ja, den jungen Mann haben wir auf dem Forstweg gefunden.«

Rudi Pfleger nahm sich noch einen Moment. Wie es schien, ließ er den Abend nochmals Revue passieren.

»Die Party war in vollem Gange. Die meisten haben getanzt, ein paar haben herumgeschmust … mei, junge Leut' halt … Ich bin dann mal nach draußen, eine rauchen. Da ging es dann ab zwischen dem da auf Ihrem Handy und einem anderen.«

»Wie spät war es da ungefähr?«, fragte Fink nach.

»Vielleicht kurz vor Mitternacht. Könnte aber auch etwas nach zwölf gewesen sein. Jedenfalls hat der den Kerl auf dem Foto angeschrien. Ich mische mich da ja nicht ein. Wie schnell hat man sonst selber eine sitzen, verstehen S'? Am Ende verbünden die sich und ich bin der Dumme …«

»Und um was ging es bei dem Streit?« Tischler wollte kein Verständnis für Pflegers Entscheidungen aufbringen. Es war wichtiger, beim Wesentlichen zu bleiben.

»Ihr bringt mich echt in eine saudumme Situation!«

Tischler blickte dem Wirt tief in die Augen. »Seh ich da im linken Auge einen grünen Star?«

»Das ist Erpressung. Außerdem … die paar Gramm! Zefix, des ist nur Eigenbedarf!«, protestierte Pfleger mit hochrotem Kopf.

»Ach, woher denn. Wir sind doch unter uns. Je mehr Sie uns helfen, desto schneller können wir den Fall lösen. Also, um was ging es bei dem Streit?«

Pfleger atmete tief durch. »Ich hab ja nur ein paar Fetzen aufgeschnappt. Um irgendeine Lisa ging es. Der eine schrie den da auf dem Foto an, dass er schuld wäre, dass sie nicht mehr da ist.«

»Was meinte er damit? Dass sie von der Party verschwunden ist?«

»Ich glaub vielmehr, dass die überhaupt nicht mehr da ist. Verstehen S'? So zornig wie der war, ging es da um etwas Schlimmeres. Und am Krawattl hat er ihn gepackt. Dann hat sich der andere gewehrt und gemeint, er solle verschwinden, weil er hier nix verloren hätte.«

»War der andere auch ein Abiturient?«, fragte Fink.

»Keine Ahnung.«

»Und was war dann?«

»Nix war dann.« Er deutete auf Tischlers Handy. »Zwei Kameraden von dem da kamen aus der Hütte. Dann ist der andere wütend auf seine Enduro gestiegen und wie ein Verrückter weggefahren.«

»Wie sah der aus?«

Der Wirt lachte. »Die schauen doch alle gleich aus. Was weiß ich! Groß, gut gebaut, schwarze Haare …«

Tischler erhob sich und zog eine Visitenkarte aus seiner Tasche, die er dem Wirt auf den Tisch legte. »Wenn Ihnen noch etwas einfällt …«

Das war für Rudi Pfleger das Zeichen, dass er vom Haken war. Er griff sich die Visitenkarte vom Tisch und verschwand in seiner Hütte.

Der Passat blinkte kurz auf, als Fink den Funkschlüssel betätigte. »Warst du eigentlich schon mal in Las Vegas?«

Tischler blieb auf der Beifahrerseite stehen und drehte sich zur Almhütte um. »Nein, war ich noch nicht. Du?«

Fink schüttelte den Kopf. »Ich war eigentlich noch gar nirgends, wenn ich ehrlich bin.«

»Warum nicht?«

»Die Mama reist nicht gern und allein ist es bestimmt fad.«

»Du könntest dich ja einer Reisegruppe anschließen«, schlug Tischler vor.

Fink wirkte skeptisch. »Meinst du mit dem Bus? Quasi eine Kaffeefahrt?«

»Schmarrn! Kluburlaub zum Beispiel. Mallorca, Ibiza, Fuerteventura …«

»Hast du schon mal so eine Reise in der Gruppe unternommen?«

Tischler öffnete die Beifahrertür und stieg ein. Fink ebenfalls. Er legte den Gurt an und linste zu seinem Vorgesetzten hinüber, der ihm noch eine Antwort schuldig war. Er sah ihm sicherlich an, dass der sich wand.

»Weißt du, Felix, ich war eigentlich nie allein. Irgendwie hatte ich immer eine Freundin oder einen Spezl, mit dem ich verreist bin.«

Fink nickte. »Würdest du mit mir verreisen?«

»Wo willst denn hin?«

»Las Vegas.«

»Felix, ich glaub, dass wir gar nicht gleichzeitig Urlaub bekommen. Was meinst, was hier in der Gegend los ist, wenn kein Sheriff in der Stadt ist?«

Fink drehte den Zündschlüssel. »Reizen würde mich das auf jeden Fall. Glücksspiel, heiße Shows, coole Drinks … Außer, ich verliere mein ganzes Geld, das wäre blöd.«

»Da setzt du dir am besten ein Limit. Und wenn das erreicht ist, musst du aufhören. Oder, du setzt immer den gleichen Betrag auf Rot und Schwarz. Dann kannst gar nicht verlieren. Allerdings auch nicht gewinnen.«

»Wie wäre es, wenn ich alles auf Zero setze?«

Tischler schnallte sich an und legte seine Hand auf Finks Schulter.

»Ich glaube, es ist besser, wenn wir beide zur Sicherheit erst einmal nach Bad Wiessee ins Kasino fahren. Nur so zum Üben.«

Dieser Vorschlag gefiel Fink und Tischler war erleichtert. Denn Bad Wiessee lag wesentlich näher als Las Vegas.

***

Die Möglichkeit, dass Britta demnächst bei ihm übernachten könnte, nötigte Tischler an diesem Abend dazu, endlich seine beiden Nachtkästchen aufzubauen, die seit seinem Einzug zerlegt unter dem Bett ihr Dasein fristeten. Schließlich wollte er Britta das Gefühl geben, dass sie sich auf einen Mann einließ, der sein Leben im Griff hatte. Nachttischlampen, die neben dem Bett auf dem Parkett standen und nicht einmal angesteckt waren, passten sicherlich nicht ins Bild.

Während sein Akkuschrauber kraftvoll die Schrauben in die vorgebohrten Löcher trieb, kam ihm Rudi Pfleger in den Sinn. Er war ihm suspekt. Dieses Gefühl teilte er mit Fink, wie sich auf der Rückfahrt ins Tal an diesem Tag herausgestellt hatte. Ein Mann von über fünfzig, der sich auf einer Almhütte verkroch, weil er mit den Menschen im Tal und deren Leben nicht zurechtkam. Genau diese Menschen empfing er jedoch tagtäglich in und vor seiner Hütte und bewirtete sie. Der Gedanke drängte sich auf, dass Pfleger vielleicht aus anderen Gründen dort oben sein Dasein fristete. Allein und unbeobachtet. Das wäre auch der Grund dafür gewesen, dass er bei dem Streit zwischen Tom und dem anderen Kerl nicht dazwischen gegangen war. Jeder Wirt hätte die beiden Streithähne gepackt und sie zur Vernunft animiert. Nicht so Pfleger. Er hatte weggesehen, damit er weiter unter dem Radar blieb. Der coole Mann in den Bergen, bei dem die jungen Leute unter sich sein durften. Unbeobachtet von Eltern, Lehrern und anderen Menschen, die ihre Bedürfnisse und Lebensweise nicht verstanden oder gar nicht verstehen wollten.

Stolz stand Tischler vor seinen beiden Nachtkästchen und pustete ans vordere Ende seines Akkuschraubers, als wäre es ein Colt, den er im nächsten Moment in das Holster zurücksteckte. Zu guter Letzt wanderten noch die beiden Nachttischlampen an ihren vorgesehenen Platz, und Tischler verband sie mit den Steckdosen, die sich auf beiden Seiten des Bettes befanden. Als er mit Blick auf sein Werk rückwärtsging, stieß er mit seiner Ferse gegen etwas Hartes, das unter dem Bett hervorschaute.

»Zefix!«, fluchte er und schaute zu Boden. Sein Blick erfasste ein Paar Hanteln, die sich beim Hin- und Herrücken des Bettes selbstständig gemacht hatten. »Diese Scheißdinger!«

Tischler bückte sich und hob eine auf. Dabei machte er beiläufig einen Curl, der ihm nicht so leichtfiel wie gedacht.

»Oha!«, wunderte er sich. »Sind die schwerer geworden, oder …«

Er stellte sich mit der Hantel seitlich vor den Spiegel und krempelte den T-Shirt-Ärmel ein wenig nach oben, um seinen Bizeps zu betrachten, während er die Hantel auf und ab bewegte. Seit er in diese Wohnung gezogen war, lagen sie herum, und seine Muskeln, die er stets auf einem gewissen Level hielt, begannen sich mitsamt seiner Motivation Tag für Tag mehr zu verflüchtigen. Das musste sich ändern. Wenn nicht jetzt, wann dann?

Tischler fackelte nicht lange, schnappte sich auch die zweite und trug sie ins Wohnzimmer. Um seinem Elan einen letzten Schub zu verpassen, scannte er seine Plattensammlung. Dann erinnerte er sich, zu welcher Musik er in jungen Jahren meist mit seinem Discman losgezogen war, um ein paar Kilometer herunterzureißen. Er griff zielsicher ins Regal eine Etage tiefer und zog eine CD heraus.

»Linkin Park«, las er auf dem Cover und drehte die Hülle um. »*Don't Stay!* Das ist es, was ein Mann benötigt, um sich in Form zu pumpen«, redete er sich gut zu und schob die CD in den Player. Für den bestmöglichen Trainingseffekt drehte er die Lautstärke vorsichtshalber ein wenig nach oben.

Um sich auf Betriebstemperatur zu bringen, machte er Liegestütze. Tischler zählte nicht, da ihm sein Körper schon sagen würde, wann es genug war. Wie sich kurz darauf herausstellte, sprach sein Körper sehr schnell mit ihm. Bevor er sich seine Hanteln schnappte, zog er seine Vorhänge zu. Breitbeinig brachte er sich in Position, atmete tief durch und begann im Stehen mit den Bizeps-Curls. Dabei drehte er bei den Auf- und Abwärtsbewegungen stets seine Handgelenke, um möglichst viele Bereiche seiner Oberarmmuskulatur zu erreichen. Konzentriert absolvierte er den ersten Satz, legte die Hanteln ab und schüttelte seine Arme aus. Jede Faser seiner Muskeln verriet ihm, dass er viel zu lange pausiert hatte. Doch die Musik, die aus seinen Boxen dröhnte, motivierte ungemein, und er begann Gefallen an diesem spontanen Work-out zu finden.

Gerade, als er mit dem zweiten Satz beginnen wollte, läutete es an seiner Wohnungstür.

»Zefix. Was ist jetzt wieder?«

Er drückte sein Auge gegen den Türspion. Auf dem Flur stand eine gut aussehende Frau etwa in seinem Alter mit schulterlangen, dunklen Haaren. Er linste auf die Uhr. Für eine Umfrage an der Haustür war es zu spät. Vielleicht eine neue Nachbarin, die sich etwas Mehl oder Zucker borgen wollte. Klischee – dennoch möglich. Schnell warf er einen prüfenden Blick in den Spiegel im Flur. Schweiß zeichnete sich auf seinem Shirt und seiner Stirn ab. Perfekt!

Es klingelte erneut, gefolgt von einem Klopfen. Tischler öffnete schwungvoll seine Tür.

»Ja, bitte?«, fragte er und atmete dabei in einer Frequenz, als hätte er gerade einen Rekord im Bankdrücken gebrochen.

»Bitte entschuldigen Sie die Störung. Ich komme von gegenüber. Wäre es möglich, die Musik ein wenig leiser zu machen?«

»Gegenüber?«, hakte Tischler nach. »Da wohnt doch die Frau Kneidinger.«

»Genau. Sie ist meine Großmutter. Ich bin zu Besuch und sie schickt mich, weil sie ihren Fernseher nicht versteht.« Die Dame wirkte ein wenig, als wäre es ihr peinlich, den Kommissar im Namen ihrer Oma um diese Gefälligkeit zu bitten.

»Einen Moment …« Tischler spurtete ins Wohnzimmer, drehte Linkin Park den Saft ab und kam lockeren Fußes wieder zurück an die Wohnungstür.

»Bitte entschuldigen Sie, aber wenn ich trainiere, dann vergesse ich manchmal alles um mich herum.«

Sie streckte ihm ihre Hand entgegen. »Susanne Wolf. Ich habe mich noch gar nicht vorgestellt.«

Tischler wischte seine Hand an der Jogginghose ab, bevor er ihre schüttelte.

»Tischler. Constantin. Und … Sie sind also die Enkelin von Frau Kneidinger.«

»Ganz genau«, bestätigte sie lächelnd. »Und Sie sind der Hauptkommissar.«

»Oh, Sie sind bestens informiert. Ich würde Sie ja gerne hereinbitten, aber …« Er zeigte an sich herunter.

»Nein, nein. Ich möchte Ihr Work-out nicht stören. Außerdem bin ich gerade erst angekommen«, erklärte sie und warf ihre Haare zurück.

»Ach, Sie bleiben für länger?«

»Ja, gut möglich.«

Tischler lächelte sie an. »Na dann … man sieht sich vielleicht …«

»Vielleicht«, stellte sie in Aussicht und trat den kurzen Heimweg an. Bevor sie die Tür verschloss, lächelte sie zurück. Danach verschwand auch Tischler wieder in seiner Wohnung. Er verharrte kurz in seinem Flur und lugte durch den Spion. Das Licht im Treppenhaus erlosch im selben Moment. Er warf wieder einen Blick in den Spiegel und bemerkte, dass er sein T-Shirt nicht nur verkehrt herum anhatte, sondern auch noch auf links gedreht.

»Na super«, murmelte er und verdrehte dabei die Augen.

Als er wieder in seinem Wohnzimmer war, blieb er vor seinem Paar Hanteln stehen und blickte auf sie herunter.

Stöhnend ließ er sich aufs Sofa fallen und parkte seine Füße auf dem Couchtisch. Eine Fortsetzung des Work-outs war heute nicht mehr sinnvoll. Es war sogar ungesund, so kurz nacheinander zu trainieren. Um Muskelfaserrissen vorzubeugen, war eine gewisse Regenerationszeit notwendig. Außerdem hatten so die Muskeln Zeit zu wachsen. Und schließlich galt es zu berücksichtigen, dass seinem Work-out schweißtreibende Arbeiten vorangegangen waren. Die Nachtkästchen waren die letzten Möbel, die endlich an ihrem Bestimmungsort standen. Es war so weit und seine Wohnung war fertig eingerichtet. Tischler war des Öfteren in seinem Leben umgezogen. Doch so lange hatte er noch nie dafür gebraucht. Vielleicht hatte er selbst daran gezweifelt, es hier länger als für einen Mord auszuhalten. Doch Brunngries war ihm ans Herz gewachsen. Auch wenn dieser Ort überhaupt nichts mit München gemein hatte, war er angekommen. Vielleicht gerade deshalb.

Rückblende

Das NIGHTLIFE war voll bis auf den letzten Platz, wie immer an einem Samstagabend. Während draußen vor der Tür Feierwillige auf den Einlass warteten, feierten drinnen bereits die Privilegierten, die es in den Tanztempel geschafft hatten, ausgelassen miteinander. Die Bedienungen drückten sich mit ihren Tablets mit Drinks und Shots durch das Partyvolk und kämpften gegen leere Gläser an wie seinerzeit Don Quichotte gegen die Windmühlen. Die Tanzfläche quoll über, und der DJ gab alles, dass dies auch so blieb. Die Luft war zum Schneiden dick, als würde sich die Szene in einer Sauna kurz nach einem Aufguss abspielen. Die Scheinwerfer schnitten mit ihren Lichtkegeln durch den Dunst, den die Nebelmaschine in regelmäßigen Abständen mit lautem Zischen auf die Gäste herabregnen ließ.

»Wuuuh! Ich liebe diesen Song!«, schrie Lisa Buchholz gegen die satten Beats ihrer Freundin entgegen, die ihr gegenüber in der Mitte der Tanzfläche tanzte.

»Ich auch! Gehen wir an die Bar? Ich habe Durst!«, rief Amelie zurück, während sie ihre Position gegen ein paar Jungs verteidigte, die rücksichtslos und angetrunken zum Song mehr torkelten als tanzten.

Lisa stimmte nickend zu und kämpfte sich mit ihrer Freundin den Weg zur Bar frei, wo sie zwei Barhocker nebeneinander ergatterten, was um diese Uhrzeit einem Sechser im Lotto gleichkam.

»Zwei Moscow Mule!«, schrie Lisa dem Barkeeper entgegen und unterstrich ihre lautstarke Bitte mit zwei Fingern, die sie zu einem V geformt hatte, für den Fall, dass er sie nicht verstand. Dann fixierte sie ihre langen blonden Haare mit einem Gummiband zu einem Pferdeschwanz.

»Bist du verrückt?«, kommentierte Amelie ihre Bestellung. »Weißt du, was die kosten? Ich hab nicht so viel Geld dabei!«

»Ach was! Es ist so ein geiler Abend! Meine Oma hat mir gestern was zugesteckt. Ich lad dich ein!« Lisa klopfte zum Beat auf den Tresen, während sie dem Barkeeper auf die Finger schaute.

Versiert gab der Eiswürfel in die beiden Kupferbecher und fügte den Wodka hinzu, den er zuvor abgemessen hatte. Mit einem Schnitt teilte er eine Limette, deren Saft er auf die beiden Drinks verteilte. Zu guter Letzt füllte er die Becher mit Ingwerlimonade, garnierte sie mit einer Scheibe Gurke und servierte sie. Lisa war großzügig mit dem Trinkgeld, was ihr ein Zwinkern des feschen Barkeepers einbrachte, das ihre Wangen für einen Moment erröten ließ.

»Auf uns!«, prostete sie ihrer Freundin zu, die sich nicht länger gegen ihren Gratisdrink wehrte.

Amelie zog mit spitzen Lippen an ihrem Strohhalm und stellte den Drink wieder zurück auf den Tresen. Ihr Blick schweifte durch den Barbereich und blieb an zwei Jungs hängen, die sie bereits im Visier hatten.

»Lisa, schau mal die zwei Typen da hinten. Die glotzen die ganze Zeit schon zu uns rüber. Kennst du die?«

Verstohlen musterte Lisa die beiden und winkte ihnen dann zu.

»Spinnst du?«, schimpfte Amelie. »Was, wenn die … Na toll. Jetzt kommen sie her.«

»Lass sie doch. Sehen süß aus, die beiden.«

»Und was ist mit deinem Freund?«, mahnte Amelie. »Der wäre bestimmt nicht begeistert, wenn du hier …«

»Ich mach doch nichts. Außerdem … was weiß denn ich, was der tut, wenn er mit seinen Jungs unterwegs ist. Lass mir doch den Spaß.«

Einen Augenblick später standen die Jungs mit ihren Bieren vor ihnen. Einer der beiden sah ein wenig abgerissen aus. Dunkle Haare, ungepflegter Bart, Kleidung nicht gerade so, dass man sie modisch nennen konnte. Der andere hingegen war einer der Jungs, die es locker ohne Anlauf in eine Foto-Lovestory schaffen konnten. Einer der Typen, die ewig einen braunen Teint hatten. Gut gekleidet, strahlend weiße Zähne, cooler Haarschnitt … kurz gesagt ein Sonnyboy, dem die Mädchen hinterherliefen. Sein sicheres Auftreten verriet, dass er sich seiner Wirkung auf das weibliche Geschlecht durchaus bewusst war.

»Na, Mädels? Seid ihr alleine hier?«, fragte der Schönling, meinte jedoch eigentlich nur Lisa, die er seit seiner Ankunft vor ihrem Barhocker nicht aus den Augen ließ.

»Bis jetzt ja«, erwiderte Lisa keck und trank von ihrem Moscow Mule.

»Lust zu tanzen?« Er wartete jedoch ihre Antwort nicht ab. Stattdessen nahm er sie bei der Hand und zog sie von ihrem Hocker direkt auf die Tanzfläche.

Zum Leidwesen von Amelie nahm der andere Lisas Platz an der Bar ein und drängte ihr ein Gespräch auf.

Lisa drehte sich auf der Stelle und ließ ihre Hüften kreisen, nach denen ihr Tanzpartner immer wieder griff und sie zu sich zog. Sein stechender Blick und sein Geruch schlugen sie in seinen Bann.

»Bist du oft hier? Ich hab dich hier noch nicht gesehen!«

Sie lächelte ihn an. »Ich bin gerade erst sechzehn geworden!«

»Na und?«, sagte er. »Ich auch. Gut, wenn man den Türsteher kennt … Wie heißt du?«

»Lisa. Und du?«

»Tom! Hast du 'nen Freund?«

Lisa wich dieser Frage im ersten Moment aus, indem sie auf den Boden blickte, während sie tanzte. Dann sah sie in seine blauen Augen. »Nö.«

Er lächelte sie verführerisch an, zog sie näher heran und flüsterte ihr ins Ohr: »Willst du fliegen?«

Sie verstand nicht, was er meinte. Jedoch fühlte sie, dass er ihr etwas zugesteckt hatte. Im nächsten Moment löste er sich von ihr und zwinkerte ihr zu. »Heute ist dein Tag! Ich spür das!«

Lisa wehrte sich nicht gegen seine Blicke und Gesten. Ein Typ wie er interessierte sich für sie und schenkte ihr damit Gefühle, die sie bisher nur selten in sich gespürt hatte. Verführerisch hob sie beim Tanzen ihre Arme an und fuhr sich durch die Haare. Dabei sah sie ihm immer wieder tief in die Augen. Er hatte recht. Es war ihr Tag, ihr Leben, ihre Jugend. Sie war zu jung, um sich fest an einen Kerl zu binden. Sie unterbrach ihren Tanz, da die Neugierde in ihr wuchs, was denn in ihrer Hosentasche zu finden war.

»Ich geh mal aufs Klo. Wartest du an der Bar auf mich?«

»Viel Spaß«, erwiderte er nur und gab ihr einen kleinen Kuss auf die Wange. Sein Blick signalisierte, dass er bereit war, ihr mehr als diesen Kuss zu geben.

Lisa winkte ihrer Freundin kurz zu und drückte sich durch die Tanzfläche in den langen Gang zu den Toiletten.

Bei den Damen herrschte Hochbetrieb. Jedoch nicht in den einzelnen Toilettenkabinen. Vielmehr war es der große Spiegel über den drei Waschbecken, der die alleinige Aufmerksamkeit genoss und dazu diente, das Make-up aufzufrischen. Dabei wurden hitzig die News ausgetauscht und darüber beraten, ob die neuen Bekanntschaften heiß genug waren.

Lisa verschwand in einer der Kabinen, verschloss die Tür und drehte den Knauf. Hastig nahm sie ihre kleine Handtasche von ihrem Körper und hängte sie an den Haken an der Tür. Sie atmete tief durch. Mit ihren Händen fühlte sie die Temperatur ihrer Wangen und spürte, dass sie glühte. War es der Moscow Mule? Die Hitze im Klub? Oder war es dieser heiße Typ, der sich unter all den hübschen Mädels an diesem Abend allein für sie interessierte?

Ohne weiter darüber nachzudenken, legte sie den Toilettensitz mit Papier aus, zog ihre Hose herunter und setzte sich. Die zwei, drei Colas vor dem Drink forderten ihren Tribut. Während sie die Kritzeleien auf der Toilettentür betrachtete, griff sie blind in die Hosentasche ihrer heruntergelassenen Jeans. Sie hielt den kleinen Beutel vor ihr Gesicht. Darin befand sich eine pinkfarbene Pille, in die ein Herz mittig eingeprägt war. Ihre Mundwinkel gingen nach oben. Bisher hatte sie noch nicht einmal geraucht. Lisa kaute auf ihrer Unterlippe. Sie kannte ein paar Leute, die regelmäßig etwas einwarfen. Der Abend war der beste ihres Lebens, es passte alles. Dann dieser Tom … Ja! Sie wollte fliegen. Und sie wollte kein Spielverderber sein. Schließlich wollte sie ihr Leben in vollen Zügen genießen.

Lisa öffnete die Tüte, ließ die Pille in ihren Mund gleiten und schluckte sie hinunter. Sie warf das kleine Tütchen in die Schüssel und betätigte die Spülung. Ein bis zwei Minuten saß sie nur da und horchte gespannt in sich hinein. Doch es passierte nichts. Sollte sie dieser Tom bloß auf die Schippe genommen haben? Sie griff nach dem Toilettenpapier, das unten aus dem Spender hervorragte, als ihr plötzlich heiß wurde. Lisa hielt inne. Ihr Blick huschte nervös zwischen den Kritzeleien an den Kabinenwänden hin und her. Schweiß drang aus ihren Poren. Sie vernahm die Geräusche einer weiteren Person, die sich in der Kabine neben ihr einschloss. Um nicht nach vorne zu kippen, hielt sie sich an dem Toilettenspender fest. Ihr Herz raste und ihr Puls schlug bis zum Hals. Sie rang nach Luft, wollte um Hilfe rufen, doch es gelang ihr nicht. Sie griff sich an den Hals, der sich mehr und mehr zuschnürte. Ihr Kopf pochte, ihre Muskeln krampften und die Angst davor, was gerade mit ihr passierte, stand ihr ins Gesicht geschrieben. Gewaltsam riss sie die Augen weit auf, fasste sich an die Brust und rutschte langsam von ihrem Toilettensitz. Auf dem kalten Fußboden angekommen, japste sie noch ein paar Züge vergeblich nach Luft, bis sie langsam zur Seite kippte und sich Sekunden später nicht mehr bewegte. Dann hörte ihr Herz auf zu schlagen.

Als sich Lisa Buchholz an diesem frühen Abend im Badezimmer ihrer Eltern für den Abend schick gemacht hatte, war die einzige Sorge gewesen, ob sie das sommerliche hellblaue Top tragen sollte oder doch lieber die weiße Bluse. Sie hatte nicht im Traum daran gedacht, dass sie Stunden später im Klub auf einer Toilette unwürdig mit heruntergelassenen Hosen auf dem kalten Fliesenboden ihr viel zu frühes Ende finden würde.

Attacke auf Flash Gordon

Tischler wusste nicht, wie oft er mittlerweile in den kargen und kalten Räumlichkeiten der Gerichtsmedizin gewesen war. Egal, ob München oder Traunstein, er würde sich nie an den Geruch gewöhnen. Umso mehr begrüßte er den Umstand, dass ihm Dr. Forster den Bericht direkt in die KTU geschickt hatte, um ihm den Umweg zu ersparen.

»Ruhig ist es bei euch«, stellte Tischler fest, während er den medizinischen Bericht studierte. Fink betrachtete derweil die Sachen, die sie bei der Leiche gefunden hatten und die allesamt fein säuberlich in Asservatentaschen gesichert vor ihm lagen.

»Wir haben den Arsch voller Arbeit«, prustete Jens Gebhard, ohne die Augen von seinem Computerbildschirm zu nehmen. »Der Hans ist krank, zwei weitere im Urlaub und die Stelle vom Kleinwieser Ulli, der im letzten Monat in den Ruhestand gegangen ist, ist noch nicht neu besetzt.«

»Warum habt ihr ihn dann gehen lassen?«

Gebhard blickte auf. »Wenn ich in den Ruhestand gehen könnte, wäre ich schneller hier raus, als ihr glaubt.«

Tischler sah wieder auf den Bericht über Tom Wiesinger.

»Der war voll wie ein Matrose beim Landgang«, stupste er Fink an und hielt ihm den Bericht unter die Nase. »Und das war der Wert, als wir ihn gefunden haben.«

»Ich vertrage überhaupt nichts«, meinte Fink lachend. »Ich trink drei Sekt und überschreib euch alles, was ich hab.«

»Gut zu wissen«, entgegnete Gebhard ebenfalls lachend. »Für den Fall, dass ich mich hier aus dem Staub machen will, fülle ich dich ab.«

»Mei, das Dumme ist nur, ich hab halt nix.«

Tischler blätterte eine Seite weiter. »Für das Alter hatte der schon ganz schön viele Knochenbrüche. Schau dir das an!«

Fink nahm ihm die Papiere ab. »Das ist wahrscheinlich der Grund, warum die Mama damals dagegen war, dass ich Eishockey spiele.«

»Was hast dann gemacht?«

»Ich hab's mit Tischtennis probiert«, antwortete er. »Bin dann auf einem Ball ausgerutscht und hab mir eine Sehne angerissen.«

Tischler griff wieder nach dem Bericht. »Für was haben die beim Eishockey das ganze Gelump an, wenn die sich dann trotzdem alle Knochen brechen?« Er flog weiter über die Zeilen. »Ansonsten war der gesund. Bis eben auf den Messerstich. Der war die Todesursache. Demnach ein Eins-a-Mord.« Er wandte sich erwartungsvoll an Gebhard. »Ist was bei den Reifenspuren herausgekommen?«

Gebhard stand auf und legte Tischler ein paar Bilder auf den Tisch. »Die Profilblöcke sind sehr weit auseinander. Sehr tiefes Profil – klassischer Enduro-Reifen.«

»Und das bedeutet?«

»Nix weiter. Das bedeutet nur, dass die Reifen zu einem geländegängigen Motorrad gehören, was in den Bergen Sinn macht. Außergewöhnlich wäre, wenn man da oben mit Slicks herumbrettert.«

»Marke, Gummimischung, Bezeichnung oder sonst irgendwas?«

Gebhard setzte sich wieder an seinen Schreibtisch und sah Tischler fragend an. »Weißt du, wie viele Hersteller es auf der Welt gibt? So genau war der Abdruck der Spur nun auch wieder nicht. Was man allerdings aufgrund der Profiltiefe sagen kann, ist, dass das ein Reifen fürs Grobe ist. Soll heißen: Der Fahrer bewegt sich anscheinend gerne abseits der Straße.«

Tischler schob die Bilder beiseite und sah zu Fink. »Hast du was?«

Fink streckte ihm einen der Beutel entgegen. »Schau dir mal den Kettenanhänger an. Dieser Tom war scheinbar ein Italien-Fan. Ist aber sehr schlecht und stümperhaft gemacht.«

Tischler nahm ihm den Beutel ab und warf einen näheren Blick darauf. »Felix, das ist nicht Italien, das ist ein Eishockeyschläger.«

Fink zog die Augenbrauen zusammen und blickte Tischler skeptisch an. »Echt?«

»Freilich! Schau doch genau hin. Die würden sich in Lecce bedanken, wenn sie geografisch auf einmal nicht mehr da wären.«

Fink deutete auf den Anhänger. »Ich dachte, der Absatz vom Stiefel wäre der Knubbel da unten.«

»Der Knubbel ist ein Puck.«

Gebhard schüttelte kommentarlos den Kopf, ohne den Blick von seinem Bildschirm zu nehmen. Tischler schnappte sich den Beutel mit Toms Handy und hielt es dem Mann von der KTU entgegen.

»Habt ihr darauf etwas gefunden?«

»Ist mit einem Zahlencode geschützt. Müssen wir noch knacken.«

Tischler traute seinen Ohren nicht. »Jens, das darf doch nicht wahr sein! Mensch, ich hab hier einen Mord aufzuklären!«

Gebhard ließ von seinem Bildschirm ab und stand erneut von seinem Schreibtisch auf. Wer ihn kannte, wusste, dass er es hasste, wenn jemand auf ihn Druck ausübte.

»Glaubt ihr denn, dass wir uns hier den ganzen Tag die Eier schaukeln? Wir haben nicht nur euren Mord zu klären! Außerdem hab ich euch eingangs gesagt, wie es derzeit personell bei uns aussieht!«

Tischler ruderte zurück und schlug einen gemäßigteren Ton an. »Und wie lange glaubst du, dass es dauert, an die Daten in diesem Handy zu kommen?«

»Hast du den Code?« Tischler verneinte. »Es kann schnell gehen, oder wir kommen überhaupt nicht dran. Das sind die Möglichkeiten.« Er nahm Tischler das Handy ab. »Dieses Teil hier hat eine 256-Bit-AES-Verschlüsselung. Wenn du da nicht den Code hast, kommst du wahrscheinlich überhaupt nicht dran. Vielleicht hast du dann noch per Brute-Force-Attacke eine Chance.«

»Bitte so, dass wir es auch verstehen …«

»Damit probierst du alle möglichen Schlüssel aus. Und wenn du von einem vier- bis sechsstelligen Zahlencode ausgehst, kannst du dir ungefähr vorstellen, dass das sehr, sehr lange dauern kann.«

»Andere Möglichkeiten?«

Gebhard legte das Handy vor Tischler auf den Tisch. »In letzter Instanz könnte man noch den Flash-Baustein auslöten und versuchen, den auszulesen. Wenn du dann allerdings nur Bilder vom letzten Rimini-Urlaub und Selfies findest, wie sich der Kerl seinen Bizeps vor dem Spiegel abfotografiert, fragt man sich letztendlich, ob es den ganzen Aufwand wert war.«

»Wenn es jedoch zur Klärung des Mordes an einem jungen Kerl hier aus der Gegend führt …«, warf Fink von der Seite ein.

»Der Polizeioberrat hat sich auch schon nach dem Fall erkundigt«, legte Tischler nach. »Wenn der mich noch mal anruft, leite ich ihn besser an dich weiter. Ich kann dem das nicht erklären mit dem ganzen Flash Gordon und der Air-Force-Attacke.«

»Flash-Baustein und Brute-Force-Attacke«, berichtigte Gebhard. Er schwieg nachdenklich. Dann fragte er in einem etwas leiseren Ton nach. »Der Schwenk hat sich bereits nach dem Fall erkundigt, sagst du?«

»Höchstpersönlich.«

Gebhard zischte durch seine Zähne. »Na gut, ich schau zu, was sich machen lässt. Aber versprechen kann ich nix!«

»Mehr wollte ich doch überhaupt nicht hören. Und richte dem Schwaiger Hans gute Besserung aus, wenn du ihn sprichst.« Eilig verließen die beiden die KTU.

Obwohl Tischler sich Mühe gab, Verständnis für die andere Seite aufzubringen, kochte er innerlich. Schließlich ging es um Mord und nicht um einen Parkplatzrempler. Daher hatte er sich ein wenig mehr Einsatz gewünscht, um in der Sache voranzukommen, Personalschwierigkeiten hin oder her. Trotzdem war er sich bewusst, dass er mit Druck bei den Kollegen der KTU nicht zu einem schnelleren Ergebnis kam. Vielleicht ließ ihn aber auch die Tatsache, dass er bisher keinerlei Anhaltspunkte hatte, in Rage geraten.

»Das war gut eben, dass du den Schwenk erwähnt hast«, sagte Fink grinsend auf dem Weg aus dem Gebäude. »Hast du gesehen, wie der Jens gezuckt hat, als er den Namen gehört hat?«

»Ja, der Name Schwenk zieht immer.«

»Ich habe übrigens gestern noch ein wenig recherchiert, weil doch der Wirt von der Flachklamm-Alm etwas von einer Lisa gesagt hat.«

»Und?«

»Vor drei Jahren ist eine Lisa Buchholz im NIGHTLIFE ums Leben gekommen. Weißt schon, der Klub in Traunstein. Überdosis. Also eigentlich nur eine Pille …« Er zog seinen Block aus der Tasche und blätterte. »Ecstasy!«

Tischler blieb stehen. »Wie alt war sie da?«

»Sechzehn.«

»Das würde passen. Hast du die Adresse der Eltern?«

»Freilich. Die leben in Brunngries.«

»Dann lass uns hinfahren.«

***

»Danke, Frau Buchholz, dass Sie kurz für uns Zeit haben. Wir stören Sie auch nicht lange«, beteuerte Fink der schüchtern wirkenden Frau, nachdem die beiden Ermittler im Wohnzimmer Platz genommen hatten.

»Darf ich Ihnen denn etwas zu trinken anbieten?« Sie korrigierte den Sitz ihrer rahmenlosen Brille und kniff dabei ihre Augen fest zusammen.

»Wenn Sie so fragen, ich würde …«

»Danke«, preschte Tischler dazwischen. »Wir brauchen nichts.«

»Ja, genau. Für mich auch nichts.«

Frau Buchholz setzte sich auf die vordere Kante des schwarzen Ledersessels, nachdem sie die Fernsehzeitung und die Fernbedienung auf dem gefliesten Couchtisch abgelegt hatte.

»Wie kann ich Ihnen denn … ich meine, es wurde doch damals bereits alles gesagt?«

»Es tut uns auch leid, Frau Buchholz, dass wir Sie nochmals dazu befragen. Es wäre gut möglich, dass der aktuelle Fall, den wir momentan bearbeiten, etwas mit dem Ihrer Tochter zu tun hat. Wir haben den Polizeibericht gelesen. Jedoch würde uns interessieren, wie sich der Fall aus Ihrer Sicht darstellt. Niemand kannte Ihre Tochter so gut wie Sie.«

Frau Buchholz blinzelte nervös und blickte auf ihre Hände, die in ihrem Schoß lagen. Es war ihr anzusehen, dass sie ihren Verlust immer noch nicht verwunden hatte. Da es sich um das eigene Kind handelte, würde dies aller Wahrscheinlichkeit nach auch nie passieren.

»Können Sie uns nochmals schildern, was damals passiert ist?«, bat Tischler sie vorsichtig.

Frau Buchholz nahm sich einen Moment. »Lisa ist mit ihrer Freundin losgefahren. Ich habe noch zu ihr gesagt, dass sie eine Jacke mitnehmen soll, weil es nachts doch etwas kühler wird. Sie war immer so unbeschwert. Das war das letzte Mal, dass wir sie lebend gesehen haben.«

»Sie meinen, Sie und Ihr Mann?«, schaltete sich Fink ein.

Sie nickte. »Dann stand nachts auf einmal die Polizei vor der Tür und sagte uns, dass …« Sie verstummte. »Drogen! Haben sie behauptet! Sie hätte Drogen genommen! Unsere Lisa!« Sie sah Tischler eindringlich an. »Unsere Lisa hat keine Drogen genommen.«

»Im Polizeibericht stand, dass Ihre Tochter einen Herzfehler hatte?«, warf Fink ein, der sich mittlerweile wieder mit seinen Schreibutensilien bewaffnet hatte.

»Ja«, bestätigte Frau Buchholz. »Aber das wusste niemand. Sie war immer gesund und machte viel Sport. Doch diese Drogen haben dann …« Wieder verstummte sie.

»Frau Buchholz, denken Sie denn, dass Ihrer Tochter diese Drogen ohne ihr Wissen verabreicht wurden?«

»Selbstverständlich!«, sagte sie bestimmt zu Tischler. »Sie hätte so etwas niemals freiwillig geschluckt. Mein Mann ist der gleichen Meinung. Kennt man doch aus dem Fernsehen. Die machen die Leute abhängig, damit sie dann das Zeug nachkaufen.«

»Ist Ihr Mann auch hier?«

»Nein. Ich weiß nicht, wo er ist. Seit Lisas Tod ist … ist nichts mehr wie vorher.«

Tischler entgingen die unzähligen Bilderrahmen nicht, die auf einem Sideboard standen und ausschließlich Lisa zeigten. »Wie meinen Sie das?«

»Er ist wie besessen davon, Lisas Mörder zu schnappen. Deswegen hat er sogar vor zwei Jahren seinen Job als Elektriker verloren. Sein Chef hatte irgendwann für die vielen Fehltage kein Verständnis mehr.«

Frau Buchholz hatte den Satz kaum beendet, als die Haustür aufgeschlossen wurde.

»Marianne? Wem gehört denn das Auto in der Einfahrt?«, kam es fast mürrisch über den Flur.

»Wir haben Besuch!«, rief sie auf eine Art zurück, als wollte sie ihren Mann von vornherein besänftigen.

Sekunden später stand Herr Buchholz in der Wohnzimmertür und blickte auf die beiden Männer herab.

Tischler erhob sich. »Grüß Gott, Herr Buchholz. Tischler mein Name. Das ist mein Kollege Fink. Wir sind von der Kriminalpolizei.«

Buchholz stellte sich neben seine Frau. »Sind Sie hier, weil Sie den Mörder unserer Tochter gefasst haben?«

»Nein, Herr Buchholz. Es gibt vielleicht einen Zusammenhang mit …«

»Dann schleichen Sie sich jetzt bitte«, unterbrach er Tischler.

»Volker«, versuchte Frau Buchholz, ihren Mann zu beruhigen.

Doch Volker Buchholz ignorierte sie. »Seit drei Jahren höre ich andauernd, dass es nichts Neues gibt. Ich hab die Schnauze voll von euch. Ihr kommt hier in mein Haus und wollt mir etwas von irgendwelchen Zusammenhängen erzählen? Die Zusammenhänge sind da draußen! Typen, die unsere Kinder vor den Augen der Justiz mit ihrem Dreck vergiften! Und alles, was wir zu hören bekommen, ist, dass unsere Tochter anscheinend drogensüchtig war!« Er stellte sich neben die Wohnzimmertür und deutete zur Haustür. »Auf Wiederschauen, die Herren. Und taucht hier erst wieder auf, wenn ihr ein Ergebnis habt.«

Tischler erhob sich, griff in die Tasche und legte seine Visitenkarte mit Blick zu Frau Buchholz auf den Couchtisch. »Für den Fall, dass Ihnen noch etwas einfällt.« Dann blieb er vor Volker Buchholz stehen. »Lassen Sie uns unsere Arbeit machen, Herr Buchholz.«

»Das habe ich gesehen, wie ihr eure Arbeit macht«, knurrte er mürrisch.

Auch Fink griff in seine Tasche und legte seine Visitenkarte neben die seines Kollegen. »Nur für den Fall …«, bot auch er Frau Buchholz seine Dienste an. Rasch folgte er seinem Kollegen nach draußen und schloss die Haustür hinter sich.

Wortlos stiegen sie in den Passat ein.

»Das war ja was. Der ist nicht gut auf uns zu sprechen«, stellte Fink fest.

»Würde uns nicht anders gehen. Die Leute verstehen einfach nicht, dass wir keine Kristallkugel haben, in der sich uns die Täter präsentieren. Wie auch, wenn du dein Kind verloren hast? Da verschieben sich die Ansichten.«

Fink steckte den Zündschlüssel ins Schloss und spähte zum Haus. Volker Buchholz hatte den Vorhang des Küchenfensters zur Seite geschoben und blickte zu ihnen hinaus. »Schau, der Buchholz. Soll ich jetzt winken?«

»Freilich, Felix. Wenn du eine Bratpfanne in der Windschutzscheibe haben willst, dann winken wir. Wenn nicht, fährst endlich los.«

Fink startete den Motor. »Und wohin fahren wir?«

»Zur Simone Wiesinger und diesem Kastner. Vorausgesetzt, er ist überhaupt daheim.«

»Und was machen wir da?«

»Das, was wir am besten können. Zu Eltern fahren, die ihr Kind verloren haben, um ihnen zu sagen, dass wir nichts herausgefunden haben.«

Fink wirkte skeptisch. »Und du glaubst, das ist eine gute Idee?«

»Gewiss. Bei dem Wetter, was kann es da Schöneres geben? Außerdem will ich erfahren, ob die etwas von einer Lisa wissen und mit wem ihr Sohn auf der Flachklamm-Alm gestritten haben könnte.«

Fink nickte zustimmend. »Okay, das macht Sinn. Und wenn die uns auch dumm kommen?«

»Dann lächeln wir und gehen wieder. Das ist der Job. Deswegen bekommst du auch kein Gehalt, sondern Schmerzensgeld.«

Jaeger-LeCoultre Master Ultra Thin Moon

»Jetzt schau dir das an.« Fink stemmte seine Hände in die Hüften und starrte auf die Villa von Jan Kastner. »Vielleicht wäre ich doch lieber Rechtsanwalt geworden.«

»Dann hättest du studieren müssen.«

»Wenn ich mir den Bunker so anschaue, wäre es das wert gewesen.«

Tischler zeigte sich von der Villa unbeeindruckt. Vielleicht wollte er jedoch nur dem Hab und Gut dieses Kastner nicht zu viel Bedeutung beimessen.

»Felix, was meinst du, was so ein Haus für Arbeit macht. Putzen, Rasen mähen, renovieren … Und wenn du hinten fertig bist, fängst du vorne wieder an.«

»Dafür hätte ich ja Angestellte. Weil … ich wäre ein guter Anwalt.«

»Außerdem bindet dich so ein Haus unwahrscheinlich an einen Ort. Was, wenn du mal woanders wohnen möchtest? Vielleicht willst du ja mal für ein paar Jahre ins Ausland?«

»Ich?« Fink lachte. »Mich kriegen hier keine zehn Pferde weg. Ich kenne hier jeden, und jeder kennt mich. Ich hätte mich noch für Las Vegas begeistern können. Aber da willst du ja nicht mit mir hinfahren.«

Wäre auch eine ziemlich lange Fahrt, schmunzelte Tischler in sich hinein und drückte den Klingelknopf neben der großen Haustür. Es dauerte nicht lange und den beiden Beamten wurde geöffnet.

»Ah! Die Herren von der Polizei«, begrüßte Jan Kastner höchstpersönlich den Besuch und wirkte dabei, als wären die Herren mögliche neue Klienten.

Tischler waren in seinem Berufsleben schon viele Menschen begegnet, die kurz zuvor ihr Kind verloren hatten. Sie alle hatten eines gemeinsam. Ihnen stand der Kummer im Gesicht, der ihnen Augenringe bescherte und die Muskulatur um die Mundpartie erschlaffen ließ. Auch, wenn es sich um ein Stiefkind handelte. Das Gesicht – der Spiegel der Seele. Kastner hatte mit all diesen Menschen ungefähr so viel gemein wie ein Streitschlichter mit einem Auftragskiller. Wobei Letzterer im Grunde ebenfalls für Ruhe sorgte.

»Kommen Sie herein. Meine Frau ist hinten im Garten. Darf ich Ihnen etwas zu trinken anbieten?«

Fink linste erst vorsichtig zu Tischler hinüber und verneinte dann hastig. Die beiden folgten dem Rechtsanwalt durch das Haus. Tischler musste sich eingestehen, dass ihm gefiel, was er sah. Unaufdringlich und modern präsentierte sich die Einrichtung, die bestimmt die Handschrift von Kastners Frau trug. Der großzügige und breite Flur war spärlich eingerichtet und glänzte hier und da mit einer kleinen Skulptur oder Bodenvase.

»Toller Marmor«, bemerkte Tischler beiläufig mit Blick auf den schimmernden Boden.

»Carrara!«, sagte Kastner stolz. »Direkt aus der Toskana importiert. Hat ein halbes Vermögen gekostet.«

Tischler konnte sich einen süffisanten Blick zur Decke nicht verkneifen. Während die beiden Beamten Kastner folgten, führte ihr Weg durch das großzügige Wohnzimmer, in dem sich mittig zwei große, weiße Ledersofas gegenüberstanden. Wie auch der Flur wirkte das Wohnzimmer sehr modern und geschmackvoll, aber auch kalt und unbewohnt. Die Villa war innen wie außen eine einzige Inszenierung, um Wohlstand und Erfolg im Überfluss zu suggerieren.

Tischler, der für gewöhnlich kein Neider war, gingen beim Anblick der Hi-Fi-Anlage die Augen über. Er ließ sich ein wenig zurückfallen. High End in seiner reinsten Form. Alleine den Plattenspieler schätzte er auf den Wert eines Kleinwagens. Der Tonarm einpunktgelagert, magnetisch entkoppelter Plattenteller, Motorsteuerung für exakte Drehzahl, Hochglanz-Oberfläche in schwarzem Klavierlack. Nur zu gerne hätte er sich von dem Klang der übergroßen Lautsprecher überzeugt. Doch er verkniff sich diesen Wunsch, da er einem Mann wie Kastner diese Form der Anerkennung nicht gönnte.

Frau Wiesinger saß im Garten auf einer niedrigen Betonmauer, die das höher gelegene Rosenbeet von der Rasenfläche trennte. Bewegungslos folgte sie mit leerem Blick dem Rasenroboter, der stur seine Runden drehte und satellitengesteuert das Grün auf ein gleichmäßiges Niveau trimmte.

»Schatz, die Herren von der Polizei sind da«, meldete der Anwalt den Besuch bei seiner Frau an.

Simone Wiesinger erweckte den Anschein, als hätte man sie aus einem tiefen Schlaf gerissen. Sie drehte ihren Kopf in Richtung Terrasse. Langsam stand sie auf und ging auf Tischler und seinen Kollegen zu.

»Guten Tag«, begrüßte sie die beiden mit einem erwartungsvollen Blick, als würde sie nur darauf warten, dass ihr jemand endlich die Nachricht überbrachte, dass ihr Sohn doch noch lebte.

Tischler schüttelte ihr die Hand. »Guten Tag, Frau Wiesinger. Schön haben Sie es hier.«

Sie nickte zustimmend. »Wissen Sie schon etwas? Ich meine, wegen …« Sie verstummte.

»Wir werten noch alle Aussagen aus, die wir aufgenommen haben. Die Spurensicherung arbeitet auf Hochtouren und …«

»Wer macht so etwas?«, unterbrach sie ihn. Verzweifelt wandte sie sich wieder ihrem Garten zu.

»Frau Wiesinger, seien Sie versichert, dass wir alles tun, um genau das herauszufinden.«

Sie drehte sich zu Tischler um. »Was ist mit den Sachen meines Sohnes?«

»Die KTU hat die Untersuchung noch nicht abgeschlossen. Sie wissen nicht zufällig den Code für das Handy Ihres Sohnes?«

Sie schüttelte den Kopf. Jan Kastner trat neben sie und mimte den fürsorglichen Ehegatten.

»Es sollte doch heutzutage kein Problem sein, so ein Handy zu knacken?«

»Gerade heutzutage ist es schwerer geworden, Herr Kastner. Wir werden Ihnen jedenfalls die Sachen zukommen lassen, sobald wir die Freigabe dafür erhalten haben.«

»Bitte passen Sie auf die Uhr gut auf. Sie war Tom sehr wichtig«, bat Frau Wiesinger die beiden Beamten und machte ein paar Schritte auf sie zu.

Tischler und Fink sahen einander fragend an.

»Welche Uhr?«, hakte Tischler nach.

»Toms Armbanduhr, die er von seinem Vater geerbt hatte«, fügte Frau Wiesinger hinzu.

Tischler nickte Fink zu, der im selben Augenblick sein Handy zückte und sich ein paar Schritte entfernte.

»Können Sie mir diese Uhr beschreiben?«

Jan Kastner sah sich angesichts der Tatsache, dass er ein Faible für schöne Dinge hatte, dazu berufen, dem Kommissar weitere Auskünfte zu erteilen.

»Es ist eine Jaeger-LeCoultre Master Ultra Thin Moon. Wie meine Frau bereits sagte, hatte Tom sie von seinem Vater geerbt. Da es das Einzige war, das der Junge von seinem Vater hatte, überstieg für ihn selbstverständlich der ideelle Wert bei Weitem den, den die Uhr ohnehin schon besaß.«

»Ich verstehe.«

»Tom legte diese Uhr ausschließlich zu besonderen Anlässen an«, erklärte Frau Wiesinger. »Ich war noch dagegen. Eine Uhr wie diese hatte meiner Meinung nach auf einer Berghütte nichts zu suchen. Doch Tom meinte, dass er auf diese Weise seinen Vater an dem Abend …« Wieder verstummte sie.

»Darf ich fragen, welchen Wert diese Uhr ungefähr hatte?«

Kastner steckte seine Hände in die Hosentaschen und zuckte mit den Schultern. »Ich würde schätzen, irgendwas zwischen vierzehn und siebzehn.«

»Tausend?«, hakte Tischler erstaunt nach. Kastner sah ihn ohne jede weitere Regung an.

Natürlich waren es Tausend. In dieser Riege wäre alles darunter höchstwahrscheinlich ein gesellschaftlicher Abstieg gewesen. Das veränderte natürlich Tischlers Sicht auf diesen Fall. Fink kam zurück.

»Tom hatte keine Uhr bei sich«, informierte er alle Anwesenden und steckte sein Handy wieder ein.

»Frau Wiesinger, existiert ein Bild von der Uhr, das Sie uns überlassen könnten?«

»Es gibt ein Zertifikat, das ich Ihnen geben kann. Ich hole es.«

»Wenn es Ihnen nichts ausmacht, würde ich mir bei der Gelegenheit kurz Toms Zimmer ansehen. Ist das möglich?«

Frau Wiesinger nickte und ging mit Tischler an ihrer Seite ins Haus.

Im ersten Stock öffnete sie die Tür zum Zimmer ihres Sohnes.

»Das Zertifikat ist in Toms Schreibtisch. Er war sehr ordentlich in solchen Dingen. Das hat er von seinem Vater geerbt.«

Tischler blieb inmitten des Raums stehen und verschaffte sich einen ersten Eindruck. Er konnte Frau Wiesingers Aussage nur bestätigen. Tom Wiesinger war wirklich sehr ordentlich für einen Kerl in seinem Alter. Als er in diesem Alter gewesen war, hätte es an ein Wunder gegrenzt, in seiner Bude auf Anhieb etwas zu finden.

»War Toms Vater vermögend? Eine Uhr wie diese kauft man sich nicht eben so …«

Frau Wiesinger zog das Zertifikat aus der obersten Schreibtischschublade und übergab es Tischler. »Es fehlte uns an nichts, wenn Sie das meinen. In solchen Dingen legte er großen Wert auf Qualität.«

»Ich verstehe.« Tischler betrachtete das scheckkartengroße Zertifikat. Seriennummer, Besitzer, Kaufdatum, Modellnummer … alles war vorhanden.

»Was passiert denn nun wegen der Uhr?«

Tischler steckte das Zertifikat ein. »Wir werden natürlich alles tun, das in unserer Macht steht. Ich kann verstehen, dass eine Uhr bei diesem Wert …«

»Ach, das Geld ist egal«, unterbrach sie ihn. »Sehen Sie sich doch um. Haben Sie den Eindruck, dass wir auf das Geld dieser Uhr angewiesen sind?«

Tischler schüttelte den Kopf. »Was ist es dann?« Er sah sie eindringlich an. Sie wich seinem Blick aus. »Die Uhr ist auch für Sie eine Erinnerung an Ihren verstorbenen Mann, nicht wahr?«

Frau Wiesinger entwich eine Träne, die sie schnell mit dem Handrücken entfernte. »Er war so stolz, als er sich diese Uhr endlich hatte leisten können …« Sie stellte sich mit verschränkten Armen vor das Fenster und starrte hinunter in den Garten. Fink verfolgte gemeinsam mit Kastner den Rasenroboter.

Tischler sah sich im Zimmer um. Im Leben von Tom Wiesinger schien sich alles um Sport gedreht zu haben. Auf den Regalen standen Pokale, die Wände verzierten Medaillen und Urkunden. Schnell wurde Tischler klar, dass es für Tom ausschließlich eine Richtung gegeben hatte. Nach vorne. So, wie er seine Erfolge präsentierte, war sein oberstes Ziel gewesen, in allem der Beste zu sein. Bei näherer Betrachtung der Auszeichnungen schien ihm dies auch gut gelungen zu sein. en" Zwischen den Medaillen befanden sich viele Bilder, die ihn mit Sportkameraden zeigten. Immer wieder tauchten zwei Jungs auf, mit denen er sich häufiger fotografieren hatte lassen.

»Wer sind denn diese beiden hier?« Tischler deutete auf eines der Fotos.

Frau Wiesinger ging näher heran. »Der mit den dunklen Haaren ist Daniel. Daniel Burglechner. Der andere heißt Dominic Krautmann. Die drei hingen ständig miteinander herum.«

»Eishockey?«

Frau Wiesinger nickte.

»Wissen Sie, wo die Jungs wohnen?«

»Nein. Aber ich weiß, wo sie jedes Mal nach dem Training sind. Dann gehen sie in Traunstein ins ABSEITS. So eine Sportsbar. Na ja, wo es hier im Ort ja nichts Vergleichbares gibt … Früher habe ich es gehasst, wenn sie nachts mit ihren Mopeds über die Landstraße gefahren sind. Haben Sie Kinder?«

Tischler verneinte.

»Diese Ängste, das raubt Ihnen Jahre Ihres Lebens. Niemals hätte ich gedacht, dass …« Sie kam Tischler ganz nah. »Können

Sie sich vorstellen, wie es ist, wenn Sie Ihr Kind durch die Schule gebracht haben und es dann verlieren? Dann, wenn das Leben erst so richtig losgeht?«

Tischler sagte nichts. Was hätte er darauf auch antworten sollen? Dass er es verstehen würde? Dass er genau wusste, welchen Schmerz sie ertragen musste? Er wusste es nicht. Er konnte es nur erahnen.

»Frau Wiesinger, es soll bei der Abifeier zu einem Streit zwischen Tom und einem anderen Kerl gekommen sein.«

»Was? Wer …«

»Das wissen wir noch nicht. Hatte Tom mit irgendjemandem Ärger? Hat er mal was erzählt?«

Frau Wiesinger lächelte gequält. »Jungs in dem Alter leben ihr eigenes Leben. Die kommen nach Hause zum Essen und um die Wäsche zu wechseln. Ich kann es mir jedoch nicht vorstellen. Tom war überall sehr beliebt.«

War er nicht, dachte Tischler. Er behielt diesen Gedanken allerdings für sich. »Danke, Frau Wiesinger. Das war es fürs Erste. Ich melde mich, wenn ich mehr weiß oder noch etwas benötige.«

Sie geleitete Tischler wieder nach unten, wo er Fink im Garten aufsammelte und sich von Kastner flüchtig verabschiedete. Der Kommissar hatte viele Stärken. Einem Menschen, den er nicht mochte, Sympathie vorzugaukeln, gehörte sicher nicht dazu.

Die beiden waren gerade erst in ihren Wagen eingestiegen, als Tischlers Handy klingelte.

»Herr Polizeioberrat!«

»Herr Tischler. Was macht der Bub vom Anwalt?«

Tischler hätte ihm am liebsten geantwortet, dass der Bub immer noch tot und außerdem dessen Stiefbub war. Doch er verkniff es sich.

»Wir sind dran. Wie es aussieht, führen uns die Ermittlungen zum EHC Brunngries.« Tischler hatte den Satz noch nicht vollendet, da bereute er es schon, Schwenk so viel Einblick in diesen Fall zu geben.

»Beweisen Sie da bitte sehr viel Fingerspitzengefühl. Unsere Eishockeymannschaft repräsentiert schließlich den gesamten Chiemgau. Die spielen bestimmt bald in der Bundesliga.«

»Na, da kennt sich aber jemand aus!«, lobte Tischler seinen Vorgesetzten.

»Freilich kenn ich mich aus. Ich habe als kleiner Bub zwei Jahre intensiv Eishockey gespielt. Blueliner, Crosscheck, Penalty, Time Out … ich kann durchaus mitreden.«

Auspuff, Alufelge, Lenkrad, Rücksitzbank … zählte Tischler innerlich auf. Auch er konnte mit Basiswissen glänzen, wenn es um Autos ging, und dennoch kein Fahrzeug reparieren. »Sie können sich ganz auf uns verlassen, Herr Polizeioberrat.«

»Mensch, Herr Tischler. Wie oft denn noch? Wir kennen uns doch schon so lange. Sagen Sie Herr Schwenk. Und richten Sie mir dem Felix aus, dass ich die Gläser soeben in der Dienststelle abgegeben habe. Und er soll der Johanna einen schönen Gruß sagen.« Dann legte er auf.

Kaum war das Gespräch zu Ende, da traf ein Bild auf Tischlers Handy ein. Er betrachtete es und hielt Fink das Display vors Gesicht.

»Schau, die Luise hat ein Bild geschickt.«

»Ah! Die Marmeladengläser. Was machen denn die auf Luises Schreibtisch?«

»Dreimal darfst du raten. Du sollst deiner Mama einen schönen Gruß ausrichten.«

Fink nickte und setzte den Passat in Bewegung. »Und was hat der Martin sonst noch gesagt?«

»Also, Felix, ich finde das so suspekt, dass ihr euch duzt.«

»Warum? Siezt ihr euch in der Verwandtschaft?«

Tischler verneinte. »Irgendwas von Penalty hat er erzählt.«

Fink lachte. »Ja, der Martin! Ist ein riesiger Fan vom EHC. Verpasst kein Spiel.«

»Na bravo.«

»Hast du in Toms Zimmer noch etwas gefunden?«

Tischler kramte in seiner Tasche und zog das Zertifikat der Uhr heraus. »Stell dir vor, diese Uhr könnte bis zu siebzehntausend Euro wert sein.«

»Ich weiß«, erwiderte Fink stolz. »Das ist ja auch eine Jaeger-LeCoultre.«

»Und da kennst du dich aus?«

»Ich interessiere mich für Uhren.«

Tischler betrachtete Finks Handgelenk. »Warum trägst du dann eine billige Quarzuhr?«

»Warum nicht? Ich interessiere mich ja auch für die NASA, obwohl ich keine Raumfähre habe.«

Das war für Tischler einleuchtend und er ließ seinen Kollegen vom Haken. »Jedenfalls geben wir die Uhr in die Sachfahndung und lassen die Pfandhäuser überprüfen. Nicht selten, dass da Hehlerware auftaucht.«

Fink ließ einen Lkw passieren und bog danach in die Hauptstraße ein. »Wenn der Tom wegen der Uhr getötet wurde, wird es schwierig.«

»Das habe ich mir auch schon gedacht«, pflichtete Tischler seinem Kollegen bei. »In dem Fall könnte jeder der Täter sein. Nicht nur Mitschüler oder andere Bekannte. In dem Fall suchen wir die Nadel im Heuhaufen. Die gute Nachricht ist aber, dass sich die Jungs vom EHC jeden Dienstag nach dem Training in einer Kneipe in Traunstein treffen.«

Fink spitzte die Lippen. »Heute ist Dienstag.«

»Ganz genau, Herr Kollege. Lust auf ein Pils am Abend? Ich schon. Du fährst.«

Fink wehrte sich nicht dagegen. Für gewöhnlich verbrachte er die Abende an einem Wochentag vor dem Fernseher. Da war ein Männerabend in einer Kneipe mit dem Chef eine willkommene Abwechslung.

»Ich glaube, ich kaufe mir auch einmal einen Rasenroboter«, wechselte Fink das Thema.

Tischler starrte ihn verwundert an. »Du hast doch überhaupt keinen Rasen. Kauf dir lieber eine schöne Uhr. Oder eine Raumfähre.«

Streithansl unter sich

»Wem gehört die Enduro draußen vor der Tür?!«

Dies wäre eine Möglichkeit gewesen, das Vorhaben an diesem Abend zu beschleunigen, indem Tischler diese Frage in die Kneipe gerufen hätte. Der Hinterreifen der Geländemaschine entsprach ziemlich genau der Beschreibung der Reifenspur, die in der KTU ausgewertet wurde. Doch er und Fink hätten mit einer solchen Aktion nur erreicht, dass sämtliche Kneipenbesucher plötzlich den Drang verspürt hätten, sich nach Hause zu begeben, um das zweite oder dritte Feierabendbier dort einzunehmen. Viel sinnvoller war es daher, sich inkognito einen Überblick zu verschaffen, mit wem sie es zu tun hatten. Wobei es angesichts Finks Trachtenjanker schwierig war, unauffällig zu bleiben.

Das ABSEITS war bis auf den letzten Platz an der Bar besetzt und an den Nebentischen tummelten sich Cliquen und andere Gruppierungen, die sich teilweise bereits in einem Promillebereich jenseits der Fahrerlaubnis aufhielten. Um nicht dumm in der Gegend herumzustehen, warf Tischler ein paar Euro in einen der drei Billardtische und begann damit, die Kugeln mit der Triangel regelkonform zu platzieren. Fink kam mit zwei Pils, die er zwischenzeitlich organisiert hatte.

»Du fährst, haben wir ausgemacht.«

»Ich weiß«, bestätigte Fink. »Meins ist alkoholfrei. Man erkennt es am beschissenen Schaum.«

Die beiden stießen miteinander an. Fink schnappte sich einen Queue und brachte sich in Stellung.

»Wer hat gesagt, dass du anfängst?«

»Du hast aufgebaut«, sagte Fink unbeirrt und kniff ein Auge zu, während er die weiße Kugel anvisierte und mit voller Wucht anstieß. Die Kugel machte sich in hohem Bogen über die restlichen hinweg auf den Weg, um die Welt zu erkunden. Tischler reagierte blitzschnell und fing sie aus der Luft.

»Inkognito«, zischte er Fink an und schob ihn beiseite.

»Sorry. Bin ein bisserl eingerostet. Hab bestimmt zehn Jahre nicht mehr gespielt. Ich mag ja lieber spickern.«

»Das heißt jetzt Darts«, berichtigte Tischler und versenkte im nächsten Augenblick zwei Kugeln.

»Für alles gibt es neue Namen. Spickern heißt Darts, Federball ist jetzt Badminton …«

»Mei, so ändert sich eben alles mit der Zeit.« Tischler lochte eine weitere Kugel ein. Der nächste Stoß ging daneben. Er stellte sich neben Fink. »Die Jungs da hinten am Tisch, ich glaube, das sind unsere Kandidaten. Schau dir mal die Schals an.«

Fink spähte über Tischlers Schulter zum Tisch. »Ja, das sind die Vereinsfarben vom EHC Brunngries. Und was machen wir nun?«

»Ich observiere und du spielst den nächsten Ball. Versuch aber diesmal, ausschließlich auf dem Tisch zu spielen.«

»Das war jetzt ein einziges Mal«, moserte Fink und versenkte zur Strafe eine seiner Kugeln. Erhaben sah er zu Tischler, während die Kugel am anderen Ende des Tisches an der Bande zum Stillstand kam.

Einer der Jungs vom Hockeytisch ging an die Bar und orderte ein Bier. Dabei kam er mit einem, der Tischler bereits beim Betreten der Kneipe aufgefallen war, ins Gespräch. Der Typ passte überhaupt nicht zum Rest des Publikums. Er war ungepflegt und seine Kleidung wirkte, als hätte er sie bereits seit Tagen an. Seine Ohrläppchen waren getunnelt und sein Bart schrie förmlich nach einer Trimmung. Obwohl der Kerl vom Tisch bereits sein Bier vom Barkeeper über den Tresen gereicht bekam, blieb er an der Bar stehen. Die beiden wirkten nicht so, als würden sie sich über Eishockeyergebnisse oder Autos unterhalten. Vielmehr sah es so aus, als würden sie diskutieren.

»Du bist dran.« Fink trank von seinem alkoholfreien Pils.

Gerade, als Tischler den nächsten Stoß machen wollte, passierte es. Der getunnelte Typ schlug dem anderen das Bier aus der Hand und stand mit einem Satz. Das Glas zersplitterte auf dem alten Dielenboden in unzählige Teile. Eine Sekunde später hatte er dafür eine Faust im Gesicht, die ihn aus dem Gleichgewicht brachte. Selbstverständlich sprangen die Jungs vom Hockeytisch blitzschnell auf und wollten ihrem Kumpel zur Seite stehen.

»Kümmer du dich um die Jungs«, wies Tischler seinen Kollegen an. Er warf den Queue auf den Billardtisch und stürmte zur Bar.

Der getunnelte Typ war wieder auf den Beinen und wehrte sich gegen weitere Attacken, die auf ihn einprasselten. Gekonnt wich er dem nächsten Hieb aus und verpasste seinem Gegner einen Leberhaken, der diesen in die Knie zwang. Im nächsten Moment holte er aus, um nachzulegen, wurde jedoch von Tischler ausgebremst. Der Hauptkommissar packte seinen Arm und hielt ihn fest.

»Schluss jetzt!«, schrie er ihn entschlossen an.

Fink hatte alle Hände voll zu tun, um die Mannschaftskameraden in Schach zu halten. Mittlerweile stand der andere wieder und nutzte die Gunst der Stunde, da sein Gegner von Tischler festgehalten wurde. Mit irrem Blick holte er mit seiner Rechten aus und wollte gerade den Leberhaken zurückgeben, als Tischler auch ihn am Kragen packte und wild an ihm zerrte, woraufhin der Typ Mühe hatte, sich auf den Beinen zu halten.

»Misch dich nicht ein, du Arsch!«

»Ich geb dir gleich *Arsch*«, blökte Tischler zurück. »Wenn du nicht aufpasst, schenk ich dir eine ein, dass du dich für immer einscheißt, wenn du einen siehst, der mir ähnlich sieht.«

»Was mischst du dich hier ein, alter Mann!«, wütete der getunnelte Typ an Tischlers anderer Hand.

Uh, alter Mann! War es nun so weit? Mit sechsunddreißig? »Ganz ruhig, du Schnösel. Jetzt ist Schluss. Sonst nehm ich euch Streithansl gleich mit auf die Wache. Hamma uns?«

Es dauerte nicht lange, bis die beiden testosterongesteuerten Kerle kapierten, dass sie es mit einem Polizeibeamten zu tun hatten. Glücklicherweise zeigten die beiden Respekt, was heutzutage nicht mehr selbstverständlich war.

»Und ihr setzt euch wieder hin«, wies Fink in strengem Ton die Jungs vom Mannschaftstisch an, die weiterhin haderten, ob sie nicht doch noch ihrem Kollegen zu Hilfe eilen sollten.

Sie gehorchten und setzten sich, wie Fink sie angewiesen hatte.

»So!«, sagte Tischler entschlossen. »Und ihr beide kommt mit nach draußen.«

Fink legte seinen Queue ebenfalls auf dem Billardtisch ab und folgte seinem Kollegen vor die Tür.

»Die Ausweise bitte!«

»Da könnt ja jeder kommen«, maulte der Ungepflegte von den beiden mit verschränkten Armen und stellte sich stur.

Tischler hielt ihnen seinen Dienstausweis vor die Nase. Die beiden folgten daraufhin seinen Anweisungen. Tischler nahm ihnen die Ausweise ab und reichte den vom Getunnelten an Fink weiter. »Übernimmst du?«

Fink zog ihn zur Seite und nahm die Personalien auf. Tischler sah sich den Ausweis seines Kandidaten genauer an.

»Daniel Burglechner. Soso. Samma ein bisserl hitzig?«

»Ich sag nix«, kam es kleinlaut. Er wich Tischlers Blick aus.

»Hamma was getrunken?«

»Nein. Sie haben es ja gesehen. Das wurde leider verschüttet.«

»Geht's auch in einem anderen Ton?«, schlug Tischler eine etwas härtere Gangart an. »Und nun raus mit der Sprache! Was war da drinnen los?«

»Nix war los«, tat Burglechner unschuldig. »Das war bloß ein dummes Missverständnis.«

Er steckte die Hände in die Hosentaschen und gab sich größte Mühe, den Zwischenfall herunterzuspielen. Tischler entnahm seinem Personalausweis, dass er neunzehn Jahre alt war. Für sein Alter hatte er ziemlich breite Schultern, was bestimmt seinem Training zuzuschreiben war.

»Du spielst Eishockey, oder?«

»Soll ich Ihnen ein Autogramm geben?«

»Fürs Erste reicht ein Interview«, spielte Tischler den Ball zurück. »Du kanntest den Tom Wiesinger, oder?«

»Freilich. Wir waren ja schließlich in der gleichen Mannschaft.«

Tischler gab ihm seinen Ausweis zurück und drehte seinen Kopf zur Enduro, die neben dem Eingang der Kneipe stand.

»Ist das deine?«

Burglechner nickte.

»Ganz schön grobe Reifen.«

»Das gehört sich so für eine Enduro.«

»Fahren wir auch mal im Wald herum? So ein bisserl querfeldein?«

»Logisch. Für was brauch ich sonst eine Enduro?«

»Letzten Freitag war auf der Flachklamm-Alm eine Abifeier«, kam Tischler zur Sache. »Warst du da auch?«

»Was soll ich denn da oben bei den Abipfeifen? Ich bin ein Arbeiter. Die meinen doch alle, sie spielen in einer anderen Liga.«

»Eishockey habt ihr zumindest in der gleichen gespielt. Dieser Tom war ein Spitzenspieler, oder?«

»Der Tom war total überschätzt. Er hatte in den wichtigen Spielen einfach Glück. Sonst nichts.«

Tischler sah wieder zur Enduro. »Wir haben neben Tom in der Nähe des Forstwegs Reifenspuren gefunden. Wenn wir die mit deinen vergleichen …«

»Dann ist die Chance groß, dass die von mir sind. Ich heiz nun mal gerne durch den Wald.«

»Ist aber verboten, wenn ich mich nicht irre, oder?«

»Bisher hat sich noch keiner darüber beschwert. Außerdem bin ich nicht der Einzige, der einen Ausflug abseits der Straße zu schätzen weiß.«

Als wäre es abgesprochen gewesen, kamen im selben Augenblick vier Jungs mit ihren Geländemaschinen herangefahren und stellten ihre Maschinen ebenfalls neben dem Eingang ab. Sie nickten Burglechner zur Begrüßung zu, bevor sie in die Kneipe gingen.

»Kollegen?«, fragte Tischler.

»Mei, Motorradfahrer unter sich.«

»Wo warst du denn in der Nacht vom Freitag zum Samstag?«

»Daheim.«

»Kann das jemand bezeugen?«

Burglechner blickte für einen Moment auf seine Schuhe, dann hob er seinen Kopf. »Wenn ich gewusst hätte, dass ich ein Alibi brauche, hätte ich mich drum gekümmert.«

»Also?«

»Nein, ich habe kein Alibi. Meine Eltern waren übers Wochenende am Ammersee«, sagte Burglechner genervt. »Es war ein hartes Training heute. Ich muss morgen früh raus.«

»Was arbeitest du?«

Burglechner verdrehte die Augen. »Ich mach eine Ausbildung zum Forstwirt.«

»In Brunngries?«

»Ja. War's das?«

»Ich wünsche eine angenehme Nachtruhe«, sagte Tischler und machte einen Schritt zur Seite. »Und vergiss nicht, das Bier da drinnen zu zahlen.«

Burglechner ging zurück ins ABSEITS und Tischler zu Fink. Auch er hatte den getunnelten Typen aus seinen Fängen gelassen. Gemeinsam sahen sie ihm hinterher, wie er zu seinem Wagen marschierte, einstieg und etwas zu schnell vom Parkplatz fuhr.

»Reine Provokation«, meinte Fink kopfschüttelnd.

»Was ist das für ein Typ?«

Fink las in seinem Block. »Christian Glauber. Vierundzwanzig Jahre alt. Wohnhaft in Traunstein. Ich jage den morgen mal durch unser System. Vielleicht ist er uns schon bekannt.«

»Und was sagt er zu der Aktion da drinnen?«

Fink steckte seinen Block ein. »Wahrscheinlich das Gleiche wie bei dir. Es wäre ein Missverständnis gewesen.« Tischler lachte. Es war wie immer. Sobald die Polizei zur Stelle war, waren sie sich alle einig und hielten dicht. »Was war mit deinem Enduro-Typ?«

»Irgendetwas suggeriert mir, dass der mit der Sache was zu tun hat. Arbeitet im Wald, fährt Enduro, kannte Tom vom Eishockey …«

Fink warf einen Blick auf die anderen Motorräder. »Willst du die anderen auch noch befragen? Oder soll ich die Kennzeichen notieren?«

»Ja, schreib dir die Kennzeichen auf und überprüf sie. Und jetzt lass uns fahren. Da passiert heute nichts mehr. Morgen statten wir der Realschule, in die Lisa Buchholz ging, einen Besuch ab. Vielleicht bekommen wir da etwas heraus. Da muss es doch einen Zusammenhang geben.«

»Meinst nicht, dass das zu lange her ist?«

»Drei Jahre. Glaub mir – wenn einem Schüler oder einer Schülerin etwas passiert, dann bleibt das in Erinnerung. Zumindest bei denen, die damals unterrichtet haben.«

Tischler sprach aus eigener Erfahrung. Es verging kaum ein Tag, an dem er nicht an die Nacht damals im Internat dachte. Doch das wusste Fink nicht. Und das war gut so.

Die Dämonen der Nacht

Bestimmt war es keine gute Idee von Tischler gewesen, sich kurz vor dem Schlafengehen intensiv mit dem Fall zu beschäftigen. Lisa Buchholz hing wie eine Klette in seinen Gedanken fest und ließ ihn nicht mehr los. Natürlich lag es auf der Hand, dass dadurch Erinnerungen aus seiner Internatszeit zurückkehrten, die ihn bis heute in seinen Träumen verfolgten.

»Jetzt komm schon. Oder bist du eine Memme? Den schnappen wir uns! Jetzt zeig, was du draufhast! Los!«

»Da vorne! Er läuft die Holztreppe hoch zum Geheimgang. Da schnappen wir ihn uns!«

Gerd Schütt lief um sein Leben. Dicht gefolgt von den Jungs der Adlergruppe.

»Wir kriegen dich! Dann gibt es Saures!«

»Kommt! Lasst uns dem Vögelchen die Flügel stutzen!« Alle lachten dreckig.

»Ja! Genau!«, stimmte der junge Tischler verhalten mit ein.

Eine Stufe nach der anderen quälte sich Gerd Schütt die lange Holztreppe nach oben. Als er sich umdrehte, stand ihm die Angst ins Gesicht geschrieben. Er rannte wieder los und stieß die Tür ins Freie auf. Die Tür, die auf die große Steinmauer führte. Ohne langsamer zu werden, lief er hinaus. Dann blieb er auf dem glitschigen Boden stehen. Fast wäre er ausgerutscht und ruderte wie verrückt mit den Armen. Gerd Schütt brachte keinen Ton über seine Lippen. Doch seine verweinten Augen flehten um Gnade.

»Endstation!«, gackerte einer erhaben. Es nieselte.

»Lasst mich in Ruhe!«, kam es endlich aus Gerd herausgeschossen. Er blickte nach unten und bewegte sich Zentimeter für Zentimeter rückwärts auf den Abgrund zu, in der Hoffnung, dass ihm keiner seiner Peiniger näher kam. Tischler spürte die Angst, die stetig in Schütt weiterwuchs. Wohl deshalb, weil er ebenfalls Angst hatte.

»Och … seht ihn euch an. Unser kleiner Kranich wird übermütig. Komm doch her und wehr dich, du Memme!«

»Constantin! Sag ihnen, sie sollen aufhören.«

Ja, Constantin hatte Angst, seinem Freund könnte etwas zustoßen. Doch noch viel mehr, dass er selbst ins Visier der Adler geraten könnte. Er. Der Überläufer von den Kranichen.

»Ja, Constantin. Hilf ihm! Jetzt ist deine Bewährungsprobe. Bist du ein Adler oder weiterhin ein Kranich? Mach ihn fertig.«

»Bleibt weg von mir!«, rief Schütt und rutschte im nächsten Augenblick von der Mauerkante ab.

Tischler sah ihm nach. Der Regen wurde stärker.

Lautlos fiel sein Kamerad vor seinen Augen in die Tiefe, fest mit dem Blick mit ihm verbunden. Er griff ins Leere, so, als würde er hoffen, dass ihm Constantin doch noch die rettende Hand reichen konnte. Doch der stand wie versteinert auf der Mauer und wagte nicht, sich weiter zu bewegen. Schützend schloss der junge Tischler seine Augen. Dann klang der Aufprall dumpf zu ihm nach oben, überlagert vom Regen, der auf das nasse Laub niederprasselte. Als er seine Augen öffnete und nach unten blickte, lag dort Gerd Schütt auf der Wiese vor der hohen Mauer. Regungslos, die Beine abgeknickt. Von Tischlers

Haaren, die ihm ins Gesicht hingen, lösten sich ein paar Tropfen und fielen auf den leblosen Körper nieder. Sein Herz raste.

Die Jungs von der Adlergruppe zogen ihn von der Mauerkante weg. Tischlers Blick war immer noch starr. Er wagte es nicht, die anderen anzusehen. Ihre Stimmen vermischten sich mit dem Regen. So, als kämen sie von allen Seiten.

»Du sagst kein Wort, verstanden?«

»Sonst bist du dran.«

»Dann sagen wir, dass du es warst, der ihn hinuntergestoßen hat.«

»Hast du mich verstanden?«

»Hey! Weichei! Ob du mich verstanden hast?«

»Ich rede mit dir …«

Tischlers Körper schnellte nach oben. Sein Puls raste. Schweißgebadet rang er nach Luft. Als er realisiert hatte, dass alles nur ein Traum war, schaltete er seine Nachttischleuchte ein. Der Radiowecker zeigte kurz nach zwei Uhr an. Er verfluchte diese verdammte Nacht, die ihn immer wieder heimsuchte.

Als sein Puls wieder ein normales Niveau erreicht hatte, ging er ins Bad und warf sich ein paar Hände Wasser ins Gesicht. Ein Blick in den Spiegel sagte ihm, was er ohnehin wusste. Zwei Uhr morgens war einfach keine gute Zeit, um wach zu sein. Das T-Shirt, das an seinem Oberkörper klebte, zog er aus. Seine müden Augen blickten erneut in den Spiegel und fixierten das Kranich-Tattoo auf seiner Brust. Was, wenn die Albträume immer wieder kamen, weil er das Tattoo auf seiner Haut trug? Nein. Tischler war alles, nur nicht abergläubisch. Er nahm das Handtuch von der Halterung und rieb sich den Oberkörper trocken. Ein paar Schluck Wasser trank er noch aus dem Hahn, bevor er das Badezimmer verließ.

Tischler schlenderte zum Wohnzimmerfenster, von wo aus er auf die Straße blicken konnte. Keine Menschenseele war zu sehen. Als er wieder im Bett lag, starrte er an die Decke. Er musste an Lisa Buchholz denken. An Tom Wiesinger, die Klassenkameraden … An die Eltern, die viel zu früh ihre Kinder verloren hatten. Es musste einen Zusammenhang zwischen Tom und Lisa geben. Und wenn es ihn gab, hatte dann der Tod von Tom mit dem von Lisa zu tun? Wusste dieser Rudi Pfleger vielleicht doch mehr, als er zugab?

Verdammt. Es waren zu viele Personen im Spiel. Vielleicht versteifte er sich aber auch zu sehr auf die jüngeren. Schließlich war da noch Volker Buchholz, Lisas Vater. Er machte auf ihn nicht gerade den Eindruck, als wäre er über den Tod seiner Tochter hinweg. Und es gab noch Jan Kastner … wie der allerdings ins Bild passte, darauf konnte sich Tischler noch keinen Reim machen. Von ihm wusste er nur, dass er ihm nicht über den Weg traute. Männer, die sich mit Frauen schmückten, die nicht einmal halb so alt wie sie selbst waren, erschienen ihm von jeher suspekt. Der Verlust seines Stiefsohnes hatte den Anwalt jedenfalls scheinbar nicht sonderlich aus der Bahn geworfen.

Tischler blickte auf die Uhr. Viertel vor drei und er war hellwach. Er löschte das Licht und drehte sich zur Seite. Konzentriert schloss er die Augen und versuchte, nicht mehr an den Fall zu denken.

Jaeger-LeCoultre Master Ultra Thin Moon. Verdammt! Er hasste die Dämonen, die nachts aus ihren Löchern gekrochen kamen, um ihn am Einschlafen zu hindern. Wo war diese Uhr? Die Spurensicherung hatte den Forstweg weiträumig nach weiteren Spuren intensiv abgesucht und nichts gefunden. War sie vielleicht der Schlüssel in diesem Fall? Vielleicht hatte Tom irgendjemandem etwas geschuldet und der Gläubiger machte die besagte Nacht der Abifeier zum Zahltag? Tom wurde auf dem Heimweg gestellt, es kam zu einer körperlichen Auseinandersetzung … Tischler erinnerte sich an den Bericht der Gerichtsmedizin. Bis auf den Einstich waren keine Spuren an Toms Körper festzustellen gewesen, die auf einen Kampf hingewiesen hätten.

Und schon war er wieder am Anfang. Es blieb ihm nichts anderes übrig, als in Lisa Buchholz' Vergangenheit zu stöbern. Und da die Eltern alles andere als kooperativ waren, musste er den Ort aufsuchen, an dem sich ein damals sechzehnjähriges Mädchen am meisten aufgehalten hatte. Die Schule. Auch, wenn ein paar Jahre vergangen waren, seit Lisa das letzte Mal ihre Schule betreten hatte … An sie würden sich alle erinnern.

Mit ganz viel Sahne

Tischler fühlte sich an diesem Morgen wie gerädert. Dummerweise war er erst in den frühen Morgenstunden wieder eingeschlafen, was zur Folge hatte, dass ihn sein Wecker kurz darauf aus einer Tiefschlafphase riss. Diese Tatsache und der vorangegangene Albtraum waren schuld an dem abgekämpften Antlitz, in das Tischler in seinem Badezimmerspiegel mit kleinen Augen blinzelte.

Da sich der Herr Kommissar neuerdings nass rasierte, wagte er es an diesem Morgen nicht, die Klinge an seine Halspartie anzusetzen, weshalb er es gleich ganz bleiben ließ. Schließlich sollte die Morgentoilette nicht in einem Blutbad enden. Die Dusche dauerte länger als gewöhnlich, und das Zähneputzen war genau genommen für die Katz, da er weniger putzte, dafür mehr auf der Bürste herumkaute. Irgendwie schaffte er es irgendwann, in voller Montur in seinem Flur zu stehen, bereit, Brunngries vor Dieben, Mördern und Betrügern zu beschützen. Vorausgesetzt, sie würden auf der Flucht immer wieder auf ihn warten, damit er aufholen konnte. Tischler war von jeher der Ansicht gewesen, dass wie beim Sport auch bei der Verbrecherjagd Fair Play auf beiden Seiten Thema sein sollte.

Er schnappte sich seine Autoschlüssel, öffnete die Wohnungstür und trat in den Hausflur hinaus, als ihm ein bekanntes Gesicht entgegenlächelte.

»Guten Morgen, Herr Kommissar!«

»Guten Morgen, Frau … Wolf, nicht wahr?«

»Gutes Gedächtnis!« Sie hielt eine Bäckereitüte in die Höhe. »Praktisch, wenn sich ein Bäcker in der Nähe befindet.«

Tischler zog seine Wohnungstür zu. »Ja, das ist das Schöne an einem kleinen Ort wie Brunngries. Sie sind noch hier, wie ich sehe. Das ist gut. Also … für Frau Kneidinger. Ich … ich meine, damit sie nicht so allein …« Er beließ es dabei.

»Sie sehen blass aus«, bemerkte Susanne Wolf. »Geht es Ihnen nicht gut?«

»Ich … ich habe nur schlecht geschlafen.«

»Haben Sie wieder trainiert?«

»Ich? Gestern? Bloß ein wenig«, flunkerte er.

»Vielleicht ist es nicht gut, sich vor dem Schlafengehen so stark zu verausgaben«, warf Frau Wolf ein und lächelte wieder.

Tischler war sich nicht sicher, ob ein wenig Zweideutigkeit in diesem Satz mitschwang.

»Ich mache ja lieber Yoga. Das entspannt und der ganze Stress fällt von mir ab«, fügte sie an. »Vielleicht probieren Sie es mal damit? Ich kann Ihnen gerne ein paar Übungen zeigen.«

Tischler schluckte. Mittlerweile war er wach. »Ich? Yoga? Ich denke nicht, dass das etwas für mich …«

»Sie würden sich wundern, wie anstrengend eine Session sein kann«, unterbrach sie ihn. Ihr Blick verriet, dass Tischler nicht der erste Mann in ihrem Leben war, der Yoga als Hausfrauensport angesehen hatte.

Sein Handy klingelte. Per Handzeichen bat er Susanne Wolf um einen Moment.

»Britta! Hallo! Du, ich bin gerade auf dem Sprung.«

»Guten Morgen, Constantin. Gut geschlafen?«, erkundigte sich Britta. Tischler wunderte sich, wie interessant plötzlich seine Nachtruhe für alle war.

»Geht so. Ziemlich viel los momentan«, antwortete er und lächelte nebenbei Frau Wolf zu. Sie dachte nicht daran, dem Kommissar etwas mehr Diskretion zu lassen.

»Ich mache heute früher Schluss und dachte mir, ich koche uns etwas Schönes bei dir«, stellte die Ärztin in Aussicht.

»Oh, das hört sich prima an. Ich habe nur ... also, in meinem Kühlschrank ...«

»Ich bringe was mit. Sagen wir um halb sieben?«

»Halb sieben passt wunderbar«, freute er sich und verabschiedete sich von ihr.

»Eine Kollegin?« Susanne Wolf kramte in ihrer Handtasche nach dem Wohnungsschlüssel.

»Das? Nein, das war meine ... Das war eine Ärztin, die ich ...« Er steckte das Handy ein.

Sie öffnete die Wohnungstür. »Also, Herr Kommissar, das Angebot steht.«

»Welches Ange... ach so! Yoga! Vielleicht komme ich darauf zurück.«

Sie lächelte ihn noch einen Moment länger an, dann verschwand sie in Frau Kneidingers Wohnung.

Was war jetzt das? Hat die mich gerade angemacht? Tischler grübelte auf dem Weg zur Straße. Toll sah sie aus. Und das um diese Uhrzeit. Dennoch wunderte er sich, weshalb er so nervös reagiert hatte, als Britta zur Sprache gekommen war. Hatte er sich soeben ein Hintertürchen offengelassen? Oder wusste er wirklich nicht, als was er Britta bezeichnen sollte? Das warf an diesem Morgen die nächste Frage auf, was das nun zwischen ihm und Dr. Britta Neufeld war. Eine Freundschaft plus? Wobei es bisher noch nicht zum Plus gekommen war. Konnte man sie schon als seine Freundin bezeichnen, und wenn ja, sprach man heutzutage in seinem Alter überhaupt noch von *Freundin*? Hieß es nicht *Partnerin*? Und wohnte man nicht mit einer Partnerin zusammen?

Tischler stieg in seinen Jaguar und war verwirrt. Vielleicht war es unklug, nach dieser Nacht solch schwierige Fragen lösen zu wollen. Es war besser, den Abend abzuwarten, um auszuloten, wie es sich mit Britta entwickeln würde. Vorausgesetzt, er würde nicht noch vor der Nachspeise vor Müdigkeit ins Koma fallen.

»Guten Morgen, Luise. Ist Felix schon da?«

»Guten Morgen, Constantin. Ja, der ist hinten. Ich hab einen Kuchen mitgebracht. Magst ein Stück?«

»Was ist es denn für einer?«

»Das eine ist ein Nusskuchen mit Zimtguss und das andere ist eine Friesentorte.«

»Eine was?«

»Friesentorte. Ich hab sie auch zum ersten Mal gemacht. Mit Blätterteig, Pflaumenmus und ganz viel Sahne. Ich hatte schon so Angst, dass mir die nicht steif wird, weil es doch gestern ein bisserl schwül war.«

Tischler grüßte beiläufig Scholl und Kuhn, die ebenfalls die Wache betraten und schnurstracks in die Teeküche verschwanden. »Warum hast du denn mitten unter der Woche zwei Kuchen mitgebracht?«

»Weil gestern eigentlich das Treffen mit den Landfrauen gewesen wäre. Jetzt hat aber die Burglechner Uschi eine Darmgrippe bekommen und damit auch noch die Pfundner Gerti und die Schmid Katrin angesteckt, weil die vorgestern zusammen beim Kegeln waren. Und da die Gerti das Protokoll führt und die Katrin die Vorsitzende ist, hat ein Treffen ja überhaupt keinen Sinn gemacht. Und mein Mann isst keinen Sahnekuchen, weil der immer so Sodbrennen darauf bekommt. Mir wäre es eigentlich ganz recht, wenn ihr zuerst die Friesentorte esst. Nicht, dass die einen Stich kriegt.«

Tischler stellte sich neben Luise und legte seinen Arm um sie. »Luise, eine Verkäuferin wirst du nicht mehr in deinem Leben.«

»Wieso?«

»Die Lust auf einen Kuchen steigt nur minimal, wenn du zuvor von Darmgrippe, Sodbrennen und gekippter Sahne erzählst.« Er ließ von ihr ab und ging zu seinem Büro.

»Soll ich dir jetzt einen bringen?«, rief sie ihm hinterher.

»Nur, wenn der Felix auch einen isst. Dann sind wir morgen beide krank!«

Tischler betrat sein Büro, in dem Fink bereits auf ihn wartete.

»Guten Morgen, Constantin. Wer ist krank?«

»Wir beide. Wir essen nämlich gleich einen Kuchen mit Stich. Ebenfalls einen schönen guten Morgen.«

»Ich liebäugle ja mit dem Nusskuchen.«

Tischler steuerte ohne Umwege seine Kaffeemaschine an und drückte auf den Knopf. »Nix da. Einer für alle, alle für einen. Hast was rausgefunden über diesen … wie heißt er noch gleich? Der mit den Einschusslöchern in seinen Ohrwascheln?«

»Christian Glauber.« Fink zog die Unterlagen näher an sich heran, die er zuvor ausgedruckt hatte. »Er ist kein Unbekannter. Vierundzwanzig Jahre, ledig. Wohnhaft in Traunstein. Vorbestraft, saß bereits wegen Drogenbesitz und Drogenhandel. Arbeitet derzeit im Lager eines Möbelhauses.«

»Sauber!« Tischler klatschte in die Hände. »Es geht aufwärts mit Deutschland. Denkst du, er dealt noch?«

»Hat der Laubbaum Blätter? Ist die Kugel rund?«, holte Fink zur Gegenfrage aus.

»Auch wieder wahr.«

Luise kam ins Büro und stellte die beiden Teller auf Tischlers Schreibtisch.

»Ich hab die Stückerl ein bisserl größer gemacht. Mannsbilder wie ihr müsst doch anständig essen.«

»Siehst du, Luise, so verkauft man Kuchen«, lobte Tischler seine Kollegin.

»Dank dir, Constantin. So, und jetzt lasst ihn euch schmecken. Ich hab grad noch mal die Sahne probiert. Also, ich schmeck nicht, dass die eventuell schlecht wär.« Sie verließ das Büro und zog die Tür hinter sich zu.

Tischler und Fink betrachteten den Kuchen. Skepsis stieg in ihren Gesichtern auf. Doch der Kuchen sah zu verführerisch aus, um ihn anderweitig beiseitezuschaffen. Außerdem meldeten sich Tischlers Magen und sein Kreislauf. Eine Portion Zucker konnte demnach nicht schaden.

Vorsichtig stachen sie mit ihren Gabeln ein kleines Stück vom Kuchen ab und probierten. Als ein paar Sekunden später noch keiner der beiden tot auf dem Boden lag, fielen umgehend all ihre Bedenken von ihnen ab.

»Also, eines muss man der Luise lassen. Backen kann sie.«

Fink stimmte Tischler zu. »Was machen wir mit dem Glauber?«

»Der läuft uns nicht davon. Wie ich gestern schon sagte … lass uns gleich mal zur Schule fahren, in die Lisa ging. Mich würde interessieren, was das für ein Mädel war. Ein Pädagoge hat da vielleicht einen besseren und ungeschönteren Blick als Eltern oder Freunde. Vielleicht kommen wir ja auf diese Weise weiter.«

Fink kratzte den Rest der Friesentorte von seinem Teller. »Ich hätt mir noch schnell ein Stück von dem Nusskuchen genommen.«

»Von mir aus.« Er streckte seinem Kollegen seinen Teller entgegen und sah auf die Uhr. »Bring mir auch eins mit. Die Schule hat eh angefangen.«

Tischler ließ in der Zwischenzeit zwei Kaffee aus seiner edlen Maschine. Er dachte an Britta und freute sich auf den gemeinsamen Abend. Und auf das Essen. Schnell streckte er seinen Kopf aus seinem Büro.

»Felix?!«

»Ja?«

»Mach mir aber ein kleines Stück!«

***

»Vielleicht wäre eine Butterbrezn am Morgen doch die bessere Wahl gewesen. Durch die viele Sahne ist ganz schön viel los im Bauch.« Tischler war immer noch blass im Gesicht, als er mit seinem Kollegen die Brunngrieser Realschule betrat.

Fink war seiner Meinung und hatte bereits im Wagen seinen Gürtel um ein Loch weiter gestellt.

»Der Geruch hier erinnert mich an meine Schulzeit. Furchtbar. Überall roch es nach Umkleideraum in der Turnhalle.«

Tischler hielt seine Nase etwas höher. »Ich rieche nichts. Wo finden wir noch mal die Frau Dings? Welches Zimmer haben die dir denn am Telefon genannt?«

»Die Lehrerin heißt Blumenau. Katja Blumenau, und sie wartet auf uns im Raum 02/14.«

Die Schulglocke läutete die erste Pause an diesem Vormittag ein und verursachte umgehend ein lautes Gewusel auf den Gängen, ausgelöst von den Schülern, die hektisch aus den Klassenzimmern strömten.

»Das war mein Lieblingsfach.« Fink lachte. »Pause!«

»Ja«, schloss sich Tischler an. »In Pause war ich auch gut. Und in Sport.« Er blieb vor einem Klassenzimmer stehen, aus dem ein Nachzügler kam und die beiden Ermittler beinahe umgerannt hätte. »02/14. Hier sind wir richtig.«

Tischler warf einen Blick ins Klassenzimmer und entdeckte die Lehrerin, die damit beschäftigt war, alle Fenster zu öffnen. Er klopfte an den Türrahmen.

»Frau Blumenau?«

Wie in einer Shampoowerbung flogen ihre langen brünetten Haare durch die Luft, als sie sich umdrehte. Aus rehbraunen Augen blickte sie die beiden Männer an. Dann lächelte sie und bat die beiden einzutreten. Sie war etwa Mitte dreißig und gekleidet, wie es sich für eine Lehrerin ihres Alters gehörte. Jeans, Sweatshirt und Sneakers. Trotz ihres lässigen Outfits war nicht zu übersehen, dass Frau Blumenau eine tadellose Figur hatte. Und groß war sie, was nicht zuletzt ihren sehr langen Beinen geschuldet war. Hätte man in diesem Augenblick die Gedanken von Tischler und Fink lesen können, sie wären identisch gewesen. So eine Lehrerin hätten sie sich auch gewünscht. Und sie wären gerne zur Schule gegangen. Beide hätten es geliebt, physikalische Formeln auswendig zu lernen. Schillers »Glocke«? Kein Problem. Sie hätten ihr Kreide gebracht und die Tafel geputzt. Nach Schulende hätten sie ihr die Tasche bis zu ihrem Auto getragen, und auf der Klassenfahrt hätten sie sich darum geprügelt, im Bus neben ihr zu sitzen. Oder wenigstens in Riechweite. Denn ihr Parfum, das dezent ihre Nasen streichelte, als sie vor ihnen stand, war zum Niederknien.

»Das Sekretariat hat mich schon informiert, dass Sie mich besuchen. Sie sind von der Polizei, nicht wahr?«

»Genau, Frau Blumenau. Das hier ist mein Kollege Fink, ich bin Hauptkommissar Tischler.«

Fink warf einen Blick zu Tischler, der zu sagen schien: *Habe ich keinen Dienstgrad, oder was?*

»Lassen Sie uns zu den Fenstern gehen. Da ist die Luft besser. Sechsundzwanzig pubertierende Schüler – Sie verstehen?« Sie klang amüsiert und sehr freundlich. »Wie kann ich Ihnen denn weiterhelfen? Man sagte mir, es ginge um Lisa Buchholz?«

Tischler lehnte sich gegen das Fensterbrett. »Ganz genau. Wir ermitteln gerade in einem Fall und vermuten, dass es vielleicht zu Lisa einen Bezug geben könnte. Was war denn Lisa für ein Mädchen?«

Frau Blumenau atmete tief durch. »Lisa war damals Schülerin in meiner ersten Klasse, die ich übernommen hatte, als ich an diese Schule gewechselt war. Sie können sich vorstellen, dass mir die Sache sehr nahegіng.«

Fink nickte verständnisvoll und setzte sich auf einen der Tische. »Hatte sie Freunde?«

»Lisa war in der Klasse sehr beliebt, wenn Sie das meinen. Sie hatte ein sonniges Gemüt, war eine gute Schülerin und wirkte stets … wie soll ich sagen … aufgeweckt.«

»Wie sah es denn mit Jungs aus?«

Sie zuckte die Achseln. »Ich weiß nicht über das Liebesleben meiner Schülerinnen und Schüler Bescheid.«

»Ich meine, kam sie denn bei den Jungs an?«

»Lisa war durchaus ein hübsches Mädchen. Ja, sie achtete auf sich, und ja, die Jungs mochten sie, soweit ich mich erinnere.«

»Ist Ihnen irgendwann etwas aufgefallen? Hatte sie sich verändert?«

Frau Blumenau hielt für einen Moment inne. »Sie meinen, weil sie an Ecstasy …« Tischler nickte. »Was die Schüler in ihrer Freizeit tun, da haben wir Lehrkräfte natürlich keinen Einblick. Wenn Sie mich aber nach meiner Einschätzung fragen, ob Lisa einen Hang zu solchen Dingen hatte, dann würde ich es entschieden verneinen. Wissen Sie, Lisa war ein Mädchen der Sorte, die ein schlechtes Gewissen bekommen, wenn sie heimlich geraucht haben. Sie wäre sofort nach Hause gerannt und hätte es gebeichtet. Verstehen Sie, was ich meine?«

»Ich verstehe sehr gut, Frau Blumenau.« Tischler warf einen Blick auf den Pausenhof. Am Zaun des Schulgeländes lümmelte ein Kerl herum, der ihm nicht unbekannt war.

Es war Florian Puffinger, einer der Schüler aus Toms Abschlussklasse, den sie kürzlich befragt hatten. Er unterhielt sich mit einem, der mit dem Rücken zu Tischler stand. Fink bemerkte, dass dort unten etwas vor sich ging, das seinen Chef interessierte, weshalb er ebenfalls einen Blick aus dem Fenster riskierte.

»Das ist doch der Zuhälter«, entfuhr es Fink.

»Bitte, wer?« Frau Blumenau warf ebenfalls einen Blick aus dem Fenster.

»Das ist nur der Spitzname von dem dort unten am Zaun«, beruhigte Tischler die Lehrerin. Er stupste Fink an. »Der andere, ist das nicht dieser … du weißt schon. Der Typ aus der Kneipe.«

»Glauber? Schwer zu sagen. So von hinten aus der Entfernung?«

»Frau Blumenau, kennen Sie die beiden?«

Sie schaute nach unten und verneinte.

»Danke, dass Sie sich die Zeit genommen haben. Sie haben uns sehr weitergeholfen.«

»Wenn Sie noch Fragen haben, jederzeit«, bot sie Tischler ihre Dienste an und lächelte erneut auf eine Weise, die es den beiden Männern schwermachte, sich von ihr zu trennen.

Tischler beschleunigte seine Schritte auf der Treppe ins Erdgeschoss.

»Was rennst denn so?«, fragte Fink, als er aufgeholt hatte.

»Ich will wissen, mit wem dieser Puffinger da unten spricht.«

»Und dann?«

»Dann weiß ich es. Nenn es einfach Neugier.«

Im Erdgeschoss hastete Tischler mit Fink an seiner Seite auf den Pausenhof hinaus. Puffinger war mittlerweile alleine. Tischler trat auf den Gehweg vor dem Schulgelände und spähte in alle Richtungen. Der andere Typ war weit und breit nicht zu sehen. Tischler verzog genervt sein Gesicht. Er steuerte auf den Abiturienten zu.

»Herr Puffinger?«

Kaum hatte Tischler nach ihm gerufen, drehte der sich um und bekam große Augen, als er die beiden Polizisten auf sich zukommen sah. Etwas verhalten setzte er sich in Bewegung und wurde immer schneller. Als Tischler ihn aufforderte, stehen zu bleiben, ergriff er die Flucht.

»So eine Scheiße! Verdammt. Immer zu Fuß!«, wetterte Tischler und nahm mit Fink die Verfolgung auf.

Seine Hoffnung war, dass dem etwas beleibten Puffinger schneller als ihm die Puste ausgehen würde. Tischler hatte in letzter Zeit seine Laufeinheiten ein wenig schleifen lassen. Und die vorangegangene Nacht trug auch nicht dazu bei, seinem Körper Höchstleistungen abzuverlangen.

Puffinger wechselte die Straßenseite und lief in eine Nebenstraße. Fink war bereits auf der anderen Seite, Tischler folgte ihm.

»Stehen bleiben!«, versuchte Fink, den Flüchtigen zur Vernunft zu bringen.

Ohne sich umzudrehen, gab der Neunzehnjährige Gas.

»Der kann vielleicht wetzen mit der Wampe!«, rief Tischler seinem Kollegen zu.

»Wird schon langsamer«, bemerkte Fink ebenfalls mittlerweile mit erhöhter Atemfrequenz.

Recht hatte er. Puffinger fasste sich an die Leiste und verringerte seine Geschwindigkeit. Er stolperte mehr, als dass er rannte. Tischler und Fink holten immer schneller auf.

»Renn ihn aber nicht um …« Zu spät.

Fink hörte Tischlers Warnung nicht mehr und hechtete voller Übereifer Puffinger hinterher, der mittlerweile japsend stand und sich im gleichen Augenblick ergebend umdrehen wollte.

»Hob i di!«, triumphierte Fink noch, dann riss er den kräftigen Schüler zu Boden.

»Hey! Ich mach doch nix!«, klagte Puffinger unter Fink, der sich auf seiner Beute breitmachte.

»Fink! Aus!«, kommandierte Tischler keuchend und stützte sich auf seinen Knien ab.

Fink gehorchte seinem Vorgesetzten, erhob sich und brachte auch Puffinger in den Stand.

»Was hamma es denn so eilig?« Tischler hob Puffingers Rucksack auf.

»Das ist meiner!«, protestierte er mit Blick auf den Rucksack.

»Gut zu wissen. Dann gehört alles, was ich da drin finde, auch dir. Stimmt's?«

Fink schob Puffinger gegen den Zaun des angrenzenden Grundstücks und hielt ihn weiter fest.

Tischler kramte im Rucksack und legte den Inhalt nacheinander auf einem Stromkasten ab. Computerspiele, eine Flasche Cola, Chips … alles, was ein heranwachsender Kerl zum Leben benötigte.

»Mit wem hamma denn da vor der Schule gesprochen?«, interviewte ihn Tischler.

»Was? Wann? Ach so. Keine Ahnung. Der wollte nur Feuer.«

»Der hat aber lange nach Feuer gefragt.«

Puffinger sagte nichts darauf. Er stellte sich stur. Tischler hatte den Inhalt des Rucksacks ausgepackt.

»Taschen leeren und hier dazulegen«, forderte der Kommissar ihn auf.

Etwas verhalten folgte er den Anweisungen und packte Geldbörse, Handy, Schlüsselbund und ein gebrauchtes Tempotaschentuch dazu.

»War das alles?«

»Ja.«

Fink drehte Puffinger mit dem Gesicht zum Zaun und tastete ihn ab. Als er in seine linke Gesäßtasche griff, holte er einen kleinen Beutel mit vier weißen Tabletten heraus. Er übergab Tischler den Fund.

»Was ist das?«

»Aspirin.«

»Aha. Hamma starke Kopfschmerzen, weil wir noch nicht wissen, was wir studieren wollen?«

Puffinger vermied es, darauf zu antworten. Tischler griff in den kleinen Beutel und sah sich eine der Tabletten genauer an.

»Da ist ja ein Smiley drauf. Das ist aber nett von der Pharmaindustrie. Da sind die Kopfschmerzen nur noch halb so schlimm, wenn dich das Zeug vor dem Schlucken angrinst.« Er stopfte die Tablette wieder zurück in den Beutel. »Ich glaub, wir unterhalten uns auf der Dienststelle weiter.«

Psychologie in ihrer reinsten Form

»Das hat mir jemand zugesteckt«, beteuerte Florian Puffinger auf der Brunngrieser Wache in Tischlers Büro zum wiederholten Mal.

»Und wer soll dir das zugesteckt haben? Der Typ vor der Realschule? Raus mit der Sprache. Wer war das?« Tischlers Zündschnur wurde immer kürzer. Die Jugend von heute hatte einfach keinen Respekt mehr vor der Polizei.

Wäre er damals in diesem Alter auf einer Wache gesessen, er hätte Gott und die Welt verraten. Zugegeben, bei der Sache mit seinem Mitschüler auf dem Internat hatte auch er dichtgehalten. Tischler schaute ratlos über Puffingers Rücken hinweg zu Fink. Der signalisierte, dass er nun übernehmen würde.

Lässig zog er sich einen Stuhl heran und setzte sich Puffinger gegenüber. Für einen Moment sah er ihm in die Augen, bis der seinem Blick auswich.

»Hast du schon mal vom Kanthauser Klaus gehört?«

Puffinger sah Fink fragend an und zuckte mit den Schultern.

Auch Tischler überlegte nun. Kanthauser … Kanthauser …

»Der Kanthauser Klaus war damals etwa in deinem Alter. Guter Schüler, beliebt, großer Freundeskreis. Auch gerade mit der Schule fertig. Hatte ein erfolgreiches Leben vor sich.«

»Und was juckt mich der Typ?«, tat Puffinger cool und stierte an Fink vorbei an die Wand.

»Ich dacht nur, dass dich vielleicht interessiert, was aus ihm geworden ist. Die Polizei hat Drogen bei ihm gefunden. Dann haben ihn seine Eltern vor die Tür gesetzt, er hat seine Freundin verloren und …« Fink stockte. »Ach, ich erzähle es lieber nicht, was weiter passiert ist.« Fast wäre Fink von seinem Stuhl aufgestanden. Doch er hatte es sich anders überlegt. »Ach was, ich erzähle es doch. Du bist ja alt genug.«

Puffinger schluckte ein paarmal und wagte es nicht, Fink in die Augen zu sehen. Dafür fixierte ihn der Polizeiobermeister eindringlich.

»Wie gesagt, er hat seine Freundin verloren und ist auf der Straße gelandet. Studiert hat er dann natürlich nicht mehr, denn er musste ja Geld verdienen. Arbeit hat er aber nicht gefunden, weil er keinen festen Wohnsitz hatte. Ist ein Teufelskreis«, schilderte Fink fast fröhlich. Im nächsten Moment wurde er wieder ernst. »Von da an hat er auf der Straße gelebt. Er hat geklaut, geschnorrt und irgendwann hatte er eine Nadel im Arm. Er wurde abhängig und hat schließlich selbst mit dem Dealen angefangen. Denn damit finanziert man seinen Eigenbedarf.« Er drehte sich etwas mehr in Puffingers Sichtfeld. »Hör mir nur gut zu, denn da kannst noch was lernen. Kaufen – strecken – weiterverkaufen! So läuft das.«

Puffinger wurde nervös. Er kaute auf seiner Unterlippe und wippte mit seinen Beinen.

Fink gab ihm einen Moment, dann fuhr er fort. »Tja, und irgendwann war da am Bahnhof nur noch sein Karton, der ihn ein bisserl vor den harten Pflastersteinen schützte. Darauf sein Schlafsack und in einer Kaufhaustüte ein paar Klamotten.« Er sah Puffinger in die Augen. »Was meinst, wo wir den Kanthauser Klaus gefunden haben?«

Puffinger versuchte immer wieder, Finks Blicken auszuweichen. Doch es gelang ihm nicht. Unwissend zuckte er mit seinen Schultern.

»Nirgendwo!« Fink klatschte in die Hände. »Er war wie vom Erdboden verschluckt! Weg! Bis zum heutigen Tag! Als ob es ihn nie gegeben hätte! Natürlich machten sich die Leut' Gedanken, wo er denn sein könnte. Eine Zeit lang trauten sie sich nicht mal mehr zum Schwammerlsuchen in den Wald, weil sie Angst hatten, dass er da irgendwo liegt.« Fink erhob sich und wanderte im Raum umher. »Seitdem muss ich ständig, wenn ich einen Schlafsack sehe, an den Kanthauser Klaus denken. Einer der Gründe, weshalb ich nicht mehr zelten gehe. Und ich war gerne zelten!«

Puffingers Körper hob sich mehr und mehr bei jedem Atemzug. Irgendetwas arbeitete in ihm, das ihm die Luft raubte. Er atmete schwer. Plötzlich riss er seinen Körper herum und starrte Tischler mit glasigen Augen an.

»Ich hab noch nie was genommen! Das ist nur vorsorglich für eine LAN-Party!«, rief er fast verzweifelt und rieb seine verschwitzten Hände aneinander.

»Eine was?«, fragte Tischler nach.

»Eine LAN-Party! Ich hab das Zeug besorgt, damit ich nicht erschossen werde!«

Tischler ging um seinen Schreibtisch zu Puffinger, blieb vor ihm stehen und beugte sich zu ihm herab. »Wer bedroht dich?«

»Na, alle Gamer, die dort spielen!«

Tischler verstand noch nicht ganz.

»Im letzten Jahr ging die Party fast über drei Tage. Und wenn man da nicht zwischendurch schläft, wird man unvorsichtig.« Er rieb sich verzweifelt die Augen. »Wir spielen Ego-Shooter. Und da dachte ich …«

»… wenn du das Zeug nimmst, dass dich das aufputscht«, beendete Tischler seinen Satz.

Puffinger nickte zustimmend.

»Wo hast du es her?«

Puffinger zögerte. Er suchte die richtige Antwort wieder in seinen Händen, die er unentwegt anstarrte.

»Vom Hauptbahnhof in München. Ich weiß nicht, wer das war. Da stellt man sich einfach irgendwo hin und wartet. Irgendjemand spricht einen da schon an.«

»Mich hat da noch niemand angesprochen.«

»Weil Sie von der Polizei sind«, warf Puffinger die einzig schlüssige Erklärung ein.

Tischler war klar, dass er diesbezüglich sicher nicht weiterkommen würde. »Wer war der Typ vor der Schule?«

»Hab ich doch schon gesagt. Ich weiß es nicht. Der wollte nur Feuer.«

»Haben wir bei dir nicht gefunden.«

»Drum konnte ich ihm auch keins geben. Ich rauche nicht«, verkündete Puffinger fast stolz. Lustig, wenn man bedachte, dass Ecstasy bei ihm entdeckt worden war.

»Noch mal zu Tom. Kannst du uns …«

»Ich habe Ihnen, als Sie bei mir zu Hause waren, nicht alles erzählt!«, preschte Puffinger vor.

»Ach ja? Und warum nicht?«

»Weil man Freunde nicht verpfeift. Jedenfalls hat der Tom seinen Stiefvater erpresst, da der es mit der Carolin aus unserer Klasse treibt, die bei dem ein Praktikum in der Kanzlei macht.«

»Interessant.« Tischler wunderte diese Aussage nicht sonderlich. »Und mit was hat er ihn erpresst?«

»Fotos natürlich. Ich hab sie gesehen. Da knutscht der Kastner mit der Carolin am Ufer vom Chiemsee herum, der alte Sack.«

»Und was hat er erpresst?«

Puffinger lachte. »Das, was wir in unserem Alter am meisten brauchen. Kohle.«

Tischler ging zu seinem Stuhl. »Du hast uns erzählt, dass Tom sehr beliebt in der Schule war.«

Puffinger haderte. »Ja, das stimmt nicht ganz. Ich möchte aber nicht, dass …« Er sah Tischler eindringlich an. »Der kann echt fies werden.«

»Wer?«

»Jonas.«

»Bosch?«

Puffinger nickte. »Der hatte Tom auf dem Kieker, weil die Moreno Elena auf den Tom stand und er selbst scharf auf sie war.«

»Und, hatte Tom etwas mit dieser Elena?«

Puffinger verneinte.

»Die Kollegen bringen dich jetzt nach Hause und schauen sich noch in deinem Zimmer ein bisserl um. Sind deine Eltern daheim?«

Puffinger wirkte panisch. »N… nein. Die sind noch am Gardasee. Aber, warum müssen denn …«

»Das ist so bei Drogenbesitz. Wir informieren den Staatsanwalt und es folgt eine Hausdurchsuchung. Du hast dann noch die Möglichkeit, weitere Drogen freiwillig auszuhändigen.«

Puffinger schluckte. »Das ist alles, was ich hab.« Er deutete auf den kleinen Beutel auf Tischlers Schreibtisch.

»Dann ist es ja gut. Und fang den Schmarrn überhaupt nicht erst an, hörst du? Verbau dir nicht deine Zukunft!«, ermahnte ihn Tischler und übergab den Burschen an Robert Scholl. Rasch schloss er die Tür zum Büro und atmete tief durch.

»Ich brauch jetzt einen Kaffee. Magst auch einen?«

»Gern.« Fink setzte sich auf den Stuhl, auf dem Puffinger zuvor gesessen hatte.

»Kanthauser Klaus? Weiß ich da etwas nicht?«

Fink grinste. »Gut, gell? Das nennt man Psychologie in ihrer reinsten Form!«

»Also gibt es keinen Kanthauser Klaus?« Fink verneinte. »Sauber, Felix. Schau, da kann ich von dir noch was lernen.«

»Glaubst du ihm, dass er den, der ihm das Zeug verkauft hat, nicht kennt?«

»I wo! Hast ihn ja gehört, was er noch gesagt hat. Freunde verpfeift man nicht.«

»Meinst du, dass der Glauber ein Freund von ihm ist?«

»Bestimmt nicht. Ich bin mir echt nicht sicher, ob er das vor der Schule war. Zefix! Wären wir doch eine Minute eher …« Er stellte zwei Tassen unter den Auslass. »Jedenfalls, wenn es der Glauber war, dann schweigt der Puffinger nicht aus Freundschaft, sondern aus Angst. Hast ja gesehen, was das für ein Typ ist.«

»Sollten wir uns den Kastner noch mal vornehmen?«, schlug Fink vor.

»Und was willst du ihm anlasten? Dass er sich von seinem Stiefsohn hat erpressen lassen? Vorausgesetzt, er gibt die ganze Sache überhaupt zu.«

»Auch wieder wahr.« Fink zog seinen Janker aus, weil ihm warm wurde. »Die Lehrerin war toll, gell?«

»Hab schon gemerkt, dass sie dir gefallen hat.«

»Dir etwa nicht?«

»Ich schau da nicht so genau, wenn ich im Dienst bin«, flunkerte Tischler. »Eine Erkenntnis konnte ich jedenfalls aus dem, was sie uns über Lisa erzählt hat, gewinnen.«

»Und die wäre?«

»Lisa hätte niemals von irgendeinem Fremden Ecstasy angenommen. Dafür war sie viel zu ängstlich. Sie hat dem Menschen, von dem sie es hatte, vertraut. Zumindest wollte sie ihn beeindrucken. Cool sein. Verstehst du?«

Fink stimmte ihm zu. »Und wie hilft uns diese Erkenntnis im Fall Tom Wiesinger weiter?«

Tischler reichte Fink den Kaffee. »Der Tom sah gut aus. Ein schüchternes Mädchen wie Lisa hätte bestimmt auf einen wie ihn gestanden.«

»Das ist drei Jahre her.«

»Na und. Der sah sicher bereits mit sechzehn gut aus. Jedenfalls wurde er auf der Abifeier mit dem Tod von Lisa konfrontiert.«

»Wenn es bei dem Streit auch wirklich um Lisa Buchholz ging. Und wenn sich der Pfleger von der Flachklamm-Alm nicht verhört hat.«

Tischler verdrehte die Augen. »Manchmal könnte man annehmen, du suchst regelrecht nach Gegenargumenten.«

»Ich hinterfrag doch bloß!«

»Hast ja recht. Jedenfalls liegt der Schlüssel von Toms Tod darin, den zu finden, der mit ihm da oben gestritten hat. Das Dumme ist nur, dass wir keinen, der auf der Party war, fragen können. Niemand hat anscheinend den Streit mitbekommen, und wenn, hatten alle viel zu viel getrunken, um sich zu erinnern. Oder die halten alle dicht.«

»Und der Pfleger Rudi?«

Tischler schmunzelte. »Der hat den grünen Star! Oder einen anderen Vogel.«

Eigentlich ist ja nix passiert

Tischler drehte sich vor dem Spiegel zur Seite. Er öffnete den obersten Knopf seines schwarzen Hemdes, bevor er sein Outfit mit einem Daumen nach oben absegnete. Die braunen Halbschuhe waren poliert und die schwarze Hose mit dem Fusselroller von allem befreit, was dort nicht hingehörte.

Ein kritischer Blick in sein Wohnzimmer nötigte ihn dazu, nochmals ein paar Runden mit dem Staubsauger zu drehen. Frauen schauen auf so etwas. Hie und da rückte er noch ein paar Sachen auf dem Tisch und den Regalen zurecht, nur, um sie gleich danach wieder an ihren ursprünglichen Ort zurückzuschieben. Schließlich wohnte er in einer Männerwohnung und nicht in Seite zweihundertzehn eines Einrichtungskatalogs. Außerdem suggerierte ein wenig Unordnung Hilfsbedürftigkeit, die nur von einer Frau ausgeglichen werden konnte. Der Wein, den er in Traunstein besorgt hatte, atmete bereits in einem stylishen Dekanter, um ihn mit ausreichend Sauerstoff zu versorgen. Ob dieses Ritual sinnvoll oder nur eine überflüssige Zeremonie war, blieb dahingestellt. Die Karaffe sah mörderisch gut aus und versprühte etwas Erhabenes.

Er sah auf die Uhr. Britta war bereits zehn Minuten überfällig. Musik! Es fehlte die passende Musik für einen Abend, an dem es sich endlich entscheiden sollte, was das zwischen ihm und Frau Dr. Britta Neufeld war. Der Beginn einer ernsthaften Beziehung oder doch nur eine nette Bekanntschaft, in die man sich vor dem Alleinsein flüchtete. Letzteres hätte Tischler sehr schade gefunden. Denn er war sich seiner Gefühle gegenüber der attraktiven Ärztin durchaus bewusst. Und er musste sich schwer täuschen, wenn es ihr nicht ebenso ginge.

INXS, Jamiroquai, Judas Priest … Kravitz! Genau. Lenny Kravitz. *Greatest Hits*. Ideal für einen Abend wie diesen. Sade oder Ähnliches hatte vielleicht bei den vergangenen Dates mit Britta zu viel Erotik versprüht und sie und nicht zuletzt vielleicht auch ihn selbst ein wenig unter Druck gesetzt. Kaum hatte er die Scheibe auf den Plattenteller gelegt und die Nadel sich in die Rille vergraben, klingelte es an der Tür.

»Britta! Komm herein! Du siehst wie immer fantastisch aus«, rief er ihr durch den Hausflur entgegen, als er die Tür schwungvoll geöffnet hatte. Er streckte die Hand aus und zog sie sanft in seine Wohnung.

»Sorry, Constantin. In Traunstein war so ein Schwertransport, der den Verkehr lahmgelegt hat.«

»Das macht doch nichts. Kann ich dir etwas abnehmen?«

Sie hielt ihm zwei Tüten hin, die er gleich in die Küche brachte und schnell zurückkehrte, um ihre leichte Sommerjacke an die Garderobe zu hängen.

»Magst du einen Schluck Wein?«

»Gerne.« Sie sah zu dem Tisch, auf dem der Wein atmete, und lachte. »Ich habe auch so eine Karaffe. Sieht fast genauso aus.«

»Ich dachte mir, ich lasse den edlen Tropfen etwas durchschnaufen«, haute der Kommissar lässig raus und machte sich sogleich daran, ihr ein Glas einzugießen.

»Ich muss gestehen, dass ich keinen Unterschied schmecke. Ich fülle meist den Wein hinein, wenn er etwas günstiger war und der Besuch es nicht merken soll. Schuldig!«

»Das macht dich nur sympathisch, liebe Britta.« Er reichte ihr ein Glas und stieß mit ihr an. »Auf einen schönen Abend.«

»Ich hoffe, du magst *Saltimbocca alla romana*«, hauchte sie.

»Was gibt es dazu?«

»Rosmarinkartoffeln.«

Er kam ihr näher. »Ich liebe Rosmarinkartoffeln.«

»Und Gartensalat.«

»Was gibt es Besseres.« Er war ihr nun so nah, dass er ihren Atem spürte. Ohne den Blick von ihrem Gesicht abzuwenden, nahm er ihr das Glas ab und stellte es zu seinem auf dem Couchtisch. Dann nahm er ihr Gesicht in seine Hände, zögerte noch einen Augenblick und küsste sie.

Britta erwiderte seinen Kuss. Ohne dass sich ihre Lippen trennten, dirigierte er sie in Richtung Couch. Britta ließ es zu, legte ihren Kopf auf der Armlehne ab und zog ihn auf sich. Lenny Kravitz gab sein Bestes, diesen Moment gekonnt zu untermalen.

Tischler war sich nun sicher, dass er zeit seines Lebens bei der Musikauswahl falsch gelegen hatte. Kuschelrock, Sade, Enya und Whitney Houston, sie alle hatten noch nie zu einem befriedigenden Ergebnis geführt. Da musste erst der gute alte Lenny kommen und schon waren die Weichen gestellt. *Rock and Roll Is Dead* säuselte leise mit seinen harten Gitarrenriffs aus den Boxen.

Nein, lieber Lenny, dachte Tischler, während er einen Knopf nach dem anderen an Brittas Bluse öffnete. *Das ist er noch lange nicht!*

***

Der nächste Morgen fühlte sich für Tischler erstmals anders an, seit er sich in Brunngries niedergelassen hatte. Er erwachte neben einer attraktiven Frau, duschte nicht alleine und ließ zwei Tassen Kaffee gleichzeitig aus seiner Maschine. Den Preis dafür zahlte er mit Kopfschmerzen, die er von den zweieinhalb Flaschen Rotwein hatte, die er sich mit Britta nach dem Schäferstündchen geteilt hatte. Die *Saltimbocca alla romana* hatten sie stehend in der Küche verspeist und die kleinen Himbeertörtchen zum Nachtisch, die Britta ebenfalls mitgebracht hatte, in Tischlers Bett vernascht. Kurzum, auch diese Nacht trug nicht dazu bei, dass sich Tischler regenerieren konnte, was seinen Schlafmangel betraf. Doch er ließ sich nichts anmerken. Während sich Britta noch im Bad um ihr Make-up kümmerte, warf er heimlich zwei Kopfschmerztabletten auf einmal ein. Für beide Gehirnhälften jeweils eine.

Tischler hoffte inständig, dass ihm beim Verlassen seiner Wohnung an Brittas Seite eine Begegnung mit seiner Nachbarin Frau Kneidinger erspart blieb. Ihm und Britta noch viel mehr. Das Glück war mit den beiden und es erfolgte eine innige Verabschiedung auf der Straße an einem frischen, jedoch sonnigen Morgen.

»Schön war es«, beteuerte Tischler.

»Ja, das finde ich auch. Rufst du mich an?« Brittas Haare schimmerten im Sonnenlicht.

»Natürlich«, raunte er ihr zu und küsste sie zum Abschied. Britta stieg in ihren Wagen. Er sah ihr nach, bis sie außer Sichtweite war.

Pfeifend setzte er sich in seinen Jaguar und machte sich auf den Weg zur Dienststelle. Die sechs Zylinder schnurrten, als er vom Parkplatz fuhr. Tischler vermied es für gewöhnlich, während der Fahrt Musik zu hören. Viel lieber lauschte er dem Klang seines Motors, dessen Symphonie sein Herz in Wallung brachte und …

»Ja, was ist jetzt das?«, wunderte sich Tischler, als der Wagen plötzlich komische Geräusche von sich gab und nebenbei kein Gas mehr annahm. Stattdessen ruckelte der Jaguar wie ein bockiger Esel die Straße hinunter, bis er einen letzten Grunzer von sich gab und final den Motor mit einem lauten Knall abwürgte. Der Kommissar trat schnell auf die Kupplung, damit er mit letzter Kraft von der Fahrbahn in eine Parkbucht rollen konnte.

»Zefix! Das ist nicht gut.« Panik machte sich in seinem Gesicht breit. Wenn es um seinen 1969er E-Type ging, verstand er keinen Spaß.

Als er seine Endposition erreicht hatte, trat Rauch unter der Motorhaube hervor, der sich mit einem Schwall in den Himmel verabschiedete, als Tischler die Verriegelung löste.

»Geht er nimmer?«, fragte ein Passant im Vorbeigehen.

»Doch, doch. Das ist normal, dass der Motor raucht. Der wird mit Dampf betrieben«, antwortete er süffisant und warf einen Blick unter die Haube. »Depp, blöder«, schimpfte er dem Gscheidhaferl leise hinterher und prüfte die Schläuche auf ihren Sitz. Genauso gut hätte er sich unter den Oldtimer legen oder einmal um den Block rennen können. Tischler wusste zwar, wo er Öl, Kühlwasser und Benzin einfüllen musste, jedoch hatte er keine Ahnung, was er machen sollte, wenn sein Wagen diese Flüssigkeiten wieder von sich gab. Doch der Kommissar konnte gut mit dieser Wissenslücke leben. Wichtig war nur eines. Man musste jemanden kennen, der Ahnung hatte.

»Franz? Ich bin es. Constantin. Du, ich stehe hier auf der Hauptstraße. Du musst mich abschleppen.« Wehleidig blickte er auf den verchromten Kühlergrill, der so verführerisch in der Sonne glänzte. »Nein, ich glaube, das ist was Ernstes. Du musst mit dem Schlepper kommen. Ich befürchte, der muss stationär.«

Tischler steckte sein Handy wieder ein und wartete geduldig, bis sein Retter in der Not auftauchte. Da Franz Steiners

Werkstatt fast in Sichtweite war, dauerte es keine fünf Minuten, bis der Mechaniker aus seinem Abschleppwagen stieg, den er neben dem Jaguar in zweiter Reihe abgestellt hatte.

»Geht er nimmer?«, fragte nun auch Steiner mit einem hämischen Grinsen im Gesicht.

Tischler hielt sich diesmal mit seinen Äußerungen zurück. Denn mit zwei Berufsgruppen sollte man es sich niemals verscherzen: Anwälten und Handwerkern.

»Hat sich nicht gut angehört«, gab Tischler klein bei.

»Da brauch ich gar nicht erst unter die Haube schauen. Das rieche ich bis hierher, dass da mindestens die Kopfdichtung dabei ist.«

»Wie kann das passieren?«, wollte Tischler mit weinerlichem Gesichtsausdruck wissen.

»Mei. Das kann viele Ursachen haben. Kalkablagerung, Überhitzung … Wenn noch Kühlwasser in deinen Ölkreislauf kommt, dann gute Nacht, Johanna. Genaueres kann ich dir allerdings erst sagen, wenn er bei mir auf dem OP-Tisch liegt. Ich bock ihn schnell auf, dann bringe ich ihn in meine Werkstatt.«

Gesagt, getan. Jeder Handgriff des Mechanikers saß, und ehe sichs der Kommissar versah, war sein Jaguar auf dem Abschlepper und eine Minute später in Steiners Werkstatt in Sicherheit.

»Das geht ja ruckzuck bei dir«, lobte Tischler den Mechaniker.

»Tja, gelernt ist eben gelernt.«

Etwa zehn Minuten später fand sich Fink, den Tischler zuvor informiert hatte, ebenfalls in der Werkstatt ein.

»Servus!«

»Servus, Felix.«

»Was hat er denn? Läuft er nimmer?«

»Doch, doch. Freilich läuft er«, frotzelte Tischler. »Wir wollten ihn nur auf die Hebebühne packen und schauen, ob er von unten genauso schön ist.«

Fink gingen die Augen über, als er vor Steiners Corvette stand.

»Mein lieber Scholli! Der ist echt stark.« Wie ein Löwe um seine Beute schlich er um das Vehikel herum, bereit, sich im nächsten Augenblick darauf zu stürzen. »Ich hab Sie letztens damit fahren sehen. Kann der was?«

Steiner steckte sich eine Zigarette an. »Das musst du die vierhundertfünfunddreißig PS fragen.«

»Boah! Vierhundert …« Fink drückte seine Nase gegen die Seitenscheibe.

»Darfst dich ruhig reinsetzen«, bot Steiner dem Polizeiobermeister an, der diese Chance natürlich wahrnahm. Mit leuchtenden Augen inspizierte er alles. »Was fährst denn du?«, erkundigte sich Steiner interessiert. Sicher nicht ohne Hintergedanken.

»Einen Fiat Punto. Weinrot!«

Tischler strich zum Abschied über den glänzenden Lack seines Jaguars. »Jetzt komm, Felix. Die Verbrecher warten.« Er löste den Wagenschlüssel von seinem Schlüsselbund und überreichte ihn Steiner. »Pass gut auf ihn auf.«

»Ehrensache«, versicherte Steiner und begleitete die beiden Männer nach draußen.

Tischler traute seinen Augen nicht. »Warum bist du denn mit deinem Punto da?«

»Weil der Scholl mit dem Passat zu einem Unfall ist. Der Streifenwagen ist in Traunstein zur Inspektion.«

Steiner blieb vor dem Punto stehen. »Ihr könnt eure Dienstfahrzeuge auch gerne zu mir bringen. Ich mache euch einen guten Preis.«

Fink stellte sich neben Steiner. »Bei den Autos ist die Polizei eisern. Die werden von unserer hauseigenen Werkstatt gewartet.« Fink sah nun auch zu seinem Punto. »Schön, gell? Ist nicht von der Stange. Ich hab ein bisserl was machen lassen.«

»Ja? Was denn?«, fragte Steiner interessiert. »Chiptuning, anderes Fahrwerk oder Abgasanlage?«

Fink stellte sich stolz neben seinen Flitzer. »Abgedunkelte Blinker und ein Sportlenkrad.«

Tischler verzog sein Gesicht, als wäre es ihm peinlich, was der Kollege gegenüber seinem Oldtimer-Kumpel von sich gab. Er kam jedoch nicht dazu, sich zu äußern, weil er im selben Augenblick einen Anruf von Robert Scholl erhielt.

»Robert? Sag mal, warum nimmst du unser Auto? Wer hatte einen Unfall? Gerd Schütt? Ja, den kenn ich. Das spielt doch keine Rolle, Robert. Ich kenn ihn einfach. Warum? Verstehe. Aber, warum will er nur mit mir …? Ist gut, wir kommen.« Er beendete das Gespräch. »Felix? Wir müssen zur Dienststelle.«

***

Als Tischler und Fink in die Dienststelle kamen, wurden sie bereits von Scholl erwartet. Da sich der Kommissar nicht sicher war, wohin das Gespräch mit seinem ehemaligen Internatskollegen abgleiten könnte, wies er Fink unter einem Vorwand an, sich zwischenzeitlich um andere Dinge zu kümmern. Er würde das Gespräch alleine führen. Es war Fink anzusehen, dass er sich darüber wunderte, doch er fragte nicht weiter nach.

»Er sitzt hinten im Nebenzimmer«, informierte Scholl den Kommissar.

»Was ist passiert?«

»Dein Spezl hatte …«

»Er ist nicht mein Spezl«, fiel ihm Tischler ins Wort.

»Dann eben Gerd Schütt. Wobei er darauf besteht, dass er Gregor heißt. Laut Personalausweis ist das aber sein zweiter Vorname. Jedenfalls hatte er einen Unfall. Dem ist hinten voll einer draufgebrettert, als er an einer roten Ampel hielt.«

»Und wo ist das Problem?«, hinterfragte Tischler. »Ist ja ein klarer Fall. Wie kann ich ihm da weiterhelfen?«

»Das Problem ist, dass bei dem Unfall der Kofferraum von dem Schütt aufgesprungen ist und nicht mehr zuging. Und bei der Gelegenheit kam dann dieses Schätzchen zum Vorschein.« Scholl griff hinter sich und präsentierte Tischler sein Fundstück.

»Eine Doppelläufige?«, staunte Tischler.

»Ganz genau. Das Gewehr steckte in dieser Ledertasche und lag bei Schütt im Kofferraum.«

Tischler öffnete den Kipplauf. »Beide Kammern leer.« Er verriegelte den Lauf wieder. »Waffenschein?«

»Negativ.« Er reichte Tischler eine Patrone. »Hier, die Flinte war nicht leer. Diese Schrotpatrone steckte in der linken Kammer.«

Tischler nahm ihm die Munition ab. »Sonst noch irgendwas bei ihm gefunden?«

»Das war's. Ich denke, das reicht auch, meinst du nicht?« Scholl grinste. »Macht mir Sorgen, dass die Leut' jetzt schon mit geladenen Waffen im Chiemgau herumgurken.«

Tischler nahm Scholl die lederne Gewehrtasche ab. »Ich red mal mit ihm.« Nach diesen Worten ging er in den hinteren Bereich der Dienststelle, sammelte Gerd Schütt aus dem Nebenzimmer auf und verschwand mit ihm in sein Büro. Er zog Schütt einen Stuhl heran und schloss die Tür.

»Sag mal, was soll denn das? Ein geladenes Gewehr im Kofferraum?«

»Schönes Büro hast du«, bemerkte Schütt entspannt, ohne den Kommissar anzusehen.

»Scheiß auf das Büro! Was denkst du dir eigentlich? Und dann fragst du auch noch nach mir?«, zischte Tischler und legte die Flinte auf seinen Schreibtisch.

»Du bist ein Kranich, ich bin ein Kranich. Ich dachte mir, dass du mir jetzt helfen könntest. Schließlich haben wir uns das versprochen.«

»Hör doch mal auf mit dem Schmarrn!« Tischler wurde laut. »Glaubst du, dass du wegen eines verdammten Papiervogels das Gesetz biegen kannst, wie du es brauchst? Dass du einen Freifahrtschein hast, weil wir uns als Halbwüchsige das irgendwann einmal geschworen haben? Verdammt, Gerd … werd erwachsen.«

Gerd Schütt regte sich einen Moment lang überhaupt nicht. Langsam drehte er seinen Kopf in Tischlers Richtung. »Es war mehr als ein Vogel. Mir bedeutet der Schwur etwas. Und du hast unsere Freundschaft verraten. Es ist an der Zeit, dass du es wiedergutmachst.« Nach dieser Ansage blickte er geradeaus ins Leere.

Tischler rieb sich das Gesicht und setzte sich. Er versuchte, sich ein wenig herunterzufahren. »Wo hast du eigentlich diese Flinte her?«

Schütt zögerte mit seiner Antwort. »Die habe ich dem Fritz Koller abgekauft.«

Tischler schüttelte den Kopf. »Der Koller! Da sind ja die Richtigen beieinander. Und wo hatte der das Teil her?«

»Gefunden. Im Wald. Hat sie aus einem hohlen Baumstamm gezogen und mit nach Hause genommen.« Gerd Schütt erzählte die Story mit einer Selbstverständlichkeit, dass es Tischler schwerfiel, ihm nicht zu glauben.

»Und warum hast du ihm das Ding abgekauft?«

»Weil der Fritz immer noch arbeitslos ist und Geld brauchte.«

Tischler sah ihn eindringlich an. »Und da hast du ihm geholfen?«

»Freilich. Guten Freunden hilft man eben. Es gibt Leute, denen bedeutet das Wort ›Freundschaft‹ noch etwas.«

Tischler ging nicht auf diesen wiederholten Seitenhieb ein. »Und für was brauchst du eine Flinte?«

»Für gar nichts. Es erschien mir sicherer, dass ich das Ding habe. Der Fritz meinte, dass er Angst hätte, dass er das Gewehr mal im Suff verwenden könnte.«

»Und du hättest es nicht verwendet?«

Schütt lenkte seinen Blick zu Tischler. Er sah ihm tief in die Augen, danach wieder geradeaus ins Nichts. Tischlers Frage blieb unbeantwortet. Er zuckte und hielt sich mit schmerzverzerrter Miene sein Bein.

»Hast du dich bei dem Unfall verletzt?«, erkundigte sich Tischler etwas besorgt, obwohl er ihn eigentlich am liebsten hätte schütteln wollen.

»Nein. Diese Verletzung ist schon ganz alt. Die stammt von einem Sturz von einer hohen Mauer während meiner Zeit im Internat. Ach ja …« Er grinste Tischler süffisant an. »Ich vergaß, du warst ja dabei.«

Tischler erhob sich und stützte sich auf seinem Schreibtisch ab. Er visierte Schütt eindringlich an. »Was willst du von mir?«

»Das, was wir uns versprochen haben. Dass wir immer füreinander da sind, wenn einer den anderen braucht. Das wäre … jetzt!«

Tischler wäre ihm am liebsten über den Schreibtisch hinweg ins Gesicht gesprungen. Doch diese Genugtuung wollte er ihm nicht geben. Für diesen Tag hatte er genug Emotionen herausgelassen.

»Was soll das eigentlich mit deinem Namen? Gerd … Gregor …«

»Du weißt es wirklich nicht mehr, oder?« Schütt blickte Tischler genervt an. »Ich hatte euch damals schon gebeten, mich mit meinem zweiten Namen anzusprechen. Aber dieser Wunsch hat euch nie interessiert.«

»Und warum sollten wir dich so nennen?«

»Weil mein Vater so hieß!«, blaffte er ungeduldig. Dann fing er sich wieder. »Nicht einmal das konntet ihr für mich tun!«

Tischler ging nicht weiter darauf ein. »Schau zu, dass du dich schleichst. Ich gucke, was ich machen kann.«

Gerd Schütt klopfte zweimal auf Tischlers Schreibtisch, bevor er sich verabschiedete. »Die Firma dankt! Ruf doch einfach mal durch. Wir können ja mal was zusammen trinken.«

Tischler gab sich noch einen kurzen Moment. Kurz darauf rief er Scholl zu sich und schloss die Bürotür.

»Du, Robert, das mit dem Gewehr … im Grunde ist ja nix passiert.«

»Wie meinst du das?« Scholl sah Tischler skeptisch an.

»Na ja, dieser Schütt … wie soll ich es sagen … der hatte es nicht leicht im Leben. Er hat sich einfach nichts dabei gedacht, als er das Gewehr …«

Scholl kniff die Augen zusammen. »Du meinst, ich soll die Sache unter den Teppich kehren?«

»Da wäre sie am besten aufgehoben. Wenn wir das zur Anzeige bringen, bricht ihm das endgültig das Genick.«

Scholl atmete tief durch. »Du bist der Boss. Und was passiert mit der Knarre?«

»Das überlege ich mir noch. Dank dir, Robert. Und, das Ganze …«

»… bleibt unter uns. Schon klar!«

Tischler klopfte seinem Kollegen auf die Schulter und verließ mit ihm das Büro. Auf dem Flur kam ihnen Fink entgegen. »Was war jetzt mit dem Typen?«

»Alter Schulspezl«, antwortete Tischler knapp. »Du hast doch die Daten von dem Glauber. In welchem Möbelhaus arbeitet der noch mal?«

»Moment.« Er holte seinen Block hervor. »In Traunstein im Möbelhaus Gellermann.«

»Dann lass uns dem Typen mal auf den Zahn fühlen. Ich bin heute nicht gut drauf. Da kommt mir ein ehemaliger Dealer gerade recht.«

»Vielleicht dealt er ja noch?«, stellte Fink in den Raum.

»Robert, wo sind denn die Schlüssel für den Passat?«

»Den brauche ich. Der Streifenwagen ist doch in der Inspektion.«

»Dann nimmst halt deinen Privat-Pkw.«

Scholl blickte Tischler an. »Meinst nicht, dass man da was machen könnte? So ein kleiner Gefallen unter Kollegen?«

Tischler wusste genau, worauf er anspielte, und wandte sich an Fink. »Felix, wir fahren mit deinem Punto.«

Keinen Respekt vor der Polizei

»Hast du eigentlich in deiner Küche ein Induktionsfeld?«, fragte Fink seinen Vorgesetzten, nachdem sie das Auto auf dem Großparkplatz des Möbelhauses abgestellt hatten und dem Schild »LAGER – Anlieferung und Abholung« folgten.

»Ich hab ein stinknormales Ceranfeld. Warum fragst du?«

»Ich brauche einen neuen Herd und bin mir nicht sicher.«

»Was hast du denn für Töpfe?«

»Silberne«, antwortete Fink wie aus der Pistole geschossen.

»Ich meine, ob die für ein Induktionsfeld überhaupt geeignet sind?«

»Keine Ahnung. Die sind noch von meiner Aussteuer.«

Tischler blieb stehen und sah Fink überrascht an. »Aussteuer?«

»Einzelkind. Die Mama wollte eigentlich ein Mädchen.«

Tischler lachte und ging weiter. »Das wär was. Dann hättest du jetzt keinen Trachtenjanker an, sondern ein Dirndl.«

Tischler zog die Tür zum Lager auf und ließ Fink den Vortritt.

»Servus, Herr Glauber«, machte Fink auf sich aufmerksam, als er den Mann mit den getunnelten Ohren an der Warenausgabe entdeckte.

Der schenkte den beiden Beamten lediglich einen abfälligen Blick, ohne etwas zu sagen.

»Wir hätten uns gerne mit Ihnen unterhalten«, brachte Fink sein Anliegen vor. Tischler mischte sich fürs Erste nicht ein, da Fink schließlich vor der Kneipe mit Glauber Kontakt gehabt hatte und er ihn kannte.

»Und da fällt euch nichts Besseres ein, als mich an meinem Arbeitsplatz zu besuchen?«

»Wir wollten Ihnen entgegenkommen und keine Umstände machen. Wir können Sie aber auch gerne auf der Dienststelle in Brunngries befragen, wenn Ihnen das besser passt.«

Glauber warf seinen Kugelschreiber, mit dem er noch schnell etwas notierte, genervt auf den Tisch, klappte den Durchgang der langen Theke nach oben und stellte sich bedrohlich nah vor Fink.

Tischler bemerkte sofort, dass der Typ eine kurze Zündschnur hatte.

»Wann lasst ihr mich endlich in Ruhe? Ich habe meine Zeit abgesessen.« Etwas aggressiv drückte er sich zwischen den beiden Ermittlern hindurch und stieß die Tür auf.

»Wo wollen wir denn hin?«

»Ich mache eine Raucherpause. Oder ist das verboten?«

Tischler und Fink folgten ihm nach draußen. Glauber zog seine Zigarettenschachtel aus der Hosentasche und zündete sich eine an.

»Um Ihre Frage zu beantworten, die Polizei lässt Sie in Ruhe, wenn ihr euch nicht nachts in Kneipen gegenseitig die Schädel einschlagt.«

Glauber grinste Fink an. »Ach, daher weht der Wind. Hat sich der Typ nun im Nachhinein überlegt, dass ihm etwas fehlt?«

Fink ging auf seine Frage nicht ein. Er war derjenige, der hier Fragen stellte.

»Sie wollen uns immer noch nicht erzählen, was der Grund des Streits war?«

Glauber zog an seiner Zigarette und inhalierte den Rauch tief. Er wartete einen Moment, bis er ausatmete. »Keine Ahnung, was der Typ von mir wollte. Ich habe einfach nur in Ruhe mein Bier getrunken. Diese Eishockey-Jungs glauben, dass ihnen die Kneipe gehört. Vielleicht passiert das, wenn man öfter einen Puck gegen den Schädel bekommt, als einem guttut.«

»Genau«, schaltete sich nun Tischler ein. »Und eigentlich wollten Sie Pfarrer werden, bevor Sie Ihren verschnittenen Dreck auf der Straße verkauft haben. Jetzt mal Klartext. Was haben Sie gestern vor der Realschule in Brunngries getrieben?«

»Vor welcher Realschule?«

»Verkaufen S' uns nicht für dumm. Sie haben sich gestern vor der Realschule zur Pausenzeit herumgetrieben. Hamma Gras verkauft? Oder andere verbotene Substanzen?«

»Ich mach das nicht mehr. Was weiß ich, wen ihr da gesehen habt.«

»Wo waren wir denn gestern Vormittag?«

Glauber zog wieder an seinem Glimmstängel und pustete den Rauch in Richtung seines Gegenübers. »Daheim. Im Bett. Ich schlaf gerne lang, wenn meine Schicht erst am Mittag beginnt.«

»Zeugen?«

Glauber zuckte mit den Schultern. »Sorry, aber ich bin nicht so der Beziehungstyp.«

Wie gerne hätte Tischler in dem Moment einen Finger in eines von Glaubers Ohrlöchern gesteckt und ihn einmal quer über den Parkplatz geschleift, bis er endlich eine andere Tonart anschlug. Typen wie der gingen ihm mächtig auf den Zeiger, und er wusste nicht, was er an ihm mehr verabscheute. Dass er mit Drogen gedealt hatte und wahrscheinlich immer noch dealte, oder dass er keinen Respekt vor der Polizei hatte. Ein abgebrühter Hund wie Glauber wusste genau, dass sie ihm ohne Beweise nichts anhaben konnten.

»Fahren Sie Motorrad?«

»Nein.«

»Schon mal auf der Flachklamm-Alm gewesen?«

Er warf seine Kippe auf den Boden und drückte sie mit seinem Schuh aus. »Ich hab es nicht so mit dem Wandern.«

»Kennen Sie einen Tom Wiesinger?«

»Einen wen?«

Es war sinnlos. Glauber wusste genau, wie er mit der Polizei zu reden hatte. Und ohne weitere Beweise kamen sie hier nicht weiter.

»Sie halten sich zu unserer Verfügung«, beendete Tischler das Gespräch.

»Sie wissen, wo Sie mich finden. Der Polizei helfe ich immer wieder gern.« Pfeifend verschwand er im Lager.

Allein für den letzten Satz hätte Tischler ihm am liebsten eine Kopfnuss verpasst.

»Hätten wir einen Drogenschnelltest machen sollen?«, grummelte Fink.

»Hast du einen im Punto?«

»Ach ja, stimmt. Wir sind ja gar nicht …«

»Außerdem ist der Typ zu clever. Das ist keiner von der Sorte, der das Zeug vertickt, um seinen Konsum zu finanzieren. In der Hinsicht ist der sauber. Vielleicht, dass er mal einen Joint raucht. Und deswegen möchte ich keinen Bericht schreiben.« Sie entfernten sich vom Lager.

»Und was meinst?«

»Du meinst, ob der uns was verheimlicht?« Fink nickte. »Felix, es gibt ein paar Naturgesetze, an denen gibt es nichts zu rütteln. Erstens: Zu Weißwürsten immer süßen Senf. Zweitens:

Keine Tracht im Landhausstil. Und drittens: Typen wie der haben Dreck am Stecken und ändern sich nie.«

Fink blieb stehen. »Du, Constantin? Wo wir schon hier sind … meinst, wir könnten schnell mal bei den Kochherden vorbeigehen?«

Tischler ermittelte die Uhrzeit, obwohl sein Magen ihm längst diesbezüglich Bescheid gegeben hatte. »Weißt was? Du schaust nach deinem Herd, und ich such mir da drinnen was zu essen. Ich hab Hunger.«

»Meinst, die haben da drinnen ein Restaurant oder ein Bistro?«

»Freilich, Felix. Oder warum geht man sonst in ein Möbelhaus? An der Tankstelle kaufst die Grillkohle, im Supermarkt gibst du deine Pakete auf und zum Essen gehst in ein Möbelhaus. Völlig normal.«

***

»So viel Geld für einen Herd! Und dann hat der noch nicht mal eine Uhr vorne dran«, schimpfte Fink in seinem Punto auf dem Rückweg von Traunstein nach Brunngries.

»Für was willst du denn eine Uhr an deinem Herd? Ich hab eine und benutze sie genau zweimal im Jahr. Nämlich, wenn Zeitumstellung ist. Braucht also kein Mensch.«

»Trotzdem. Weißt, wenn der Schuhbeck so viel Geld für einen Herd ausgibt, oder der Lafer, dann sehe ich das ja ein. Aber ich? Ich esse doch eh meistens bei der Mama.«

Tischler entdeckte einen alten Bekannten, als sie durch die Brunngrieser Hauptstraße fuhren. Jedoch ohne übliche Begleitung. Der Mann kam aus Terezas Nagelstudio und setzte seinen Hut auf. Verstohlen spähte er in alle Richtungen.

»Ui, schau, Felix. Der Ferstel. Halt mal an.« Tischler ließ das Seitenfenster herunter und reckte seinen Kopf aus dem Wagen.

»Herr Ferstel! Haben Sie sich die Nägel machen lassen?«

Ferstel erschrak. »Ah, der Herr Kommissar. Sie sind ja völlig inkognito in diesem Dings, äh …«

»Punto!«, soufflierte ihm Fink vom Fahrersitz aus.

»Ich, ich war da gerade … also ich war da in diesem … Meine Frau hat doch so viel Stress im Moment, weil sie doch die Dings unter die Erde … also, da dachte ich mir, dass sie sich bestimmt über einen Gutschein freut, wenn sie wieder daheim ist.«

»Wie geht es ihr denn? Ist sie wieder gesund?«

»Ein bisserl hat sie noch Magen-Darm. Deshalb habe ich vorgeschlagen, dass sie bei ihrer Schwester bleibt, bis sie wieder völlig hergestellt ist. Weil, sie hat es ja dort bekommen, dann soll sie es auch bei meiner Schwägerin auskurieren. Nicht, dass sie es hierher verschleppt.«

»Das ist aber sehr umsichtig von Ihnen.« Tischler blickte suchend umher. »Wo haben S' denn die Resi?«

»Die habe ich schnell daheim gelassen. Wir gehen jetzt dann gleich in den Wald. Ich soll Sie schön grüßen, wenn ich Sie sehe«, feixte der Jäger nach wie vor nervös und lupfte dabei zum Abschied seinen Hut.

»Gruß zurück!«, rief ihm Tischler nach. »Und viel Spaß beim Verschenken.«

»Was? Ach so. Jaja!«, kam es noch. Hastig beschleunigte Ferstel seine Schritte.

Tereza sah durch die große Scheibe nach draußen und winkte dem Kommissar zu.

Er winkte zurück.

»So eine hübsche Person«, schwärmte Fink und winkte ihr ebenfalls.

»Kannst dir ja mal die Nägel machen lassen. Vielleicht kocht sie dir auch was Feines.«

»Ich glaub schon, dass die Tereza kochen kann.«

»Ich auch«, stimmte Tischler seinem Kollegen zu. »Ich glaub sogar, sie kocht ohne Herd.«

»Wie meinst du das?«

»Wurscht! Weißt was, ich geh von hier aus zu Fuß nach Hause. Das Essen beim Gellermann war ganz schön fettig.« Er schnallte sich ab und öffnete die Beifahrertür.

»Soll ich dich morgen früh abholen?«

»Dank dir, Felix. Ich komm zu Fuß.«

»Warte!« Fink griff hinter sich auf die Rücksitzbank und holte einen Umschlag nach vorn. »Das ist vorhin von der KTU gekommen. Steht dein Name drauf.«

Tischler nahm den Umschlag entgegen und stieg aus. Fink fuhr etwas zu schnell an, sodass die Reifen quietschten. Zum Abschied streckte er nochmals winkend seinen Arm aus dem Fenster und brauste davon.

»Diese Jugend«, schüttelte Tischler den Kopf und trat den Heimweg an.

Der Hauptkommissar bemerkte nicht, dass er unter Beobachtung stand. Etwa fünfzig Meter entfernt parkte ein schwarzer SUV. Der Fahrer wartete, bis Tischler außer Sichtweite war, danach stieg er aus und ging zügig über die Straße. Ein kurzer Blick zur Seite, dann betrat er ungesehen das Nagelstudio.

»Oh, der Herr Anwalt«, begrüßte Tereza ihren Gast.

»Hallo. War der Bulle bei dir?«

»Der fesche Herr Hauptkommissar? Leider noch nicht. Kommt vielleicht noch.«

Kastner ging hinter Terezas Tresen, packte sie an der Hüfte und zog sie nah an sich heran.

»Uh! Nimmst du mich ins Kreuzverhör?«

Mit gierigen Augen starrte er ihr ins Dekolleté. »Ich dachte, das wäre deine Aufgabe. Du weißt doch … nur bei dir komme ich auf meine Kosten.«

»Und was ist mit dem jungen Ding, mit dem ich dich neulich gesehen habe?«

Er ließ Tereza vom Haken und öffnete seinen obersten Hemdknopf. »Diese jungen Dinger haben zu wenig Erfahrung und wissen nicht, was ein Mann wie ich braucht.«

Sie zupfte ihr Kleid zurecht. »Und deine Frau? Ich habe gehört, dass …«

Kastner drückte ihr seinen Finger auf die Lippen. »Die hat andere Sorgen.« Er zog sie wieder an sich und roch an ihren Haaren. »Ich war böse. Fällt dir da etwas ein?«, flüsterte er ihr schwer atmend ins Ohr.

Sie schob ihn sanft von sich. »Na, dann geh schon mal nach hinten. Wie böse warst du denn?«

Kastner blieb stehen und drehte sich nochmals zu Tereza um. »Du machst dir keine Vorstellungen.«

»Insofern mach dich auf was gefasst.«

Er verschwand hinter dem Vorhang. Tereza schritt zur Ladentür und verschloss sie. Nebenbei kramte sie in ihrem Gedächtnis. Es war wichtig, dass die Stammkundschaft stets das Gefühl hatte, einzigartig zu sein. Aus diesem Grund merkte sie sich auch die persönlichen Vorlieben, die bei den Männern im Laufe der Zeit ans Tageslicht kamen. Sie erinnerte sich mühelos. Halterlose Netzstrümpfe und High Heels. Und das rote Negligé. Das mochte er, der Herr Anwalt.

Tereza hatte kein Büchlein, in dem diese Dinge standen. In diesem Gewerbe war Diskretion von großer Wichtigkeit und schaffte Vertrauen. Deshalb behielt sie Informationen dieser Art einzig in ihrem Kopf. Denn Datenschutz lag Tereza ganz besonders am Herzen.

Neue Erkenntnisse

Es war kurz nach zwanzig Uhr, als Tischler es sich auf seiner Couch mit einem Glas Rotwein gemütlich gemacht hatte. Eigentlich wollte er sich dem Inhalt des Umschlags widmen. Doch das konnte er später immer noch tun. Gelangweilt zappte er sich durch das Fernsehprogramm, ohne übermäßig darauf zu achten, was es zu sehen gab. Dies wäre wahrscheinlich noch eine Stunde so weitergegangen, hätte ihn nicht Britta davor bewahrt, in Trance zu verfallen.

»Schön, dass du mich anrufst«, hauchte er ins Telefon. »Lass mich raten, du stehst vor der Tür und bleibst heute Nacht bei mir.«

»Nichts lieber als das. Leider vertrete ich einen Kollegen, der mit dem Fahrrad gestürzt ist. Tatsächlich ist er pünktlich zu seiner Schicht erschienen. Nur eben als Patient«, erklärte Britta lachend. Trotzdem lag etwas Wehmut in ihrer Stimme.

»Schade. Wann sehen wir uns wieder?«

»Wenn es dir passt, am Wochenende. Da ich die Schicht übernehme, stehen die Chancen gut.«

Tischler gönnte sich einen Schluck vom Roten. »Wenn du magst, könnten wir uns bei mir verkriechen. Eine gute Flasche Wein, wir holen was vom Italiener …«

»Oder du kommst zu mir«, bot Britta an.

Tischler kniff die Augen zusammen. »Aber, Britta, du hast doch längst alles, was du benötigst, hier in meiner Wohnung.«

»Ach ja? Was wäre das?«

»Na, mich«, kam es vom Kommissar selbstbewusst, in der Hoffnung, dass Britta nicht widerstehen konnte.

Zumindest lachte Britta. Er wusste jedoch nicht, wie er das zu deuten hatte. »Darüber sprechen wir noch. Ich muss wieder.«

»Ich ruf dich an«, verabschiedete sich Tischler und tauschte das Handy gegen die Fernbedienung, um den Fernseher auszuschalten.

»Nur Schmarrn in der Kiste«, moserte er und stand kurz darauf vor seiner Plattensammlung. Noch bevor er sich für eine Scheibe entscheiden konnte, klingelte es an der Tür.

Er linste durch den Spion. Susanne Wolf, die Enkelin seiner Nachbarin Frau Kneidinger. Er öffnete.

»Frau Wolf, schönen guten Abend. Ich habe die Musik noch nicht eingeschaltet«, ging er umgehend auf charmante Weise in den Verteidigungsmodus.

»Entschuldigen Sie die Störung, meine Oma schickt mich. Der war heute in ihrem Briefkasten.« Sie hielt ihm einen Umschlag entgegen.

Tischler nahm ihn und warf einen Blick auf den Absender. »Ach, das ist nur Werbung. Vielen Dank.«

Sie zeigte auf sein Weinglas. »Was trinken Sie denn da?«

»Das? Das ist ein Merlot. Nichts Besonderes. Eher etwas für ergebnisorientierte Trinker«, feixte er.

»Ich mag ja gerne einmal ein Glas Wein.« Sie lächelte verheißungsvoll.

»Ja, gegen ein gutes Glas Wein ist nichts einzuwenden.«

»Mein Mann und ich haben öfter abends ein Glas Wein getrunken.«

»Oh«, tat Tischler betroffen. »Ist er …«

»Nein, nein. Wir haben uns getrennt. Also ich … habe mich getrennt. Das ist auch der Grund, warum ich hier …« Sie deutete hinter sich zu Frau Kneidingers Wohnungstür.

»Ah, verstehe. Na, vielleicht renkt es sich ja wieder ein.«

Susanne Wolf wippte mit ihrem Kopf hin und her. »Eher nicht. Wissen Sie, wenn Sie Ihren eigenen Mann mit Ihrer eigenen Sekretärin im Bett erwischen …«

Tischler biss die Zähne zusammen. »Ei, ei, ei! Mit seiner …?«

»Eigentlich mit unserer. Mein Mann und ich betreiben gemeinsam eine Steuerkanzlei.«

»Verstehe. Das tut mir leid.«

»Muss es nicht. Jedenfalls werde ich mir hier in der Nähe etwas suchen. Also dann … schönen Abend«, wünschte sie ihm mit einem verführerischen Augenaufschlag.

Tischler bestellte Grüße an die Oma und schloss die Wohnungstür. Er ging zurück ins Wohnzimmer und öffnete den Brief eines Kreditinstituts, die damit warben, ihm Geld zu besonders günstigen Konditionen hinterherzuwerfen. Gut möglich, dass Frau Kneidinger den Brief aus seinem Briefkasten gefischt hatte, um ihre Enkelin auf ihn anzusetzen.

Hätte er sie hereinbitten sollen? Irgendwie hatte es für ihn den Anschein, dass sie … Moment!

»Die hat sich doch voll an mich rangewanzt!«, sagte er laut und blickte Richtung Wohnungstür.

Der Fall war für Tischler klar. Der Mann hatte sie betrogen, sie flüchtet zu ihrer Oma. Die wiederum kennt einen gut aussehenden Hauptkommissar und meint … *Schau her, Susanne, den Brief bringst du ihm rüber. Den habe ich ihm heute aus dem Briefkasten stibitzt.* Susanne schminkt sich, legt ein teures Parfum auf, was ihm im Übrigen nicht entgangen war. Dann klingelt sie bei ihm und zack – Rachesex mit dem Nachbarn.

Dafür war er sich zu schade. Natürlich sagte sich das immer leicht, wenn man liiert war. Als Single hätte er seine Hand auch nicht für sich ins Feuer gelegt. Immerhin war Susanne Wolf eine äußerst attraktive Frau, und wäre Britta nicht gewesen, dann hätte er sich sicherlich dazu hinreißen lassen, sie zu einem Glas Wein hereinzubitten und … Nein! Weiter mochte er diesen Gedanken nicht spinnen. Er dachte lieber wieder an Britta, die doch tatsächlich wollte, dass er bei ihr übernachtete. Das passte ihm gar nicht in den Kram. Dabei ging es keineswegs um das Zusammensein mit ihr. Es waren viel mehr die Umstände, die so eine aushäusige Übernachtung mit sich brachten. Er hasste es zu packen. Es war egal, ob es in einen zweiwöchigen Urlaub oder auf ein Wochenendseminar ging. Das Prozedere war stets das gleiche, mit dem Unterschied, dass man einfach mehr von allem einpackte, wenn die Reise länger dauerte. Er liebte es, wenn seine Sachen dort blieben, wo sie waren. Eine Übernachtung bei Britta setzte voraus, dass er Rasierer, Zahnbürste, Deo, Zahnseide, Duschgel und so weiter einpacken musste. Ganz zu schweigen von der Kleidung. Schicke Halbschuhe oder doch lieber Sneakers? Sollte er in ihrer Wohnung in Strümpfen herumlaufen oder durfte er seine Adiletten zeigen? Pyjama oder Boxershorts mit T-Shirt? Ersatzklamotten, falls beim Frühstück ein Malheur mit der Marmelade passierte, Unterwäsche … Es musste an alles gedacht werden. Was, wenn er sich auf achtundvierzig Stunden gemütliches Couchgelage eingestellt hatte und Britta plötzlich mit der Idee um die Ecke kam, schick essen zu gehen? In dem Fall musste er auch einen Kleidersack in Betracht ziehen, da er seine Hemden ungern zusammenlegte. Was aber, wenn er beladen wie ein Muli bei ihr ankommen und sie sagen würde: *Was hast du denn vor? Ich hatte mich auf ein gemütliches Wochenende eingestellt*? Und wenn das Wochenende vorbei war, wollten seine Sachen ja wieder an ihren gewohnten Platz bei ihm zu Hause geräumt werden! Um es kurz zu machen, es war sehr viel Aufwand für zwei Übernachtungen.

Er entschied sich für die Simple Minds und schenkte sich noch etwas Rotwein ein. Anschließend setzte er sich an seinen Esstisch und öffnete den Umschlag der KTU.

»Geht doch!«, stieß er hervor, als er auf dem Umschlag las, dass es sich bei dem Inhalt um die Auswertung von Tom Wiesingers Handy handelte. Er überflog die Liste mit seinen ausgelesenen Kontaktdaten. Wie es schien, gehörten die meisten Nummern zu Personen aus seiner Schulklasse oder Kameraden des EHC Brunngries. Wo sollte er da anfangen zu stöbern? Whatsapp-Nachrichten drehten sich meist um Eishockeyergebnisse, Treffen mit Freunden oder um Seitenhiebe gegenüber Lehrern, über die er sich mit ein paar Mitschülern austauschte. Alles auf den ersten Blick unauffällig. Tischler legte die Liste neben sich und zog aus dem Umschlag einen USB-Stick heraus, den er in sein Notebook steckte.

»Diese Burschen«, schüttelte Tischler den Kopf und trank einen Schluck, während er sich durch die Bilder klickte. Schnappschüsse von Mitschülerinnen im Bikini am See. Es wirkte nicht, als hätten die Mädchen nicht mitbekommen, dass sie fotografiert wurden. Allen voran Elena Moreno, die sich lasziv vor Toms Linse zur Schau stellte. Der Kommissar hoffte für sie, dass diese Bilder nicht im Netz landeten. In diesem Alter war sich kaum jemand bewusst, dass diese Unbekümmertheit sie irgendwann einholen würde. Denn auch wenn sie selbst diese Bilder längst vergessen hatten, das Internet vergaß sie nicht.

»Sieh einer an«, wunderte er sich beim nächsten Klick. »Carolin von Burgwarth!« Was ihr Sugardaddy Jan Kastner wohl dazu sagen würde, wenn er wüsste, dass seine Affäre nur mit einem Bikinihöschen bekleidet auf dem Handy seines Stiefsohnes schlummerte? Die nächsten Bilder waren unspektakulär. Der Zeitstempel auf den Fotos verriet, dass sich der Tag, an dem Tom Wiesinger ermordet wurde, näherte. Zeugnisvergabe am Gymnasium, er mit seinen Mitschülern, wie sie auf dem Schulhof miteinander anstießen … Es ging nicht spurlos an Tischler vorüber, Tom so lebensfroh zu sehen. Anhand des Datums konnte er erkennen, dass er keine vierundzwanzig Stunden später bereits tot war. Die nächsten Fotos wurden bei ihm zu Hause aufgenommen. Bestimmt hatte seine Mutter darauf bestanden, ihn an diesem Tag abzulichten, bevor es zur Abifeier auf die Flachklamm-Alm ging. Auf diesen Bildern war er bereits in der Kleidung, in der Tischler ihn abseits des Forstweges aufgelesen hatte. Tischler zoomte näher an Toms linke Hand heran. Eindeutig trug er an diesem Abend seine Uhr.

Die nächsten Schnappschüsse waren ebenfalls typisch für dieses Alter. Trinkspiele, unmögliche Posen, Schnappschüsse wilder Knutschereien, die für die Nachwelt unbedingt festgehalten werden mussten. Er mit ein paar Mitschülern, wie sie vor der Almhütte den Qualm dicker Zigarren in die frische Bergluft pusteten. Tischler klickte weiter und stoppte plötzlich. Er ging noch einmal zurück und zoomte erneut in eine Aufnahme hinein. Ein wenig abseits der Berghütte hatte etwas seine Aufmerksamkeit geweckt. Etwas, das er erst kürzlich gesehen hatte.

»Daniel Burglechner … du warst ja doch da oben.«

Zwar war er selbst nicht auf dem Bild zu sehen, dafür aber eine Enduro, die unverkennbar seine war. Ausgeschlossen, dass es genau dieses Modell mit diesen Reifen und der Farbe in der Gegend noch einmal gab. Leider war die Maschine nur von vorne zu erkennen, weshalb er das Nummernschild nicht identifizieren konnte. Doch das brauchte er nicht. Diese Enduro gehörte dem Forstwirt-Azubi. Da gab es für ihn keinen Zweifel. Was also wollte der an diesem Abend auf der Flachklamm-Alm?

Tischler entfernte den Stick aus dem Notebook und klappte es zu. Es war an der Zeit, Daniel Burglechner einen Besuch abzustatten. Denn es gab Fragen, die nur er beantworten konnte.

Steinchen im Profil

»Sportlich, sportlich«, lobte Fink seinen Vorgesetzten, als der zu Fuß auf dem Parkplatz vor der Dienststelle eintraf.

»So ein morgendlicher Spaziergang tut mir gut. Übrigens, es gibt Neuigkeiten.«

»Ach ja? Welche denn?«

»Erzähle ich dir drin.« Tischler hielt Fink die Tür zur Dienststelle auf und folgte ihm.

Am Schreibtisch vorne am Eingang saß bereits Luise. Irgendetwas war anders an ihr.

»Luise! Guten Morgen. Welch Glanz in unserer tristen Hütte. Du strahlst ja richtig. Was ist los? Bist du zur Chefsekretärin befördert worden?«, alberte Tischler und sah in sein Postfach. Es war leer.

»Guten Morgen, ihr zwei. Das bin ich doch schon. Ihr habt ja nur mich.«

»Was ist es dann?«

Luise präsentierte sich in voller Größe vor den beiden und lächelte stolz. »Fällt euch nichts auf?«

Fink und Tischler scannten sie ab. Tischler kam als Erster mit seiner Vermutung heraus. »Hast du einen neuen Lippenstift?«

»Den hab ich doch schon immer. ›Frozen Strawberry‹ von Eve Clark. Felix, jetzt du.«

Er betrachtete sie eindringlich. »Ich weiß. Du hast eine neue Haarfarbe. Sehr natürlich.«

»Ich geb dir gleich, neue Haarfarbe. Das ist alles Natur, ja?«, protestierte sie. »Ich helf euch. Ihr kommt ja doch nicht drauf.« Sie drehte ihren Kopf zur Seite, strich ihre Haare nach hinten und legte ihr linkes Ohr frei. »Na? Was sagt ihr?«

Die beiden Männer gingen ganz nah an Luise heran und kniffen ihre Augen zusammen. Luise protestierte erneut. »Jetzt tuts nicht so! So klein sind sie auch wieder nicht!« Sie kam den beiden ein wenig näher. »Das sind echte Diamantohrstecker in 375er Weißgold aus der ›Everlasting Love‹-Serie von Antonio Kondutti. Gefallen sie euch?«

»Sauber!«

»Sehr schön«, schloss sich Fink überschwänglich an. »Hast du die von deinem Mann?«

»Freilich. Heute Morgen hat mich mein Heinz damit überrascht. Wir haben nämlich Hochzeitstag.«

»Gratuliere! Da hat er sich aber ganz schön ins Zeug gelegt, der Heinz. Wie viel Karat haben die denn?«

»Zusammen null Komma fünfzehn. Steht auf so einer kleinen Karte. Die haben nämlich ein Zertifikat. Wollt ihr einen HERZHAFTEN von Brunello? Ich hab gerade eine Kanne frisch aufgebrüht.«

»Danke, Luise. Dem Felix und mir pressiert es.«

»Stimmt«, fiel es Fink wieder ein. »Du hast ja Neuigkeiten für mich. Was gibt es denn?«

»Der Daniel Burglechner war doch auf der Abifeier oben auf der Flachklamm-Alm. Seine Enduro ist auf einem Bild auf Toms Handy.«

»Schau an. So ein Bandit! Also hat er uns angelogen. Warum wohl?«

»Das fragen wir ihn gleich. Ruf mal schnell beim Forstamt an, die sollen dir verraten, wo genau der gerade steckt.«

»Ich muss aber noch aufs Klo. Mit was sollen wir eigentlich fahren? Der Scholl hat doch unseren …«

»Mit deinem Punto natürlich. Der Streifenwagen ist in der Inspektion, der Scholl braucht den Passat, meiner ist in der Werkstatt … Da bleibt nicht mehr viel. Gib mir schon mal die Schlüssel. Ich warte im Wagen auf dich.«

Zähneknirschend warf Fink seinem Vorgesetzten den Autoschlüssel zu und verschwand im hinteren Bereich der Dienststelle. Auf dem Parkplatz begegnete Tischler dem Kollegen Scholl, der ihm breit grinsend mit dem Passatschlüssel zuwinkte.

»Fährt sich pfundig«, bemerkte er im Vorbeigehen gegenüber dem Hauptkommissar, doch Tischler ließ sich nicht aus der Reserve locken.

»Dann ist es ja gut. Ach, Robert … kleiner Tipp! Die Luise hat ihr Outfit geändert. Sie hat einen neuen Lippenstift und sich die Haare gefärbt. Du weißt schon, oben am Haaransatz. Dadurch wirkt sie gut fünf Jahre jünger. Vielleicht erwähnst du das, dann freut sie sich.«

Scholl salutierte zum Dank. »Nett von dir. Erst neulich bin ich bei ihr voll ins Fettnäpfchen getreten. Du weißt doch, wie sie bei solchen Sachen ist.«

»Darum sage ich es dir ja. Wir Männer müssen schließlich zusammenhalten.«

Tischler stieg in den Punto. Zugegeben, dieses Auto war nicht das größte. Aber er war darin in diesem Moment bestimmt weitaus sicherer als Scholl in der Dienststelle.

»So also fühlt es sich an, wenn man du ist«, stellte Tischler fest und schaltete einen Gang herunter, da der Forstweg etwas steiler wurde. Die Kupplung knarrte und Fink zuckte.

»Du musst das Kupplungspedal ein bisserl länger treten«, bat er den Kommissar nervös. »Das muss mal eingestellt werden.«

»Die schleift ganz schön. Hoffentlich schaffen wir es noch bis ans Ziel.«

»Ich mag meinen Punto.«

»Ich zieh dich doch bloß auf. Fährt sich gut und das Lenkrad ist echt griffig. Wo genau sind die vom Forstamt noch mal?«

»Die Frau meinte, dass wir dem Weg immer folgen sollen, dann sähen wir sie irgendwann.«

»Das ist ja auch eine Aussage. Aber wir haben Glück. Schau, da vorne.«

Tischler steuerte noch näher an die Waldarbeiter heran und stellte den Punto mittig auf dem Forstweg ab. Weiter kamen auch keine anderen Fahrzeuge, da die Männer schweres Gerät aufgefahren hatten. Das mit überbreiten Reifen bestückte Monster krallte sich mit seinem Greifarm an einen dicken Baumstamm, als wäre er ein Streichholz. Mit lautem Getöse durchtrennten die Arbeiter mit ihren Motorsägen das Holz etwa dreißig Zentimeter über dem Waldboden. Das tonnenschwere Gefährt machte kurzen Prozess mit dem Stamm und legte ihn beiseite, als wäre er aus Pappmaschee. Andere Arbeiter machten sich daran, die Äste zu entfernen. Aus der Ferne wirkte das Szenario, als würde dieses Team schon ewig Hand in Hand im Forst arbeiten. Dies war jedoch sicherlich Grundvoraussetzung für eine erfolgreiche und zügige Arbeitsweise. Denn bei dem Lärm war es kaum möglich, sich vor jedem Arbeitsschritt zu verständigen.

Auf den ersten Blick sahen alle Arbeiter gleich aus mit ihren orangefarbenen Helmen, an die Visiere und Gehörschutz montiert waren.

»Und wer ist nun da der Chef?«, überlegte Fink, als sie sich näherten.

»Wir fragen einfach irgendeinen. Der wird es uns sicher sagen.« Kaum hatte Tischler diesen Satz ausgesprochen, entdeckte er etwa hundert Meter weiter im Wald einen Arbeiter, der seinen Helm abgenommen hatte. Er trank aus einer Sportflasche.

»Schau dir den da am Hang an, Felix. Das ist er doch, oder?«

Fink kam nicht dazu, Tischlers Vermutung zu bestätigen, da im selben Augenblick eben dieser Arbeiter auf die beiden Ermittler hinunterblickte. Für einen Moment stand er einfach nur regungslos da, darauf warf er seinen Helm samt Wasserflasche von sich und rannte los.

»Das ist unser Mann«, rief Tischler und nahm die Verfolgung auf. Fink tat es ihm gleich.

Sie verließen den Forstweg und versuchten, Daniel Burglechner einzuholen. Der hatte jedoch nicht vor, seine Verfolger zu Fuß abzuschütteln. Sein Ziel war seine Enduro, die weiter abseits zwischen den Bäumen parkte. Schnell hatte er seine Maschine erreicht, warf sich auf den Sattel und zog den Helm über, der am Lenker hing.

»Zurück zum Wagen!«, kommandierte Tischler. »Der haut ab!«

Burglechner stemmte sich mit seinem ganzen Körper auf den Kickstarter und trat ihn mit aller Kraft durch. Hastig drehte er ein paarmal am Gas, legte den ersten Gang ein und gab Vollgas. Sein Hinterreifen drehte durch und grub sich in den lockeren Waldboden, bis er endlich Grip hatte. Er beschleunigte sehr schnell und machte sich auf den Weg ins Tal. Seine Kollegen unterbrachen ihre Arbeit und starrten ihm hinterher.

Zwischenzeitlich hatten auch Tischler und Fink den Punto erreicht und starteten den Motor.

»Dann schauen wir mal, was dein Flitzer draufhat!«, rief Tischler voller Eifer, den Flüchtenden zu erwischen. Er legte den Rückwärtsgang ein und begann ein Wendemanöver auf dem Forstweg. Da dieser nicht sehr breit war, dauerte dieses Vorhaben länger als erhofft.

»So eine Scheiße«, fluchte er lauthals, während er heftig hin und her schaltete, wenn er nicht gerade am Lenkrad kurbelte.

»Schneller! Der entkommt uns noch!«, trieb Fink ihn an und reckte seinen Kopf im Wagen wild umher, um Burglechner nicht aus den Augen zu verlieren.

»Der entkommt uns sicher nicht! Nicht heute!«, verkündete Tischler entschlossen, als er endlich gewendet hatte. Mit Vollgas raste er der Enduro hinterher.

Burglechner verließ immer wieder den Forstweg und schoss querfeldein durch den Wald. Jedes Mal, wenn ein Stein des Forstweges gegen den Unterboden knallte, biss Fink die Zähne zusammen und zischte dabei. Er hatte sicher mehr Angst um sein Vehikel als um sein Leben, das er mitsamt dem Autoschlüssel in die Hände seines Chefs gelegt hatte.

»Nicht immer die Gänge so arg ausfahren. Das mag der Motor überhaupt nicht!«, schimpfte Fink.

Doch Tischler hörte nicht auf ihn und holte alles aus dem Punto heraus. Erst kurz vor einer Kurve bremste er scharf ab, lenkte ein und gab bereits am Scheitelpunkt erneut Gas, um die verlorene Geschwindigkeit wieder wettzumachen. Burglechner drehte seinen Kopf ständig hektisch nach hinten, um seine Verfolger nicht aus den Augen zu verlieren. Mit einem waghalsigen Sprung verschwand er erneut aus Tischlers Sichtfeld und raste wie verrückt quer durch den Wald. Über Baumstümpfe und Wurzeln, die aus dem Boden ragten, flog er einfach hinweg.

»Siehst du ihn noch?«, schrie Tischler Fink zu, der sich mittlerweile am Griff des Dachhimmels festkrallte.

»Da vorne kommt er gleich wieder auf den Weg!«

»Leck mich am Arsch, hat der einen Zahn drauf! Was ist denn los mit der Jugend heutzutage? Kaum sehen die die Polizei, schon hauen sie ab! Festhalten!«

Tischler bremste erneut stark ab, lenkte um die nächste Kurve und gab wieder Gas. Burglechner wirbelte viel Staub auf, der sich auf der Windschutzscheibe des Punto niederließ.

»Nicht mehr lange, dann kommt er auf die geteerte Straße. Wenn er dann über die Felder abhaut, haben wir verloren.«

»Nix da«, war sich Tischler sicher. »Der entkommt uns nicht. Und wenn, dann höchstens für ein bis zwei Stunden. Wo will denn einer wie der untertauchen?«

»Warum rasen wir ihm denn dann wie verrückt hinterher?«

»Ich fahre hier und heute für die gesamte Polizei! Heute holen wir uns den gebührenden Respekt wieder zurück!«

Tischler trat das Gaspedal voll durch und näherte sich der Enduro. Burglechner drehte sich um. Als er wieder nach vorne blickte, stieg er voll in die Bremsen, sodass sein Hinterrad blockierte. Grund für diese Aktion war ein Traktor, der ihm auf dem Forstweg mit einem leeren Heuanhänger entgegenkam. Da er immer noch sehr schnell war, geriet sein Motorrad außer Kontrolle. Mit aller Kraft versuchte er auszuweichen. Dies gelang ihm auch. Doch kaum hatte er die Herrschaft über seine Maschine zurückerobert, da stellte sich ihm das nächste Hindernis in Form eines tiefen Grabens in den Weg. Sein Vorderrad tauchte ein und das Heck schnellte in die Höhe. In hohem Bogen verließ Daniel Burglechner seinen Sattel und knallte etliche Meter weiter auf den Waldboden, wo er ein paar Umdrehungen später zum Liegen kam.

Tischler trat ebenfalls voll in die Bremsen, dass die Räder blockierten. Die Vorderräder schoben den Kies vor sich her, bis der Punto quer kurz vor dem Traktor zum Stehen kam.

»Puh! Das war knapp«, entwich Tischler erstaunt.

Fink war kreidebleich im Gesicht. Gleichzeitig öffneten sie ihre Türen und liefen zu Burglechner, während der Traktorfahrer mit versteinertem Gesicht auf seinem Bock saß und diese Schrecksekunden erst verdauen musste.

Burglechner bewegte sich. Es hatte den Anschein, dass er am liebsten flüchten wollte. Doch sein Bein machte bei diesem Vorhaben nicht mit und hielt ihn an der Stelle gefangen, wo er gelandet war. Schmerzverzerrt fasste er sich ans Knie, als Tischler und Fink neben ihm standen. Zornig streifte er seinen Helm ab und warf ihn weit von sich.

»Hamma es ein bisserl eilig gehabt, Herr Burglechner? Oder besteht im Allgemeinen eine gewisse Abneigung gegenüber der Polizei?«

Burglechner blickte zu Tischler auf. Ohne ein Wort ließ er seinen Oberkörper wieder auf den Waldboden sinken. Fink rief via Handy einen Krankenwagen. Man musste nicht Medizin studiert haben, um zu erkennen, dass das Bein knieabwärts eine andere Richtung eingeschlagen hatte als von der Natur vorgesehen. Tischler ersparte dem Kamikazefahrer eine Standpauke. Denn Daniel Burglechner hatte sicherlich längst begriffen, dass diese Aktion nicht zu den geistreichsten in seinem Leben gehörte. Eines stand jedenfalls fest: Er hatte etwas getan, das ihn zu diesem Fluchtversuch getrieben hatte. Dessen war sich Tischler ganz sicher.

***

»Jetzt schau dir das an! Das, das ist ja … das … das …«

Fink stand fassungslos vor seinem geliebten Punto. Das kräftige Weinrot war einem eher ockerfarbenen Teint gewichen, im Reifenprofil steckten unzählige Kieselsteinchen und die Scheiben waren ringsherum staubbedeckt. Kurzum: Finks Punto wirkte, als hätte er soeben Paris-Dakar hinter sich gebracht. Oder eben einen Forstweg mit hoher Geschwindigkeit in den Chiemgauer Alpen.

»Ein Eimer Wasser und ein bisserl Politur, und er ist wieder wie neu«, besänftigte Tischler seinen Kollegen. Zumindest versuchte er es. »Schau, dein Wagen hat maßgeblich dazu beigetragen, dass wir den Daniel Burglechner geschnappt haben.«

»Wir hätten auch zu ihm nach Hause fahren und warten können. Außerdem wissen wir überhaupt nicht, ob er wirklich etwas ausgefressen hat.«

»Na, zur Gaudi wird er nicht wie ein Irrer vor uns geflüchtet sein. Jetzt komm, er ist bestimmt schon untersucht worden.«

»Woher willst du das wissen?« Fink folgte schweren Herzens seinem Vorgesetzten. Er ließ sein Auto in dieser bitteren Stunde nur ungern alleine auf dem großen Parkplatz der Traunsteiner Klinik zurück.

»Ich hab da so meine Beziehungen.«

Vor dem Klinikeingang tummelten sich ein paar stationäre Insassen, die in ihren Morgenmänteln und Jogginganzügen ihren Nikotinspiegel auf ein erträgliches Maß heraufschraubten.

Tischler fiel im Vorbeigehen eine Frau auf, die sich dabei an ihrem Infusionsständer festkrallte. Daran hing eine Flasche, mit der sie über einen Schlauch fest verbunden war. Er machte sich keine weiteren Gedanken und betrat das Gebäude.

Von Weitem erkannte er Britta, die mit zwei Kollegen vor den Aufzügen in ein Gespräch vertieft war. Als hätte sie seine Anwesenheit gespürt, blickte sie im selben Augenblick zum Eingang. Lächelnd kam sie auf die beiden zu.

»Was machst du denn hier?«, begrüßte sie Tischler bereits aus nächster Nähe.

Fast hätte ihr Tischler einen Kuss gegeben. Auch Britta war kurz davor, ihm ihre Wange entgegenzustrecken. In letzter Sekunde merkten beide jedoch, dass dies keine Umgebung für derlei Austausch war. Sie reichten sich die Hände.

»Darf ich vorstellen? Mein Kollege, Polizeiobermeister Fink. Felix, das ist Frau Doktor Britta Neufeld.«

»Sehr erfreut«, begrüßte Britta den jungen Polizisten. »Und was treibt euch hierher? Der Kaffee im Klinikbistro wird es wohl nicht sein.«

»Nein«, wehrte Tischler lachend ab. »Es wurde soeben ein junger Mann eingeliefert. Vermutlich eine Fraktur am Bein oder so. Er ist mit dem Motorrad gestürzt, als er vor uns flüchten wollte.«

»Verstehe. Ihr müsst aber nicht dafür sorgen, dass wir Kundschaft haben. Die kommen auch von alleine zu uns«, witzelte Britta. »Na, dann nehme ich euch beide mal mit. Mal sehen, ob wir euren Kandidaten finden.«

Britta ging voran zu den Fahrstühlen. Fink sah Tischler fragend an. Wer war diese attraktive Frau Dr. Neufeld? Und warum kannte er sie? Tischler zuckte nur mit den Schultern.

Auf der Station der Unfallchirurgie herrschte reges Treiben. Ungewöhnlich für einen Freitag, wie Britta bemerkte. Für gewöhnlich stieg der Betrieb meist nach dem Wochenende. Dann, wenn sämtliche Hobbyradler und Teilzeit-Luis-Trenker ihr Können überschätzt hatten. Sie kamen zu Brittas Büro.

»Constantin, hast du einen Moment, ich habe da noch einen Befund …« Sie verschwand in ihrem Zimmer und Tischler folgte ihr, nachdem er Fink bedeutet hatte, doch bitte einen Moment auf dem Flur zu warten.

Kaum hatte Tischler die Tür geschlossen und sich umgedreht, klebte ihm auch schon die Ärztin an den Lippen und küsste ihn stürmisch. Dies ließ sich der Kommissar natürlich gerne gefallen und zog sie an sich.

»Hoppla, Frau Doktor. Wie komme ich denn zu der Ehre?«

»Ich habe mich sehr gefreut, als ich dich eben dort unten hereinkommen sah. Ich wollte nur, dass du das weißt.«

»Ist angekommen«, versicherte Tischler und küsste sie erneut.

»Wie schaut es nun am Wochenende mit uns beiden aus?«

»Ich würde sagen: Heiter bis sonnig mit stürmischen Ausläufern. Wir telefonieren noch mal, ja?«, vertröstete er Britta in der Hoffnung, dass sie sich zwischenzeitlich entschied, zu ihm zu kommen. »Wir sollten dann wieder … du weißt, mein Kollege. Er soll nicht …«

»Klar.«

Beide richteten ihre Kleidung und kehrten zurück auf den Flur, wo Fink gegenüber von Brittas Büro wartend an der Wand lehnte.

»Dann gucke ich mal, wo euer Patient steckt«, bot Britta an und verschwand ein paar Türen weiter.

»Was ist das mit dir und dieser Frau Doktor?«, fragte Fink neugierig.

»Nix. Was soll sein?«

»Du hast noch nie von ihr gesprochen. Woher kennt ihr euch?«

»Ich war mal bei ihr in Behandlung«, wand sich Tischler etwas ungeschickt. »Ich kenne sie auch nur flüchtig.«

»Verstehe. Du hast da noch Lippenstift«, wies Fink den Kommissar diskret auf seinen Mundwinkel hin.

»Wo?« Tischler wischte über seine Lippen.

»Ha! Ich wusste es! Da läuft doch was!«

»Pst! Spinnst jetzt? Was du wieder siehst.«

»Und warum hast du dann geschaut, ob du nicht wirklich Lippenstift im Gesicht hast?«

»Das war nur Reflex. Und jetzt Schluss. Sie kommt«, zügelte Tischler seinen Kollegen.

»Ihr könnt mitkommen. Er liegt bis zur nächsten Untersuchung da hinten in einem Zimmer«, erklärte Britta. »Geröntgt ist er schon. Hat sich den Unterschenkel gebrochen. Also, Schien- und Wadenbein. Wir werden ihn gleich morgen früh operieren.«

»Wie lange dauert es, bis er wieder auf den Beinen ist?«, fragte Tischler nach.

»Auf den Beinen ist er hoffentlich schnell wieder. Dafür wird die Reha sorgen. Bis er es allerdings wieder voll belasten kann … ich würde sagen, zwischen vier und zwölf Wochen.«

»Dann ist es erst einmal vorbei mit Eishockey«, fügte Fink hinzu.

Britta zeigte den beiden das Zimmer und verschwand wieder.

Als Tischler die Tür öffnete, lag Daniel Burglechner alleine in einem Bett am Fenster und blickte hinaus. Er bemerkte, dass jemand hereinkam. Als er jedoch die beiden Polizisten sah, sank seine Laune sichtbar noch weiter nach unten, als sie ohnehin war.

»Servus!«, begrüßte ihn Tischler. »Alles klar?«

»Wen interessiert das?«

»Da hast du ja einen ganz schönen Bock geschossen. Motorrad hin, Unterschenkel gebrochen, die ganzen Prellungen …«, zählte Tischler auf und zog sich einen Stuhl heran. Er setzte sich neben Burglechner ans Bett.

Fink lehnte sich ans Fenster und interessierte sich für die Speisekarte der Krankenhausküche, die auf dem Nachttisch lag.

»Das Motorrad und den Arbeitsausfall zahlt ihr!«, fauchte Burglechner und verzog gleich daraufhin schmerzverzerrt sein Gesicht.

»Ja freilich, so weit kommt es noch. Wir sind nicht in Amerika, wo der Einbrecher die Geschädigten verklagen kann, weil er sich beim Fensterzerdeppern in die Finger geschnitten hat«, frotzelte Tischler und wurde gleich darauf ernst. »Jetzt raus mit der Sprache. Warum hast du es so eilig gehabt?«

Burglechner wich Tischlers Blicken aus und sah zum Fenster. Dort stand allerdings Fink, weshalb er einfach geradeaus die Wand anstarrte.

»Okay! Dann sage ich dir, was passiert ist«, schlug Tischler vor. »Du hattest immer wieder mal Stress mit deinem Mannschaftskameraden, er ist dir dumm gekommen und du hast einen günstigen Moment abgewartet, um es ihm heimzuzahlen. Die Abifeier kam dir dabei gerade recht, weil du ja nicht auf der Gästeliste warst. Du hast ihn vor der Hütte abgepasst und etwas später hast du ihn dir auf dem Forstweg geschnappt. Zack, ein Messer in den Tom Wiesinger hinein, ihn hinter dem Holz abgelegt und weg mit deiner Enduro, von der wir übrigens am Tatort die Reifenspuren gesichert haben. Fall abgeschlossen! Komm, Felix, wir gehen.«

Tischler machte sich daran, den Stuhl wieder an seinen Ort zu rücken, als sich der gebeutelte Patient zu Wort meldete.

»So ist es überhaupt nicht gewesen.«

»Ich glaube doch. Und genau so werden wir es dem Staatsanwalt berichten. Der wird die Wahrheit dann herausfinden. Ach ja, du musst hier vor uns ja eh nichts sagen. Sie haben das Recht zu schweigen und so weiter …«

»Ich hab den Tom nicht umgebracht!«, schrie Burglechner fast schon verzweifelt. »Verdient hat er es trotzdem!«

Tischler linste zu Fink, der wie immer in solchen Situationen sogleich seinen kleinen Block zückte. Der Kommissar setzte sich wieder.

»Willst du uns was sagen?«

Burglechner haderte noch einen kleinen Augenblick. Dann begann er damit, sich sein Geheimnis von der Seele zu reden.

»Der Krauti hat mir vor Kurzem etwas gesteckt.«

»Voller Name«, ging Fink dazwischen.

»Dominic Krautmann. Mannschaftskamerad beim EHC. Es ging um meine Freundin, die vor etwa drei Jahren an Ecstasy gestorben ist.«

»Sprichst du von Lisa? Lisa Buchholz?«

Burglechner nickte. »Nie hätte sie so etwas genommen. Ich war an dem Wochenende nicht dabei in der Disco. Mir ging's nicht gut. Ich war eh sauer, dass sie trotzdem alleine mit ihrer Freundin gegangen ist. Dominic hat mir erzählt, wer ihr damals das Zeug untergejubelt hat.«

»Tom?«

Burglechner nickte. »Ja, die Sau hat ihr das Zeug gegeben. Und dann ist sie daran krepiert! Herzfehler hin oder her. Er war daran schuld!«

»Das ist doch ein wunderbarer Grund, sich an ihm zu rächen, oder?«, warf Tischler ein.

»Ich hatte es auch vor. Auf der Flachklamm-Alm habe ich ihn zur Rede gestellt.«

»Warst du auf der Party?«, hakte Fink ein.

»Nein. Diese Abipfeifen wollen doch nur unter sich sein. Mit einem gewöhnlichen Arbeiter wie mir haben die nix am Hut. Dabei schafft heutzutage fast jeder das Abitur.« Wieder griff er schmerzverzerrt an sein Bein. »Ich habe etwas entfernt von der Berghütte gewartet. Er kam alleine raus! Die Gelegenheit war günstig. Also habe ich ihn zur Rede gestellt. Erst hat er alles abgestritten. Als ich jedoch nicht nachgelassen habe, gab er es dann zu. Er meinte noch, sie sei alt genug gewesen, um zu wissen, was sie tat. Als ich ihn packen wollte, kamen ein paar seiner Schulkameraden ebenfalls nach draußen. Da bin ich abgehauen.«

»Du bist doch aber noch mal zurückgekehrt? So schnell hast du dich bestimmt nicht abspeisen lassen, oder?«

»Ich bin da nicht wieder hin«, versicherte Burglechner mehr oder minder glaubhaft. »Ich bin zu einer nahe gelegenen Forsthütte gefahren und habe mir dort auf der Terrasse die Kante gegeben. Da oben bunkert immer was Hochprozentiges. Dann bin ich eingeschlafen. Lisa und ich waren oft in der Hütte ...« Wieder starrte er mit leerem Blick die Wand ihm gegenüber an.

»Und dann?«, wollte Tischler wissen, um den Redefluss nicht abreißen zu lassen.

»Dann bin ich irgendwann früh aufgewacht und wollte runter ins Tal. Da sah ich ihn liegen.«

»Auf dem Forstweg?«

»Nein«, berichtigte er Tischler. »Hinter dem Holz. Ich fahre nur selten auf dem Weg, weil ich auf dem normalen Waldboden mehr Grip habe. Tausend Sachen sind mir durch den Kopf gegangen. Was, wenn mich jemand auf der Party da oben doch erkannt hat oder er seinen Kumpels von mir erzählt hatte? Ich hatte alle Gründe, um …«

»Was hast du dann getan?«

»Ich bin etwas näher hingefahren, aber er hat sich nicht bewegt. Ich war mir sicher, dass er nicht mehr lebte. Im Grunde war ich dankbar dem gegenüber, der ihn erledigt hat. Heute denke ich da anders drüber. Sie müssen mir glauben! Ich habe ihn nicht umgebracht!«

»Und daraufhin bist du nach Hause gefahren?«

»Nein. Ich bin wieder hinauf zur Forsthütte, um zu überlegen, ob ich es vielleicht doch melden sollte. Ein paar Stunden später war ich mir sicher, dass es das Beste wäre, wenn ich zu den Bullen fahre. Nachdem ich mich auf den Weg gemacht hatte, war das ganze Aufgebot aber schon da. Überall Polizei und Hunde … Da bin ich abgehauen. Wer hätte mir denn da noch geglaubt?«

»Immer noch besser, als heute die Flucht anzutreten.« Tischler erhob sich. »Diesen Krauti – wo findet man den?«

»Meist in der Eishalle. Besonders jetzt, wo Tom tot ist. Tom war unser Mannschaftskapitän. Er ist nachgerückt.«

Tischler verstand.

Fink steckte seinen Block wieder ein und warf nochmals einen Blick auf den Speiseplan. »Ich würde die Wiener mit Kartoffelsalat nehmen. Außer, du musst morgen früh für deine

OP nüchtern sein.« Er klopfte zweimal zum Gruß auf das Fußende des Bettes.

Tischler drehte sich nochmals um. »Eine Frage noch. Wenn dieser Tom da was mit Drogen am Laufen hatte und vielleicht ein paar Leute außer diesem Krauti davon gewusst haben, wer deiner Lisa das Zeug gegeben hat, warum spricht da niemand drüber?«

So groß die Schmerzen von Daniel Burglechner auch sein mochten, er lachte. »Ihr habt eben keinen guten Stand bei der Jugend. Die halten zusammen und sind lieber still, bevor sie selbst in die Schusslinie geraten.«

»Verstehe. War nur so ein Gedanke.« Die Beamten verließen das Krankenzimmer.

Als sie auf dem Parkplatz angekommen waren, ging Fink eine Sache nach wie vor nicht aus dem Kopf. »Noch mal wegen dieser Frau Doktor. Hast du was mit der?«

»Echt jetzt, Felix? Wir haben hier gerade die beste Story seit Tagen gehört und du interessiert dich für mein Liebesleben?«

»Ist ja auch interessant.«

»Sag mir lieber, was wir als Nächstes machen.«

Fink überlegte und warf einen Blick auf seinen Punto. »Vielleicht in die Waschanlage fahren?«

»Von mir aus. Und was dann?«

Fink wurde nervös. Dies war ein Moment, in dem Tischler mehr Chef als Kollege war. Da wollte er natürlich punkten.

»Ich würde zu Dominic Krautmann fahren und mir anhören, was der zu erzählen hat.«

Tischler nickte wohlwollend. »Was wäre noch interessant an diesem Krautmann?«

»Dass er jetzt Mannschaftskapitän ist, weil der Tom dieses Amt nicht mehr ausfüllen kann?« Fink bekam große Augen. »Genau! Damit hatte er eigentlich auch ein Motiv!«

»Sehr gut, Felix. Immer das große Ganze im Auge behalten. Und jetzt lass uns eine Waschanlage suchen, wo ich auch was zu essen kriege. Sonst kipp ich hier gleich aus den Latschen.«

»Und wann erzählst du mir von der Frau Doktor?«

»Komm, steig ein und sei nicht so neugierig.«

Völlig von den Socken

»Nicht zu fassen, dass es heutzutage nur noch Schmarrn zum Essen gibt«, schimpfte Tischler auf dem Parkplatz vor der Eishalle.

»Sie hätte dir doch eine Butterbrezn geschmiert.«

»Ich schmier dir gleich eine. Butterbrezn! Die kannst zum Frühstück essen, von mir aus auch am späten Vormittag. Wenn ich mittags nix Gescheites zum Essen bekomme, werd ich einfach unleidlich. Man kann doch von einer Tankstelle erwarten, dass die wenigstens Wiener oder so was haben. Ich brauch kein Sandwich, auf dem alles drauf ist, das wegmuss!«

»Dafür ist mein Punto schön sauber geworden.«

»Dann ist ja wenigstens einer von uns beiden auf seine Kosten gekommen.«

Am Kassenbereich gleich hinter dem Eingang der Eishalle fing sie der Hausmeister ab, der sie in forschem Ton darauf aufmerksam machte, dass an diesem Tag für Privatpersonen geschlossen sei. Tischler überließ es seinem Kollegen, den Mann aufzuklären, der sich umgehend als sehr hilfsbereit erwies. Jedoch erst, nachdem er sich von Fink den Ausweis hatte zeigen lassen.

Tischler musterte Fink von der Seite, als sie die spärlich beleuchtete Eishalle betraten. »Das erste Mal, dass ich dich zu dieser Jahreszeit um deinen Janker beneide. Ganz schön frisch hier drinnen.«

»So, da hinten auf dem Eis, das ist der Krauti. Unsere ganze Hoffnung für diese Saison«, erklärte der Hausmeister.

»Und wer ist der andere?«

»Das ist Klaus Kürten, der Trainer. Er hat die Mannschaft dorthin gebracht, wo sie heute steht. Und entschuldigen Sie noch mal meinen Ton. Sie glauben gar nicht, wie oft hier einfach Leute hereinspazieren. Aber ich muss ja ständig rein und raus. Ich kann doch nicht jedes Mal auf- und zusperren!«

Der Trainer hatte etliche Pucks parallel zum Tor positioniert, die Krautmann alle nacheinander sicher im Tor versenkte.

Tischler bedankte sich beim Hausmeister, der sie grinsend darauf hinwies, dass es auf dem Eis glatt sei. Sie öffneten die Tür der Außenbande und betraten das Eis. Und es war glatt.

»Wenn du stürzt, dann halt dich ja nicht an mir fest«, warnte Tischler seinen Kollegen.

Dominic Krautmann und sein Trainer wurden auf die beiden Männer aufmerksam.

»Servus«, rief ihnen Tischler zu. »Dominic Krautmann?«

»Ja«, antwortete der und nahm seinen Helm ab. Er fuhr ihnen entgegen und bremste abrupt vor ihnen.

»Tischler. Kriminalpolizei. Das ist mein Kollege Fink.« Auch der andere gesellte sich dazu.

»Servus. Das ist mein Trainer. Was kann ich für Sie tun?«

»Wir sind hier wegen Tom Wiesinger. Können wir uns kurz unterhalten?«

»Freilich.« Ohne weitere Worte fuhr Krautmann zur Bande und verließ das Eis. Er setzte sich auf die Ersatzbank und zog seine dicken Handschuhe aus. Dann trank er aus einer Flasche. Er schwitzte stark.

Tischler und Fink schafften es vom Eis, ohne zu stürzen. Der Trainer kam ebenfalls dazu.

»Wie können wir Ihnen helfen?« Der Trainer checkte nebenbei auf dem Handy seine Nachrichten.

»Wir ermitteln in dem Fall Wiesinger. Was war er denn für ein Typ, der Tom?«

»Ich würde sagen, ein Teamplayer, oder, Krauti?« Der nickte. »Sehr ehrgeizig. Immerhin war er Kapitän der Mannschaft. Das muss man sich verdienen.«

»Gab es keinen Ärger unter den Spielern? Also zwischen Tom und anderen?«

Der Trainer lachte. »Was wollen Sie hören? Das sind Jungs. Sind alle voller Adrenalin. Ist doch klar, dass sie mal untereinander Dampf ablassen. Und danach gehen sie gemeinsam ein Bier trinken.«

»Wie sieht es mit Drogen aus?«, warf Tischler in den Raum.

»Was soll das heißen? Dass hier gedopt wird? Geht's noch?« Die anfänglich zuvorkommende Laune des Trainers verflog schnell, als er sich angegriffen fühlte. Krautmann hielt sich bedeckt.

»Wir fragen nicht ohne Grund. Können wir uns mal die Umkleidekabine der Spieler ansehen?«, wollte Fink wissen.

»Natürlich. Wir haben hier nichts zu verbergen. Krauti, du übst solange Fernschüsse, damit du mir nicht auskühlst!«, wies der Trainer in schroffem Ton den Spieler an. Dann forderte er die Polizisten auf, ihm zu folgen. Auf dem Weg zu den Umkleiden wurde er wieder sanfter.

»Sie müssen entschuldigen. Wir stehen momentan alle sehr unter Druck. Der Tod von Tom, die Presse … Wir müssen bei all der Trauer natürlich auch zusehen, dass es weitergeht. Das Wohl der Mannschaft darf nicht vernachlässigt werden. Immerhin sind die Jungs kurz davor, in die nächste Liga aufzusteigen.« Er öffnete eine Tür und bat Tischler und Fink, voranzugehen. »So, da sind wir. Nichts Besonderes. Eine Umkleide halt.«

Tischler schritt an den Bänken vorbei und machte an den Waschbecken kehrt. Er betrachtete die Spinde.

»Hat jeder der Spieler seinen eigenen?«

»Natürlich.«

»Wo ist der von Tom?«

»Ich glaube, der zweite vorne links. Die Namen stehen dran.«

Tischler stand davor und ruckelte an dem Schloss. »Ich würde da gerne hineinsehen.«

Der Trainer nahm eine abwehrende Haltung ein. »Ohne Zustimmung der Eltern … ich weiß nicht.«

»Es gibt doch nichts zu verbergen, oder? Wir können uns allerdings auch einen Beschluss holen und …«

»Schon gut«, lenkte der Trainer ein. »Ich ruf den Hausmeister an. Dann ist das Ding ruckzuck offen.«

Kaum hatte Trainer Kürten den Mann via Handy in die Umkleide gebeten, stand er zwei Minuten später mit einem Bolzenschneider vor dem Spind und öffnete ihn.

Entgegen jedem Klischee entdeckte Tischler an der Tür keine Spindfotos, auf denen sich nackte Frauen rekelten.

»Sehen Sie, wie ich gesagt habe. Hier geht es nur um eines. Um Eishockey. Ich weiß alles über meine Spieler. Zu mir haben sie mehr Vertrauen als zu ihren eigenen Eltern.«

Tischler ließ sich durch den Trainer nicht beirren, zog sich Handschuhe über und begutachtete in Ruhe den Inhalt des Spindes. Duschgel, Shampoo, Stylingcreme für die Haare … Ja, dieser Tom hatte auf sich geachtet. Getragene Klamotten, ein paar T-Shirts, Sneakers … Tischler griff ins oberste Fach und zog ein paar Sportsocken hervor, die zusammengeknüllt im hintersten Eck lagen. Er ertastete etwas und drehte eine der

Socken auf links. Der Inhalt überraschte nicht nur Tischler. Zum Vorschein kamen Pillen und zwei Beutel mit Gras, wie der Kommissar nach einer Geruchsprobe schnell feststellte.

Er hielt dem Trainer seinen Fund vor die Nase. »Vielleicht sollten wir uns Ihren Spind auch ansehen. Da Sie ja hier die Vertrauensperson sind?«

Der Trainer schluckte. »Also davon … ich wusste wirklich nicht, dass …«

»Schon gut. Ich glaube Ihnen. Würden Sie mir jetzt bitte Herrn Krautmann in die Umkleide holen?«

Wortlos ging der Trainer zurück zum Eis und kehrte kurz darauf mit dem neuen Mannschaftskapitän zurück. Der stöckelte lässig auf seinen Kufen zu seinem Spind und öffnete ihn. Schnell war klar, dass in dieser Mannschaft nicht alle den Hang zum Dealer hatten.

»Wir würden uns gerne noch ein wenig alleine mit Herrn Krautmann unterhalten. Wenn ich Sie bitten dürfte?«, wies Tischler den Trainer höflich an, die Umkleidekabine zu verlassen. Da dieser vom Fund des Kommissars bedient war, folgte er der Bitte kommentarlos und zog hinter sich die Tür zu.

»Wussten Sie davon?«, kam Tischler gleich zur Sache und hielt Krautmann den Inhalt der Socke vor die Nase.

Krautmann schwieg. Für Tischler war klar, dass eine Mannschaft wie diese am Ende des Tages bis aufs Blut zusammenhielt. Auch, wenn es unter einzelnen Spielern sicher dann und wann Differenzen gab.

»Welche Beziehung hatten Sie zu Tom Wiesinger?«

»Wir waren Mannschaftskollegen.«

»Gab es auch mal Streit zwischen Ihnen und Tom?«

»Natürlich. Das ist ganz normal unter uns. Man streitet sich und einen Tag später ist wieder alles vergessen.«

»Wie ich gehört habe, ist es nicht Ihr Schaden, dass die Mannschaft einen neuen Kapitän gebraucht hat«, kam Tischler zur Sache. »Jetzt, wo die nächste Liga winkt. Wer ist da nicht gerne Anführer, wenn es um den Aufstieg geht.«

»Was soll das heißen? Ich war schon immer als Mannschaftskapitän eingeplant!«

»Ach ja? Und warum wurde es dann Tom Wiesinger?«

Krautmann haderte mit sich. Irgendetwas arbeitete in ihm. »Wenn ein Verein Geld benötigt, dann tauscht man schon mal die Trikots.«

»Das heißt, dass sich Tom diese Position erkauft hat?«

»Er nicht«, widersprach Krautmann. »Dafür aber sein reicher Stiefvater!« Tischler hörte einen verächtlichen Unterton in seinen Worten.

»Etwas genauer, wenn's geht …«

»Menschen meines Ranges müssen sich eine Position wie diese durch hartes Training erarbeiten, während andere einfach ihren Geldbeutel öffnen.«

»Sie werden mir doch nicht erzählen, dass Tom Wiesinger nur deshalb Kapitän der Mannschaft wurde?«

»Er war durchaus ein guter Spieler …«, lenkte Krautmann ein. »Trotzdem, wenn es hart auf hart kommt, dann sticht eben der Ober den Unter. Das war von jeher so.«

Tischler nickte zustimmend. »Da ist es nur verständlich, dass Ihnen das nicht sonderlich gefallen hat. Das kann ich gut nachvollziehen.«

»Ich habe ihm nichts getan!«, beteuerte der Kapitän.

»Aber Sie haben jemanden angestachelt, der das vielleicht für Sie übernehmen konnte, oder?«

Krautmann stierte Tischler und Fink an. »Was soll das heißen?«

Fink meldete sich zu Wort. »War es nicht so, dass Sie Daniel Burglechner erzählt haben, von wem seine damalige Freundin das Ecstasy hatte, das zu ihrem Tod geführt hat?«

Krautmann wurde kreidebleich. »Ich dachte einfach, er sollte es wissen. Daniel ist ein guter Kumpel. Ich weiß, wie ihm diese Sache nach wie vor zu schaffen macht.«

»Verstehe«, meinte Tischler. »Und der Zeitpunkt, es ihm zu sagen, konnte nicht günstiger sein. Woher wussten Sie eigentlich, dass die Drogen von Tom stammten?«

Er blickte auf seine Schlittschuhe. »Er hat es mir vor etwa einem Jahr einmal bei einem Bier gesteckt. Obwohl er manchmal ein eiskalter Typ war, diese Sache ist auch an ihm nicht spurlos vorübergegangen. Als er dann besser spielte, wollte er plötzlich nichts mehr von unserer Freundschaft wissen. Hat sich ständig mehr abgesondert.«

»Aber Sie wussten, dass er von diesem Zeug hier über eine größere Menge verfügt, oder?«

Krautmann äußerte sich dazu nicht. Das war für Tischler Antwort genug. Doch er wollte ihm die Mitwisserschaft nicht weiter anlasten. Schließlich schien es für ihn nur eines zu geben: seine Sportkarriere. Und dieses Ziel wollte er ihm wegen dieser Sache nicht kaputt machen.

»Daniel hat doch nicht wirklich … oder?« Anscheinend trieben Krautmann nun doch ein paar Gewissensbisse um.

»Wie es aussieht, musst du morgen für zwei spielen. Er freut sich sicher über einen Besuch von dir.«

Krautmann starrte Tischler fragend an. Klar konnte er zu diesem Zeitpunkt noch nicht wissen, was zwischenzeitlich passiert war. Doch der Kommissar hielt es nicht für nötig, ihn über die Geschehnisse der letzten Stunden zu informieren. Schließlich gab es Whatsapp und andere soziale Medien, in denen jeder Schmarrn breitgetreten wurde. Bestimmt war Krautmann innerhalb der nächsten zwei Stunden schlauer.

»Jetzt schau, dass du dich wieder aufs Eis bewegst«, duzte Tischler den Kapitän plötzlich. »Deine Mannschaft verlässt sich auf dich. Und Hände weg von dem Zeug hier.«

Tischler ließ die Drogen in die Socke zurückgleiten. Krautmann war bedient. Ohne ein weiteres Wort zu sagen, klackerte er auf seinen Schlittschuhen zurück in die Halle. Blieb für Brunngries zu hoffen, dass er sich schnell wieder aufs Spiel konzentrierte.

»Und? Was denkst du?«, fragte Fink, als Krautmann aus der Kabine war.

»Ich denke, dass der sauber ist und einfach so gehandelt hat, wie es in diesem Alter wahrscheinlich jeder von uns getan hätte. Unüberlegt, hitzig und zum eigenen Vorteil, ohne groß darüber nachzudenken.«

Fink schnappte sich einen Puck, der auf einer Bank lag. »Und nun?«

»Nun konfrontieren wir die Mutter unseres toten Dealers mit unserem Fund und schauen, was passiert. Vielleicht treffen wir ja bei der Gelegenheit auf unseren juristischen Schürzenjäger. Möglich, dass er für Toms Karriere als Kapitän eine größere Summe hat springen lassen, weil der ihn wegen seiner Techtelmechtel in der Hand hatte.«

»Willst du ihn darauf ansprechen?«

»Weiß noch nicht. Mal sehen, was sich ergibt. Vielleicht ist es zu diesem Zeitpunkt besser für Frau Wiesinger, wenn wir ihr diese heile Welt nicht auch noch zerstören.«

»Und wenn sie es schon weiß?«, stellte Fink die Frage.

»Dann, mein lieber Kollege, wäre sie sicher nicht die erste Frau, die wegsieht, damit alles so bleibt, wie es ist.«

Tischler schaute Fink eindringlich an. »Ach und übrigens … Wenn deine Verwandtschaft fragt: Wir waren nie hier.«

»Verwandtschaft?«

»Wer wohl? Polizeioberrat Schwenk natürlich.«

»Ach so. Der ist ja eher entfernt verwandt.«

»Trotzdem«, schwor Tischler Fink ein. »Wenn der EHC Brunngries morgen beim Freundschaftsspiel verliert und der Schwenk erfährt, dass wir den Kapitän der Mannschaft einen Tag zuvor in der Mangel hatten, sind wir schuld. Und das willst du nicht und ich gleich dreimal nicht.«

Kreuzverhör

Die beiden fuhren in Finks Wagen die Brunngrieser Hauptstraße entlang. Tischlers Magen knurrte nach wie vor. Seine Gedanken kreisten um Frau Wiesinger. Wie brachte man einer Mutter, die gerade erst ihren Sohn verloren hatte, bei, dass der auch noch mit Drogen gedealt hatte? Bestimmt wusste sie nichts davon. So, wie sie von Tom sprach, konnte sie auf ihn nicht stolzer sein. Dem wäre sicher nicht so gewesen, hätte sie von seinem Nebenerwerb gewusst. Damit nicht genug, war da noch ihr Ehemann, der seine Trauer mit neunzehnjährigen Mädchen bekämpfte. Blieb die Frage offen, wie groß die Trauer sein konnte, wenn es um einen möglichen Erpresser ging? Wenn dem wirklich so war, konnte sich Kastner ebenfalls im Kreis der Tatverdächtigen einreihen. Das würde auch seine Abgebrühtheit erklären, die er in der Gerichtsmedizin an den Tag gelegt hatte. *Verdammt noch mal*, fluchte Tischler innerlich. Dieser Tom hatte es wirklich faustdick hinter den Ohren gehabt. Ein Paradebeispiel, wie man sich erfolgreich Feinde machen konnte.

Wie es aussah, musste sich Tischler keine weiteren Gedanken darum machen, wie er es anstellen sollte, in Frau Wiesingers Beisein Jan Kastner auf ein paar Sachen anzusprechen.

»Schau, Felix, da vorne auf dem Parkplatz der Bank. Das ist doch der Kastner. Lass uns mal mit ihm sprechen«, wies er Fink an, ebenfalls auf den Parkplatz zu fahren.

Als die beiden auf Kastner zugingen, stand der vor seinem schwarzen X5 und starrte die Fahrerseite an, auf die etwas aufgesprüht war.

»Guten Tag, Herr Kastner. Waren S' beim Lackierer?«, erkundigte sich Tischler etwas süffisant, da er diesen kleinen Seitenhieb nicht unterdrücken konnte.

»Jetzt schauen Sie sich das an!«, schimpfte der sonst so coole Anwalt mit hochrotem Kopf.

»W-i-c-h-s-e-r«, las Fink laut vor.

»Danke, so weit war ich auch bereits!«, fuhr ihn Kastner an. »Ich erstatte Anzeige!«

»Sorry, aber momentan sind wir mit einem Mord an einem jungen Kerl beschäftigt.«

»Jaja«, knurrte er Tischler an, der zwischenzeitlich die anderen Autos in der Nähe musterte.

»Wie es aussieht, hat es mit der Schmiererei nur Sie erwischt.«

»Das ist ja auch nicht hier passiert, sondern heute Nacht auf der Straße.«

»Verstehe«, sagte Tischler, während Fink mit seinem Zeigefinger prüfte, ob er die Farbe wegwischen konnte. Nein, konnte er nicht.

»Wer macht so etwas?«

»Da kann man nur Vermutungen anstellen. Vielleicht hat jemand hier im Ort etwas dagegen, dass Sie so viel trösten? Zum Beispiel junge Abiturientinnen. Könnte aber auch jemand von außerhalb sein.«

Kastner wollte lauthals gegen diesen Seitenhieb protestieren. Zügelte jedoch seinen Zorn, da eine Dame, die er kannte, an ihnen vorbei in die Bank ging. Wahrscheinlich eine Mandantin. »Was ich tue, geht Sie überhaupt nichts an.«

»Ach so! Ja, dann … Eine Frage hätte ich dennoch an Sie. Wir haben gehört, dass Sie dem EHC eine stolze Summe gespendet haben. Das war aber großzügig von Ihnen.«

Kastner grinste den Kommissar und seinen Hilfssheriff erhaben an. »Warum nicht etwas Gutes tun, wenn man es sich leisten kann.«

»Da haben Sie recht. Andererseits haben Sie Ihrem Stiefsohn dadurch den Aufstieg zum Mannschaftskapitän ermöglicht. Ein schöner Nebeneffekt, wie ich finde.«

Kastner lachte überheblich. »Wer sagt denn so was? Tom war ein guter Spieler und hatte sich diese Position mehr als verdient.«

»Weiß denn Ihre Frau von Ihrer Großzügigkeit?«

Kastner kam Tischler näher. »Natürlich. Meine Frau wusste es immer zu schätzen, wenn ich mich gut um Tom gekümmert habe.«

»Also haben Sie ihn doch auf den Kapitänsposten hochgespendet?«, schoss Tischler blitzschnell zurück. Doch er machte sich nichts vor. Ein Anwalt wie der war zu clever, um sich aus der Reserve locken zu lassen. Kastner antwortete nicht darauf. »Wir würden uns gerne noch mal mit Ihnen über Tom unterhalten. Sagen wir in einer Stunde bei Ihnen zu Hause?«

»Und wenn ich einen Termin habe?«

»Da Sie sich zu Toms Lebzeiten *immer gut um ihn gekümmert* haben, unternehmen Sie bestimmt auch alles, was uns zu seinem Täter führt«, antwortete er dem Anwalt auf die gleiche arrogante Art.

»Um was geht es?«

»Das sagen wir Ihnen dann, wenn wir bei Ihnen sind.«

Kastner stieg in seinen Wagen und fuhr davon.

»Wichser«, kam es voller Inbrunst von Fink.

»Felix! So was darfst du nicht sagen. Sonst müssen wir dir den Mund mit Seife auswaschen.«

»Ich habe doch nur noch mal vorgelesen, was auf dem Auto steht.« Er sah Tischler verwundert an. »Sag mal, warum erst in einer Stunde? Der fährt doch jetzt eh heim. Zu denen sind es höchstens drei Minuten.«

»Freilich. Aber erstens ist es nicht schlecht, wenn der weiß, dass wir kommen, und noch ein bisserl brüten kann, und zweitens habe ich immer noch Hunger. Und Brunngries – Traunstein – Metzger – Brunngries, das dauert.«

»Dir ist aber schon klar, warum wir keinen Metzger in Brunngries haben?«, bemerkte Fink auf dem Weg zurück zum Wagen.

»Fängst jetzt du auch noch an? Ja, ich habe den Brunngrieser Metzger ins Gefängnis gebracht. Deshalb kann ich aber nichts dafür, dass noch immer kein Ersatz da ist.«

Fink öffnete die Fahrertür. »Ich weiß, woran das liegt.«

»Und woran?«

»Weil alle studieren und das Metzgerhandwerk keiner mehr lernen will.«

»Ist doch super, Felix. Dafür haben wir in ein paar Jahren lauter BWLer, die sich ihr Kobe-Filet im Internet bestellen. Nachhaltig. Verstehst? Und das packen sie dann in Plastiktüten und garen es achtzig Stunden bei fünfundzwanzig Grad im Wasserbad.«

»Ich bin ja mehr der Griller!«, bekundete Fink stolz.

»Und deshalb schätze ich dich auch so. Komm, ich lad dich ein.«

***

Als die beiden Ermittler eine gute Stunde später in Kastners Wohnzimmer standen, wirkte Frau Wiesinger sehr angespannt. Ihr war anzusehen, dass sie die letzten Tage schwer mitgenommen hatten. Wer konnte es ihr verdenken? Doch die Kühle, die in dieser Villa zu spüren war, kroch nicht erst seit Toms Tod aus jeder Ritze der Mauern. Dessen war sich Tischler ganz sicher. Diese Ehe war für beide Parteien von jeher Mittel zum Zweck gewesen. Er hatte eine attraktive Frau gefunden, die ihm gesellschaftlich zur Seite stand, und sie war seinerzeit als alleinerziehende Mutter nicht mehr auf sich allein gestellt gewesen. Wahrscheinlich hatte sie vor Jahren nicht absehen können, dass sie mit ihm nicht die beste Wahl treffen würde. Die finanzielle Sicherheit mal ausgeklammert.

»Sie wollen sich nochmals mit uns über Tom unterhalten?«, kam Kastner sofort auf den Punkt.

Tischler griff in seine Tasche und legte den Inhalt der Socke, den er in einem Asservatenbeutel gesichert hatte, auf den Tisch.

»Diese Sachen haben wir im Spind Ihres Sohnes in der Eishalle entdeckt, Frau Wiesinger.«

Frau Wiesinger bekam große Augen, als sie auf den Tisch starrte. »Ist das …«

»Ja, das sind Drogen, Frau Wiesinger.«

»Die wird ihm wohl irgendeiner seiner Kollegen untergejubelt haben. Kennt man ja«, mutmaßte Kastner wild drauflos.

»Davon gehen wir nicht aus. Uns liegt noch die eine oder andere Zeugenaussage vor. Wir haben Grund zur Annahme, dass Tom mit diesen Sachen gedealt hat«, preschte Tischler weiter vor.

»Wer sagt das? Ich will diese Aussagen sehen!«

»Herr Kastner, Sie als Anwalt wissen, dass das nicht geht.«

Es arbeitete in Kastners Kopf. Er wandte sich von seiner Frau ab. »Dein Sohn. Damit habe ich nichts zu tun. Was weiß ich, was der hinter unserem Rücken getrieben hat.«

Simone Wiesinger erschrak. Wie versteinert starrte sie ihn an. Doch er wich ihren verständnislosen Blicken aus. Wie zu erwarten war, distanzierte sich Kastner umgehend von seiner Familie, um sein Gesicht zu wahren. Tischler vermutete, dass er sein Ansehen als Familienanwalt gefährdet sah. Wer würde ihm noch ein Mandat übertragen, wenn er seine eigene Familie nicht im Griff hatte? Tischler konnte Toms Machenschaften, die immer mehr ans Licht kamen, nicht gutheißen. Doch er feierte ihn innerlich, dass er es über seinen Tod hinaus geschafft hatte, seiner Mutter die Augen zu öffnen. Ihr Gesichtsausdruck sprach Bände, dass ihr in diesem Moment bewusst wurde, wen sie in ihr Leben gelassen hatte. Es war nicht auszuschließen, dass sie es bereits länger geahnt hatte. Doch nun hatte sie Gewissheit.

»Wer weiß, was man bei ihm noch alles in seinem Zimmer findet«, legte Kastner nach.

Es war also seine Strategie, der Polizei womöglich noch unter die Arme zu greifen, damit er im besten Fall dazu beigetragen hätte, den Mord bis ins letzte Detail aufzuklären.

Doch Fink bremste ihn ein. »Wir sagen Ihnen schon rechtzeitig, wenn wir ein weiteres Depot in diesen Räumlichkeiten vermuten.«

»Es ist nicht davon auszugehen, dass er derlei Substanzen auch hier im Haus versteckt hat. Das wäre unüblich, da hier Menschen leben, die ihm was bedeutet haben. Zumindest Sie, Frau Wiesinger.« Diesen Seitenhieb Richtung Kastner konnte sich Tischler nicht verkneifen. Doch wahrscheinlich sprach er für beide nichts Neues aus.

»Frau Wiesinger, können Sie sich vorstellen, dass Tom mit einem Freund oder Bekannten gemeinsam diese Drogen unter die Leute gebracht hat?«

Sie wirkte plötzlich gefasster. Tischler vermutete, dass ihr in diesen Minuten klar wurde, dass sie von nun an wieder auf sich allein gestellt war.

»Ich kann mir noch nicht mal vorstellen, dass Tom ...« Sie blickte ihn mit kleinen Augen an. »Verstehen Sie, was ich meine, Herr Kommissar?«

»Ich kann Sie sehr gut verstehen, Frau Wiesinger. Doch im Nachhinein sieht man vielleicht manchmal Dinge, über die man sich zuvor keine Gedanken gemacht hat. Immer wiederkehrende Situationen, Telefonate, die Tom möglicherweise heimlich geführt hat ... Tage, an denen er sich anders verhalten hat als sonst, oder vielleicht sogar Besuch von Freunden, die Sie noch nicht kannten.«

»Tom brachte nie jemanden mit nach Hause.«

»Jetzt wissen wir ja, warum«, ließ Kastner verlauten und wollte gerade nach dem Beutel mit den Drogen greifen, als ihm Tischler diesen vor der Nase wegzog und einsteckte.

»Ich sage Ihnen Bescheid, wenn mir noch etwas einfällt«, sicherte Simone Wiesinger dem Kommissar zu.

»Die sind doch alle knapp bei Kasse in dem Alter. Da kommt jeder infrage«, versuchte Kastner es erneut mit einer unhaltbaren Vermutung.

»Wenn ich mich hier so umsehe, Herr Kastner, schien mir Tom finanziell abgesichert. Wie Sie uns bereits bestätigt haben, fehlte es Tom dank Ihnen an nichts. Somit wäre diese These nicht ganz richtig.«

Kastner schnaubte und steckte seine Hände in die Hosentaschen.

»Wir melden uns wieder, wenn wir mehr wissen, Frau Wiesinger.«

Auf dem Weg zur Haustür fing Frau Wiesinger die Ermittler nochmals ab. »Konnten Sie inzwischen etwas bezüglich der Uhr in Erfahrung bringen?«

»Wir haben sie in die Sachfahndung gegeben. Leider sind uns die Hände gebunden, bis sie irgendwann auf dem Markt auftaucht. Da die Uhr jedoch wertvoll ist, sind wir zuversichtlich, dass es nicht lange dauern wird. Wir sind dran, Frau Wiesinger«, versprach Fink ihr. Dann verließen die beiden die Villa.

Als sie im Auto saßen, blickte Tischler nochmals zurück. »Wichser.«

»Wo hast denn das jetzt gelesen?« Fink drehte den Zündschlüssel.

»Nirgends! Fiel mir nur gerade so ein. Dem Anlass entsprechend.«

***

Nachdem die beiden Ermittler gegangen waren, wurde es sehr still in der Villa Kastner-Wiesinger. Fast zu still. Simone Wiesinger stand am Fenster, das zur Straße lag, und beobachtete, wie der weinrote Punto davonfuhr. Kastner trat von hinten an sie heran und griff an ihre Schultern. Da er wieder mit seiner Frau alleine war, startete er den Versuch, etwas Ruhe in die aufgeladene Stimmung zu bringen. Doch Simone Wiesinger zuckte zur Seite, um seinen Berührungen auszuweichen. Die Worte, die er vor der Polizei geäußert hatte, klangen noch sehr laut in ihren Ohren. *Dein Sohn*, hatte er gesagt. Sich aktiv nachträglich von Tom abgewandt. Zu einem Zeitpunkt, an dem sie ihn mehr an ihrer Seite gebraucht hätte als je zuvor in ihrem Leben. Sie hatte keine Kraft, weiterhin zu funktionieren, um den Schein nach außen zu wahren. Die glückliche Ehefrau des erfolgreichen Anwalts zu spielen, die sie schon seit langer Zeit nicht mehr war. Seine Blicke, seine Berührungen, selbst seinen Geruch konnte sie nicht mehr ertragen.

Es ging so weit, dass sie nicht mehr willens war, die gleiche Luft wie er zu atmen. Nachdem sie am Tag zuvor eine Entdeckung in Toms Zimmer gemacht hatte, von der sie nicht sicher war, ob sie überhaupt davon wissen wollte, gab es für sie nur ein Ziel. Sie musste weg von ihm. Die Schmerzen, die sie in den letzten Tagen ertragen hatte, reichten für zwei Leben. Seit gestern spürte sie nichts mehr. Der Tag, an dem sie Jan Kastner das erste Mal gesehen hatte, das erste Rendezvous, die Villa, die sie gemeinsam gebaut hatten, die Hochzeit … alles war wie weggeblasen. Als ob diese Ereignisse niemals existiert hätten. Doch gerade, weil sie keine Kraft mehr hatte, musste sie ihre allerletzten Reserven noch einmal mobilisieren. Ansonsten würde sie neben diesem Mann, den seine Freunde für einen tollen Kerl hielten, um den sie so viele Frauen im Ort beneidet hatten und der in jeder Gesellschaft ein gern gesehener Gast war, untergehen. Und das durfte um keinen Preis geschehen.

»Fass mich nicht an«, beschied sie ihn in einem ruhigen Ton.

»Was hast du denn auf einmal? Was kann ich dafür, dass diese zwei Schnüffler Tom auf die Schliche gekommen sind? Mach mir keine Vorwürfe.«

Sie drehte sich zu ihm um. »Ein einziger Konkurrenzkampf war das zwischen Tom und dir. Ständig hast du ihn herausgefordert, anstatt Größe zu zeigen. Aber nein! Lieber hast du ihn gepiesackt, dass aus ihm nichts werden würde.«

»Ach, jetzt bin ich schuld, dass aus ihm ein Dealer geworden ist?«

»Sprich nicht so über meinen Sohn!«, fauchte sie mit geschlossenen Augen. Es hörte sich wie eine Warnung an.

»Siehst du, Simone, jetzt sagst du es ja selbst. Dein Sohn! Ich war doch nur schnödes Beiwerk in eurer innigen

Zweisamkeit! So richtig hat mich keiner von euch in sein Leben gelassen.«

Simone lachte. »Wie konnte ich mich nur so blenden lassen von deinen Anzügen und deinem Gerede über Familie … Kein einziges Mal warst du bei einem Spiel von ihm.«

»Ich habe einen Batzen Kohle gespendet, damit dein Herr Sohn im Leben vorwärtskommt. Ich denke, das sollte reichen. Ich habe keine Zeit, ihm auch noch dabei zuzusehen, wie er auf dem Eis Pirouetten dreht. Irgendjemand muss das alles hier schließlich bezahlen. Oder was denkst du, wer sich in der Zeit um meine Mandanten kümmert?«

Jan Kastner wurde laut. Das passierte jedes Mal, wenn er sich in die Enge gedrängt fühlte. Seine Art, Menschen einen Maulkorb zu verpassen, die kurz davor waren, ihn zu durchschauen. Doch Simone Wiesinger war es leid.

»Tom war ein guter Eishockeyspieler und ein guter Schüler. Er wäre seinen Weg gegangen. Und wirf mir nicht vor, dass das alles hier nur durch dich möglich ist. Schließlich habe ich meinen Teil dazu beigetragen. Und wie du dich um deine Mandanten kümmerst, das weiß ich jetzt.«

Sie ließ ihn stehen und schritt die frei schwebende Treppe hinauf in den ersten Stock.

Er folgte ihr. »Was willst du damit sagen? Ich rede mit dir!«

Oben angekommen ging sie in Toms Zimmer.

Er blieb in der Tür stehen.

Sie öffnete den Kleiderschrank und zog eine lederbezogene Box aus dem obersten Regal, in der Tom persönliche Dinge wie auch Erinnerungsstücke an seinen Vater aufbewahrte. Sie stellte das Behältnis auf den Schreibtisch und öffnete es.

»Ich habe gestern nochmals nach Toms Uhr gesucht. Ich dachte, vielleicht hätte er sie doch nicht an dem Abend getragen.«

Sie löste die innere Verkleidung des Deckels. Dahinter war ein Geheimfach, in dem ein Kuvert lag. Simone Wiesinger nahm es und streckte es ihrem Mann entgegen.

»Kannst du mir das hier erklären, oder benötigst du ein bis zwei Stunden, um ein glaubhaftes Plädoyer vorzubereiten?«

Er sah sie für einen Moment an, dann nahm er das Kuvert an sich. Er öffnete es und ließ den Inhalt in seine Handfläche fallen. Es waren Fotos. Jan Kastner blieb erstaunlich cool, als er sie betrachtete. Vermutlich, weil er genau wusste, was darauf zu sehen war.

Dieser kleine Mistkerl, dachte er. Wie oft war er in diesem Zimmer gewesen, wenn niemand zu Hause war, und hatte danach gesucht. Auch diese Box hatte er bereits zweimal in den Händen gehabt. Sie war quasi das Museum für seinen verstorbenen Vater. Bilder von ihm, diese Uhr, Krawattennadeln, zwei Taschenmesser … Jan Kastner mochte diese Box nicht, weil sie die Mauer zwischen ihm und Tom von Beginn an aufrechterhielt. Weil er keine Chance hatte, als Ersatz zu fungieren. *Verdammt!* Warum hatte er nicht in den Deckel gesehen?

Auf den Fotos waren er und Carolin von Burgwarth in eindeutigen Posen zu sehen, die keinem Kreuzverhör standhielten. Oder wie sollte er glaubhaft erklären, dass er Toms Klassenkameradin küsste?

»Ist es das, was du tust, wenn du sagst, dass du zu einem Mandanten musst? Dich mit jungen Dingern nachts auf der Straße herumtreiben?« Sie merkte, dass er keinen Versuch startete, sich zumindest mit einer Lüge herauszureden. »Was ist das? Ist das eine Midlife-Crisis? Oder gehört das in deinen Kreisen zum guten Ton? Prahlst du damit vor deinen Anwaltskollegen oder wettet ihr womöglich, wer die Jüngste hat? Jan! Das Mädchen war in Toms Klasse! Sie könnte deine Tochter sein!«

Er steckte die Bilder zurück ins Kuvert und behielt es.

»Wenigstens zicken diese Mädchen nicht so rum.«

Sie lachte schallend. »Was bist du doch für ein … ach, ich weiß nicht, wer du bist! Sag die Wahrheit!« Sie ging auf ihn zu. »Hat dich Tom damit erpresst? Hast du deshalb diese Spende an den Eishockeyverein gemacht? Rede mit mir.«

»Was willst du hören? Du weißt ja anscheinend alles. Ist doch egal, was ich dir erzähle.«

»Ich möchte, dass du einmal die Wahrheit sprichst. Hat Tom dich erpresst? Hast du etwas mit seinem Tod zu tun?! Rede mit mir!«

Er drückte sie von sich und machte sich auf den Weg zurück ins Erdgeschoss.

Simone Wiesinger folgte ihm. Keinesfalls wollte sie ihn jetzt vom Haken lassen.

»Du bist verrückt und weißt nicht mehr, was du sagst«, versuchte er auf dem Weg nach unten, das Gespräch zu beenden. »Wir reden weiter, wenn du wieder bei Sinnen bist.«

»Nein, Jan. Wir reden nicht mehr. Ich möchte, dass du auf der Stelle das Haus verlässt. Ich lasse mich von dir scheiden.«

Kastner blieb auf der untersten Stufe stehen und blickte hinauf zu Simone. »Ach ja? Und was ist dann? Von was willst du denn leben?« Er wedelte mit dem Kuvert. »Oder denkst du, dass diese Bilder von deinem Paparazzi-Sohn eine große Rolle spielen? Es gibt in diesem Land keine Schuldfrage bei einer Scheidung. Und wenn, dann würde ich darauf plädieren, dass du mich in die Arme jüngerer Frauen getrieben hast. Wenn ich dann noch die Drogenvergangenheit deines Sohnes erwähne …« Er grinste hämisch. Im nächsten Moment ließ er sie auf der Treppe stehen und goss sich einen Cognac ein.

Sie folgte ihm, nahm ihm das Glas ab und warf es zu Boden. Die Glassplitter verteilten sich mit dem teuren Getränk überall im Wohnzimmer.

»Ich möchte, dass du mein Haus verlässt.«

Er runzelte die Stirn. »Bitte, was?«

»Du hast richtig gehört. Verschwinde aus diesem Haus. Vielleicht nimmt dich ja dein Flittchen auf.«

»Du weißt, dass ich Anwalt bin. Und ein guter obendrein. Ich würde sagen, das ist mein Haus.«

Simone Wiesinger stockte der Atem. »In diesem Haus steckt auch das Geld von Toms Vater.«

»Was …« Er lachte. »Diese mickrige Lebensversicherung? Damit konnten wir gerade so die Einfahrt pflastern.« Er wurde ernst und zog sie an sich heran. »Pass auf, mit wem du dich anlegst. Schau dich doch um. Ich bin jetzt deine einzige Familie. Oder siehst du hier vielleicht noch jemanden?« Sie befreite sich aus seinem Griff. »Ich an deiner Stelle würde mir das Ganze gut überlegen.«

Sie versuchte, Fassung zu bewahren. »Sonst was? Bringst du mich sonst um?«

»Ich meine ja nur. Es wird ganz schön einsam werden, so ganz allein.«

Ihre Lippen zitterten. »Am einsamsten war ich in den letzten Jahren in deiner Gegenwart.«

Jan Kastner spitzte die Lippen. »Dann ist ja so weit alles gesagt. Melde dich wieder, wenn du zur Vernunft gekommen bist. Ich suche mir für ein paar Tage ein Hotel. Ein bisschen Wellness wird mir nach der ganzen Aufregung guttun.« Er ging in den Flur und griff nach seiner Aktentasche. »Ich muss Geld verdienen. Später hole ich noch ein paar Sachen.« Rasch verschwand er aus dem Haus.

Simone Wiesinger rang nach Luft. Für einen Moment dachte sie, sie würde ohnmächtig werden. Dann sank sie auf ihre Knie und bekam einen fürchterlichen Weinkrampf. Dass sich ein Glassplitter in ihre Haut drückte, bemerkte sie nicht.

Es dauerte eine Weile, bis sie wieder auf den Beinen war. Simone Wiesinger strich ihren Rock zurecht und ging in die Küche. Dort zog sie, ohne mit der Wimper zu zucken, den Splitter aus der Innenseite ihrer Handfläche. Das Blut wusch sie ins Waschbecken. Im Badezimmer überschminkte sie die Spuren, die die letzten Tage in ihrem Gesicht hinterlassen hatten. Ihre Trauer um ihren Sohn stellte sie hintenan. Dafür war später noch genug Zeit. Dann, wenn sie sich von allen Lasten befreit hatte.

Eine kühle Überraschung

Tischler stellte den Staubsauger zurück an seinen Platz und kontrollierte nochmals kritisch seine Arbeit. Keine Fluse und kein Krümel waren mehr auf dem Boden zu sehen. Die Betten hatte er frisch überzogen, der Kühlschrank war gefüllt und der Weinvorrat gesichert. Keine Barthaare im Waschbecken, der Toilettensitz war heruntergeklappt und er hatte Kerzen besorgt. Frauen standen auf Kerzen. Besonders dann, wenn Männer sie entzündeten. Juweliere waren völlig überschätzt. Ein funkelnder Klunker hatte keine Seele. Er bekundete nur, dass der edle Spender der Einfachheit halber im Bereich seiner Möglichkeiten die Kreditkarte bemüht hatte. Wertschätzung gemessen am Jahreseinkommen. Alles für ein Stück Kohlenstoff, das unter hohem Druck über Millionen von Jahren gepresst worden war. Genauso gut konnte man einer Frau einen Sack Grillkohle schenken – mit dem Zusatz: *Schatz, warte einfach ein bisschen. Das wird schon!*

Tischler verfolgte eine andere Strategie. Was war schon ein funkelnder Diamant gegen das Funkeln der Augen einer hübschen Frau im Kerzenschein? Kerzen, die er besorgt hatte, um den Raum in eine Stimmung zu versetzen, die nur noch durch ihre Anwesenheit zur Perfektion gelangen konnte. Er entfernte sich einen Schritt vom Tisch und blickte auf sein Meisterwerk. Zwei cremefarbene Kerzen, die leicht schräg in silbernen Kerzenständern steckten, die von Fingerabdrücken übersät waren.

»Oder doch irgendwann so ein Klunker?«, befragte er sich selbst und polierte die Kerzenständer mit einem Geschirrtuch auf Hochglanz.

Er sah auf die Uhr. Britta war bereits im Anflug. Fast seinen gesamten freien Samstag hatte er damit zugebracht, seine Männerhöhle auf Vordermann zu bringen. Immerhin war die Wohnung eines Mannes auch seine Visitenkarte. Vielleicht sollte er künftig doch die Möglichkeit in Betracht ziehen, das eine oder andere Mal Brittas Einladung anzunehmen, das Wochenende bei ihr zu verbringen?

Was sie wohl zu seiner Abendplanung sagen würde? In Tischler keimten mit Blick auf die Eintrittskarten, die auf dem Couchtisch lagen, erste Zweifel. Andererseits hatte sie am Telefon zu ihm gesagt: »Überrasch mich!«

Es läutete. Ein kurzer Kontrollblick in den Spiegel, dann öffnete er die Tür.

»Britta! Frau meiner schlaflosen Nächte!«, begrüßte er die bezaubernde Frau, die mit einer kleinen Tasche vor ihm stand.

Sie küssten sich, während er ihr das Gepäck abnahm. »Schön, dass du zu mir gekommen bist«, sagte er charmant. »Da mein Auto gerade stationär behandelt wird, wäre es ungünstig gewesen … na, du weißt ja …«

»Ich hätte dich auch abgeholt«, bot Britta nachträglich an, ging in die Wohnung durch und setzte sich auf die Couch. »Ich bin so erledigt. Den heutigen Tag streiche ich aus dem Kalender.«

»Magst was trinken?«

»Muss ich noch fahren?«

»Nein«, sagte Tischler freudestrahlend. »Wir bleiben hier im Ort. Also … gut zu Fuß erreichbar.«

»Dann ja. Ich brauche Alkohol.«

»Magst einen Schnaps?«

»Dann falle ich gleich ins Koma. Hast du einen Rosé?«

»Ich könnte einen Roten mit dem Weißen mixen. Kämen sogar vom selben Weingut«, triumphierte Tischler mit Blick aufs Etikett und öffnete auf ihren Wunsch hin den Weißen. Er gab ihr ein Glas und setzte sich neben sie.

»Und? Magst du mir von deinem Tag erzählen?«

»Ach, das Übliche«, stöhnte sie. »Ein Notfall nach dem anderen, personaltechnisch unterbesetzt, Budgetierung und nicht zuletzt dein Kamikazefahrer. Könntest du bitte das nächste Mal jemanden verfolgen, der nicht die gesamte Station beschäftigt?«

»Redest du von Daniel Burglechner?«

»Wie viele hast du uns denn in letzter Zeit gebracht?«

»Warum? Was war denn mit ihm?«

Britta nahm noch einen großen Schluck und stellte ihr Glas auf dem Tisch ab. »Besuch hat er gehabt. Das war mit ihm. Und dabei ist es fast zu einer handfesten Schlägerei gekommen, wenn nicht alle Pfleger und sogar noch zwei Krankenschwestern eingegriffen hätten.«

»Interessant.« Tischler grübelte, wer wohl dieser Besuch gewesen sein konnte, von dem Britta sprach. »Weißt du, wer das war?«

Britta zuckte mit den Schultern. »Keine Ahnung. Irgend so ein Zwei-Meter-Typ. Dunkelblond, muskulös, sportlich … sah nicht schlecht aus.«

Tischler zog die Augenbrauen zusammen. »Aha! Du stehst also auf die harten Kerle.«

Sie zog die Beine an, drehte sich und legte ihren Kopf auf Tischlers Schoß ab. Unschuldig blinzelte sie ihn an. »Was soll ich denn mit Jungs, die noch grün hinter den Ohren sind, wenn ich James Bond haben kann?« Sie legte ihren Arm um seinen Nacken und zog ihn zu sich herunter. Dann küssten sie sich.

»Sean Connery, Roger Moore oder Craig? Verdammt, wie hießen die anderen noch gleich?«

»Ich stehe auf Tischler. Constantin Tischler. Geschüttelt, nicht gerührt.«

Er fuhr mit seiner Hand über ihre Beine. »Ich kann schütteln und berühren«, schmunzelte er. Doch Burglechners Besuch ließ ihm keine Ruhe. »Was genau ist da nun passiert zwischen Burglechner und dem Typen?«

»Ich weiß nicht. Eine Schwester hat es mir im Nachhinein erzählt. Ich bin erst dazugekommen, als es auf dem Flur der Station laut wurde und sie ihn rausgeschmissen haben.« Britta setzte sich wieder auf. »Er ist wohl zu diesem Daniel aufs Zimmer, es kam zum Handgemenge und zwei unserer Pfleger haben ihn gepackt und aus dem Krankenhaus geworfen. Man hat mir erzählt, dass sie ihn regelrecht von ihm herunterziehen mussten.«

»Ich dachte, er würde heute operiert werden?«

»Da ein paar Not-OPs hinzugekommen sind, muss er sich wohl bis Montag gedulden. Der Ärmste. Konnte sich doch überhaupt nicht wehren.«

»Na, ich glaube, da trifft es keinen Unschuldigen.« Tischler verfiel wieder in Gedanken. Wer hatte ihn besucht? Und warum war die Situation eskaliert?

»Was hast du denn nun mit mir heute vor?«

»Lass dich überraschen«, tat Tischler geheimnisvoll. »Ich bin mir sicher, es wird dir gefallen.«

Sie schmiegte sich an ihn. »Ein romantisches Essen zu zweit? Kerzenschein, eine gute Flasche Wein?«

»Nein«, machte Tischler ihre Hoffnungen zunichte. »Hier im Ort gibt es doch nur das KRAUSE. Und da sitzt auch

Samstagabend der Stammtisch. Da ist es schnell vorbei mit der Romantik.«

»Was ist es dann?«, rätselte Britta weiter. »Vielleicht Kino in Traunstein? Ein Liebesfilm?«

»Nein. Ich sagte doch, dass wir unser Ziel zu Fuß erreichen können.«

»Und warum sollte ich eine Jacke mitnehmen? Es ist sehr mild draußen.«

Tischler spähte auf seine Uhr. »Das wirst du schon sehen. Komm, wir müssen los. Sonst verpassen wir die Hälfte.«

Britta war sehr gespannt. Tischler hingegen angespannt. Plötzlich war er sich nicht mehr sicher, ob sein Vorhaben die richtige Wahl war, um eine Frau wie Britta zu überraschen.

***

Britta stand wie erstarrt inmitten von Menschen, die wie sie für diese Jahreszeit untypisch gekleidet waren. Sie atmete tief durch. Dann sah sie zu Tischler, der das Kunststück vollbrachte, enthusiastisch mit einer Bratwurstsemmel und einem Becher Bier zu klatschen.

»Eishockey – das ist deine Überraschung?«, wiederholte sie, nachdem sie eine halbe Ewigkeit das Spielfeld betrachtet hatte. Das Spiel war in vollem Gange und der EHC Brunngries führte 2 : 0.

»Das ist etwas Besonderes«, bekundete Tischler begeistert, obwohl er sich zeitlebens noch nie für Eishockey interessiert hatte. »Es ist ein Freundschaftsspiel gut zwei Monate vor der Saison.«

»Kühl ist es hier!«

»Das kommt vom Eis«, klärte Tischler sie überflüssigerweise auf, bevor die Menge jubelte, weil der EHC Brunngries seinen Vorsprung um ein weiteres Tor vergrößerte.

Britta zuckte zusammen. Sie nippte von ihrem Bier und blickte zur Anzeigetafel hinauf. Dann stieß sie Tischler mit dem Ellbogen an, als dort ein Bild vom gefeierten Torschützen aufleuchtete.

»Das ist der Typ!«, rief sie ein wenig aufgeregt.

»Ganz genau. Die große Hoffnung für den Verein. Er soll der Mannschaft zum Aufstieg verhelfen. Siehst du, jetzt fieberst du auch mit. Ich hab dir gesagt, das wird dir gefallen!«

»Nein! Das meine ich doch nicht! Das ist der, der heute bei uns im Krankenhaus war! Der bei diesem Daniel im Zimmer … du weißt schon!« Nachdrücklich deutete sie auf die Anzeige.

Wie selbstverständlich rissen beide ihre Arme in die Höhe, da die La-Ola-Welle bei ihnen vorbeikam.

»Wie jetzt?« Tischler war verwundert. »Und da bist du dir ganz sicher?«

»Natürlich bin ich mir sicher.«

Interessant. Warum war es zwischen Krautmann und Burglechner zum Disput gekommen? Etwa, weil Burglechner den Erfolg der Mannschaft durch seine Aktion im Wald in Gefahr gebracht hatte, da er dadurch nicht spielen konnte? Nein. Vielleicht, weil Burglechner ausgeplaudert hatte, dass er das von Lisa und Tom von Krautmann wusste. Niemand hatte es gern, von der Polizei Besuch zu bekommen. Vor allem nicht in der Phase seines Lebens, in der Krautmann gerade steckte. Von Robert Scholl, der ihm die Eintrittskarten besorgt hatte, wusste er, dass bei diesem Spiel einige Sponsoren in den Rängen saßen, die ein Auge auf die Spieler warfen, um sie eventuell in der kommenden Saison unter Vertrag zu nehmen. Da war es sicher ungünstig, sich im Visier der Polizei zu befinden. Sobald die Presse davon Wind bekommen würde, wäre es eine Frage der Zeit, dass auch mögliche Sponsoren informiert wären. Und wer wollte wohl einen Werbepartner, auf den die Polizei ein Auge geworfen hatte.

»Constantin!«

»Ja?«

»Jetzt weiß ich, warum beim Fußball und auch beim Eishockey so viel getrunken wird. Der Lärm ist ja ohne Alkohol kaum zu ertragen. Holst du mir noch eins? Aber ein kleines!« Britta hielt ihm ihren leeren Becher entgegen.

»Klar! Ich genehmige mir noch eine Wurst! Hast du auch noch Hunger?«, fragte er, doch Brittas Aufmerksamkeit richtete sich bereits wieder auf das Spielfeld, da es ein Foul gegeben hatte und die Spieler aufeinander losgingen. Was für ein Freundschaftsspiel!

Als Tischler sich in die kleine Schlange am Getränkestand einreihte, entdeckte er aus der Ferne Volker Buchholz, der mit grimmiger Miene verstohlen um sich blickte und dann den Gang hinuntereilte, der weder zu den Toiletten noch zu den Rängen noch zum Ausgang führte. Er hatte Tischlers Aufmerksamkeit, der die leeren Becher auf einem Stehtisch abstellte und dem Vater der verstorbenen Lisa hinterherging.

Mit sicherem Abstand folgte er dem Mann, der sich unentwegt umsah und dem Kommissar damit signalisierte, dass er etwas im Schilde führte. Etwas später war klar, wohin er wollte. Er suchte die Umkleiden auf, die in einem Bereich der Anlage waren, der eigentlich für Unbefugte nicht zugänglich sein sollte. Doch der Bereich war nicht abgesperrt. Tischler wartete einen Moment, bis auch er durch die Tür hindurchging, hinter der kurz zuvor Buchholz verschwunden war. Leise drückte er die Klinke hinunter, als er sie wieder verschloss, um den Mann nicht aufzuschrecken.

Langsam bewegte sich Tischler zur nächsten Tür, die sperrangelweit geöffnet war. Er vernahm Geräusche, die klangen, als würde sich jemand an den Spinden zu schaffen machen.

»Was machen Sie da?«, rief der Kommissar mit strengem Ton Buchholz zu, während er schnellen Schrittes die Umkleide betrat.

Buchholz erschrak regelrecht. Kreidebleich drehte er sich ruckartig um und fasste sich an die Brust. Schnell nahm er die andere Hand von dem Schloss, das er versucht hatte zu öffnen.

»Sind Sie wahnsinnig? Was machen Sie denn hier?«

»Das frage ich Sie! Sie haben hier nichts zu suchen!«, entgegnete er Buchholz energisch, damit erst gar keine Diskussion entstand. »Also, raus mit der Sprache.«

Ohne ein Wort marschierte Buchholz auf Tischler zu. Er war im Begriff, einfach zu türmen und den Kommissar stehen zu lassen. Das ließ ihm Tischler nicht durchgehen. Er stemmte seinen Arm gegen den Türrahmen und versperrte ihm somit den Weg.

»Herr Buchholz, wir können das auch auf der Dienststelle klären!«

»Ich habe nur die Toiletten gesucht«, wollte der sich herausreden, nachdem er den anfänglichen Schreck überwunden hatte. »Also, lassen Sie mich gehen.«

»Herr Buchholz, ich kann Sie ja gut verstehen. Der Tod Ihrer Tochter ist bis dato für Sie nicht ganz geklärt und …«

»Nicht geklärt?« Buchholz funkelte ihn zornig an. »Hier im Ort werden Drogen an Minderjährige verteilt. Und ihr schaut alle zu!«

»Das stimmt doch nicht, Herr Buchholz. Ich bitte Sie, seien Sie vernünftig und lassen Sie die Polizei ihre Arbeit machen.«

Buchholz hörte Tischler nicht zu. Seine Augen wanderten unkontrolliert hin und her. »Wie viele müssen noch sterben? Es wird Zeit, dass wir uns zur Wehr setzen!«

»Wer ist ›wir‹?«

»Die Eltern! Die, die ihre Kinder an diese Schweine da draußen verlieren! Wir ziehen sie auf und bringen sie auf den

Weg und die …« Er verstummte und fasste sich erneut an die Brust.

Tischler war besorgt. »Herr Buchholz? Alles in Ordnung?«

Er wehrte Tischlers helfende Hand ab. »Lassen Sie mich. Mir geht es gut!« Er sammelte sich für einen Moment, dann war er wieder bei Kräften. »Ich weiß genau, dass sich dieser Burglechner damals mit meiner Lisa herumgetrieben hat. Und auch dieser Krautmann. Er hat ihr das Zeug gegeben. Und ich werde es beweisen! Fährt seine Runden auf dem Eis und wird von allen bejubelt! Damit ist jetzt Schluss!«

Der Kommissar ließ ihn ziehen. Mehr Aufregung wollte er dem Mann an diesem Abend nicht zumuten. Doch er konnte nicht umhin, ihn nochmals vor einer Dummheit zu warnen.

»Hören Sie auf, hier herumzuschnüffeln, Herr Buchholz!«

Der jedoch hob nur die Hand zum Gruß, ohne sich umzudrehen, und verschwand.

»Was machen Sie denn schon wieder hier?«, wurde Tischler plötzlich gefragt. Es war der Hausmeister, der ihm am Tag zuvor Toms Spind geöffnet hatte.

»Ich? Nichts! Sie sollten hier absperren. Hier kann jeder reinkommen.«

Nach diesen Worten ließ er den Hausmeister einfach stehen. Schließlich hatte er seine Begleitung lange genug alleine gelassen. Noch bevor er den Getränkestand erreicht hatte, um sich erneut anzustellen, traf er auf Polizeioberrat Schwenk, der unvermittelt im Vereinstrikot des EHC Brunngries samt Schal vor ihm stand. Tischler fiel sofort die neckische Zipfelmütze auf, die ebenfalls in den Vereinsfarben gehalten war. In seinen Händen hielt er jeweils eine Bratwurstsemmel, von denen eine bereits angebissen war. Da sein Bart die gesamte Mundpartie einrahmte, blieb es nicht aus, dass sich etwas Senf darin verfangen hatte. So menschlich hatte Tischler seinen Vorgesetzten bislang noch nicht erlebt.

»Herr Tischler! Sie hier?«

»Natürlich! Wenn Brunngries spielt, muss ich doch die Mannschaft unterstützen«, flunkerte er.

»Das lobe ich mir. ›Olé, olé Brunngries‹, sage ich nur. Die spielen heute wieder hervorragend. Nicht wahr?«

»Ja, unwahrscheinlich gut.«

»Ich verstehe nur nicht, warum der Trainer nicht den Burglechner aufgestellt hat. Na ja, ist ja nur ein Freundschaftsspiel. Vielleicht will er ihn für die kommende Saison schonen. Da brauchen wir jeden Mann!«

»Bestimmt haben Sie recht, Herr Polizeioberrat«, stimmte Tischler ihm kleinlaut zu. Sollte er ihm sagen, dass Burglechner bei einer Verfolgungsjagd … nein. Er wollte Schwenk den Abend nicht vermiesen. Wo er doch so feurig für seinen Verein fieberte!

»Wie sieht es denn in dem Fall Wiesinger aus? Sind Sie da vorangekommen?« Er biss erneut von seiner Semmel ab und parkte dabei einen weiteren Senfklecks genau neben dem anderen.

»Wir ermitteln in alle Richtungen«, ließ Tischler seine Standardantwort vom Stapel, in der Hoffnung, dass damit alles gesagt war.

»Tischler, ich bin nicht die Presse. Denen können Sie diesen Satz hinknallen. Sehen Sie zu, dass Sie da zu einem Abschluss kommen. Der Verein kann vor der kommenden Saison keine schlechte Publicity gebrauchen.«

Tischler nickte lediglich und fragte sich, wie sich der Polizeioberrat das vorstellte. Sollte er vielleicht die Lösung des Falles so lenken, dass der Verein in jedem Fall sauber dastand?

»Wir sind ziemlich weit in den Ermittlungen und zuversichtlich, dass wir den Täter bald haben werden.«

»Gut so!«, lobte Schwenk den Hauptkommissar versöhnlich. »Am besten, Sie faxen mir Ihre bisherigen Ergebnisse zu, ich werde zusehen, wie ich Sie in der Sache unterstützen kann.«

Wieder stieg Hitze in Tischler auf. Dies geschah immer, wenn sich Schwenk anbot, in seinen Fällen herumzuwursteln. Dabei hatte sich die T-U-F-Methode bisher erstklassig bewährt. Er und Fink waren durchaus in der Lage, den Fall auch ohne Amtshilfe zu lösen. Endlich trat der Polizeioberrat mit seinen Semmeln den Rückweg zu den Tribünen an, während Tischler für flüssigen Nachschub sorgte. Der Wurststand machte Feierabend. Bestimmt hatte Schwenk die letzten beiden Semmeln ergattert, der Hund.

In dem Augenblick, als Tischler mit den zwei Bieren zurück an seinen Platz kam, pfiff der Schiri das Spiel ab. Ergebnis: 8 : 1 für den EHC Brunngries. Das Publikum tobte. Auch Britta, die sich anscheinend während Tischlers Abwesenheit zu einem Eishockeyfan gemausert hatte.

»Da bist du ja wieder. Hast du das Bier in Traunstein geholt?«, zog ihn Britta auf und nahm ihm einen Becher ab.

»Ich wurde aufgehalten. Schwenk – du weißt schon. Der Polizeioberrat.«

»Och!«, tröstete sie den Kommissar. »Du hast echt was verpasst. Also dieser Krautmann, der hat es wirklich drauf. Wenn der seine Energie anstelle bei uns im Krankenhaus künftig auf dem Eis versprüht, dann kann aus dem was werden. Was für ein Abend! Danke schön!« Völlig überdreht küsste sie Tischler. Im nächsten Moment jubelte sie wieder mit den anderen Fans, die begeistert die Spieler des EHC Brunngries in Dauerschleife beklatschten, während die ein paar Ehrenrunden an den Tribünen entlang drehten.

Als das Stadion sich leerte, traten sie den Heimweg an. Jedoch nicht ohne Vereinsschal, den Tischler einer Dame abgekauft hatte, die am Ausgang Fanartikel der heimischen

Mannschaft völlig überteuert anbot. Wahrscheinlich hatte sie nach dem Endergebnis die Preisschilder ausgetauscht, da der Marktwert gestiegen war. Als sie die Eishalle verließen, sah Tischler auf dem Vorplatz Christian Glauber, der etwas abseits mit einem Becher Bier an einem Baum lehnte und sich mit ein paar Jugendlichen unterhielt. Tischler blieb stehen und fixierte ihn, bis auch Glauber auf den Kommissar aufmerksam wurde. Für einen Moment starrten sich beide an, dann prostete Glauber ihm zu und verschwand in der Dunkelheit. Was auch immer er hier zu suchen gehabt hatte, es war nichts Gutes. Tischler würde ihn im Auge behalten. Denn einer wie er änderte sich aller Wahrscheinlichkeit nach nie.

Nächtliche Dates

Der laue Sommerabend war definitiv wärmer als das Klima in der Eishalle, weshalb Tischler und Britta auf dem Nachhauseweg ihre Jacken geschultert hatten. Arm in Arm schlenderten sie durch das nächtliche Brunngries, dessen Idylle hin und wieder von Fangesängen über die Siegermannschaft unterbrochen wurde. Es waren nur noch ein paar Hundert Meter, bis die beiden Tischlers Wohnung erreichen würden, als der Kommissar zwei Gestalten entdeckte, die sich an einem SUV zu schaffen machten.

»Britta, sei doch so lieb und geh schon mal vor. Hier hast du den Wohnungsschlüssel, ich komme gleich nach.«

»Wieso? Was ist denn?« Britta folgte Tischlers Blicken und erkannte nun auch den Grund, weshalb sie den Heimweg alleine fortsetzen sollte. »Du machst doch keine Dummheiten, oder?«, flüsterte sie. »Willst du nicht deine Kollegen anrufen?«

»Ach was.« Er küsste sie, dann pirschte er sich näher an sein Ziel heran.

Die beiden bemerkten den Kommissar nicht. Sie waren mit dem Wagen viel zu beschäftigt. Je dichter Tischler an den Tatort herankam, desto mehr konnte er sehen, was dort vor sich ging. Die zwei verklebten fein säuberlich alle Fenster des

Autos. Alle naselang konnte man ein Lachen hören, das jedoch gleich wieder verstummte. Auf der Fahrerseite prangte in großen Buchstaben WICHSER. Nun wusste er, wessen Fahrzeug das war.

»Gehört das zu eurem freiwilligen sozialen Jahr?«, erschreckte Tischler die Jungs von hinten.

Ruckartig drehten sie sich um und glotzten den Kommissar schockiert an. Einer wollte verschwinden, hätte ihn Tischler nicht blitzschnell am Kragen gepackt.

»Schau einer an. Ahmet Kayid. Wissen deine Eltern, dass du dich nachts in Brunngries herumtreibst? Und wen haben wir da? Unser Golf Pro hat plötzlich die Liebe zu hochpreisigen Fahrzeugen entdeckt. Ist das gut fürs Handicap oder ist euch einfach nur langweilig?«

»Wir … äh … also …«

»Äh … bäh … Jetzt ist der Herr Abiturient nicht mehr so schlagfertig, oder?«, äffte Tischler Jonas Bosch nach. »Ich wüsste da was dagegen. Wie wäre es mit vierzig Sozialstunden?«

»Das ist doch nur, weil der Kastner … der hat's verdient!«, versuchte Ahmet, sich aus der Affäre zu ziehen.

»Und was genau hat er verdient? Dass ihr sein Auto verunstaltet? Das ist Sachbeschädigung!«, schimpfte Tischler mit den zwei Jungs, ohne sonderlich laut zu werden. Er hatte keine Lust auf Zuschauer. Schon gar nicht, wenn diese Jan Kastner hießen.

»Wir kleben nur die Scheiben ab. Da geht doch nichts kaputt«, erklärte Bosch, der seine ursprüngliche Coolness langsam, aber sicher wieder zurückerlangte.

»Und was ist das da auf der Seite? Wer von euch hat das draufgesprüht?«

»Das waren wir nicht«, stritt Ahmet die Schmiererei vehement ab. Dann grinste er. »Aber wir feiern den Typen, der es getan hat!« Er streckte Jonas die Faust entgegen, der mit seiner dagegen stieß.

»Und wer hat es getan?«

Die beiden waren sich einig, dass sie keine Ahnung hatten. Das hätte sich Tischler allerdings auch denken können.

»Und ihr zwei Affen denkt, dass das alles ein Spaß ist?«

»Der hat nicht unsere Carolin zu vögeln!«, protestierte Bosch. »Der alte Stelzbock soll sich Mädchen in seinem Alter suchen.«

»Und das habt ihr beide zu entscheiden? Die Carolin ist volljährig und weiß, was sie tut. Genauso wie ihr euch dazu entschlossen habt, eine Anzeige zu kassieren!«, drohte Tischler.

Ahmet versuchte zu verhandeln. »Wir können doch die Aufkleber wieder entfernen und waren nicht hier! Hey, Alter, komm schon …«

»Ich geb dir gleich ›Hey, Alter‹! Was meinst, wie enttäuscht deine Eltern sind, wenn die von der Aktion hier erfahren? Jetzt schau zu, dass du dich schleichst. Nicht über Los und auf dem kürzesten Weg nach Hause. Hamma uns?«

Frei nach der Devise »Rette sich wer kann« verzupfte sich Ahmet ohne Rücksicht auf seinen Kumpel, ohne sich auch nur noch einmal umzudrehen.

»Hey!«, rief ihm Jonas Bosch hinterher. Anschließend schaute er Tischler etwas verstohlen an. »Also, ich packe es dann auch. Man sieht sich.«

Der Kommissar stellte sich ihm in den Weg. »Nix da, Bürscherl. Wir beiden Hübschen sind noch nicht fertig. Woher wisst ihr eigentlich, dass dem Kastner sein Wagen hier mitten auf der Straße steht?«

»Glück«, antwortete Bosch knapp. »Ahmet und ich sind hier auf der Bank gesessen, da kam er vorgefahren und ist in das Haus da hineingegangen.« Er deutete auf ein Zweifamilienhaus auf der gegenüberliegenden Straßenseite.

»Und wer wohnt da?«

»Weiß ich doch nicht. Daraufhin sind wir zu mir und haben die Sachen geholt. Ehrlich, das war bloß Spaß.«

»Mal ganz was anderes. Mir ist zu Ohren gekommen, dass es zwischen dir und Tom wegen Elena Moreno zum Streit gekommen ist.«

Bosch bekam große Augen. »Wer hat das gesagt? Das war doch bestimmt der Puffi, das alte Plappermaul, oder?«

»Und? Ist da was dran?«

Bosch grinste. »Elena hatte schon immer etwas übrig für Verlierertypen. Irgendwann hätte sie es geschnallt, dass er ihr nichts bieten kann.«

»Ach ja? Ich glaube eher, dass du in deiner Ehre gekränkt warst, ihm von der Abifeier gefolgt bist, ihr habt euch gestritten und du hast ihn erstochen.«

»Spinnst du? Was reimst du dir da …«

»Ganz langsam reiten, Bürscherl. Erstens spinn ich nicht und zweitens sind wir noch lange nicht beim Du. Also? Überzeug mich.«

»Ich hab den Wiesinger gehasst!«, platzte es aus Bosch heraus. »Trug die Nase ganz oben und nichts war dahinter. Als er Kapitän des EHC Brunngries wurde, war er nur noch zum Kotzen. Die Mädels sind ihm nachgelaufen, als ob er ein Superstar wär.«

»Und das hat dir natürlich nicht gefallen.«

Er lachte. »Was scheren mich die Hühner aus meiner Klasse? Die spielen doch überhaupt nicht in meiner Liga. Da!« Er deutete auf das Haus, in dem Kastner verschwunden war. »Da drinnen sitzt wahrscheinlich Ihr Täter. Was man so hört, würde der sogar über Leichen gehen.«

»Kastner?«

»Klar. Tom hat uns oft erzählt, was der alles treibt. Dass er Schläger hat, die Mandanten von der Gegenseite einschüchtern, damit er vor Gericht gewinnt. Außerdem hat ihn Tom erpresst. Wie lange sieht sich so ein Typ wie der an, wenn ihm ein Neunzehnjähriger Hörner aufsetzt?«

Tischler sah zum Haus und grübelte. Versuchte dieser Jonas Bosch, seinen Kopf aus der Schlinge zu ziehen, oder war etwas dran an dem, was er sagte?

»Kann ich dann gehen?«

»Verschwinde. Und wehe, ich erwische euch noch mal bei so einer Aktion. Dann raucht es!«

Bosch entfernte sich cool die ersten Meter, bevor auch er wie zuvor Ahmet Kayid um sein Leben rannte.

Tischler starrte sekundenlang das Haus an. Nach einer Weile drehte er sich um und wollte sich ebenfalls auf den Heimweg machen, als er am Boden ein Stück Folie entdeckte, mit der die Jungs zuvor Kastners BMW verklebt hatten. Er hob es auf und entdeckte an der Heckscheibe noch eine freie Stelle. Er blickte sich um. Kein Mensch weit und breit. Er löste den Aufkleber von der Trägerfolie und brachte sie fein säuberlich am Wagen an, ging einen Schritt zurück und betrachtete sein Werk.

»So. Jetzt passt das«, lobte er sich selbst.

Wie es aussah, war er nicht der Einzige, der an diesem Abend noch unterwegs war. Franz Steiner stand an Terezas Nagelstudio vor der Tür. Er bemerkte den Kommissar nicht, als er wiederholt klopfte. Nach einer Weile ließ ihn Tereza endlich eintreten, bevor sie ihren Laden wieder verschloss.

»Schau einer an! Der soll sich lieber um meinen Jaguar kümmern«, murmelte Tischler. »Was soll's? Nix ist so schön wie die Idylle auf dem Land.«

Er überquerte die Straße und freute sich auf das, was vor ihm lag. Ein Absacker mit Britta bei Kerzenschein in seiner frisch gesaugten Wohnung.

***

»Hast du was für mich? Oder treibt dich die Einsamkeit zu mir?«, fragte Tereza den Automechaniker, während sie ihre Ladentür versperrte und die Vorhänge zuzog.

»Vielleicht ein bisschen was von beidem«, raunte ihr Steiner ins Ohr und spielte am Träger ihres Tops, der ihr von der Schulter gerutscht war.

»Lass mich, ich hatte einen anstrengenden Tag«, wehrte sie ihn ab und warf einen Blick in ihr Terminbuch, das auf dem Tresen lag.

»Aha! Sind die Brunngrieser Männer so hungrig?«

»Wie du hier siehst, mache ich auch noch etwas anderes als … na, du weißt schon.« Sie blätterte weiter.

Steiner setzte sich auf einen der gepolsterten Stühle, öffnete ein Fläschchen Nagellack und roch daran. Mit angewidertem Gesichtsausdruck verschloss er es schnell wieder.

»Gibt es eigentlich bei dir Familienrabatt? Ich meine, kommen auch Paare zu dir und der Ehemann geht schon mal hinter den Vorhang, während du seiner Frau die Nägel machst?«

Sie lachte übertrieben. »Bist du nur vorbeigekommen, um dumm daherzureden, oder gibt es einen Grund? Ich bin wirklich müde.«

Steiner schnappte sich eine Spitzfeile vom Tisch und begann damit, sich den Werkstattdreck unter den Nägeln herauszukratzen. Tereza nahm ihm die Feile ab und sah ihn fordernd an.

Steiner lehnte sich zurück. »Ich hätte ein paar Teile von einem Jaguar E-Type«, rückte er endlich mit der Sprache heraus. »Du kannst deinen Cousin vorbeischicken.«

»Vom Bullen?«

»Das braucht dich nicht zu interessieren. Die Teile sind original und auf dem Markt Gold wert. Deine Verwandtschaft braucht sie nur zu versilbern. Springt auch für dich wieder was ab. Oder hast du es nicht mehr nötig, seit du erfolgreiche *Geschäftsfrau* bist?«

Sie beugte sich über den Tisch und schaute ihm tief in die Augen. »Ja, ich bin eine erfolgreiche Geschäftsfrau und ich habe mir den Arsch aufgerissen, um mir das hier alles aufzubauen. Ich habe vieles über mich ergehen lassen und Arbeiten verrichtet, für die sich die meisten deutschen Frauen zu schade sind. Erzähl mir nichts von *nötig haben*. Ich weiß, was es heißt, sich über Wochen hinweg von Nudeln mit Ketchup zu ernähren, weil ab Mitte des Monats kein Geld mehr übrig ist. Ich habe mir von notgeilen Typen in der Wirtschaft an den Hintern fassen lassen, und vom Holzinger will ich erst gar nicht anfangen. Ich bin an einem Punkt in meinem Leben, an dem ich die Zügel nie mehr aus der Hand gebe.« Sie kam ihm noch ein Stück näher. »Als *erfolgreiche* Geschäftsfrau lasse ich mich nicht mehr auf Deals ein, ohne das Risiko zu kennen. Um das einschätzen zu können, benötige ich Eckdaten. Daher frage ich dich noch einmal. Ist deine Ware vom Wagen des Bullen?«

Steiner schluckte. Soweit er sich erinnern konnte, hatte ihm bislang noch nie eine Frau den Schneid abgekauft. Bis zu dieser Nacht. Doch der anfängliche Ärger darüber, dass Tereza es wagte, in diesem Ton mit ihm zu sprechen, wechselte schnell in Erregung. Eine Frau, die der Welt die Stirn bot, empfand er als sehr erotisch.

»Ja, die Autoteile sind vom Jaguar E-Type, Serie 2, Baujahr 1969«, erteilte er nun bereitwillig Auskunft über seine Quelle. »Ist das für dich ein Problem?«

»Du spielst mit dem Feuer. Das ist dir klar, oder?« Sie schritt um den Tisch herum, griff dem Mechaniker in die Brusttasche und genehmigte sich eine seiner Zigaretten. Auch er zündete sich eine an.

»Ich weiß, was ich tue. Ich mache das schließlich nicht seit gestern.«

»Logisch. Aber einen Bullen zu bestehlen … das war noch nie eine gute Idee.«

Er aschte in den kleinen Tischmülleimer. »Das lass meine Sorge sein. Also. Ein Problem für dich?«

»Ich habe nicht gesagt, dass ich keine heiklen Geschäfte mache. Ich möchte nur das Risiko kennen. Ich sage meinem Cousin Bescheid. Du hörst von mir, wenn ich weiß, wann er kommt.«

Steiner schälte sich aus dem Stuhl. »Dann wäre das geklärt. Kommen wir zum Vergnügen.« Er strich über ihre Schulter. »Wie sieht es aus mit uns beiden?«

»Sex und Geschäft haben sich noch nie vertragen. Außerdem habe ich morgen einen anstrengenden Tag vor mir.«

Sie ging zur Fensterfront ihres Ladens und zog den Vorhang ein wenig zur Seite. Die Straße war leer.

Steiner trat von hinten an sie heran und wagte noch einen letzten Versuch. Er war für gewöhnlich nicht der Typ, der vehement um die Aufmerksamkeit einer Frau bettelte. »Ein wenig Entspannung hat vor einem anstrengenden Tag noch nie geschadet.«

Sie drehte den Schlüssel der Ladentür und öffnete sie. »Schönen Abend noch. Du hast ein Date mit deinen Kalendergirls in deiner Werkstatt.«

Er spitzte die Lippen, als er sich ganz nah an ihr vorbei nach draußen auf die Straße begab.

Tereza schloss hinter ihm die Tür, zog den Vorhang wieder zu und löschte das Licht.

Steiner zündete sich eine weitere Kippe an. Tereza Horák. Als schüchterne Tschechin hatte er sie damals kennengelernt, als sie im BRUNNEN zu kellnern begann. Zwischenzeitlich hatte sie sich zu einer ernst zu nehmenden Geschäftsfrau gemausert. Ein wenig wurmte es Steiner, dass sie in diesem Ton mit ihm sprach. Immerhin hatte sie es auch ihm zu verdanken, dass sie heute an diesem Punkt in ihrem Leben angekommen war. Aber zugegeben, ohne ihre Kontakte hätte auch er seinen florierenden Handel mit Autoteilen nicht so erfolgreich ausbauen können.

Steiner blieb stehen und drehte sich nochmals um. »Tereza Horák – die Patin von Brunngries«, murmelte er und sah das Filmplakat dazu vor seinem geistigen Auge. Grinsend nahm er einen tiefen Zug von der Zigarette und pustete den Rauch in den Himmel.

Besser, er pflegte weiterhin einen guten Kontakt zu ihr. Natürlich war seine Lust, ihr etwas näher zu kommen, sehr groß. Doch in einer Sache hielt sich auch bei ihm die Lust in Grenzen: Irgendwann regungslos unter seiner Corvette zu liegen, weil aus unerfindlichen Gründen der Wagen unglücklich von der Hebebühne auf ihn gefallen war.

Gipfelstürmer

Ein Sonntag zu zweit. Am späten Vormittag aus den Federn kriechen, Frühstück auf der Terrasse, während die wärmenden Sonnenstrahlen die müden Wangen streicheln. Ein bis zwei Tassen Kaffee, eine gemeinsame Dusche und danach vielleicht ein kleiner Ausflug auf die Fraueninsel. Mittags eine Renke mit Kartoffelsalat, Tretbootfahrt und nachmittags bei Kaffee und Kuchen am Ufer zu den Klängen der Natur das Leben genießen. Irgendwann mit einem Cocktail in der Hand an einer Strandbar bei sanfter Klubmucke den letzten Sonnenstrahlen folgen, bis sie verschwinden und einen romantischen Abend einläuten, der auf der heimischen Terrasse oder gar in einem Biergarten endet, bevor man sich wieder zwischen den Laken verkriecht, die unverändert seit dem Morgen darauf warten, die Verliebten in einen erholsamen Schlaf zu wiegen.

Wer Wert auf solche Wochenenden legte, war mit einem Beruf wie Ärztin oder Hauptkommissar schlecht beraten. Denn für zwei Dinge gab es einfach keine Auszeit: Krankheit und Verbrechen. Auch, wenn Tischler an diesem Wochenende freihatte, so musste er schweren Herzens mit ansehen, wie sich Britta in aller Frühe auf den Weg in die Klinik machte. Und nachdem er ihr hoch und heilig versprochen hatte, rein aus

Solidarität auch aufzustehen und den Tag sinnvoll zu gestalten, kehrte er nach einer innigen Verabschiedung wieder zurück in sein Bett und ging in die zweite Runde. Wenn auch alleine.

Gegen Mittag, der Tag lief für den Rest von Brunngries bereits auf Hochtouren, blinzelte Tischler mit seiner Kaffeetasse auf seine Terrasse und öffnete den Sonnenschirm. Gemütlich zog er sich den zweiten Stuhl etwas näher und legte seine Beine darauf ab.

»Ist schon schön hier«, lobte er sich selbst für seine Entscheidung, der stressigen Großstadt den Rücken gekehrt zu haben, um den ländlichen Gaunern den Kampf anzusagen. Aber nicht heute. Nicht an diesem Tag.

Ein paar Spaziergänger kamen an seiner Hecke vorbei, die sein Grundstück von der Straße trennte. Er sah keine Gesichter, jedoch die Federn und Gamsbärte, die stolz auf ihren Hüten thronten. Vielleicht kamen diejenigen, die ohne ihre Frauen unterwegs waren, auch vom Wirt. Voller Vorfreude auf den Sonntagsbraten mit Knödeln und Blaukraut, um nachträglich eine Unterlage für die zwei Halbe Bier zu bekommen, die sie am Stammtisch zu Ehren des Feiertags in sich hineingeschafft hatten.

Als den Kommissar die Küchendüfte der anderen Hausbewohner erreicht hatten, begab er sich mit seiner Tasse in die Wohnung, um zu überlegen, womit er seinen Appetit stillen konnte, und wurde schnell fündig. Ein Blick in den Kühlschrank genügte, um zu erkennen, was sich für einen Strohwitwer an einem Sonntag am besten eignete. Zwei Paar Wiener mit süßem Senf und drei Scheiben Holzofenbrot. Dazu ein Glas vom leichten Weißwein, der vom Vorabend übrig geblieben war.

Tischler schloss den Kühlschrank wieder und zog einen Topf aus der Schublade. Hatte er gerade das Wort »Strohwitwer« im Kopf gehabt? Tatsächlich. Es war also amtlich. Er war vom

Singlemarkt verschwunden. Zwar nicht verheiratet, aber vergeben. Vorausgesetzt, Britta sah dies genauso.

Er hielt den Topf unter den Hahn und drehte das Wasser auf. Es fühlte sich gut an, dem Lotterleben eines Singles den Rücken zu kehren. Nicht, dass er einfach so in den Tag hineinlebte. Dennoch war er nur für sich alleine verantwortlich gewesen. Nun wollte alles gut durchdacht sein. Was, wenn er die Anschaffung einer neuen Couch oder eines anderen Möbelstücks erwog? Sollte er dann bereits Britta in die Entscheidung mit einbeziehen? Immerhin wäre es möglich, dass dieses Stück irgendwann zum Hausstand einer gemeinsamen Wohnung gehörte. Vielleicht war es zu früh, an solche Dinge zu denken.

Er stellte den Herd an, gab den Topf auf die Platte und ließ die Wiener langsam ins Wasser gleiten. Dabei musste er an Resi denken. Was sie an diesem Sonntag wohl zu essen bekam? Vielleicht Hirse? Wie sehr hätte sie sich in diesem Augenblick über ein paar Wiener gefreut. Er hätte sich sogar mit seinem Teller zu ihr auf den Boden gesetzt.

Am frühen Nachmittag klingelte Tischlers Telefon und holte ihn aus seinem Nickerchen, das er nach dem Mittagessen eingelegt hatte. Die vier Wiener und das Glas Weißwein hatten ihn an seinem freien Tag derart geschwächt, dass er außerstande war, auch nur einen Fuß vor die Tür zu setzen. Ein Blick auf das Display ließ ihn lächeln.

»Britta! Was für eine schöne Überraschung. Wie sieht's aus? Hast du Stress?«

»Was soll ich sagen? Sonntagnachmittag, schönes Wetter … da werden die Menschen übermütig. Viel lieber wäre ich jetzt mit dir auf der Fraueninsel«, träumte sie sehnsüchtig mit quengeliger Stimme. »Und du? Hast du den Tag bisher sinnvoll verbracht, wie du es vorhattest?«

»Klar!«, flunkerte Tischler. »Gleich, nachdem du weg warst, bin ich in meine Laufklamotten und habe ein paar Kilometer heruntergerissen. Ich sitze hier gerade mit meinem Smoothie und bilde mich fort.«

»Ach ja? Mit was denn?«

Tischlers Blick raste suchend durch sein Wohnzimmer. »Dies und das. Ich fände es jetzt auch schön, mit dir durch den Chiemgau zu streifen«, wechselte er schnell das Thema. »Aber hey, einer muss diesen Job tun. Und wenn nicht wir, wer dann?«

»Ist mir ehrlich gesagt in diesem Augenblick egal. Hauptsache, jemand anderes«, klagte sie.

Tischler unterließ weitere Versuche, ihr den Tag in der Klinik schmackhaft zu machen.

»Ach ja, stell dir vor ... Gestern Nacht wurde ein Mann in Brunngries mit Stichverletzungen gefunden. Vor der Eishalle.«

Tischler setzte sich gerade aufs Sofa. »Ach was? Hier in Brunngries?«

»Wenn ich es dir sage. Ich habe es selbst erst in diesem Moment erfahren. Vielleicht saßen wir sogar neben dem Täter in der Halle. Ich darf gar nicht erst daran denken. Die Welt ist schlecht!«

»Die Welt ist nicht schlecht, Britta. Nur ein paar Menschen davon. Und für die bin ich zuständig. Wie geht es dem Mann denn?«

»Er ist nicht ansprechbar und hat ziemlich viel Blut verloren. Momentan ist er stabil, aber wir müssen die nächsten Stunden abwarten.«

»Verstehe. Sag, wie heißt denn der Patient?«

»Moment, ich habe seine Daten hier irgendwo ... Buchholz. Volker Buchholz. Mitte vierzig.«

»Buchholz?«

»Du kennst ihn?«

»Flüchtig.« Tischler war nun voll auf Sendung. »Britta, ich muss auflegen. Halte mich bitte über seinen Zustand auf dem Laufenden, ja?« Damit drückte er sie weg.

»Dieser Depp!«, schimpfte er. »Immer muss erst was passieren!« Er stand vom Sofa auf und tigerte im Wohnzimmer auf und ab, um seine Gedanken zu sortieren.

Er hatte Buchholz am Vorabend in den Umkleiden zur Rede gestellt. Was hatte der noch mal gesagt? Dass er sie alle kriegen würde. Er hatte Krautmann und Burglechner genannt. Dann war er verschwunden.

Tischler sah aus dem Fenster. »Anschließend ist er wieder zurückgekommen«, murmelte er. Klar! Warum sollte er auch auf einen Kriminaler wie ihn hören? Er ging zurück auf die Couch. Von Britta wusste er, dass es zwischen Krautmann und Burglechner im Krankenzimmer zum Streit gekommen war. Um was drehte es sich bei dem Streit? Um den Posten des Mannschaftskapitäns? Vielleicht war Burglechner ebenso ein Anwärter darauf gewesen, nachdem Tom Wiesinger tot war? Das war allerdings kein Grund, sich gegenseitig an die Gurgel zu gehen. Es hatte sicher mit etwas anderem zu tun. Nur womit? Er lehnte sich zurück und blickte an die Decke. Burglechner wusste von Krautmann, dass seine Freundin Lisa damals das Ecstasy von Tom Wiesinger erhalten hatte. Was war der Grund, dass er ihm das jetzt sagte? War es einzig nur der Mannschaftskapitän, der ihn dazu ermutigte? Vielleicht war es aber auch so, dass Lisa die Drogen eigentlich von Krautmann bekommen hatte. Er beschuldigte Tom Wiesinger, stachelte Burglechner gegen ihn auf, der rächte seine Freundin – hitzig genug waren die Kerle ja – und brachte Tom um. In dem Fall hätte Krautmann zwei Fliegen mit einer Klappe geschlagen. Und er konnte die damalige Tat auf einen Toten schieben, der sich nicht mehr dazu äußern konnte, falls dieser Fall neu aufgerollt werden würde.

Tischler verließ seine Couch und wanderte wieder ziellos umher. Dabei konnte er besser denken. Volker Buchholz! Was war gestern mit Volker Buchholz passiert? Vielleicht hatte er etwas herausgefunden? Was, wenn Krautmann damals mit Ecstasy gedealt hatte und es heute immer noch tat? Buchholz wartete, bis er aus der Eishalle kam, um ihn zur Rede zu stellen. Er hatte ihn mit irgendetwas konfrontiert, das seinen sicheren Plan ins Wanken brachte. Es kam zum Handgemenge, Krautmann zog ein Messer und stach zu.

»Vorbei ist es mit dem Sonntag!«, rief Tischler und tippte Finks Nummer in sein Handy.

»Felix? Einsatz!«

»Uff. Da erwischst du mich aber zum ungünstigsten Zeitpunkt. Ich hatte gestern mit der Mama unseren monatlichen Canasta-Abend. Und da ging es ganz schön lang.«

»Wie lang?«, fragte Tischler nach, obwohl es ihn zu diesem Zeitpunkt eigentlich nicht interessierte.

»Mei, bestimmt bis kurz nach zwölf.«

Tischler lachte. »Du weißt aber schon, dass sich die heutige Jugend um kurz nach zwölf erst in der Disco blicken lässt, oder?«

»Erstens bin ich bereits dreißig und zweitens heißt das nicht mehr Disco, sondern Klub.«

»Das ist mir momentan scheißegal, wie das heute heißt. Der Buchholz liegt perforiert in der Klinik.«

»Ist er tot?«

»Nein. Aber ich bin mir ziemlich sicher, wer es war. Der Krautmann.«

»Bist du dir wirklich sicher?«, hinterfragte der Polizeiobermeister die Vermutung seines Chefs vorsichtshalber.

»Nur er kann es gewesen sein und hatte einen Bezug zu beiden Opfern. Also schwing die Hufe und hol mich ab. Wir müssen einen Mannschaftskapitän einkasteln.« Er legte auf und verschwand im Schlafzimmer. Denn in Jogginghosen und verwaschenem T-Shirt erschien man nun einmal nicht zu einer Verhaftung.

***

»Hast du die Adresse vom Krautmann?«, fragte Tischler seinen Kollegen auf dem Weg nach Traunstein.

»Freilich. Wer hat eigentlich den Buchholz gefunden?«

»Ein älterer Herr mit Hund«, wusste Tischler. »Die Traunsteiner Kollegen haben mir vorhin den Sachverhalt am Telefon geschildert, als ich nachgefragt habe. Der Informationsfluss funktioniert wieder einmal hervorragend.«

Fink schüttelte den Kopf. »Da muss man uns doch informieren. Schließlich handelt es sich nicht um ein gestohlenes Fahrrad, sondern um ein Gewaltdelikt.«

»Ja, Felix, meine Rede. Weißt du, was mir der Kollege am Telefon gesagt hat? Er meinte: ›Seht zu, dass eure Dienststelle rund um die Uhr besetzt ist, dann rufen wir euch auch an, wenn es was gibt.‹«

»Und was hast du geantwortet?«

»Nix natürlich. Meinst du, ich mach deswegen ein Fass auf? Am Ende kommen die noch auf den Trichter, wirklich unsere Dienststelle zu schließen. In dem Fall kannst du jeden Tag erst einmal nach Traunstein gurken.«

»Auch wieder wahr. Nett von den Kollegen, dass sie uns in der Sache ausgeholfen haben.«

Tischler schmunzelte. »Ja, finde ich auch. Übrigens schön, dass wir wieder den Passat haben.«

»Ja, der Scholl hat den Streifenwagen zurück. Wurde aber auch Zeit. Frage: Denkst du nicht, wir hätten auch beim Krautmann im Spind irgendwas gefunden?«

»Nein. Tom Wiesinger war sein Mannschaftskamerad. Er wusste, dass wir seinetwegen früher oder später in der Eishalle auftauchen würden. Der wäre schön blöd. Gut möglich, dass er vielleicht sogar dem Tom etwas untergejubelt hat, damit wir etwas finden und die Sache für uns klar ist. Bei dem entdecken wir nichts. Ist er ein Dealer, dann hat er sein Depot irgendwo anders. Jetzt ist es an uns, das herauszufinden.«

Fink bog in eine Seitenstraße ein und parkte neben dem Randstein. Er deutete an Tischler vorbei auf ein Reihenhaus. »Da drin wohnt er. Hausnummer zwölf. Wie gehen wir vor? Schusswaffe? Du klingelst und ich sichere den Bereich hinter dem Haus ab, falls er einen Fluchtversuch unternimmt?«

Tischler hielt einen Moment inne. Abrupt drehte er seinen Kopf zu seinem Kollegen. »Ich würde sagen, wir treten die Tür ein, erschießen alle und dann holen wir uns eine Brotzeit. Sag mal, Felix ... Wir klingeln und reden mit dem Kerl. Eine ganz normale Befragung nach unserer T-U-F-Methode.«

»Warum wirst du eigentlich bei dieser Abkürzung als Erster genannt?«, hakte Fink ein.

»Weil es sonst F-U-T-Methode heißen würde, was echt bescheuert klingt. Außerdem bin ich der Stammesältere. Und jetzt lass uns diesen Fall zu Ende bringen.«

Ruhig war es in der Wohnsiedlung für einen Sonntagnachmittag. Bis auf ein paar Kinder, die aus den angrenzenden Gärten zu hören waren, rührte sich wenig in dieser Gegend. Bestimmt sah es an einem sonnigen Tag wie diesem auf den Parkplätzen rund um den Chiemsee ganz anders aus.

Als Tischler das zweite Mal geklingelt hatte, bewegte sich etwas im Haus. Dann öffnete eine Frau im Badeanzug die Tür.

»Guten Tag!«

»Guten Tag. Frau Krautmann?«

»Ja«, bestätigte sie dem Hauptkommissar. »Und Sie sind?«

»Tischler, Kriminalpolizei. Das ist mein Kollege Fink. Ist es möglich, dass wir Ihren Sohn nochmals sprechen? Wir hätten noch ein, zwei Fragen an ihn.«

Frau Krautmann blickte betroffen drein und fasste sich an die leicht bekleidete Brust. »Schrecklich, was mit Tom passiert ist. Er war ein so aufgeweckter Junge.«

»Ja, da haben Sie sicherlich recht.«

»Tut mir leid, Dominic ist nicht zu Hause. Er ist am späten Vormittag mit ein paar Jungs los zum Rauschberg. Mein Mann war noch dagegen, weil es gestern nach dem Sieg natürlich noch hoch herging. Wir möchten nicht, dass er Gleitschirmfliegen geht, wenn er nicht ausgeschlafen ist. Aber was soll man machen … Jungs in dem Alter …«

»Wann ist er denn heimgekommen?«

Sie zuckte mit den Achseln. »Keine Ahnung. Vielleicht gegen zwei, halb drei? Wieso? Ich kann meinen Mann holen. Er ist hinter dem Haus im Garten. Vielleicht weiß er es genauer.«

»Ist nicht so wichtig, Frau Krautmann. Wir melden uns wieder. Und entschuldigen Sie die Störung. Noch einen schönen Sonntag.«

Frau Krautmann schloss die Tür.

»Glaubst du, sie ruft ihn auf dem Handy an, um ihm zu sagen, dass die Polizei nach ihm sucht?«, überlegte Fink auf dem Weg zum Wagen.

»Davon ist auszugehen. Was würdest du tun, wenn die Polizei am Sonntag bei dir klingelt und nach deinem Kind fragt?«

»Ich würde sagen: ›Hallo, Kollegen.‹«

»Depp! Jetzt lass uns zusehen, dass wir Gas geben. Nicht, dass uns der Kerl abhaut.«

Der Parkplatz des Rauschbergs war erwartungsgemäß stark frequentiert. Wanderer, die an ihrem Kofferraum noch die

Wanderschuhe anzogen, Drachen- und Gleitschirmflieger, die ihre Ausrüstung sortierten, und Menschen, die einfach nur so die Natur genossen und nicht den Drang nach Höhenmetern oder Adrenalin verspürten, wie es bei den Flugsportlern zu vermuten war.

»Schon mal mit so einem Gleitschirm geflogen?«

»Höhenangst«, beichtete Fink dem Kommissar. »Bereits beim Kettenkarussell hört bei mir der Spaß auf.«

Es genügte, dem Betreiber der Seilbahn den Dienstausweis zu zeigen, um ohne Ticket in die Gondel zu steigen. Dass die Männer jedoch ohne Begleitung eine Gondel für sich alleine in Anspruch nahmen, wollte ein Biker, dem sie die Mitfahrt verwehrten, nicht einsehen. Endlich schloss sich die Tür und die beiden setzten sich in Bewegung.

»So ein Vogel!«, wetterte Fink.

»Passender hättest du ihn nicht beschreiben können. Hast du die dürren Haxen gesehen? Der sollte lieber den Berg hinaufradeln. Dann würde ein bisserl Fleisch an seine Waden kommen. Eine Radlerhose, die an den Oberschenkeln schlottert … Hammer.«

»Der fährt bestimmt Downhill.«

»Gut beobachtet, Watson«, lobte Tischler süffisant. »Ich glaube nicht, dass der und sein Drahtesel mit der Bahn wieder ins Tal fahren.«

Fink blickte aus dem Fenster der Gondel zum Himmel. Ein paar Gleitschirmflieger drehten dort majestätisch ihre Runden. »Meinst, einer von denen da oben ist unser Mann?«

Auch Tischler sah hinauf. »Das wäre jetzt saublöd. Wir gehen einfach davon aus, dass wir ihn oben antreffen. Andererseits wäre es gescheit gewesen, wenn einer von uns unten am Landeplatz gewartet hätte.«

»Ich wünschte, das wäre dir früher eingefallen. Wenn ich da runterschaue, wird mir total schlecht.«

»Dann schau halt nicht nach unten«, riet Tischler. »Außerdem ist das ganz selten, dass so eine Gondel abstürzt.«

Fink setzte sich auf die andere Seite, um das Tal aus seinem Blickfeld zu bekommen. »Schön ist es ja, mit so einer Bahn zu fahren. Vielleicht sollte ich das öfter machen. Genauso war es mit den Innereien. Ich mochte als Kind auch kein saures Lüngerl. Mit einer Leber oder Nierchen, da hättest du mich jagen können. Und meine Oma und die Mama haben das immer wieder gekocht. Und heute mag ich das.«

»Danke, Felix, nun hast du es geschafft.« Auch Tischler wechselte die Seite und ließ sich neben seinem Kollegen nieder. »Jetzt ist mir auch schlecht.«

Glücklicherweise hatten beide knapp fünf Minuten später wieder festen Boden unter den Füßen. In etwa 1.600 Meter Höhe war es etwas windiger als unten im Tal. Beste Bedingungen für die Flugsportler, die am Absprungplatz ihre Geräte sortierten und für das große Abenteuer präparierten.

Tischler blieb stehen, um sich einen besseren Überblick zu verschaffen. »Siehst du ihn irgendwo?«

»Schwierig. Mit Helm schauen die irgendwie gleich aus. Warte … da hinten der in dem weiß-roten Shirt. Das ist er, glaube ich.«

Tischler nahm seine Sonnenbrille ab. »Sehr gut, Felix. Komm, der streift sich grad sein Gurtzeug über.«

Dominic Krautmann war zu sehr damit beschäftigt, die Ausrüstung ordnungsgemäß anzulegen, als dass er gemerkt hätte, dass ihn die Polizei bereits im Visier hatte. Umso erstaunter war er, als ihn Tischler von hinten ansprach.

»Dominic Krautmann?«

»Schau an. Der Herr Kommissar. Was für ein Zufall!«, bemerkte er cool.

Tischler war erstaunt, wie gut er sich verstellen konnte. Jeder andere hätte sich in seiner Lage um einiges nervöser gegeben.

»Na, von einem Zufall würde ich nicht sprechen. Wir haben dich gesucht.«

»Ach ja? Warum?« Er zurrte den Gurt vor seiner Brust etwas enger. »Ich habe Ihnen doch längst gesagt, was ich weiß.«

»Wann hast du gestern die Eishalle verlassen?«, fiel Fink mit der Tür ins Haus.

»Weiß nicht. Vielleicht so eine Stunde nach dem Abpfiff. Warum?«

»Die Fragen stellen wir«, wies Fink den Kerl in die Schranken. »Kann das jemand bezeugen?«

Krautmann wirkte gleichgültig. »Freilich. So ziemlich die gesamte Mannschaft.«

»Was habt ihr denn nach dem Spiel gemacht?«

Krautmann rollte die Augen nach oben, während er den Kinngurt seines Helms verschloss. »Das, was wir immer machen, wenn wir unsere Gegner vernichtet haben. Wir lassen zwei Flaschen Sekt in der Umkleide kreisen und nach dem Duschen geht es ab zum Feiern.«

»Hast du ein Messer?« Fink blickte ernst drein, als er Krautmann diese Frage stellte. Der allerdings schien sich immer mehr zu wundern, was diese Talkrunde zu bedeuten hatte.

»Äh, klar hab ich ein Messer. Jeder Kerl in meinem Alter hat ein Messer.«

»Aha …« Fink zückte seinen Block. »Was ist das für ein Messer?«

»Was sind das für Fragen?«

»Einfach antworten. Also?«

Tischlers Handy vibrierte in seiner Tasche. Es war Britta, die anrief. Tischler entfernte sich ein paar Schritte und nahm das Gespräch an.

»Britta! Gibt es etwas Neues über unseren Patienten zu berichten?«

»Hallo, Constantin. Tatsächlich. Er ist aufgewacht. Wie es aussieht, kommt er durch.«

Tischler drehte sich zu Fink, der immer bestimmter wurde und Krautmann nun so richtig in die Mangel nahm. »Habt ihr seine Frau schon verständigt?«

»Ja, ich kann sie aber nur kurz zu ihm lassen. Er ist noch zu schwach.«

»Verstehe«, erwiderte Tischler. »Wenn er wieder bei Kräften ist, werde ich ihn mir mal zur Brust nehmen.«

»Was meinst du?«

»Lange Geschichte. Erzähle ich dir später. Jedenfalls danke für die Info. Das hilft uns weiter.«

»Moment«, bremste Britta den Kommissar. »Ich wollte dir noch sagen, dass er während einer Wachphase von einem Mann mit schwarzen Ohrringen gesprochen hat.«

Tischler blendete alles um sich herum aus, als er das hörte. Es gab nur einen, dessen Ohrschmuck so auffällig war, dass man ihn sich einprägte. Ein Typ, dem man nachts lieber aus dem Weg gehen sollte. Der am Vorabend vor der Eishalle gestanden und der das Weite gesucht hatte, als er ihn erkannt hatte. Einer wie er interessierte sich nicht für Eishockey. Er war lediglich dort anzutreffen, wo Menschen zusammenkamen, für die er sich interessierte. Menschen, die das schnelle Glück suchten, das Abenteuer, den Kurztrip nach einer harten Schulwoche in eine bunte Welt, wie sie in Wirklichkeit nicht existierte. Er war dort, weil einer wie er sich niemals änderte. Weil ihm sein Job in einem Möbellager niemals den Lebensstandard sichern konnte, den er sich vorstellte.

»Christian Glauber«, knurrte er plötzlich mit starrem Blick auf Fink, der ohne Punkt und Komma auf den mittlerweile verzweifelten Krautmann einredete. Der Mannschaftskapitän des

EHC Brunngries fuchtelte mit Händen und Füßen, als wären Finks Worte ein Schwarm Wespen, die er abwehren wollte. Tischler steckte sein Handy ein. Dann ging er zurück zu Fink.

»Dominic Krautmann, das wäre es von unserer Seite. Danke für die Auskunft, Glückwunsch noch mal zum Sieg und jetzt … guten Flug!«

Er ergriff Fink am Arm und zog ihn Richtung Bergbahn.

»Was machst du denn?«, zischte der. »Ich hatte ihn fast so weit.«

»So, wie du auf den eingeredet hast, hätte der die ganze Welt verraten.«

Fink blieb stehen. »Klärst du mich vielleicht auf?«

»Buchholz ist aufgewacht. Er hat Christian Glauber erkannt.«

»Lass mich raten. An den Einschusslöchern in seinen Ohrwascheln.«

»Bingo.« Tischler linste Fink über die Schulter. »Schau, jetzt fliegt er davon.«

Fink drehte sich um.

Krautmann lief ein paar Meter den Berg hinab, bevor sein Schirm ihm die Füße von der Erde zog und mit ihm in den Himmel glitt. Ob er den Flug nach Finks Wortsalven genießen konnte, wusste nur Krautmann selbst.

»Jetzt komm. Ab ins Tal.« Tischler zerrte seinen Kollegen weiter ins Bergbahnhäuschen. Sie drängelten sich an den wartenden Höhenwanderern vorbei und schnappten einem Ehepaar, das ganz vorne stand, die Gondel vor der Nase weg.

»Besetzt«, rief ihnen Fink noch zu, bevor er mit einem Satz hineinsprang. Tischler folgte ihm und sie setzten sich in Bewegung. Leider mit einer Geschwindigkeit, die den Aufruhr völlig übertrieben wirken ließ, den sie unter den wartenden Wanderern verursachten.

»Ich glaube, wir wären schneller gewesen, wenn wir gegangen wären.« Tischler sah auf die Uhr.

Fink zückte sein Handy, brachte sich in Position, grinste und schoss ein Selfie.

»Was soll jetzt das?«

»Beweisfoto. Das glaubt mir die Mama nie, dass ich Gondel fahre. Wo ich doch nicht so ganz schwindelfrei bin.«

»Dann machst bitte das nächste Mal, wenn du ein saures Lüngerl isst, ein Selfie für mich. Das kann ich nämlich nicht glauben.«

»Magst auch mit drauf? Wann haben wir schon mal die Gelegenheit, ein Foto während einer Verfolgungsjagd zu machen?«

Tischler konnte nicht fassen, was ihm sein Kollege soeben vorgeschlagen hatte. Noch weniger konnte er allerdings fassen, was er darauf geantwortet hatte.

»Von mir aus. So viel Zeit muss sein. Aber das schickst mir, das Foto.«

»Freilich. SMS oder Whatsapp?«

»Whatsapp natürlich. Wir sind doch nicht in der Steinzeit.«

Fink knipste eine ganze Serie von sich und seinem Chef in verschiedenen Positionen. Die Insassen der beiden Gondeln, die an ihnen vorbei hinauffuhren, freuten sich, dass das ungleiche Männerpärchen so eng aneinandergeschmiegt die Bergwelt genoss. Nach der Fotosession rief Tischler die Traunsteiner Kollegen an.

»Servus. Hauptkommissar Tischler, Dienststelle Brunngries. Ich brauch euch. Schickt eine Streife zu Christian Glauber, wohnhaft in Traunstein. Haltet euch aber bedeckt und observiert nur die Wohnung. Mein Kollege und ich sind auf dem Weg zu euch. Was? Sicher gibt es einen Grund. Versuchter Mord an Volker Buchholz heute Nacht vor der Brunngrieser Eishalle. Wir besorgen in der Zwischenzeit einen

Durchsuchungsbeschluss. Ich melde mich wieder.« Er steckte sein Handy ein. »Felix, informiere du noch den Scholl und die Miriam. Die sollen gleich nach Traunstein kommen und dort auf uns warten.«

Die Fahrt ins Tal dauerte eine gefühlte Ewigkeit. Doch Tischler war sich sicher. Diese Sache endete an diesem Tag für Christian Glauber.

Fundstücke

Tischler klopfte an die Scheibe der Kollegen, die in Zivil etwas entfernt von Glaubers Wohnung am Straßenrand parkten. »Servus, Männer. Und? Hat er sich blicken lassen?«

»Keiner rein, keiner raus. Kann allerdings auch in der Wohnung sein. Der Wagen, der auf ihn zugelassen ist, steht hier jedenfalls nirgendwo im Umkreis. Wir haben die Kennzeichen gecheckt.«

»Sehr gut. Ich würde sagen, ihr bleibt hier und observiert weiter, und wir gehen rein. Sagt uns über Funk, wenn sich was tut. Ist der Schlüsseldienst schon da?«

»Noch nicht, kommt gleich«, teilte der Kollege dem Hauptkommissar mit und nahm wieder den gegenüberliegenden Hauseingang ins Visier.

Tischler liebte Einsätze wie diesen, wenn alles wie ein Uhrwerk funktionierte. Dafür opferte er gerne seinen dienstfreien Sonntag. Er eilte zurück zu Fink und Scholl, die in der Nebenstraße auf ihn warteten.

»Wir wissen nicht, ob er da ist. Ich würde sagen, wir schauen nach.«

Fink gähnte und Scholl sah grantig drein. »Wenn er daheim ist, schmier ich ihm eine, weil er mir meinen freien Sonntag versaut.«

Tischler stemmte die Arme in die Hüften. »Sagt einmal, was ist denn los mit euch? Jetzt rührt sich mal was, dann ist es auch wieder nicht recht. Sollen wir das alles hier abblasen und morgen so gegen neun Uhr wieder vorbeischauen? Vielleicht rufen wir ihn vorher an, damit wir nicht umsonst nach Traunstein fahren. Mensch … das ist doch tausendmal besser, als einen Parkplatzrempler aufzunehmen, oder?«

Scholl lenkte ein. »Ist gut. Ich mein ja bloß. Ich wollt heut grillen und hab extra am Vormittag mein Fleisch mariniert.«

»Ach ja?« Fink war interessiert. »Was für eine Marinade nimmst du da?«

»Ich nehm Rapsöl und mach Rosmarin hinein, dann tu ich noch …«

»He!«, fuhr Tischler dazwischen. »Konzentration bitte, ja? Wir gehen da rüber ins Haus und klingeln an der Wohnungstür. Felix, du kommst mit mir, Robert, du und Miriam, ihr sichert das Gebäude von hinten ab, damit er uns nicht abhaut. Wo ist Miriam überhaupt?«

»Telefoniert noch schnell mit ihrer Freundin. Die wollten ins Kino. Wird ja höchstwahrscheinlich auch nix«, erklärte Scholl.

Tischler ließ diese Aussage unkommentiert. Nachdem auch Miriam einsatzbereit war, standen er und Fink wenig später vor Christian Glaubers Wohnung. Fink positionierte sich mit gezogener Waffe neben der Tür, Tischler klingelte und klopfte zusätzlich.

»Herr Glauber? Kriminalpolizei. Öffnen Sie bitte die Tür!«

Die beiden Ermittler verharrten für einen Moment regungslos, um zu lauschen, ob in der Wohnung Geräusche zu hören waren. Negativ.

Nachdem Tischler ein zweites und drittes Mal die Klingel betätigt und wiederholt an die Tür geklopft hatte, zog Fink den Mann vom Schlüsseldienst hinzu, der das Schloss in null Komma nichts geöffnet hatte. Tischler marschierte mit der Waffe im Anschlag voran und öffnete systematisch jede Tür der kleinen Wohnung, während Fink den Flur absicherte. Kurze Zeit später war klar: Glauber war nicht zu Hause.

»Hier stinkt es ja wie im Puff. Ich mach mal ein Fenster auf«, schlug Fink vor.

Der dunkle Flur der Wohnung wirkte alles andere als einladend. An der alten Garderobe hing eine Jacke, und die Hutauflage wurde von ein paar Caps besiedelt, die er lange nicht getragen hatte, wie die Staubschicht verriet. Tischler zog seine Handschuhe über, bevor er etwas berührte. Dies hatte sicherlich auch einen hygienischen Aspekt, denn die Wohnung glich der eines Messies. Glauber schien nicht viel von Ordnung zu halten, was auch sein Leben widerspiegelte. In der Küche stapelten sich Pizzakartons mit eingetrockneten Speiseresten, die Spüle war voller Geschirr und der Kühlschrank stank nach abgelaufenen Lebensmitteln. In einem Plastiksack hinter der Tür sammelte er seine Pfandflaschen und von der Decke baumelte ein vergilbter Lampenschirm, der an einer Stelle eingerissen war.

»Ganz ehrlich …«, Fink wies auf die Küchenzeile. »Möchtest du hier wohnen?«

»Lass mich überlegen … nein«, antwortete Tischler und betrat das Schlafzimmer, das der Küche in nichts nachstand.

Das Bett war nicht gemacht und seine Klamotten lagen wild auf dem Boden herum. Tischler fragte sich, was mit einem Menschen passiert war, der so sein Dasein fristete. Hatte er völlig aufgegeben? Sah einer wie Glauber überhaupt einen Sinn im Leben? Hatte er Ziele?

»Constantin? Komm mal!«, rief Fink aus dem Wohnzimmer. »Das musst du dir anschauen.«

Tischler folgte dem Ruf. Fink stand vor einem Berg aus original verpacktem Diebesgut, das neben der Balkontür gelagert war. Lampen, Geschirr, Bettwäsche, Vasen und stapelweise Besteckkästen waren hier vorzufinden und warteten auf willige Abnehmer.

»Ich vermute, alles aus dem Möbelhaus, in dem er arbeitet, oder?«

»Anzunehmen.« Tischler begutachtete ein paar der Kartons. »Wenn ich mir die Preise so ansehe, dann steht hier ein beachtlicher Wert herum. Es scheint, als hätte unser Herr Glauber sein Unternehmen um einen Geschäftszweig erweitert. Dafür ist sein Job im Lager ja wie geschaffen, um an die Sachen heranzukommen.« Tischler wandte sich von der Ware ab.

Während sich Fink weiterhin für das Diebesgut interessierte, sah sich Tischler im Wohnzimmer um. Die Couch wies einige Brandlöcher auf. Der höhenverstellbare Tisch bestach durch etliche abgeschlagene Fliesen in zartem Ocker, auf denen zwei volle Aschenbecher und eine Shisha ihr Dasein fristeten. Leere Zigarettenschachteln, benutzte Gläser und ein paar Porno-DVDs rundeten das Gesamtbild ab. Der Fernseher hingegen war beachtlich. Tischler fragte sich, wo er den wohl herhatte.

Der Kommissar öffnete vorsichtig den Wohnzimmerschrank. Rechnungen, Mahnungen und andere Schriftstücke aus seiner Haftzeit, die Glauber dort hineingeworfen hatte und die ihn ab dem Zeitpunkt dann auch sicher nicht mehr interessiert hatten. Der Typ war ein Paradebeispiel eines Menschen, der durch das soziale Raster gefallen war. Ein Fall wie aus dem Lehrbuch. Was war wohl der Auslöser dafür gewesen, diesen Weg einzuschlagen? Lag es daran, wie er vielleicht aufgewachsen war? Was hatte Glauber für ein Elternhaus, und konnte man seinen Altvorderen die Schuld zuweisen? Hatte es nicht jeder Mensch selbst in der Hand, sein Leben in die richtige Bahn zu lenken? Wie sah es mit seinem Freundeskreis aus? Womöglich war er aber auch ein Einzelgänger? Vielleicht dachte Glauber, der Weg des schnellen Geldes wäre seiner. Wenn man sich allerdings in dieser Wohnung umsah, hatte er sein Ziel längst nicht erreicht. Und Tischler würde alles dafür tun, dass es auch dabei blieb.

Er griff sich eine Holzschachtel aus dem obersten Regalfach. Fink nahm sich währenddessen das Schlafzimmer vor. Vorsichtig stellte er die Schachtel auf dem Couchtisch ab und entfernte den Deckel. Tischler hatte mit allem gerechnet, was er darin vorfinden würde, damit jedoch nicht. Er setzte sich und blickte noch einen Moment auf sein Fundstück, das viele offene Fragen beantwortete. In dieser Schachtel lag eine Jaeger-LeCoultre Master Ultra Thin Moon in Weißgold mit dem schwarzen Alligator-Lederband, wie sie auf dem Zertifikat beschrieben war. Ohne Zweifel war es die Uhr, die Tom Wiesinger in jener Nacht getragen hatte. Dazu musste er nicht einmal die Nummer auf dem Gehäuse mit der auf den Papieren vergleichen. Am Armband befanden sich Reste von Erde, die hundertprozentig von dem Forstweg stammten, wo sie den Neunzehnjährigen gefunden hatten. Ging Glauber wirklich so weit, dass er einen Mord beging, um eine Uhr wie diese zu Geld zu machen? Zugegeben, die Uhr hatte ihren Wert, und wenn er sich in Glaubers Wohnung so umsah, konnte der sicherlich jeden Cent gebrauchen. Doch ein Mord?

Tischler packte die Uhr in einen Asservatenbeutel. Die anderen Dinge in der Schachtel, die weiteren Uhren und Ringe überließ er den Kollegen, die im Anschluss die Wohnung sowieso auf links drehen würden.

»Constantin?«, ertönte es aus dem Schlafzimmer. Fink stand neben Glaubers Bett, von dessen Bettkasten er Matratze und Lattenrost entfernt hatte.

»Tada!«, präsentierte er stolz seinen Fund, auf den er mit beiden Händen deutete. »Schau, was ich gefunden hab! Magst ein bisserl fliegen?«

Tischler ging näher an den Bettkasten heran und warf einen Blick hinein. Überraschenderweise hielt Glauber in diesem Versteck im Gegensatz zum Rest seiner Wohnung eine nahezu penible Ordnung. Kleine Tütchen mit Pillen in allen Farben, Substanzen, die nach Marihuana aussahen, eine kleine Waage, leere Tütchen in allen Größen … ja, in diesem Lager herrschte Ordnung.

»Meinst, das weiße Zeug da im Eck ist Kokain?«

»Anzunehmen«, mutmaßte Tischler. Neben Drogen hortete Glauber in seinem Bettkasten auch seine Helfer in Form von Waffen. Für den Fall, dass sein unsympathisches Äußeres nicht mehr ausreichte, um sein Gegenüber entweder zum Kauf oder zur Herausgabe des Eigentums zu animieren.

»Ich bin mir sicher, dass die KTU an einem der Messer die DNA von Tom Wiesinger findet.«

»Oder die vom Buchholz?«

»Oder beide. Und für den Trommelrevolver besitzt er sicher auch keinen Waffenschein.«

»Als Vorbestrafter wohl eher nicht«, stimmte Fink dem Kommissar zu. »Ich funk die Kollegen an, die sollen mit ein paar Kartons reinkommen und die Sachen sichern.«

»Und jetzt schau du, was ich hier hab.« Tischler hielt den Beutel mit Toms Uhr in die Höhe.

»Ist das die …«

»Ja! Das ist sie. Würde mir auch stehen.«

»Ich bevorzuge ja Uhren mit Pulsmesser«, sagte Fink, während er das gute Stück etwas genauer betrachtete.

»Na, beim Anblick von so einer Uhr spüre ich meinen Puls auch so.« Er nahm Fink den Beutel wieder ab und sah an ihm vorbei aus dem Schlafzimmerfenster. »Langsam wird es dunkel. Wo hält sich einer wie Glauber wohl auf, wenn es Nacht wird?«

Fink überlegte. »Dort, wo sich seine Kundschaft aufhält.«

»Und wo werden die an einem Sonntagabend sein?«

»Ich bin früher sonntags nie weggegangen.«

»Weil du brav warst und der Traum einer jeden Mutter«, zog Tischler seinen Kollegen auf.

»Glaubst du, wir finden den Glauber im ABSEITS?«

»Nein. Nicht am Wochenende. Am Sonntag lässt man noch mal die Sau raus, weil es am nächsten Tag wieder auf die Arbeit geht, verstehst?«

Fink nickte.

»Okay. Dann brauchen wir nur noch den trendigsten Schuppen hier in der Gegend.«

»Und der wäre?«, fragte Fink nach.

»Ich dachte, du sagst es mir! Wer ist denn hier im Chiemgau aufgewachsen?«

»Wir waren ja früher oft kegeln.«

Tischler verdrehte die Augen und nahm Fink das Funkgerät ab.

»Tischler an Kuhn – kommen?«

»Ja? Sollen wir reinkommen?«

»Nein. Du, Miriam, horch zu. Wo gehen die jungen Leute zum Feiern am Sonntagabend hier in der Gegend hin?«

»Ganz klar ins NIGHTLIFE. Gleich hier hinter Traunstein.«

Tischler blinzelte Fink bedeutungsvoll zu. Der zuckte mit den Schultern.

»Okay. Du schnappst dir den Robert, ihr fahrt zurück zur Dienststelle und schlüpft in eure Privatklamotten. Wir gehen tanzen.«

Stille am anderen Ende. Dann meldete sich Miriam. »Ich hab aber nichts Fesches an heute.«

»Du nimmst ja auch nicht an einer Misswahl teil. Also, auf geht's! Wir treffen uns auf der Dienststelle. Und schickt uns ein paar Kollegen rein. Die sollen die Bude auf den Kopf stellen. Die Kollegen draußen sollen weiter den Eingang observieren und ihn schnappen, sollte er zuerst hier auftauchen. Tischler Ende.«

Er gab Fink das Funkgerät zurück.

»Soll ich mir auch was anderes anziehen?«, wollte der Polizeiobermeister wissen und sah an sich herab.

»Definiere *etwas anderes*.«

»Ich hätte den Janker auch in Dunkelblau. Der sieht nicht so ganz nach Tracht aus.«

Tischler legte die Hand auf Finks Schulter. »Felix, ich glaube, mit dem Janker hier können wir alle gut leben.«

Verdeckte Ermittlungen

Die Schlange vor dem NIGHTLIFE war beachtlich, wenn man bedachte, dass die meisten der Klubbesucher am nächsten Tag wieder ihrer Arbeit nachgehen mussten. Auf dem Parkplatz standen ein paar Feierwillige neben ihren Fahrzeugen und brachten ihren Alkoholpegel lieber kostengünstig mit Spirituosen von der Tanke auf ein brauchbares Niveau als zum dreifachen Preis darin. Tischler erinnerte sich an sich im Alter um die zwanzig. Da war es ihm ebenfalls egal gewesen, welcher Wochentag war. Und wenn er am nächsten Tag auf allen vieren zur Arbeit gekrochen wäre, feiern ging immer.

Der Kommissar schlenderte lässig mit seinen Kollegen an der ganzen Schlange vorbei zum Eingang.

»Hey! Schaut euch die an!«, rief einer der genervten Wartenden in der Hoffnung, die anderen um ihn herum ebenfalls zum Protest zu animieren. »Das Ende der Schlange ist da hinten.«

Tischler kümmerte sich nicht um den Pöbler. Er hatte Scholl dabei. Und der war nie um einen passenden Spruch verlegen.

»Bürscherl, ganz ruhig«, sagte Scholl zu dem Typen, in dem Glauben, dass es damit genug war.

»Ich geb dir gleich ›Bürscherl‹. Glaubst du, du bist was Besseres?« Er packte Scholl am Arm, um ihn zur Rede zu stellen.

Das hätte er lieber nicht getan. Scholl schnappte sich die Finger des jungen Mannes und drehte sie so, dass dem nichts anderes übrig blieb, als in die Knie zu gehen.

»Nicht anfassen«, erklärte Scholl in ruhigem Ton. »Da werd ich fuchsig. Jetzt gibst du Ruhe und stellst dich zurück in die Reihe. Hamma uns?«

Scholl ließ die Hand los. Der Kerl stand auf und sah zu den beiden Mädels, die er im Schlepptau hatte. Er kochte vor Wut. »Du blöder …«

»Aufpassen. Nicht übermütig werden«, warnte Scholl mit eindringlichem Blick. Das genügte und Ruhe kehrte in der Schlange ein. Sie gingen weiter.

»Musst du immer auffallen?« Miriam stupste ihren Kollegen grinsend an.

»So ein Depp«, flüsterte Scholl. »Der soll wiederkommen, wenn er geschlechtsreif ist. Aber weiche Hände hat er gehabt. Sehr gepflegt.«

Miriam wusste, was sie an ihrem Kollegen hatte. Robert hatte ein gewisses Gefühl dafür, stets angemessen in den verschiedensten Situationen zu reagieren. Und er wusste, wann es nötig war, präventiv einen Gang höher zu schalten, um etwaige Aggressionen umgehend im Keim zu ersticken.

»War was?«, fragte Tischler seinen Kollegen.

»Nein. Der wollte nur wissen, wie spät es ist.« Scholl zwinkerte verschmitzt.

»Hast du ihm eine befriedigende Antwort geben können?«

»Ja. Fünf vor zwölf.«

Tischler nickte seinem Kollegen zu und blieb vor dem Türsteher stehen.

»Servus.« Er zeigte dem Mann etwas verdeckt seinen Dienstausweis. »Wir würden uns da drin gerne ein bisserl umschauen.«

Der breitschultrige Türsteher mit dem Bürstenhaarschnitt musterte Tischler, danach Fink, Miriam und Scholl. »Habt ihr Betriebsausflug?«

»So ähnlich«, antwortete Tischler knapp und steckte seinen Ausweis wieder ein.

»Das ist aber keine Razzia oder so, oder? Ihr macht da drinnen keinen Stress.«

»Nein«, beruhigte Fink den Mann. »Ganz normale Routine.«

Der Türsteher beäugte den Polizeiobermeister. »Falls ihr verdeckt ermittelt, also, Ihnen sieht man aus zehn Meter Entfernung an, dass Sie ein Bull... – ein Polizist sind.« Er lachte. »Da könnten Sie genauso gut ein neongelbes Dirndl tragen.« Er trat einen Schritt zur Seite und löste die Kette, mit der er nach jedem Gast wieder den Eingang in den Klub versperrte.

Ohne diese Aussage weiter zu kommentieren, schritten die vier an dem Securitymann vorbei und betraten die Feierstätte. Es war heiß und die Luft stand förmlich in der dunklen Höhle. Laser, Scheinwerfer und Neonröhren buhlten um Aufmerksamkeit der Gäste und kamen erst so richtig durch den Nebel zur Geltung, der regelmäßig mit Hochdruck über der Tanzfläche in die Menge geblasen wurde.

Vereinzelt wackelten ein paar Go-go-Tänzerinnen auf kleinen Erhöhungen herum und animierten zusätzlich dazu, die Hüften zu den satten Beats, die aus den meterhohen Boxen auf ein paar Hundert Ohren niederprasselten, kreisen zu lassen.

»Ganz schön laut hier!«, schrie Fink seinem Vorgesetzten zu, erreichte jedoch aus nächster Nähe das Ohr einer Kellnerin, die mit ihrem vollen Tablett zwischen ihm und Tischler hindurchging.

Sie strafte ihn mit einem genervten Blick und schob sich weiter durch die Menge.

Miriam wippte zur Musik. Mit ihren sechsundzwanzig Jahren war die Polizeimeisterin die Jüngste im Bund und somit die Person, die am ehesten in diese Location passte.

Scholl wich seiner Kollegin nicht von der Seite. Es war nicht zu übersehen, dass Miriam den einen oder anderen Blick von ein paar brunftigen Jungs auf sich zog. Tischler musste sich eingestehen, dass er selbst öfter als sonst zu ihr hinüberspähte. Außerhalb des Dienstes hatte er sie noch nie getroffen, und auf Streife trug sie ihre Haare meist zu einem Dutt oder Zopf gebunden. Ein paar Strähnen ihrer langen blonden Haare verdeckten ihr Gesicht etwas und gaben ihrem Antlitz etwas Geheimnisvolles.

Fink sah ebenfalls zu Miriam und begann wie sie, sich zur Musik zu bewegen. Im Gegensatz zu ihr wirkte es bei ihm etwas unbeholfen.

»Und jetzt?«, rief Miriam ihren Kollegen zu.

»Jetzt halten wir Ausschau nach unserer Zielperson«, erklärte Tischler, während er die Tanzfläche scannte.

Fink wippte etwas stärker mit seinem Kopf. »Und wenn er nicht kommt?«

»Das hier ist in der ganzen Gegend für einen wie ihn der einzige Ort, um an einem Sonntag um diese Zeit Geschäfte zu machen. Entweder, er geht nach Hause, wo ihn unsere Kollegen erwarten, oder er kommt hierher.«

Tischler sah auf seine Uhr, dann auf sein Handy. Die Kollegen hätten sich längst gemeldet, wäre Glauber in seine Wohnung zurückgekehrt. Er war sich sicher, dass er ins NIGHTLIFE kommen würde. Es war nur eine Frage der Zeit.

»Hey, Zuckerschnecke! Lust auf ein Tänzchen?«, machte ein angetrunkener Typ mit blondem Seitenscheitel Miriam an. Dabei bewegte er sich etwas unbeholfen zur Musik und schnippte mit seinen Fingern außerhalb des Taktes.

Miriam blickte ihn cool an und deutete, ohne sich umzudrehen, zu Robert, der hinter ihr stand. »Das da ist mein Freund. Er kann mit dir tanzen.«

Der Seitenscheitel tanzte sich schnippend an Miriam vorbei zu Scholl. »Tanzt du mit mir?«, schäkerte er mit Scholl und zwinkerte ihm zu.

Scholl beugte sich zu dem Witzbold hinunter, der gut zwei Köpfe kleiner war als er. »Freilich tanz ich mit dir. Einen Watschentanz!« Scholl schnippte nun auch mit seinen Fingern. Jedoch nur einmal.

Ohne ein weiteres Wort tänzelte der Typ weiter zur nächsten Dame, die seinen Weg querte, um seinen Spruch aufzusagen.

»Seit wann bin ich dein Freund?«, fragte Scholl seine Kollegin.

»Immer dann, wenn ich einen brauch.«

»Ach so. Ja, dann …«

Tischler drehte sich zu seinen Kollegen um. »Ich glaube, es ist besser, wir teilen uns auf. Miriam, du nimmst dir den Barbereich vor, Felix, du die linke, Robert, du die rechte Seite. Ich bleib in der Mitte. Wir halten Blickkontakt.«

Tischler und seine Kollegen steckten sich die Ohrhörer in die Ohren, die sie in ihren Krägen bislang versteckt hatten. Tischler drückte den Sendeknopf, der in Brusthöhe am Reißverschluss seiner Jacke befestigt war, und hielt das integrierte Mikrofon etwas näher an seinen Mund. »Eins, zwo – hört ihr mich?«

»Klar und deutlich«, versicherte ihm Scholl. Fink und Miriam bestätigten die akustische Qualität per Handzeichen.

Die vier schwärmten aus. Tischler pirschte sich näher an die Tanzfläche heran und bemühte sich, jeden, der sich seine überschüssige Energie aus dem Körper tanzte, in Augenschein zu nehmen. Er versuchte, sich in Glaubers Lage zu versetzen. Wo würde er sich in einem Klub aufhalten, wenn er sein Zeug unter die Leute bringen wollte? Sicher nicht auf der Tanzfläche. So, wie er ihn kennengelernt hatte, traute er ihm auch nicht zu, dass er eine flotte Sohle aufs Parkett legte. Vielleicht an der Bar? Nein. Hier hätten die Angestellten hinter der Theke ein Auge darauf gehabt. Niemals würden sie dulden, dass ein Dealer in ihrem Haus seine Ware vertickte. Vielmehr würde er selbst an seiner Stelle die Ware dort anpreisen, wo sie auch gleich ungesehen konsumiert werden konnte. Auf den Toiletten.

Tischler quälte sich an der Tanzfläche entlang an den verschwitzten Körpern vorbei, bis ihm eine hübsche Rothaarige auffiel, die er kannte.

»Hallo. Auch hier?«, gab sich der Kommissar lässig zu erkennen und gab sich alle Mühe, dabei so zu wirken, als würde er ständig in solchen Etablissements abhängen.

Es war keine Geringere als Carolin von Burgwarth, die in einem knappen Kleid, das gerade über ihren Hintern reichte, kess vor ihm stand.

»Herr Kommissar! Sie hier?«

»Klar. Wo haben Sie denn Ihren Freund gelassen?« Er spielte auf Kastner an und spürte im nächsten Augenblick selbst, wie absurd es sich anhörte, eine Neunzehnjährige nach ihrem Freund zu fragen, der Mitte vierzig war. Wahrscheinlich wäre er selbst Carolin viel zu jung gewesen.

»Wir gehen nicht zusammen weg. Unsere gemeinsamen Interessen liegen auf völlig verschiedenen Ebenen.«

Leuchtet ein, dachte Tischler. *Außer auf der horizontalen. Da stimmt die Ebene.*

»Verstehe!«, rief er ihr zu. »Dann noch einen schönen Abend.« Er ging weiter, doch es blieb ihm nicht verborgen, dass Carolins Freundinnen wohl umgehend von ihr erfahren mussten, mit wem sie sich unterhalten hatte. Vielleicht hatte ja eine der Freundinnen Interesse an ihm. Doch er stand für derlei Techtelmechtel mit jungen Damen in dem Alter nicht zur Verfügung. Außerdem war er sicherlich noch zu jung, um einen Sugardaddy abzugeben.

»Ein Spezi bitte!«, hörte er Fink in seinem Ohrhörer. »Was? Ja, das ist, weil … ich bin von der Polizei. Aber pst!«

»Fink!«, versuchte Tischler, per Funk zu seinem Kollegen durchzudringen.

»Aber nicht weitersagen. Ich bin verdeckt hier … Fesch schaust du aus …«

»FINK!«

»Chef?«

»Schalt um auf PTT. Du hast die automatische Sprachaktivierung an. Und hör auf zu flirten. Das ist nicht der richtige Augenblick.«

»Sorry. Ich hab mir grad ein Spezi bestellt.«

»Ich weiß!«

»Ich schalt dann um. Wahrscheinlich hab ich …« Und weg war er.

»Mei, der Kerl schafft mich noch«, murmelte Tischler zu sich selbst und bog in den langen Gang ab, der zu den Toiletten führte. Ein paar Pärchen kamen sich dort an die Wand gelehnt näher und beachteten ihn nicht weiter. Vermutlich war Glauber eher in der Herrentoilette anzutreffen als bei den Damen. Tischler machte einen Ausfallschritt, um nicht auf den armen Kerl zu treten, der auf dem Boden kauerte und vermutlich viel zu tief ins Glas geschaut hatte.

Er drückte die Tür des Herrenklos auf und trat einen Schritt zur Seite, weil im gleichen Augenblick ein Typ herauskam. An den Waschbecken standen zwei Jungs, die sich um ihr Styling kümmerten, ein dritter startete den elektrischen Händetrockner. Die Türen der Kabinen standen offen. Nur eine mit dem Schild »Privat« war verschlossen. Vermutlich war diese Toilette den Angestellten vorbehalten, oder es verbarg sich das Reinigungszeug dahinter.

Tischler verließ die Toilette und ging zurück. Es wäre zu schön gewesen, wenn er Glauber hier angetroffen hätte.

»Aus dem Weg«, keuchte ein Kerl mit glasigen Augen Tischler entgegen, rempelte ihn an und entleerte im nächsten Augenblick seinen Mageninhalt gegen den Zigarettenautomaten.

Seine Freunde lachten sich einen Ast und dachten nicht im Traum daran, ihrem Kumpel zur Seite zu stehen. Stattdessen zückten sie ihre Handys und hielten die Kameras auf ihn, um dieses Ereignis den sozialen Medien ungefiltert zur Verfügung zu stellen.

»Jetzt packt eure Handys weg und helft ihm lieber!«, raunzte Tischler die Jungs an. »Ihr seht doch, dass es ihm nicht gut geht!«

»Was willst du denn?«, pflaumte einer der Jungs zurück und hob sein Handy vor Tischlers Gesicht. Reflexartig drückte der Kommissar den Typen von sich.

»Aufpassen, Bürscherl, ja? Sonst raucht's!« Tischler sah an dem Kerl vorbei über die Schulter und erkannte am Ende des Ganges – Glauber. Zu spät, um wieder zurück in die Toilette zu gehen. *Unauffällig bleiben, Tischler. Schön unauffällig. Lass ihn näher kommen*, sprach er sich innerlich zu in der Hoffnung, seine Zielperson würde ihn nicht sofort entdecken.

»Du hast mir gar nichts zu sagen, Alter!«

»Jaja, schon gut«, kam es von Tischler beiläufig, während er Glauber fest im Visier behielt.

Er nutzte die breiten Schultern des Kerls, der sich immer mehr in der Pflicht sah, ihm das Leben schwerzumachen, um noch etwas länger in Deckung zu bleiben. Glauber kam näher und war vielleicht noch gute sechs bis acht Meter entfernt.

»Jetzt geh mir aus dem Weg«, bellte der Typ den Kommissar weiter an und packte ihn am Kragen seiner Jacke.

Tischler griff sich seine Hand und drehte sie gekonnt, sodass der Kerl unweigerlich mit schmerzverzerrtem Gesicht in die Knie ging.

»Hey, du Arsch!«, rief der laut und zog damit die Aufmerksamkeit aller umherstehenden Klubbesucher auf sich. Dummerweise auch die Glaubers.

Plötzlich trafen sich ihre Blicke. Glauber blieb abrupt stehen, als er erkannte, wer da in sicherer Entfernung vor ihm stand. Ein Typ wie er war ständig auf der Hut vor dem Gesetz und spürte viel früher als jeder andere, dass es einen guten Grund gab, wenn sich ein Kriminalbeamter an einem Sonntag nachts in einem Klub aufhielt. Im nächsten Moment drehte sich Glauber um und suchte das Weite.

»Glauber!«, brüllte ihm Tischler hinterher, stieß den Typen, den er nach wie vor fest im Griff hatte, von sich und nahm die Verfolgung auf. Da im gleichen Augenblick eine ganze Schar den Drang verspürte, die Waschräume aufzusuchen, blieb Tischler nichts anderes übrig, als sich wie eine Walze hindurchzukämpfen.

»Er ist da!«, rief er in sein Mikro und drückte sich an den tänzelnden Körpern vorbei, die ihm entgegenkamen.

»Wo?«, hörte er Miriam in seinem Ohr.

»Richtung Toiletten. Er muss eben aus dem Gang herausgekommen sein.«

»Negativ«, berichtete Fink. »Ich sehe ihn nicht.«

»Vielleicht ist er auf die Tanzfläche!«, mutmaßte Tischler, als er den Gang verließ. Mit stechendem Blick scannte er die Umgebung. Er sah Miriam, Fink und Scholl. Doch keine Spur von Glauber. Seine Kollegen waren ihm sehr nah, als Scholl plötzlich die Zielperson am anderen Ende des Klubs erkannte.

»Dort hinten am Eingang bei den Garderoben!«, rief er und nahm die Verfolgung auf. Miriam und Fink ebenso. Da das NIGHTLIFE um diese Uhrzeit seine maximale Gästekapazität erreicht hatte, war es schwierig, den Flüchtigen einzuholen. Der war zwischenzeitlich längst auf dem Parkplatz.

Als es die vier Beamten endlich nach draußen geschafft hatten, beobachteten sie, dass Glauber seinen Wagen startete und mit quietschenden Reifen an den parkenden Fahrzeugen vorbei davonfuhr.

»Heute nicht, Bürscherl. Nicht heute, und schon gar nicht an einem Sonntag«, drang es entschlossen aus Tischlers Mund. »Hinterher! Und passt auf euch auf!«

Tischler lief mit Fink zum Passat und stieg ein. Er startete den Motor, während Fink die Scheibe herabließ, um die Kennleuchte auf dem Autodach zu befestigen. Mit Blaulicht und Sirene fuhren die beiden vom Parkplatz. In der Ferne erkannte Tischler die Rücklichter von Glaubers Wagen.

Miriam und Scholl folgten den beiden in dessen Audi. Hätte ein Einsatzwagen der Polizei auf dem Parkplatz vor dem Klub geparkt, hätte Glauber sicherlich sofort kehrtgemacht.

Fink drehte sich um. Die beiden Kollegen waren knapp hinter ihnen.

»Der geht aber gut, der A6 vom Scholl«, bemerkte Tischler mit Blick in den Rückspiegel.

»Chiptuning«, kam es von Fink. »Ich hab aber nichts gesagt, gell. Das hat er nämlich nicht eintragen lassen.«

Tischler trat das Gaspedal voll durch und drehte den Motor in den roten Bereich, bevor er in den nächsten Gang schaltete. Scholl und Miriam klebten an den beiden dran. Sie kamen Glauber näher. Mit jedem Meter, den sie mehr zurücklegten, wurde es heikler. Mittlerweile hatten sie das Industriegebiet verlassen. Obwohl es Sonntagnacht war und kaum Verkehr herrschte, war eine Verfolgungsjagd immer eine gefährliche Sache. Vor allen Dingen dann, wenn der Flüchtige nichts zu verlieren hatte. Es war eine Gratwanderung für die Beamten, das Risiko einzugehen, unschuldige Verkehrsteilnehmer zu gefährden.

»Das ist bereits die zweite rote Ampel, die der überfährt«, sagte Fink erregt.

»Du kannst ihm ja später einen Strafzettel ausstellen. Fordere Verstärkung an, die sollen ihm den Weg absperren! Wie es aussieht, fährt der weiter Richtung Chiemsee!«

Fink funkte und Tischler blieb an Glauber dran, der mit Vollgas am Traunsteiner Klinikum vorbeiraste. Fest entschlossen dachte Tischler nicht daran, die Zielperson entkommen zu lassen. Seine Hände krallten sich ums Lenkrad, während das Adrenalin in seinen Adern dafür sorgte, dass er die Herrschaft über das Fahrzeug behielt. Noch ein paar Hundert Meter und sie würden das bewohnte Gebiet verlassen. Tischler wusste, dass vor ihnen ein Kreisel lag, der Glauber dazu zwingen würde, seine Geschwindigkeit zu drosseln. Und mit dem Kreisel kamen auch vier Möglichkeiten, die Richtung zu ändern. Tischler war klar, dass Glauber sicher nicht zurück in die Ortschaft fahren würde.

Glauber raste weiter auf den Kreisel zu. Tischler holte auf, Scholl immer noch dicht hinter ihnen.

»Das geht nicht gut«, vermutete Fink, als Glauber seine Geschwindigkeit immer noch nicht drosselte.

Dann plötzlich leuchteten für einen kurzen Moment Glaubers Bremslichter auf. Er bog in den Kreisel ein und entschied sich aufgrund der hohen Geschwindigkeit für den Weg des geringsten Widerstands. Geradeaus. Mit zwei Rädern fuhr er über die begrünte Mitte des Kreisels. Der Wagen geriet ins Schlingern. Glauber steuerte gegen, während alle vier Reifen wieder festen Asphalt berührten. Sein Fahrzeug neigte sich stark zur Seite. Er lenkte weiterhin dagegen. Tischler erkannte, dass Glauber sich überschätzt hatte. Der Fluchtwagen schaukelte sich auf, und je mehr Glauber gegenzulenken versuchte, umso unwahrscheinlicher wurde es, dass er die Lage in den Griff bekam.

Der Wagen schlitterte einige Meter quer zur Fahrtrichtung, bevor er sich ein paarmal überschlug, auf dem Dach über den Radweg rutschte und wenig später im angrenzenden Feld zum Stillstand kam. Tischler riss das Lenkrad herum und trat auf die Bremse. Mit quietschenden Reifen gelangte er in nächster Nähe zum Unfallwagen zum Stehen.

»Der haut ab!«, schrie Fink, als er sah, dass sich Glauber aus seinem Blechhaufen schälte und sich hinkend daranmachte, im Dunkel der Nacht zu entkommen.

Scholl, der ein paar Meter weiter gefahren war, bevor er ebenfalls mit quietschenden Reifen stand, riss seine Tür auf und rannte aufs Feld. Miriam folgte ihm. Noch bevor Tischler und Fink ihr Fahrzeug verlassen hatten, warf sich Scholl auf Glauber und riss ihn mit voller Wucht zu Boden. Der wehrte sich, erkannte jedoch schnell, dass er keine Chance gegen den Polizisten hatte, der im Gegensatz zu ihm nicht lädiert war.

Fink sah über das Autodach hinweg zu Tischler. »Ich hätt es genauso gemacht. Einfach hinterher und drauf.«

Tischler schmunzelte. »Ich weiß. Beim nächsten Mal darfst du dich wieder auf die Leut' werfen. Versprochen.«

Aus der Ferne war die Sirene der Kollegen zu hören, die im Anmarsch waren. Fink sah auf seine Uhr. »Mitternacht ist übrigens vorbei.«

»Warum sagst du das?«

»Weil du doch vorhin verkündet hast, dass er uns schon gar nicht an einem Sonntag entwischt.«

Tischler atmete zufrieden durch und betrachtete Scholl und Miriam, die mit Glauber zurückkamen. »Solange es nicht hell ist, ist für mich noch Sonntag. Hast du denn dein Spezi gezahlt, oder müssen wir da noch mal hin?«

»Freilich hab ich gezahlt. Die spinnen vielleicht. Für das Geld bekomm ich im Getränkemarkt einen ganzen Kasten.«

»Mag sein. Aber in so einem Klub hast du die größeren Chancen, einen heißen Hasen aufzureißen, als im Getränkemarkt.«

Tischler blickte aus den Augenwinkeln zu seinem Kollegen. Er war sich sicher, dass der längst eine Freundin hätte, wäre da nicht die eine Sache, die wie ein Schutzschild zwischen ihm und der gesamten Frauenwelt stand. Dieser Trachtenjanker. Ob jedoch er vor der Frauenwelt dadurch geschützt wurde oder die Frauenwelt vor ihm, darüber mochte sich der Kommissar kein Urteil erlauben.

Der Pate vom Chiemgau

»Hinsetzen und Ruhe geben hab ich gesagt!«, wetterte Scholl und drückte Glauber zurück in den Stuhl.

Glauber hatte sich bereits heftig gewehrt, als er zu den Kollegen in den Streifenwagen verfrachtet worden war. Hier, im Vernehmungszimmer der Dienststelle Traunstein, hatte er sich immer noch nicht beruhigt.

»Ich will sofort meinen Anwalt sprechen!«, schrie er.

Tischler zeigte sich von seiner Aggressivität unbeeindruckt. Inzwischen war es bereits kurz nach drei Uhr morgens.

»Den haben wir bereits verständigt. Er freut sich bestimmt. Schlafen wird sowieso überbewertet.« Er zwinkerte Scholl zu, der Glauber nicht von der Seite wich.

Scholl war für gewöhnlich ein ausgeglichener und ruhiger Typ. Doch wenn jemand seinen Anweisungen nicht Folge leistete, dann konnte er fuchsig werden.

Fink kam mit einem Becher Kaffee ins Zimmer und setzte sich an den Tisch. Er hängte seinen Janker über die Stuhllehne, öffnete das kleine Päckchen Zucker und gab ihn in den Becher. Die Kaffeesahne spritzte ein wenig, als er die Lasche aufzog. »Zefix«, fluchte er kaum hörbar und kippte auch sie in seinen Kaffee. Emsig rührte er mit einem Holzstäbchen um und trank einen Schluck. Währenddessen entdeckte er die Thermoskanne, die auf dem Tisch stand, schenkte ihr jedoch keine weitere Beachtung.

»Ah! Das tut gut.« Er stellte den Kaffee ab und sah in die Runde. Alle Augen waren auf ihn gerichtet. »Hättet ihr auch einen wollen?«

Niemand antwortete ihm.

»Was wollt ihr eigentlich von mir?«

»Herr Glauber, wir haben Sie doch bereits belehrt. Sie müssen uns nichts sagen und wir warten jetzt auf Ihren Anwalt. Der kann uns bestimmt erklären, warum Sie überhaupt geflüchtet sind«, beschied Tischler ihren unfreiwilligen Gast.

»Ist doch klar, wenn einem plötzlich die Bullen auflauern, dass man es da mit der Angst bekommt. Nur, weil ich schon mal was mit euch zu tun hatte, heißt das nicht, dass sich ein Mensch nicht ändern kann.«

»Ach, Herr Glauber, wir sind sehr davon überzeugt, dass Sie sich geändert haben. Sie haben mit der Dealerei aufgehört, wie Sie uns glaubhaft versichert haben. Jetzt gehen Sie einer geregelten Arbeit im Lager eines Möbelhauses nach … Was verdient man denn eigentlich so als Lagerarbeiter?«

»Das geht dich überhaupt nichts an«, schnaubte Glauber den Kommissar an.

»Nun mal langsam, Bürscherl, ja?«, wies Scholl ihn in die Schranken. »Wir sind hier immer noch beim Sie.«

Tischler nickte Scholl zu, dass es in Ordnung sei.

»Herr Glauber, wir haben uns nur gewundert, als wir in Ihrer Wohnung waren. So viele schöne Sachen. Waren bestimmt teuer, oder? Gut, über Ihren Geschmack lässt sich streiten, aber …«

»Was macht ihr in meiner Wohnung?«

»Das bereden wir dann, wenn Ihr Anwalt da ist. Wo bleibt der eigentlich?« Er drehte sich zu Fink.

Der pustete in seinen Becher.

»Was ihr in meiner Wohnung zu suchen hattet, will ich wissen?«

Tischler setzte sich. »Wir hatten viel zu suchen, Herr Glauber. Bei Zweifachmord werden wir immer neugierig. Und wer weiß, vielleicht kommt ja noch ein dritter dazu?«

Glauber wurde stiller. Er überlegte. Seine Augen flogen wild umher. »Und wo, bitte, ist euer Durchsuchungsbefehl? Ihr braucht doch einen …«

»Jetzt nehmen S' es aber sehr genau mit dem Gesetz, Herr Glauber.«

»Was soll das eigentlich mit einem Dreifachmord? Ihr könnt mir überhaupt nichts nachweisen.«

»Das ist alles Ihre Entscheidung«, versicherte ihm Tischler. »Wir warten besser auf Ihren Anwalt. Wo er nur bleibt? Na, egal. Er wird Ihnen raten, nichts auszusagen, dann werden Sie alles abstreiten, wir legen unsere Beweise auf den Tisch und zack …« Er wandte sich erneut an Fink. »Zwei oder drei Morde … vielleicht gibt es für einen Totschlag … wie viele Jahre, Felix, was meinst?«

Felix zuckte mit seinen Schultern. »Mei, schon lang.«

»Und welche Beweise wollt ihr haben?« Glauber wurde langsam kleinlaut.

»Zwei Stichwunden. Außerdem haben wir ein paar Messer bei Ihnen in der Wohnung gefunden. DNA ist etwas ganz Ausgefuchstes. Da kann man reinigen, wie man will, das Zeug pappt wie verrückt in den kleinsten Ritzen. Übrigens: Irgendjemand hat Drogen in Ihrer Wohnung versteckt. Bleibt nur zu hoffen, dass wir keine Fingerabdrücke von Ihnen auf den Packerln entdecken. Ach, das hätte ich fast vergessen. Wir haben eine Uhr gefunden. Eine wunderschöne Jaeger-LeCoultre Master Ultra … ach, Felix, hilf mir …«

»Ultra Thin Moon«, ergänzte Fink und goss sich Kaffee nach.

»Mei, der Herr Kollege kann sich so was merken. Wir haben natürlich gleich wild drauflos gegoogelt. Da muss eine alte Frau ganz schön lang stricken, bis sie sich so eine Uhr leisten kann. Aber Sie als Lagerarbeiter …«

Es war nicht zu übersehen, dass Tischler seine reine Freude daran hatte, den Drogendealer weichzukochen. Zwar auf eine etwas unkonventionelle Art, aber er hatte Erfolg damit. Natürlich tat er dies auch, um Glauber zu vermitteln, wie siegessicher er war. Wichtig war nur, dass er ihn ohne die Anwesenheit des Anwalts nicht befragte. Tischler erzählte einfach ins Blaue hinein, in der Hoffnung, dass Glauber von sich aus bereits einknickte, bevor der Rechtsbeistand diese Veranstaltung beendete.

»Die Uhr habe ich aus der Türkei. Die ist nichts wert. Die können Sie gerne haben.«

Tischler zog sein Handy aus der Tasche und wischte über den Bildschirm. »Das ist ja ein wahnsinniger Zufall. Wir haben auf der Uhr nämlich eine Nummer gefunden, und wie es der Teufel will, haben wir auch ein Zertifikat von der Uhr. Und von wem wir dieses Zertifikat haben, das heben wir uns für Ihren Anwalt auf. Weil wir ja nix falsch machen wollen.«

Tischler zog die Thermoskanne samt Becher zu sich und goss sich Kaffee ein. Stille durchflutete den Raum. Druck war zu spüren, der in Glauber emporstieg. Tischler schlürfte weiter von seinem Kaffee. Scholl rührte sich nicht vom Fleck und stand hinter Glauber. Fink blätterte in seinem kleinen Block. Das Desinteresse, das sie Glauber entgegenbrachten, zeigte Wirkung.

»Das Gesetz der Straße hat man verdammt noch mal zu achten!«, stieß der wutentbrannt aus.

»Herr Glauber, ich mache Sie nochmals darauf aufmerksam, dass Sie ohne Rechtsbeistand hier nichts sagen müssen.«

Glauber blickte Tischler tief in die Augen. Wie sehr er ihn in diesem Moment verabscheute, wusste nur er.

»Er war doch selbst schuld. Wer in fremden Revieren wildert, muss eben mit den Konsequenzen rechnen. Ich habe ihn zigmal gewarnt. Aber er wollte ja nicht hören. Ausgelacht hat er mich. Dass er jetzt der Neue hier wäre, hat er behauptet.«

»Welcher Neue? Und wen meinen Sie überhaupt?«

»Na, den Tom. Ich solle mich schleichen, hat er gesagt. Dass ich nicht in die Kreise, in denen er sich bewegt, passen würde.«

Tischler sah ihn einfach nur an. Es schien, als wollte sich Glauber alles von der Seele reden. Doch im nächsten Moment klang es, als würde er Verständnis für sein Handeln erwarten.

»Ich hab ihn Freitagnacht abgepasst. Wollte noch mal mit ihm sprechen. Ich bin nicht so, wie ihr alle von mir denkt.«

»Wir denken überhaupt nichts, Herr Glauber«, versicherte Tischler in ruhigem Ton.

Glauber stierte mit leerem Blick an die Wand hinter Tischler und holte Bilder aus der Vergangenheit in sein Gedächtnis.

»Ich hab also auf dem Forstweg auf ihn gewartet. Da kam er endlich …«

***

»Schau an, schau an. Der Pate vom Chiemgau. Vertickst jetzt dein Zeug schon an die Rehe und Hirsche, oder was treibst du hier in der Nacht?«

Glauber versuchte, ruhig zu bleiben. Keinesfalls wollte er sich von Wiesinger provozieren lassen. Außerdem sah er durchaus Potenzial in dem Kerl aus gutem Hause, um das Geschäftsfeld weiter auszubauen.

»Ich wollte dir ein Geschäft vorschlagen.«

Tom blickte ihn für einen Moment erstaunt an, dann lachte er los. »Du! Ein Geschäft? Knickst jetzt ein? Also doch nicht so ein Gefährlicher, wie du immer tust, oder? Gib es zu, ich hab dich durchschaut. Ein Windhund bist du.«

Tom wirkte auf Glauber alkoholisiert, weshalb er ihm diese Frotzelei durchgehen ließ.

»Red keinen Scheiß. Hör mir einfach zu.«

»Jetzt wird es interessant«, grunzte Tom. Er gab sich alle Mühe, nüchtern zu wirken, was ihm jedoch nur mäßig gelang. »Und … was für ein Geschäft soll das bitte sein?«

»Wir werfen alles in einen Topf, ich kümmere mich weiter um die Stammkundschaft und sorge für den Cashflow, und du erweiterst unser Geschäftsfeld. Eishockey, High Society, Golfklub … das volle Programm.«

Wieder lachte Tom. »Das hört sich ja super für dich an. Du brauchst mich also. Weil Leute wie ich einem wie dir nichts abkaufen.«

Glauber erwiderte darauf nichts. Er schluckte die Häme ein weiteres Mal hinunter.

»Und was habe ich davon, bitte schön?«

»Geringes Risiko, ein über Jahre gewachsenes Fundament – und ich halte dir den Rücken frei.«

Tom prustete los und hielt sich übertrieben die Hand vor die Brust. »Ha! Den Rücken frei halten? Du? Ich schnupf dich auf und scheiß dich aus, wenn ich will. Du hast immer noch nicht kapiert, mit wem du sprichst, oder?« Tom trat sehr nah an Glauber heran und blickte ihm tief in die Augen. »Ich sag dir, was jetzt passiert. Du schnappst dir deinen gestreckten Dreck, holst dir deine Lohntüte ab und verschwindest in das Loch zurück, aus dem du gekrochen bist. Ein neuer Pate ist in der Stadt. Und wenn du was brauchst, dann kannst du mir gerne was abkaufen. Vorausgesetzt, du kannst es dir leisten!« Mit jedem Wort, das er sagte, drückte er seinen Zeigefinger in Glaubers Rippen. Dann machte er einen Schritt zur Seite und ließ ihn einfach stehen.

Ein paar Meter weiter hörte er Glauber seinen Namen rufen. Tom drehte sich um. Im nächsten Augenblick drückte sich eine Klinge durch das Designerhemd in seinen Bauch hinein. Glauber packte ihn im Nacken, damit Tom nicht nach hinten ausweichen konnte. Nun drückte er die Klinge bis zum Anschlag weiter in den Körper hinein und verharrte für einen Moment. Es war still auf dem Forstweg. Einzig ein leichtes Keuchen war zu hören, das von Tom kam. Tränen stiegen in seine Augen, bis seine Beine versagten und sein Körper wie ein nasser Sack zu Boden sank und dabei die Klinge blutverschmiert in die Freiheit entließ.

Für einen Moment stand Glauber einfach nur da und starrte auf Tom Wiesinger herab, der ihn mit großen Augen ansah. Er atmete sehr schnell und streckte mit letzter Kraft seine Hand nach Glauber aus, als wolle er ihn um Hilfe bitten. Im nächsten Moment schlossen sich seine Augen und es wurde still. Glauber wischte das Blut von der Klinge im Gras ab und steckte das Messer ein. Er blickte sich um. Niemand sonst war zu sehen. Er spielte mit dem Gedanken, den Toten einfach an Ort und Stelle liegen zu lassen. Doch als er plötzlich ein paar Stimmen vernahm, änderte er seine Meinung. Hastig griff er sich sein Opfer und zerrte es hinter die Holzstämme, die auf ihre Abholung warteten. Er legte ihn ab und horchte. Die Stimmen kamen näher. Keine Zeit, um sich aus dem Staub zu machen. Glauber setzte sich neben Tom und lehnte sich gegen die Baumstämme. Vorsichtig streckte er seinen Kopf hinter den Stämmen hervor. Drei Typen kamen den Forstweg herunter. Er verhielt sich leise und zog seinen Kopf schnell zurück. Anschließend verharrte er so lange an Ort und Stelle, bis er niemanden mehr hören konnte. Zwischenzeitlich war seine Erregung, die eine solche Tat mit sich bringt, weitestgehend verflogen. Glauber war ganz klar im Kopf.

Als er sich hinter seinem Versteck erhob, stach ihm Toms Uhr ins Auge. Er überlegte, was ihn der Kerl in den letzten Monaten gekostet hatte. Wie viele Einnahmen waren ihm durch ihn durch die Lappen gegangen? Schnell löste er den Verschluss des Armbandes und riss ihm die Uhr vom Handgelenk. Danach griff er ihm in die Gesäßtasche und zog Toms Geldbörse aus der Hose. Glauber lugte hinein und lächelte zufrieden, als er die Scheine wahrnahm. Das reichte. Ein letzter Blick zu Tom, der sich nicht mehr bewegte. Im nächsten Moment entschwand er in die Nacht mit der Gewissheit, dass ihm Tom Wiesinger von nun an nicht mehr in die Quere kommen würde. Zumindest nicht lebend.

***

»Würden Sie das alles im Beisein Ihres Anwalts so zu Protokoll geben?«, fragte Tischler.

Glauber nickte und senkte seinen Kopf. Tischler sah zu Fink, dann zu Scholl. Beide wirkten erstaunt über so viel Kooperation.

»Noch eine Frage, Herr Glauber. Sie wissen, Sie müssen sie nicht beantworten … aber sagt Ihnen der Name Lisa Buchholz etwas?«

Glaubers Gesicht schnellte nach oben. Mit weit aufgerissenen Augen starrte er Tischler an. »Das könnt ihr mir nicht anhängen. Das war Tom, der ihr das Zeug gegeben hat.«

Tischler nickte. Diese Tatsache war für ihn schließlich nichts Neues. »Und woher hatte Tom Wiesinger die Drogen?«

Glauber senkte stumm seinen Kopf. Damit war alles gesagt.

»Wissen Sie, Herr Glauber, der Mann, der mit einer Stichwunde im Krankenhaus liegt, das ist Lisas Vater. Oder besser gesagt … war.«

Stille im Verhörzimmer. Glauber starrte auf seine Hände, die er sich nervös rieb.

»Der Typ hat mich einfach angegriffen. Hat mich auf dem Parkplatz von hinten gepackt, als ich gerade mit ein paar Jungs gequatscht habe«, schoss es plötzlich aus ihm heraus. »Ich solle verschwinden, und dass Leute wie ich …« Er verstummte.

»Er hat Sie bei Ihren Geschäften gestört, oder? Sie haben doch auf dem Parkplatz gedealt! Wie auch auf den Schulhöfen im Landkreis!«

Glauber entgegnete darauf nichts. Das genügte Tischler.

Die Tür zum Verhörraum öffnete sich. Ein Herr im Anzug und dunkelbrauner Ledertasche betrat den Raum.

Sieh einer an, die Kavallerie ist da, dachte Tischler.

»Berger, Rechtsanwalt. Ich vertrete Herrn Glauber. Was wird das hier?«

Tischler tippte auf seine Uhr. »Wir warten auf Sie, Herr …«

»Berger! Sie wissen, dass Sie meinen Mandanten nicht alleine verhören dürfen?«

»Freilich«, versicherte ihm Tischler glaubhaft. »Bin ja schon lange genug im Geschäft.«

»Ich möchte mich alleine mit meinem Mandanten unterhalten«, forderte der Anwalt und legte seine Aktentasche demonstrativ auf den Tisch, als wolle er damit sein Revier markieren.

»Kein Problem. Hier ist Kaffee, dort sind Tassen, wir sind draußen. Felix, Robert …« Die drei Beamten verließen den Raum. Scholl platzierte sich wie ein Türsteher breitbeinig vor dem Verhörraum.

»Glaubst du, dass ihn dieser Typ umdreht?«, überlegte Fink.

Tischler schüttelte den Kopf. »Nein. Der ist nicht so hart, wie er denkt. Der hat sich gerade alles von der Seele geredet. Der ist froh, wenn das hier alles vorbei ist. Daran wird auch der Schlipsträger nichts ändern.«

Tischler hatte den Satz gerade beendet, als Rechtsanwalt Berger seinen Kopf in den Flur streckte.

»Meine Herren, mein Mandant möchte eine Aussage machen.«

»Das ging ja schnell«, tat Tischler überrascht und zwinkerte Fink zu. Seine Menschenkenntnis hatte ihn nicht im Stich gelassen. Jeder hatte seinen Punkt, an dem er einknickte. Auch ein Typ wie Glauber.

WENN MAN ES NICHT ANSPRICHT, IST ES AUCH NICHT DA

»Leck mich am Arsch, bin ich müde. Ich weiß überhaupt nicht, wann ich das letzte Mal durchgemacht habe. Ich glaube, das war an Silvester, als ich sechzehn war. Hattest du schon einmal einen Rausch auf Erdbeerlimes?« Fink gähnte ungeniert und rieb sich die Augen. Dabei hätte er fast eine Krankenschwester umgerannt, die ihm mit dem Servierwagen entgegenkam, hätte ihn Tischler nicht beiseitegezogen.

»Erdbeerlimes?«, staunte der Kommissar. »Du hattest einen Rausch auf Erdbeerlimes?«

»Das war das Einzige, was mir auf der Party geschmeckt hat. Damals mochte ich noch kein Bier. Ich erinnere mich, dass es noch Bacardi-Cola und Batida de Coco gab. War 'ne Mottoparty. Achtziger!« Fink schüttelte den Kopf. »Und zum Essen gab es Fleischpflanzerl, Gulaschsuppe und Nudelsalat.« Er lachte. »Den Nudelsalat hat die Gabi Hinrichs aus der Parallelklasse allerdings in die Rosen vor dem Haus gekotzt.«

»Hast du sie dabei beobachtet, oder was?«, fragte Tischler etwas abwesend, da er sich auf die Nummern neben den Krankenzimmern konzentrierte.

»Nein, ich hab sie nicht beobachtet. Aber die Nudeln waren grün eingefärbt und die Gabi war damals die Einzige, die auf der Party Blue Curaçao mit O-Saft getrunken hat.«

»Ausgezeichnete Ermittlungen, Herr Kollege«, lobte Tischler. »Aus dir konnte ja nur ein Polizist werden.«

»So habe ich das noch gar nicht betrachtet.«

Kaffeegeruch machte sich im Krankenhausflur breit, und obwohl zu erwarten war, dass die Qualität an einem Ort wie diesem zu wünschen übrig ließ, hätte Tischler keine Einwände gegen eine Tasse Filterkaffee gehabt. Nach einer durchgemachten Nacht kam es nicht auf ein vollmundiges Aroma an, sondern dass er nicht an Ort und Stelle direkt auf dem Flur ins Koma fiel.

»Hier. Zimmer 3-0-1. Das ist es. Willst du es ihm sagen?«

Fink fühlte sich geehrt, dass ihm Tischler diese Aufgabe übertrug. Dass der Kommissar selbst dafür zu müde war, brauchte ihn nicht zu interessieren.

Fink klopfte an die Tür und öffnete sie vorsichtig.

Volker Buchholz lag alleine im Zimmer. Seine Frau saß neben dem Bett am Fenster und hielt seine Hand.

Buchholz war wach. Er drehte seinen Kopf vorsichtig zur Tür, als die beiden Beamten das Zimmer betraten. Dünne, transparente Schläuche steckten in seiner Nase und in seinem Arm, die ihn mit Sauerstoff und Medikamenten versorgten.

Das leise Piepen des Überwachungsmonitors war das Einzige, das im Zimmer zu hören war.

»Kommen Sie ruhig herein«, bat Frau Buchholz die beiden Polizisten, bevor sie etwas sagen konnten.

»Wir wollen Sie nicht beim Frühstück stören«, tastete sich Fink vorsichtig an das Krankenbett heran.

Buchholz deutete auf die Flasche, dessen Inhalt Tropfen für Tropfen in seine Adern floss. »Das ist mein Frühstück. Wenn man sich vorstellt, dass es Spiegeleier mit Schinken sind, geht es.« Er quälte sich einen kleinen Schmunzler über seine Lippen, die sich im nächsten Augenblick schmerzverzerrt verzogen.

Fink stellte sich mit Tischler ans Fußende des Bettes.

»Guten Morgen, Herr Buchholz. Wie geht es Ihnen?«

»Sie müssen nicht so plärren«, meinte Buchholz. »Ich habe nur ein Loch im Bauch und nix mit den Ohren.«

Frau Buchholz lächelte Fink zu, als wolle sie sagen: Er meint es nicht so.

»Verstehe«, lenkte Fink ein. »Da haben Sie noch mal Glück gehabt. Wir wollten Ihnen nur mitteilen, dass wir den Täter geschnappt haben, der Ihnen das angetan hat.«

Frau Buchholz blickte erleichtert ihren Mann an. Liebevoll fuhr sie ihm mit der Hand über seine Stirn. Volker Buchholz selbst verzog keine Miene.

»Aber warum hat er denn …«

»Ihr Mann hat ihn, wie es aussieht, bei seinen Geschäften gestört. Und das hat ihm scheinbar nicht gefallen.«

»Was heißt da ›wie es aussieht‹?«, fuhr Buchholz den jungen Polizisten verärgert an. »Schamlos hat er da mit seinen Drogen umhergeworfen! Und niemanden interessiert's!« Er kniff die Augen zusammen und hielt sich seine Bauchwunde.

»Schonen Sie sich«, versuchte Tischler, den Verletzten zu beruhigen. »Wir haben ihn ja und er ist geständig.«

»Gut«, kam es noch versöhnlich von Buchholz.

»Im Übrigen wissen wir nun, wer für den Tod Ihrer Tochter verantwortlich war. Der Junge, der Lisa damals die Drogen gegeben hat, war Tom Wiesinger, ein junger Mann aus Brunngries.«

Frau Buchholz schluckte und sah ihren Mann an, dessen Puls sich erhöhte, wie über den Monitor neben seinem Bett zu sehen und zu hören war.

»Wo ist der Kerl? Ich hoffe, Sie haben ihn …«

»Er ist tot«, fiel Fink ihm ins Wort. »Er wurde Opfer des Mannes, der Sie hierhergebracht hat.«

Buchholz beruhigte sich etwas durch das Einwirken seiner Frau, die ihm immer noch die Hand streichelte. Im nächsten Moment wirkte er jedoch, als sei er enttäuscht, dass ihm jemand anderes diese Arbeit abgenommen hatte.

»Sie erwarten jetzt nicht, dass der mir leidtut, oder? Geschieht ihm recht! Und er hat Glück, dass er nicht mehr lebt. Sonst hätte ich ihm …«

»Volker!«, herrschte Frau Buchholz ihren Mann an. »Es ist gut.«

Er hörte auf seine Frau und legte seine Hand auf ihre.

»Um es kurz zu machen, Herr Buchholz, Sie hatten Glück. Wir hoffen, dass Sie uns künftig allein unsere Arbeit machen lassen.«

Buchholz schaute Fink an, dann nickte er und sah wieder zu seiner Frau, der die Erleichterung ins Gesicht geschrieben stand.

»Mein Mann hat eine Anstellung als Hausmeister in Aussicht«, berichtete sie stolz. »Dann hat er sowieso keine Zeit mehr, auf Verbrecherjagd zu gehen. Nicht wahr, Volker?«

Er lächelte sie nur an.

»Dann sehen Sie zu, dass Sie schnell wieder fit werden. Also, gute Besserung«, wünschte Fink dem Patienten, wobei dieser Wunsch ebenso Frau Buchholz galt. Auch, wenn ihre Wunden im Gegensatz zu ihrem Mann nicht sichtbar waren.

»Gut gemacht«, lobte Tischler seinen Kollegen, nachdem sie das Zimmer verlassen hatten. »Sachlich, ruhig und bestimmt … Ich hätt es nicht besser machen können.«

»Schon, gell?« Fink drückte den Knopf des Aufzugs. »Vielleicht können die beiden endlich mit der Sache abschließen?«

»Abschließen wohl kaum«, widersprach Tischler. »Aber sie können vielleicht besser damit leben.«

Der Aufzug öffnete sich und die beiden traten in die Kabine. Fink drückte den Knopf fürs Erdgeschoss.

»Komm, ich lade dich auf einen Erdbeerlimes ein, bevor wir zu der Wiesinger fahren.«

»Ist das nicht ein bisserl früh für einen Erdbeerlimes?«

»Dann spendiere ich dir eben einen Kaffee.«

Mit dieser Alternative war Fink einverstanden. Ob er sich jedoch eine Stunde später für einen Erdbeerlimes entschieden hätte, blieb sein Geheimnis.

***

»Herr Kommissar?« Simone Wiesinger war überrascht, als sie die Tür öffnete. »Ich wollte gerade zum Markt …«

»Nur für einen Moment, Frau Wiesinger. Dürfen wir hereinkommen?«

»Natürlich.« Sie ließ die Männer eintreten und ging voran ins Wohnzimmer. »Darf ich Ihnen etwas zu trinken anbieten?«

Tischler verneinte. Simone Wiesinger sah besser aus als bei seinem letzten Besuch. Sie trug ein Jeanskleid und weiße Sneakers. Ihre Haare fielen locker auf die Schultern und sie bemühte sich um ein Lächeln, das ihr jedoch nur mäßig gelang. Es waren die Augen, in denen man lesen konnte, wie es um ihre Seele stand. Die zarte Unsicherheit, die sie ausstrahlte, weckte in Tischler den Beschützerinstinkt.

»Ist Ihr Mann auch da?«

Sie blickte zu Boden und verweilte in dieser Haltung für einen Moment. Dann warf sie ihre Haare zurück und lächelte. »Ich werde mich von Jan scheiden lassen.«

Am liebsten hätte ihr Tischler zu dieser Entscheidung mit Handschlag gratuliert. Es stand ihm jedoch nicht zu, über ihren Mann zu urteilen.

»Das tut mir leid für Sie«, hörte sich Tischler sagen, wobei er versuchte, glaubhaft zu wirken. Da ihn Fink jedoch verwundert von der Seite anstierte, gelang ihm dieser Versuch anscheinend nur mäßig.

»Tja, gute Männer wachsen nicht auf den Bäumen. Und die schlechten liegen verführerisch in der Auslage, bis man die Verpackung entfernt und merkt, dass man sich vergriffen hat.«

Tischler gab ihr einen Moment. Er wollte ihre Erkenntnis mit Schweigen würdigen und nicht mit weiteren Fakten unter den Teppich kehren.

»Sie kennen nicht zufällig einen guten Anwalt?«, fragte sie die beiden Ermittler.

»Die Frage ist: Gibt es den? Ich vermute, für Ihr Vorhaben brauchen Sie vielleicht einen bösen, oder?«

Simone Wiesinger presste ihre Lippen aufeinander, dann entspannte sich ihr Gesicht wieder. »Mir steht der Sinn nicht nach Rache«, sagte sie, ging zum Ledersofa und setzte sich. »Ich will nur schnell ein neues Leben beginnen. Verstehen Sie, was ich meine?«

Tischler nickte. Fink ebenso.

»Jeder bekommt, was er verdient. Jan zog es immer schon zu den jungen Dingern. Ich bin nicht blind. Vielleicht hatte Tom recht und es war wirklich zu früh. Aber als Frau alleine mit einem Teenager … Ein Kind braucht einen Vater, dachte ich damals. In Wirklichkeit habe ich mir einen weiteren Teenager ins Haus geholt.« Mit beiden Händen strich sie den Stoff ihres Kleides über ihren Beinen glatt. Es hatte den Anschein, als ob sie die Vergangenheit von sich abstreifen würde. Müde blickte sie wieder zum Kommissar, der sich im gleichen Augenblick neben sie setzte.

»Frau Wiesinger, wir haben den Mörder Ihres Sohnes verhaftet.«

Sie riss ihre Augen auf. »Sind Sie sicher, dass ...«

»Er ist geständig«, beruhigte er sie.

Simone Wiesinger atmete tief durch. Tränen stiegen in ihren Augen empor. »Wie konnte er nur ... ich meine, was habe ich nur falsch gemacht?«

Tischler griff nach ihrer Hand. »Suchen Sie nicht die Fehler bei sich. Dass Ihr Sohn diesen Weg eingeschlagen hat ...«

»Mein Sohn war ein Drogendealer!«, rief sie und schlug ihre Hände vor dem Gesicht zusammen. Dann wischte sie sich ihre Tränen ab. »Musste er deshalb sterben?«

Tischler sah Frau Wiesinger wortlos an. Sie verstand nach einer kurzen Weile, was sein Schweigen bedeutete.

»Was haben Sie denn jetzt vor?«, fragte der Kommissar.

Sie erhob sich und machte ein paar Schritte, blieb stehen, drehte sich um und verschränkte ihre Arme.

»Ich werde von hier weggehen. Wenn sich erst einmal herumgesprochen hat, was Tom getan hat, werde ich auf ewig die Mutter eines Drogendealers sein, der auch noch für den Tod eines jungen Mädchens verantwortlich war.« Sie lachte, was jedoch verzweifelt wirkte. »Mutter auf der Flucht vor ihrer Vergangenheit. Der Sohn ein Dealer und der Mann ein Stelzbock, der den jungen Dingern hinterherläuft, die eigentlich seine Töchter sein könnten.«

»Hatten Sie denn bezüglich Ihres Mannes nie etwas geahnt?«

Simone Wiesinger lachte grimmig in sich hinein. »Wissen Sie, Herr Kommissar, wenn man es nicht anspricht, dann ist es auch nicht da. Tom hatte einen Vater, das erschien mir wichtiger als meine eigenen Bedürfnisse.«

Tischler behielt seine Meinung darüber für sich und erhob sich ebenfalls. »Wir haben die Uhr Ihres verstorbenen Mannes gefunden. Wir geben Ihnen Bescheid, wenn wir sie freigeben können.«

Frau Wiesinger nickte.

Kurz darauf geleitete sie die beiden Polizisten zur Tür und sah ihnen einen Moment nach, bevor sie wieder in ihrem Haus verschwand.

Am Wagen angekommen legte Fink dem Kommissar die Hand auf die Schulter. »Gut gemacht, Constantin. Ruhig, sachlich … aber auch einfühlsam.«

»Verarschst du mich?«

Fink blieb ernst. »I wo! Lob tut jedem gut. Auch einem Chef. Als du allerdings nach ihrer Hand gegriffen hast, da wollte ich euch fast alleine lassen.«

»Depp.«

Fink drehte sich nochmals zum Haus um, nachdem er die Fahrertür des Passats geöffnet hatte. »Ist doch eine tolle Frau, oder?«

»Ja, die Frau Wiesinger ist sehr attraktiv.«

»Was ist der Kastner für ein Idiot! Eine solche Frau, die findet man nicht an jeder Ecke«, schimpfte Fink und stieg in den Wagen. »Würdest du die eintauschen für so eine Zwanzigjährige?«

»Spinnst du?« Tischler schnallte sich an. »Weißt du, was das für ein Stress ist? Das ganze Feiern, die Partys … Spätestens nach drei Wochen würde ich neben dem Buchholz auf Station liegen und hätte auch einen Schlauch in der Nase.«

Fink lachte und startete den Motor.

»Fahr mich zur Autowerkstatt. Mein Wagen ist fertig«, bat Tischler seinen Kollegen.

Da klingelte sein Handy. Nachdem er den Namen des Anrufers auf dem Display gelesen hatte, atmete er tief durch. Dann nahm er das Gespräch an.

»Herr Polizeioberrat Schwenk! Ich grüße Sie! Was verschafft mir die Ehre an diesem wunderschönen Morgen?« Er zwinkerte Felix zu. »Ja, das ist richtig, Herr Polizeioberrat. Wir konnten den Täter überführen. Ja, mit dem Staatsanwalt abgesprochen. Ja, ja …« Tischler nickte regelmäßig, als würde er Schwenk gegenüberstehen. »Ja, wir haben eine Aussage. Ja, wasserdicht. Wie? Selbstverständlich, Herr Polizeioberrat. Der Chiemgau ist nun wieder drogenfreie Zone. Natürlich! Ja, mich auch! Natürlich, jederzeit. Ja, ja … Wiederschauen, Herr …« Er legte auf.

Finks Gesichtsausdruck wirkte, als wäre ihm etwas unklar.

»Was ist?«

»Drogenfreie Zone?«

Tischler lachte. »Erzähl ihm immer, was er hören will. Er will eine bayerische Bergidylle mit rechtschaffenen Bürgern und einer niedrigen Kriminalitätsrate? Also kriegt er sie auch. Und du und ich, wir kümmern uns darum, dass das so bleibt.«

»Na, ich hoffe ja schon, dass sich regelmäßig irgendein Gauner hierher verirrt.«

»Warum?«

»Weil die sonst unsere Dienststelle dichtmachen, wenn hier nix passiert.«

»Felix, da brauchst keine Angst zu haben. Hier leben genauso viele Hallodris und Gauner wie überall auf der Welt. Und falls wir die alle verhaftet haben, kommen immer wieder neue nach. Denn auf eines kannst du wetten: Selbst der kaltblütigste Mörder begeht seine Tat lieber in einer schönen Umgebung.«

***

»Dank dir, Felix. Wir sehen uns morgen«, entließ Tischler seinen Kollegen in den wohlverdienten Feierabend, als er vor der Werkstatt aus dem Wagen stieg. Ihm war die durchzechte Nacht anzusehen. Doch die Aussicht, gleich in seinen Jaguar einzusteigen, weckte neue Lebenskraft.

»Ah, der Herr Kommissar!«, schallte es quer über den Hof des Mechanikers. Steiner kam aus seiner Werkstatt und wischte sich die Hände an einem Handtuch sauber. Mit Blick auf dessen Hände vermied es Tischler, sie ihm zu schütteln.

»Servus, Franz. Na? Ist mein Jaguar fertig?«

»Freilich. Der Jaguar ist fertig. Du aber auch, oder? Hattest eine schlechte Nacht?«

»Die Nacht war gut, nur eben ohne Schlaf. Weißt, die Verbrecher kriechen meist nachts aus ihren Löchern. Da hast du es als Polizist schwer.«

Sie betraten die Werkstatt. »Da kann ich nicht mitreden«, nahm Steiner den Faden lachend auf. »Ich als rechtschaffener Bürger schlafe um diese Zeit.«

Steiner blieb vor der Hebebühne stehen, auf der Tischlers Jaguar noch thronte, und ließ den Wagen ab.

»Was hat ihm denn gefehlt?« Tischler befürchtete, dass ihn diese Frage einiges kosten würde.

»Sagen wir es mal so. Du hast Glück, dass du einen Mechaniker wie mich hast. Bei jedem anderen würde es dich das letzte Hemd kosten. Da ich jedoch eine Liebe zu Oldies habe …«

Der Wagen stand wieder auf seinen Rädern. Steiner entfernte mit seinem Handtuch ein wenig Schmiere, die er am Kotflügel des roten Boliden entdeckte.

»Das Herzstück deines Motors hat schlappgemacht.«

Tischler verzog sein Gesicht. »Sag bitte nicht die Kurbelwelle?«

»Wenn du mir verrätst, wie ich das Teil sonst für dich benennen soll?«

»Scheiße.« Tischler rieb sich das Gesicht. »Okay, ich bin bereit. Her mit der Diagnose.«

Steiner lachte. »Die Diagnose ist, wie ich sie dir vor einer Minute gesagt habe. Du hast Glück, dass du mich hast. Jetzt schnurrt er wieder. Deine gebrochene Kurbelwelle hat die Pleuelstangen, einen Zylinder und die Ventile in Mitleidenschaft gezogen. Ich hab dir alles erneuert und die Kurbelwelle gewuchtet. Du hattest mehr Glück als Verstand, dass den Kolben nichts passiert ist.«

Tischler schüttelte den Kopf. »Das bedeutet: Ich bin arm, oder?«

»Na ja, ganz billig wird es natürlich nicht. Ich habe noch nicht gerechnet. Aber hey, von Freund zu Freund … Wir Oldtimerliebhaber müssen doch zusammenhalten, oder?«

Tischler klopfte Steiner auf die Schulter. »Schick einfach die Rechnung, wenn du sie hast.«

»Klar«, versicherte er und trat einen Schritt zur Seite, damit Tischler einsteigen konnte. »Übrigens: Ich habe noch den Anlasser erneuert. Der wäre als Nächstes gekommen. Ist okay, oder?«

Tischler nickte. Er stieg ein, öffnete das Verdeck und startete den Motor. Der Jaguar heulte auf und der Kommissar trat ein paarmal hintereinander aufs Gas.

»Dein Kätzchen schnurrt wieder!«, rief ihm Steiner zu und hob den Daumen. Dann machte er sich daran, das Werkstatttor zu öffnen.

»Hast was gut bei mir. Hört sich astrein an.« Tischler strich liebevoll über das Lenkrad.

»Sag ich doch. Lass ihn laufen. Wir sehen uns. Ruf an, wenn was ist.« Steiner klopfte zweimal auf den Kotflügel.

Dann rollte Tischler vom Hof und gab Gas.

Steiner schaute ihm hinterher, bis er ihn nicht mehr sah. »O ja, du wirst wieder anrufen.« Er grinste und zog sein Handy aus der Brusttasche seines Overalls. Er wählte eine Nummer und zündete sich nebenbei eine Zigarette an.

Mit dem Handy am Ohr schlenderte er zurück in seine Werkstatt. Als sich sein Kontakt am anderen Ende der Leitung meldete, blieb er kurz stehen und vergewisserte sich, dass er alleine war.

»Ich bin es. Du kannst die Sachen abholen.« Er zog an seiner Zigarette. »Natürlich original. So war es ausgemacht. Und bring die Kohle mit. Sonst kannst du gleich wieder umdrehen.«

Er steckte das Handy zurück in die Tasche und schnippte die Zigarette in den Gully vor der Werkstatt, bevor er die Tür schloss.

Ja, Steiner kümmerte sich gut um Tischlers Jaguar. Und auch, wenn es nur eine defekte Zündkerze gewesen war, irgendwann hätte es die Kurbelwelle sicherlich erwischt. Ein Umstand, der Tischler nun erspart blieb. Eine Sorge weniger für den Herrn Kommissar. Und auch ein paar Scheine.

Heiter weiter

»Britta? Ich bin es! Ich bin gleich am Krankenhaus und hole dich ab! Lust auf einen Spaziergang am Chiemsee? Natürlich mit Kaffee und Kuchen. So, wie sich das für ein Paar gehört! Apropos Paar, im nächsten Leben werde ich Scheidungsanwalt. Die Mutter von dem Jungen, den wir auf dem Forstweg gefunden haben, lässt sich scheiden. Die Enkelin von meiner Nachbarin auch … ist anscheinend gerade in Mode. Demnach bin ich wohl altmodisch. Denn um mich scheiden zu lassen, müsste ich erst einmal verheiratet sein! Wie? Nein, das war kein Wink mit dem Zaunpfahl. Ich dachte nur, dass … Sag mal, lachst du mich aus? Jetzt hast du mich aber drangekriegt! Okay, ich freue mich auch! Bis gleich!«

Tischler warf sein Handy auf den Beifahrersitz und schaltete einen Gang herunter. »Constantin, Constantin. Das hätte aber ganz schnell nach hinten losgehen können«, ermahnte er sich und wischte sich mit der Hand über die Stirn.

Während er die Kupplung trat, ließ er ein paarmal den Motor aufheulen. Er liebte den Klang seines Sechszylinders. Die beiden älteren Herrschaften, die ihm vom Gehweg aus einen Vogel zeigten, eher nicht. Tischler entschuldigte sich per Handzeichen und drosselte seine Geschwindigkeit. Etwa fünfzig Meter vor ihm sah er einen Herrn in Lederhose und Trachtenhut, der ihm aufgeregt zuwinkte. Es war kein Geringerer als Ferstel, der mit Resi an der Leine so vehement auf sich aufmerksam machte. Tischler schaltete in den Leerlauf, ließ seinen Wagen langsam ausrollen und kam neben dem hiesigen Jäger zum Stehen.

»Herr Kommissar! Da sind Sie ja. Ich war gerade bei Ihnen zu Hause. Ihre Nachbarin hat gesagt, dass Sie heute Nacht nicht nach Hause gekommen sind.« Er stellte die Tasche, die er bei sich trug, auf dem Gehweg ab.

»Herr Ferstel, Sie sind ja ganz außer Atem. Ist was passiert? Kann ich Ihnen helfen?«

»Herr Kommissar, es gibt schon wieder eine Leiche!«

»Was? Wo?«

»Meine Frau ist ja immer noch bei ihrer Schwester, und jetzt ist vom Schwager auch noch die Großtante verstorben.«

»Ach so! Ich dachte …«

»Es reißt nicht ab, Herr Kommissar. Und die war erst neunundachtzig! Die Einschläge kommen immer näher!« Ferstel stützte sich mit beiden Händen auf Tischlers Wagentür ab und atmete tief durch. »Es ist jedoch ein anständiger Leichenschmaus zu erwarten, weil die eine Gastronomie in der Familie haben. Im hochpreisigen Bereich! Und die lassen sich nicht lumpen. Die hatten schon bei der Hochzeit vor knapp dreißig Jahren ein Sechs-Gänge-Menü aufgefahren, vom Feinsten! Dabei war das bereits ihre dritte Hochzeit.« Er schüttelte seinen Kopf. »Ja, tragisch! Kaum verheiratet und zack – weg!«

Tischler wartete einen Augenblick, damit der Jäger dieses Schicksal verarbeiten konnte. Er linste über die Tür hinweg nach unten auf den Gehweg. Zwei große Augen blickten ihn an, die er nur zu gut kannte. Ihm schwante nichts Gutes.

»Und … wie kann ich Ihnen helfen?«, hörte sich der Kommissar sagen und wusste, dass er diese Frage umgehend bereuen würde.

»Mei, sehen Sie sie an, die Resi, wie sie schaut! Meine Frau hat gemeint, dass sie bei Ihnen am sichersten aufgehoben wäre. Wo Sie doch Polizist sind. Ich hab Ihnen doch schon letztes Mal gesagt – ein Hund auf einem Friedhof … Das kann böse Überraschungen mit sich bringen, verstehen S'? Wo sie doch gleich in jeden Fuchsbau rumpelt und gräbt, was das Zeug hält …«

»Aber ich habe wirklich …«

»Schauen S', wie sie sich freut!«

Ohne ein weiteres Wort öffnete Tischler die Fahrertür und hob Resi auf den Beifahrersitz.

Ferstel reichte ihm die Tasche, die Tischler im Fußraum verstaute.

»Pfundig, Herr Kommissar! Meine Frau hat gleich gemeint, auf Sie sei bestimmt Verlass! Wenn schon nicht auf die Polizei, auf wen denn dann, oder?« Er lachte schallend, Tischler etwas verhalten mit ihm. »Jetzt muss ich aber los. Meine Frau übertreibt nämlich immer so mit dem Trauerkranz, wenn ich sie nicht einbremse. Das kann ich ja oftmals gar nicht hereinessen, was die Dinger kosten! Wenn man dann noch bedenkt, dass die ein paar Tage später sowieso auf dem Kompost landen … Also, Herr Kommissar, auf Wiederschauen. Resi, pfiat di! Und brav bleiben!«

Der Jäger machte auf den Hacken kehrt und eilte schnellen Schrittes wieder die Straße hinunter. Tischler blickte ihm hinterher, bis er ihn fast nicht mehr sehen konnte. Dann blinzelte er nach rechts.

»So, junge Dame, und nun zu dir. Wenn das mit uns drei funktionieren soll, dann müssen wir alle ein paar Abstriche machen. Auch du, hörst du?« Resi winselte. »Da brauchst überhaupt nicht zu winseln. Du läufst schön an der Leine, markierst nicht jeden Kieselstein und nach dem Essen legst du dich auf deine Decke und bleibst da. Hamma uns?«

Sie schleckte über ihre Schnauze. Tischler sah ihr an, dass sie sehr wohl verstand, was er von ihr wollte. Ob sie seine Regeln jedoch befolgen würde, das war von den großen Dackelaugen nicht abzulesen.

»Jetzt komm, das Frauli wartet bestimmt bereits auf uns. Bin gespannt, was sie sagt, wenn sie dich sieht.«

Tischler legte den Gang ein und fuhr los. Er setzte die Sonnenbrille auf, nahm seine Hand von der Gangschaltung und legte sie auf Resi, deren Ohren sich etwas im Fahrtwind bewegten. Sie kniff die Augen zusammen und starrte konzentriert durch die Windschutzscheibe. Wenn es nach ihr ginge, konnte in Herrchens Verwandtschaft jede Woche ein Leichenschmaus stattfinden. Denn was gab es Schöneres, als an der Seite eines schmucken Kommissars in einem schicken Cabrio durch den Ort zu brettern. An der Seite des Mannes, der ihr eine völlig neue kulinarische Welt eröffnete.

Tischler kraulte sie hinter den Ohren. »Und wenn du brav bist, dann bekommst du auch ein Paar Wiener!«

Ja, der Herr Kommissar wusste, auf was es in einer Beziehung zwischen Mensch und Dackel ankam. Liebe – geht durch den Magen.

***

»Heute so früh?«

Tereza schloss hinter ihrem Kunden die Tür zu ihrem Nagelstudio.

»Ja, ich hab nicht so viel Zeit. Ich muss auf eine Beerdigung.«

»Schon wieder?«, erkundigte sich Tereza geschäftstüchtig mit besorgtem Unterton.

»Ja, ganz tragisch. Die Großtante meines Schwagers. Ich sag immer: *Lebe jeden Tag so, als wäre es dein letzter.*«

»Da fällt mir bestimmt etwas ein«, hauchte Tereza ihm ins Ohr, während er sie mit seinen ungewaschenen Bratzen in seiner ihm eigenen unbeholfenen Art angrabschte. »Geh schon nach hinten, ich schließ ab.«

Er schob den Vorhang hinter der Ladentheke zur Seite. Verschwitzt wie er war, drehte er sich noch einmal zu ihr um.

»Ziehst du diese Lackstiefel vom letzten Mal wieder an?«, fragte er aufgeregt.

»Warst du denn artig?«

»Ich war ganz böse. Du kennst mich doch.« Er knöpfte sein Hemd auf.

»Du weißt, was mit unartigen Jägern passiert?«

Ferstel nickte. Voller Vorfreude verschwand er grinsend hinter dem Vorhang.

Tereza schloss die Ladentür ab und drehte das Schild um, das an der Glasscheibe hing. »Bin gleich wieder da.«

Da Tereza ein Profi auf ihrem Gebiet war und Ferstel ein ungeduldiger Zeitgenosse, würde es sicher nicht lange dauern, bis sie ihr Nagelstudio für ihre Kundschaft wieder öffnen konnte. Sie atmete tief durch und verschwand ebenfalls hinter dem Vorhang.

Im Gegensatz zu Terezas Nagelstudio herrschte im nahe gelegenen Rathaus reger Parteiverkehr. So auch bei Bürgermeister Max Gmeinwieser, dessen Büro für die Bürger des wunderschönen Ortes Brunngries stets offen stand. Und auch für die, die es werden wollten.

»Frau Ziegler, machen S' doch ein bisserl Pause. Jetzt waren S' heute schon so fleißig. Gehen S' doch ein bisserl spazieren und kaufen S' sich einen Kaffee oder so.«

Das ließ sich die Sekretärin nicht zweimal sagen, schnappte sich ihre Strickjacke und verließ freudestrahlend das Büro. Jedoch nicht, ohne den Bürgermeister auf seinen wichtigen Termin aufmerksam zu machen, den er selbst rot im Kalender angestrichen hatte.

Natürlich wusste der Bürgermeister ganz genau, wovon seine pflichtbewusste Sekretärin sprach, und geleitete ein paar Minuten später zwei Männer in sein Büro, die zuvor in Brunngries noch niemand gesehen hatte.

»Alles, wie wir es besprochen haben?«

»Freilich«, erwiderte der Bürgermeister cool und zog eine Flasche Cognac aus seiner Schreibtischschublade, mit der er drei Schwenker befüllte.

»Gutachten? Baugenehmigung? Fördermittel?«

Der Bürgermeister wandte sich um und griff in der Ablage im Regal hinter sich nach einem Kuvert, das er seinem Besuch mit einem erhabenen Lächeln überreichte. »Alles hier drin. Schauen Sie nach.«

»Wir vertrauen Ihnen.«

Der Bürgermeister sah die Herren an. »Wirklich? In der heutigen Zeit? Respekt.« Er prostete ihnen zu und leerte sein Glas.

»Die Grunderwerbssteuer?«

Der Bürgermeister lehnte sich zurück und schlug die Beine übereinander. »Wie wir es besprochen haben. Was für ein Glück, dass Sie mit dem Verkäufer verwandt sind. Grunderwerbssteuer: ADE!«

»Und wenn jemand fragt?«

»Darüber machen wir uns Gedanken, wenn jemand fragt. Außerdem hat noch nie jemand gefragt. Immerhin bin ich eine angesehene Amtsperson.« Der Bürgermeister streckte seine Hand aus. »Kommen wir zu dem Teil, bei dem Sie mir etwas geben.«

Einer der Männer drückte ihm ebenfalls ein Kuvert in die Hand. Der Bürgermeister nahm es an sich und ließ es in seiner Arbeitsmappe verschwinden.

»Sie zählen nicht nach?«

Der Bürgermeister blickte gelassen über seinen Schreibtisch hinweg zu seinem Besuch. »In meiner Position zählt man nicht nach.«

»Und wenn Sie doch mal einer übers Ohr haut?«

Max Gmeinwieser lachte. »Kennen Sie den Juchtenkäfer? Oder den Wachtelkönig? Wenn die beiden irgendwo gesichtet werden und ein paar Umweltaktivisten davon Wind bekommen … Da stehen die Bagger ganz schnell still.«

Gmeinwiesers Besuch verstand, was er damit meinte. Ja, der Bürgermeister war nicht nur ein Menschenfreund. Denn eine Wiederwahl gewinnt man nur, wenn man alle Bürger erreicht. Und Stimmen bekommt man mit Sätzen wie: *Das Wohl unserer Tiere liegt mir ganz besonders am Herzen.*

Während der Bürgermeister seinen nächsten Karibikurlaub finanziell unter Dach und Fach brachte, zog es ein paar Jugendliche in die Natur hinaus. Denn angesichts des Leistungsdrucks, mit dem die jungen Menschen heutzutage zu kämpfen hatten, war es wichtig, dem einen angemessenen Ausgleich entgegenzusetzen. Und wo fand man den schneller als in der idyllischen Bergwelt. Genauer gesagt auf der Flachklamm-Alm.

»Sag mal, Rudi, hast du eigentlich Opiate?«

Rudi Pfleger wusste mit den jungen Leuten umzugehen. Er verstand ihre Sprache, ihre Ängste und Nöte. Er kannte ihre tiefsten Geheimnisse. Vielleicht war das der Grund, warum sie ihm vertrauten. Und wahrscheinlich auch der, was ihn so gefährlich machte.

»Was meinst du mit Opiaten?«

»Morphin, Codein, Opium?«

Pfleger gab dem Kerl einen Klaps auf den Hinterkopf. »Von dem Zeug lässt du die Finger! Verstanden? Du rauchst dein Tüterl und gut. Vielleicht noch ein bisserl Dopamin vor einer Klausur. Aber von dem anderen Zeug will ich nix mehr hören!«

Der Junge zog sein Taschengeld aus seinem Rucksack und nahm vom Hüttenwirt den Joint entgegen, den er schnell in seiner Hosentasche verschwinden ließ.

Ja, in den Bergen konnte man zur Ruhe kommen. Auf welche Weise auch immer.

Tischler passierte mit Resi das Ortsschild von Brunngries und beschleunigte seinen Jaguar auf der Landstraße. Ein paar Wanderer und Nordic Walker, die auf dem Fußweg neben der Straße ihren Puls in Wallung brachten, sahen ihm noch hinterher. Die einen bewunderten den Oldtimer, der so schön kraftvoll röhrte, die anderen warfen vielleicht ein Auge auf die Dackeldame, die erhaben auf dem Beifahrersitz thronte und den Fahrtwind genoss.

Etwas weiter von der Straße entfernt auf einer Anhöhe gab es einen weiteren Beobachter, der seine ungeteilte Aufmerksamkeit dem Hauptkommissar schenkte. Er stellte sein Fernglas etwas schärfer und folgte dem roten Flitzer, während sich sein Puls erhöhte.

»Schau, schau, der Herr Kommissar fährt nach Traunstein. Und er glaubt, dass wir quitt sind. Und meine Flinte hast du mir auch abgenommen, du Sack!«

Er visierte Tischlers Hinterkopf mit dem Fernglas an und gab einen Laut von sich, als ob er einen Schuss abgefeuert hätte.

»Treffer! Hauptkommissar Tischler in voller Fahrt in seinem Cabrio erschossen! Das wäre mal eine Schlagzeile.«

Tischler bewegte sich aus dem Sichtfeld seines Beobachters. Ein paar Sekunden später war auch der Motor nicht mehr zu hören.

»Nein, das wäre zu einfach. Da fällt uns noch etwas Besseres ein. Etwas Großes. Ganz bestimmt.«

ENDE

Lesen Sie auch von diesem Autor

Die »Herbert«-Reihe:

Ich bin Single, Kalimera
Wie Champagner
Männerferien
Alpengriller
Gipfelträumer
Profipfuscher
Inselhippies

sowie

Das Leben ist kein Zweizeiler
Sie haben Ihr Ziel erreicht
Gruppentherapie
Hearts on Fire – Marie
und
Prost, auf die Wirtin (Kommissar Tischlers erster Fall)
Prost, auf die Erben (Kommissar Tischlers zweiter Fall)

FSC
www.fsc.org
MIX
Papier | Fördert
gute Waldnutzung
FSC® C083411

Zeitfracht Medien GmbH
Ferdinand-Jühlke-Straße 7
99095 Erfurt, Deutschland
produktsicherheit@kolibri360.de

Druck:
CPI Druckdienstleistungen GmbH
im Auftrag der
Zeitfracht Medien GmbH
Ein Unternehmen der Zeitfracht - Gruppe
Ferdinand-Jühlke-Str. 7
99095 Erfurt